대화는 오십 일간 이어졌다. 크리슈나가 비슈마에게 허락한 생의 시간이 다해가면서 유디스티라의 마음속에 있던 의문과 불확실함도 사라졌다. (4권 p.269)

소년들은 크리슈나의 아들 삼바에게 여자 옷을 입히고 옷 속에 쇠공을 넣어 마치 임신한 것처럼 보이게 하고는 현자들을 농락했다.(4권 p.311)

야두의 왕 우그라세나는 이 소식을 듣고 쇠공을 가루로 갈아 바다에 던져버리라고
명했다. (4권 p.312)

불에 뛰어드는 불나방처럼 그들은 서로를 멸망시켰다. (4권 p.314)

마하바라타

마하바라타 4 - 해방

지은이 크리슈나 다르마
옮긴이 박종인
펴낸이 양동현
펴낸곳 도서출판 나들목
　　　　출판등록 제13-493호
　　　　136-034, 서울 성북구 동소문동 4가 124-2
　　　　Tel 02-927-2345 Fax 02-927-3199

초판 1쇄 인쇄 2008년 10월 10일
초판 1쇄 발행 2008년 10월 15일

ISBN 978-89-90517-59-3 / 04840
ISBN 978-89-90517-55-5(세트)

＊잘못 만들어진 책은 구입한 곳에서 바꾸어 드립니다.

---

www.nadeulmok.com

마하바라타

해방 4

크리슈나 다르마 지음 ｜ 박종인 옮김

차 례

4 해방

1. 크리슈나의 신비한 힘 ——————————— 9

2. 카우라바들 재결집하다 ——————————— 26

3. 어둠속에서의 전투 ——————————— 41

4. 드로나의 최후 ——————————— 62

5. 천상의 무기 나라야나 ——————————— 80

6. 카르나, 지휘를 맡다 ——————————— 93

7. 카르나의 용맹 ——————————— 108

8. 아르주나, 카르나와 맞서다 ——————————— 125

9. 샬리야, 카우라바를 이끌다 ——————————— 149

10. 비마, 두리요다나와 맞서다 ——————————— 173

11. 심야의 살인극 ——————————— 195

12. 아슈바타마, 처단당하다 ——————— 214

13. 유디스티라의 번민 ———————————— 232

14. 비슈마의 가르침 ————————————— 257

15. 크리슈나, 드와라카로 돌아가다 ——— 273

16. 아슈바메다 제사 ————————————— 285

17. 비두라, 드리타라스티라에게 가르침을 주다 ——— 294

18. 판다바들, 세상에서 물러나다 ———— 307

부록 카르나의 탄생 — 330 | 저주받은 카르나 — 333 | 비슈마의 탄생 — 336

역자 후기 — 340

윤리와 경제, 쾌락과 해탈의 영역에서
마하바라타에 있는 것은 어디에든 다 있고
마하바라타에 없는 것은
그 어디에도 없다.

1

크리슈나의 신비한 힘

멀리서 아르주나와 크리슈나의 나팔소리가 들려왔다. 동생들이 위험에 처해 도움을 요청하는 신호일 수도 있다는 생각에 유디스티라는 사티야키에게 명했다. "시니의 손자여, 친구로서의 의무를 이행할 시간이 왔다. 그대는 지금까지 우리와 아르주나를 위해 살아왔다. 영웅이여, 친구를 위해 싸우다 죽는 자는 자신이 보시한 것의 두 배에 달하는 대가를 받는다고 했다. 지금 아르주나에게는 그대의 도움이 필요하다. 아르주나는 혼자서 저들의 진영에 들어갔다. 그가 있는 곳으로 가라. 아르주나를 도울 수 있는 자는 그대뿐이다."

사티야키는 망설였다. 아르주나는 그에게 유디스티라 옆에 남아 왕의 지시를 따르라고 당부했다. 그런데 지금 왕은 가서 아르주나를 도우라고 한다. 자리를 비운 동안 드로나가 와서 유디스티라를 생포하면 어쩔 것인가. 아르주나는 절대 용서하지 않을 것이다.

사티야키가 망설이며 물었다. "세상의 주인이시여, 그대의 명이라면 못할 것이 없습니다. 당신의 말대로 저는 아르주나를 위해 온몸을 바쳤습니다. 그를 돕기 위해서라면 천상의 군사라도 뚫고 들어갈 준비가 되어 있습니다. 허나 아르주나는 나에게 왕을 지키라고 했습니다. 그러니 제가 이곳을 어찌 떠날 수 있겠습니까. 드로나의 협박이 아직 유효합니다."

사티야키가 재차 유디스티라에게 말했다. "아르주나는 안전할 것입니다. 크리슈나가 함께 있는데 어떤 카우라바가 그를 위협할 수 있겠습니까? 나팔소리는 분명 승리의 의미일 것입니다. 어쩌면 자야드라타에게 거의 접근했을 수도 있습니다. 저는 그리 확신하지만 근심을 떨치시지 않는다면 당신의 명을 따르겠습니다. 하지만 드로나의 공격에서 당신을 지켜줄 자가 없다면 떠날 수 없습니다. 왕이여, 명을 내려주소서."

유디스티라는 그를 에워싸고 있는 수많은 전사들을 가리켰다. 비마와 드리스트라디움나, 쌍둥이 형제, 드라우파디의 아들들, 가토트카차를 비롯한 숱한 전사들이 있었다. 이들이라면 드로나가 공격해도 끄떡없다. 그 어떤 상황에서도 드로나는 자야드라타를 보호하기 위해 최선을 다할 것이기 때문이다.

유디스티라의 확고한 마음을 보며 사티야키는 어쩔 수 없다고 생각했다. 아르주나가 도움을 필요로 하고 있을지도 모르는 일이었다. 그럴 리는 없겠지만, 그를 도우러 가지 않으면 겁쟁이 취급을 받을지도 몰랐다. 사티야키는 왕 주변에 있는 전사들을 바라보며 말했다. "명을 받들어 떠나겠나이다. 행운이 있기를. 스승에게로 가 그를 돕겠습니다. 부디 두려움을 버리소서."

그리고는 비마에게 가서 유디스티라 옆 자신의 자리로 옮겨달라고 부탁했다. 그는 이어 아르주나가 남긴 흔적을 따라 카우라바 진영으로 전차를 몰았다. 곧 판다바가 남긴 끔찍한 파괴의 흔적과 마주쳤다. 남아 있는 병사들이 대항해왔다. 그들과 싸우면서 크리타바르마를 맞았다. 최대한 서둘러 아르주나에게 가려는 마음으로 사티야키는 있는 힘을 다해 크리타바르마를 물리쳤다. 달려들던 카우라바 군은 금방 퇴각했다. 한 시간이 채 못 되어 저 멀리 깃발이 나부끼는 아르주나의 전차가 보였다. 그는 힘껏 나팔을 불었다.

한편 유디스티라는 사티야키를 보내 놓고도 안심이 되지 않았다. 그는 비마에게 말했다. "걱정스런 마음에 사티야키를 들여보냈다. 그러고 나니 이제 사티야키와 아르주나 둘 다 걱정되는구나. 영웅아, 너는 위대한 전사다. 그러니 지금 당장 아르주나와 사티야키를 향해 가거라. 그들의 안전을 확인한 뒤에 큰 소리로 소리를 지르거라. 그래야 안심할 수 있을 것 같구나. 너만 있으면 아르주나와 사티야키에게는 불가능할 것이 없다. 자야드라타도 이미 죽은 목숨이나 다름없다."

비마가 웃으며 대답했다. "아르주나 걱정은 하지 않아도 될 것이오. 허나 형님이 원한다면 가겠소. 내가 외치는 소리를 들을 수 있을 것이오."

비마는 자리를 뜨기 전에 드리스트라디윰나에게 말했다. "나는 아르주나에게로 갈 것이오. 드로나의 맹세를 기억하시지요? 왕 옆을 꼭 지켜주시오. 당신은 그 브라만을 죽일 운명이니 당신과 함께라면 형님은 무사할 것이오."

드리스트라디윰나의 확언과 함께 비마는 카우라바의 진영을 향해 달렸다. 사티야키처럼 그도 아르주나가 남긴 끔찍한 흔적들을 그대로 밟았다. 아르주나와 사티야키가 남긴 흔적을 따라가니 쉽게 속도를 낼 수 있었다. 저항해오는 적들을 손쉽게 처치하고 그는 금방 아르주나에게 닿았다. 가까이 사티야키가 보였다. 멀리 펄럭이는 아르주나의 깃발을 보며 비마가 큰 소리로 외쳤다.

이미 사티야키를 만난 아르주나가 형의 고함소리를 듣고 크리슈나에게 말했다. "비마 형님까지 합세했습니다. 상황이 이렇거늘 저 카우라바들이 이제 어떻게 자야드라타를 보호할 수 있단 말입니까?"

사티야키가 오자 아르주나는 깜짝 놀랐다. 처음에는 유디스티라에 대한 걱정에 그를 책망했다. 하지만 사티야키는 다른 전사들이 왕을 완벽하게 지키고 있다며 아르주나를 안심시켰다. 드로나 역시 자야드라타를 지키느라 여념이 없으니 유디스티라를 공격할 틈이 없다는 것이다. 그제야 아르주나는 사랑하는 제자를 끌어안았다. 게다가 그 짧은 시간에 카우라바 진영을 뚫고 이렇게 오지 않았던가. 그의 용맹을 칭찬하면서 아르주나는 사티야키에게 도움을 요청했다.

이제 일몰까지는 두 시간밖에 남지 않았다. 아르주나 앞에는 아직 카르나와 아슈바타마를 비롯한 다른 전사들이 맞서고 있었다. 드로나도 자야드라타를 지키기 위해 전력투구할 것이었다. 두리요다나도 정신을 차리고 형제들과 함께 전투에 복귀했다. 자야드라타와 아르주나 사이에 수많은 전사들이 지키고 서 있었다. 아르주나가 맹세를 지킬 수 있을지 여부는 지극히 불투명했다. 하지만 비마까지 나타나자 카우라바들은 강풍을 맞은 숲처럼 몸을 떨었다. 아르주나만으로도 힘겨운데 비마와 사티야키까지 합세했으니 쉽지 않은 싸움이 될 것이다.

세 판다바 영웅들은 자야드라타의 마지막 방어선을 향해 달려갔다. 카르나가 뛰쳐나와 비마에게 달려들었다. 카르나는 화살을 퍼부으며 달려들었다. 그 공격을 피해 가며 비마도 화살 공격으로 응수했다. 두 전사는 불타는 석탄처럼 눈을 부라리며 서로를 노려봤다. 자리를 맴돌며 기회를 노리다가 갑자기 상대를 향해 화살을 퍼부었다. 활줄이 벼락치는 소리처럼 튕겼다. 서로에 대한 두려움도 없고 자비도 없었다. 에워싼 군사들은 경이로운 눈으로 두 영웅의 대결을 구경했다. 어떤 이는 카르나의 눈부신 속도를 보며 비마가 열세라 했고, 또 어떤 이는 걷잡을 수 없는 비마의 분노를 보며 카르나는 이제 끝이라고 생각했다.

비마는 전력을 다해 카르나를 공격했다. 카르나에 대한 비마의 분노는 극에 달해 있었다. '우리가 지금껏 고통을 겪었던 첫 번째 이유가 카르나 저놈 때문이다. 주사위 놀이에서 패배한 우리는 보며 드라우파디에게 다른 남편을 찾으라고 했던 자다. 우리는 파멸시키기 위해 언제나 카우라바 놈들과 희희낙락하던 놈이다.'

숲으로 떠나던 날 그가 쏟아부은 조롱이 아직도 비마의 귀에 생생했다. '이제 그놈을 전쟁터에서 만나다니.' 비마는 거침 없이 카르나에게 접근해 화살 공세를 퍼부었다. 아르주나가 날린 화살로 인해 카르나의 전차가 보이지 않을 정도였다. 하지만 카르나도 만만치 않았다. 그는 잘 갈아놓은 강철 화살 아홉 발을 날려 비마의 공격에 응수했다.

비마도 카르나에게 더욱 가까이 다가갔다. 비마가 연거푸 날린 화살에 카르나는 온몸에 상처를 입었다. 판다바는 카르나의 전차를 박살내기 위해 전차를 카르나 가까이 몰고 갔다. 비마의 흑마와 카르나의 백마가 맞붙으니 마치 먹구름과 뭉게구름이 뒤섞인 듯 아름다웠다.

카르나를 죽여버릴 듯 덤비는 비마를 보고 카우라바 군이 비명을 질렀다. 비마가 철퇴를 휘두르자 카르나도 이에 질세라 철퇴로 맞섰다. 철퇴 두 개가 부딪치자 불똥이 튀었다. 엄청난 소리에 지켜보는 사람들의 귀가 먹먹해질 정도였다.

서로에게 접근하기 위해 틈을 노리는 비마와 카르나는 마치 죽음을 각오하고 싸우는 사자처럼 보였다. 전차몰이꾼들이 전차를 뒤로 빼니 두 영웅 사이가 다시 멀어졌다. 두 영웅은 활을 집어들어 화살과 표창을 날렸다. 서로를 향해 빙빙 돌면서 그들은 끝없이 무기를 날렸다.

크리슈나와 아르주나는 비마에게 맡겨진 임무가 너무 무겁다고 생각했다. 분노한 카르나는 버거운 상대임에 틀림없다. 이미 여러 번 겪어 봤지만 지금처럼 실력을 맘껏 발휘하는 카르나를 본 적이 없었다. 마치 만물을 파괴하러 온 죽음의 신처럼 보였다.

하지만 비마는 능숙하게 그의 공격을 막아냈다. 카르나가 날린 화살을 일일이 쳐내는 비마를 보고 모두가 박수를 쳤다. 두 영웅이 싸우는 동안 아르주나와 사티야키도 전투를 벌이고 있었다. 그의 화살에 맞아 쓰러진 코끼리와 말, 군사들이 주변에 쌓여갔다.

바로 그때, 비마가 날린 화살에 카르나의 활이 두 동강났다. 이어 그는 카르나의 전차몰이꾼 한 명을 죽였다. 그리고 다시 화살을 날려 그의 군사들을 공격했다. 화가 난 카르나는 창을 꺼내들었다. 그리고는 힘을 다해 비마를 향해 집어던졌다. 황금과 보석이 박힌 창은 빛을 발하며 무시무시한 속도로 날아갔다. 카르나의 손에서 창이 떠나는 것을 본 비마는 반달 모양의 화살 일곱 대를 연달아 날렸다. 비마가 날린 화살들은 줄지어 날아가 카르나의 창을 토막냈다. 그리고는 스무 발의 화살을 더 쏘아 카르나의 가슴을 맞혔다.

분노한 카르나가 다른 활을 집어들었다. 그리고는 비마가 화살을 재는 사이에 열 발의 화살을 날렸다. 천상의 존재들도 카르나의 날랜 솜씨에 놀랐다. 비마의 전차몰이꾼 비쇼카는 재빨리 전차를 움직여 카르나의 화살을 피했다. 화살은 맥없이 비마 옆을 날아가 땅에 꽂혔다. 두 영웅은 전혀 지친 기색이 없었다. 서로를 향해 조소를 날리기도 하고 비난하기도 하면서 두 사람의 전투는 계속됐다. 서로를 힐난하는 눈초리로 쏘아보며 오직 승리를 위해 싸웠다.

비마가 또 다시 카르나의 화살을 부러뜨렸다. 말 네 필과 남은 전차몰이꾼도 처치했다. 그리고는 여력을 다해 화살을 날려 카르나를 뒤덮었다. 말도 없고 전차몰이꾼도 죽은 데다 카르나 역시 온몸에 상처를 입고 지칠 대로 지친지라 더 이상 공격을 하지 못했다. 궁지에 몰린 친구를 보고 두리요다나가 동생 두르무카Dumukha를 보냈다. 비마의 화살 장막을 뚫고 그는 카르나에게 다가가 전차 위로 끌어올렸다. 하지만 카르나가 전차에 오르기도 전에 비마는 두르무카와 전차몰이꾼까지 모조리 처치해버렸다. 충격을 받은 카르나는 재빨리 죽어 쓰러진 카우라바 주변을 한 바퀴 돌고선 다른 전사의 전차로 달려갔다. 두리요다나의 동생들이 서둘러 달려왔다.

카르나는 다시 한번 판다바를 공격했다. 맹세의 대상이 나타난 것을 보고 비마는 미소를 지었다. 그는 세 명의 왕자를 죽이고 크게 소리 질렀다. 카우라바는 소리에 질려 몸을 떨었다. 멀리서 들려오는 고함소리를 듣고 유디스티라는 가슴을 쓸어내렸다. 아르주나와 비마는 무사했다.

비마의 거센 공격에 감히 아무도 나설 생각을 하지 못했다. 다른 카우라바 왕자 네 명도 비마가 쏜 화살에 맞아 모두 죽음으로 갔다. 마침내 카르나까지 비마에 눌려 퇴각하고 말았다.

비마는 미친 듯이 카우라바에게 달려들었다. 두리요다나의 동생들을 목표로 그는 사슴을 사냥하러 나선 사자처럼 대학살을 시작했다. 그가 쏜 화살은 독사처럼 카우라바들에게 날아가 꽂혔다. 카우라바들이 자신들에게 저지른 일들을 떠올리면서 비마는 그들을 무자비하게 공격했다.

들판을 들쑤시고 다니는 비마 앞에 두리요다나의 또 다른 형제 비카르나가 나타났다. 그는 주사위 놀이 때 드라우파디를 도와준 고마운 자였다. 비마는 그가 항상 판다바를 좋아하고, 그들의 명분을 지지해주었다는 것을 알고 있었다. 하지만 두리요다나를 지지하는 자와 싸우는 것은 그의 의무였다.

두리요다나의 형제를 모두 죽이겠다는 맹세와 크샤트리야의 의무를 떠올리며 비마는 주저하지 않고 비카르나와 그 동생들을 죽여버렸다. 황금 날개가 달린 화살을 쏘아 차례차례 왕자들을 처단했다. 마침내 비카르나는 비마가 쏜 화살에 맞아 쓰러졌다. 왕자가 땅에 쓰러지자 비마는 그에게로 가 주위를 한 바퀴 돌며 예를 표했다. 슬펐지만 더 높은 곳으로 갔을 것이라며 스스로 위안했다. 선한 카우라바의 영웅은 언제나 종교적인 의무에 충실했고 적과 맞서다 죽었다. 그는 분명 천상의 영역으로 갔을 것이다.

비카르나에게 마지막 예를 표한 비마는 다시 전투에 뛰어들었다. 근처에서는 사티야키가 드로나와 맞서 싸우고 있었다. 드로나도 마찬가지였다. 아르주나는 지친 기색도 없이 자야드라타를 향해 나아갔다. 일몰까지 이제 시간이 얼마 남지 않았다.

*   *   *

두리요다나는 충격을 받아 큰 슬픔에 빠졌다. 비마의 공격에 서른 명이 넘는 동생이 목숨을 잃었다. 그는 비두라의 경고를 떠올렸다. 왜 경고를 무시했던가. 비마와 아르주나는 인간 이상의 능력을 가졌다. 그들은 아수라를 몰아내는 인드라와 마하데바처럼 군사들을 절멸시켜 가고 있었다. 사티야키도 트리가르타 부대를 쑥대밭으로 만들고 있었다. 판다바 전사들은 하나같이 신성한 힘의 도움을 받은 듯했다. 어쩌면 크리슈나는 진짜 초월자일지도 몰랐다. 두리요다나는 다나바들의 약속을 떠올렸다. 하지만 아무리 천상의 존재들이 도와준다 해도 절대신의 지원을 받는 자가 공격하면 무슨 소용이 있단 말인가. 수적으로는 분명 약세였지만 판다바는 꾸준히 카우라바 진영을 조여오고 있었다. 삼계의 최고 전사들이 있지만 판다바들에게는 두려움의 대상이 되지 못했다. 두리요다나 자신 또한 할 수 있는 일이 아무것도 없었다. 인드라의 갑옷까지 입었지만 아무 소용이 없었다.

왕자는 하늘을 바라보았다. 태양은 서쪽으로 기울고 있었다. '아니다, 아직 끝난 것이 아니다. 아르주나 앞에는 아직 드로나와 그 아들이 있다. 무적의 카우라바 전사들까지 합세하면 아르주나도 물러설 것이다.'

두리요다나는 전차몰이꾼에게 드로나에게로 가자고 지시했다. 마지막 전략을 짜야 했다. 근처에 있는 전사들을 모아 전선을 구축하면 자야드라타를 막을 수 있을 것이다. 드로나와 카르나, 크리파, 아슈바타마, 샬리야와 다른 전사들이 뭉치면 될 것이다.

두리요다나가 드로나에게로 향하는 동안 사티야키는 부리스라바와 맞섰다. 두 사람 사이에는 부친 때부터 쌓인 감정이 남아 있었다. 사티야키의 아버지 시니Sini는 그 옛날 스와얌바라에서 부리스라바의 아버지 소마닷타를 꺾었다. 시니는 그때 만왕이 보는 앞에서 소마닷타를 질질 끌고 가 발로 차버렸다. 그날 이후 소마닷타는 시바의 환심을 사 그 대가로 자신의 아들이 시니의 아들에게 똑같은 상황을 만들어 앙갚음을 해주게 될 것이라는 약속을 받았다. 그 이후 그 아들들이 만난 것이다.

그들은 깊은 감정의 골만큼이나 수많은 화살을 주고받았다. 둘 중 누구도 기선을 제압하지 못했다. 두 전사는 황소처럼 울부짖으며 접근전을 펼쳤다. 양쪽 모두 전차몰이꾼과 말은 이미 죽고 전차도 박살났다.

겁없는 두 전사는 부서진 전차에서 뛰어내려 칼을 가지고 상대했다. 금과 은으로 세공된 소가죽 방패를 들고 그들은 천천히 서로를 노려봤다. 둘 다 다양한 기술을 선보였다. 공중으로 뛰어올라 칼을 휘두르며 서로를 내리쳤다. 칼 부딪치는 소리가 들판에 가득 퍼졌다. 칼이 갑옷을 치자 사방에 불똥이 튀었다. 그 속도가 워낙 빨라 구경꾼들이 놀라워할 정도였다.

갑자기 두 칼이 세게 부딪치더니 그만 부러졌다. 이제 두 사람은 서로의 허리춤을 잡고 힘을 겨루었다. 서로를 주먹으로 치고 받으며 들판을 굴렀다. 온갖 기술을 선보이며 그들은 서로에 대한 분노를 불태웠다.

사티야키는 서서히 지쳐갔다. 사실 아르주나가 있는 곳까지 오는 데도 초인적인 힘을 발휘한 것이다. 그런데 이제 그 끝이 보이기 시작했다. 이를 놓치지 않고 부리스라바가 사티야키의 머리채를 움켜쥐었다. 들판을 가로질러 그를 끌고 가면서 쿠루의 전사는 연거푸 그를 발로 차고 주먹으로 내리쳤다.

멀지 않은 곳에서 이를 지켜보던 크리슈나가 명했다. "당장 제자를 구하거라. 그대를 위해 싸우다 지쳐버렸다."

부리스라바가 칼을 치켜들어 사티야키의 머리를 막 베려는 참이었다. 위험에 처한 사티야키를 보고 아르주나는 즉각 화살을 날렸다. 곧바로 날아간 화살이 막 칼을 내리치려는 부리스라바의 팔을 잘라버렸다. 부리스라바의 팔은 칼을 그대로 쥔 채 땅으로 떨어졌다. 부리스라바의 어깨에서 피가 뿜어져 나왔다. 분노와 놀라움 속에서 부리스라바는 주위를 둘러봤다. '이런 식으로 전쟁의 규율을 어긴 자가 누구란 말인가?' 경고도 없이 적을 공격하는 것은 상상할 수 없는 일이다.

아르주나의 모습이 보였다. "쿤티의 아들아, 어찌하여 이런 잔인하고 냉혹한 일을 저질렀느냐. 나와 맞서지도 않았는데 내 팔을 잘라버리다니. 드로나가 그렇게 가르쳤더냐. 크리파냐, 아니면 인드라더냐? 아니다. 그들은 이런 짓을 허락할 사람들이 아니다. 너 역시 스스로 이런 짓을 행했을 리가 없다. 저 사악한 크리슈나가 시킨 것이 분명하다. 비천하고 비열한 브리슈니족은 수치스런 짓도 마다하지 않는다. 어찌하여 그런 자를 친구로 삼았느냐, 아르주나. 그 결과를 똑똑히 보아라."

부리스라바에게 다가가며 아르주나가 소리쳤다. "몸이 썩으니 머리도 썩었구나. 너는 지금까지 우리 형제들에게 못된 짓을 저질렀다. 물론 전투의 규율을 모르는 바 아니다. 도덕적인 교훈의 의미도 잘 알고 있다. 크샤트리야는 우군의 지원을 받으며 전쟁을 치른다. 그렇다면 내가 사티야키를 지키지 못할 이유가 어디 있겠느냐가. 그는 자신의 목숨도 버린 채 나를 위해 싸우고 있다. 그를 보호하는 것은 내 임무다. 멀찍이 서서 네가 그를 죽이는 것을 보고 있는 것이 오히려 죄일 것이다."

부리스라바는 상처난 부분을 감싸며 무릎을 꿇었다. 그는 말없이 아르주나의 말에 귀를 기울였다. "사티야키가 무기도 없이 땅에 지쳐 쓰러졌을 때 너는 그를 공격했다. 그래서 나 또한 너를 공격한 것이다. 사티야키는 너의 공격을 맞을 준비가 되어 있지 않았고, 너 또한 내 공격을 받을 준비가 되어 있지 않았다. 그러니 나를 비난하진 말라. 오히려 경계를 푼 네 자신을 책망하라. 나와 같은 상황이었다면 너도 똑같이 했을 것이다. 그렇지 않느냐?"

부리스라바는 말이 없었다. 출혈이 너무 심했다. 부리스라바는 명상에 잠겨 죽음을 맞기로 결심하고 화살로 침대를 만들기 위해 왼팔을 들었다. 남은 힘을 모아 임시로 자리를 만든 그는 자리에 앉아 태양을 향해 눈을 돌렸다. 들판에 있던 모든 전사들이 싸움을 멈추고 존경을 표했다. 이 모습을 본 카우라바들은 크리슈나와 아르주나를 거칠게 비난했다.

아르주나가 말했다. "내가 지휘하는 한 그 누구도 우리 군을 죽일 수 없다. 이것은 내 맹세다. 내가 사티야키를 구했다고 너희들이 나를 비난하는 것은 옳지 못하다. 하지만 영웅들아, 중무장한 전사들이 무기도 없고 전차도 없는 아비만유를 죽인 것은 비난받아 마땅하다."

부리스라바는 여전히 침묵했다. 이미 분노는 사그라들었다. 그는 아르주나와 오랜 친구였고, 그의 말을 들으면서 자신의 잘못을 깨달은 것이다. 예정된 시간이 찾아온 것을 직감한 그는 눈을 감고 비슈누에게 마음을 집중하며 죽을 때까지 명상에 잠기겠다는 맹세를 지킬 준비를 했다.

아르주나가 다시 부리스라바에게 말했다. "위대한 이여, 친구여, 너를 향한 사랑은 내 형제를 향한 사랑과 같다. 자, 크리슈나와 함께 허락하니 하늘로 가라."

크리슈나가 덧붙였다. "그대는 언제나 제사를 지내고 절대자를 경배했다. 이제 찬란한 나의 궁전으로 가거라. 나의 영으로 변해 가루다의 등에 오르거라. 영원한 안식처로 데려다주리라."

크리슈나가 말을 잇는 동안 사티야키가 정신을 차렸다. 옆에 앉아 있는 적을 보고 그는 칼을 빼들고 달려갔다. 모두가 그를 향해 비명을 질렀지만 그는 있는 힘을 다해 칼을 휘둘러 부리스라바의 목을 베었다.

모두가 충격 속에 입을 다물지 못했다. 이미 아르주나에게 처단당한 부리스라바였다. 카우라바 진영에서 누군가가 입을 열었다. "사티야키는 단지 도구였을 뿐 저 영웅의 운명은 이미 정해져 있었다. 창조자께서 사티야키로 하여금 부리스라바를 죽였으니 분노하지 말라. 분노는 슬픔의 근원이다."

두리요다나와 카르나가 사티야키를 비난했다. 피에 물든 칼을 들고 사티야키는 그들을 향해 돌아서서 소리쳤다. "행동은 이미 글렀으니 말이라도 선하게 할 수 없느냐. 나는 이미 오래 전부터 나를 전쟁터에서 쓰러뜨리는 차는 죽여버리겠다고 맹세했다. 부리스라바는 나에게 죽임을 당하도록 운명지어져 있었다. 사람을 움직이는 것은 운명이다. 그러니 나에게 무슨 잘못이 있겠는가. 태초에 발미키^{Valmiki} 현자께서 말씀하셨다. 전투에서는 적에게 고통을 주는 방식으로 행동하라고."

두 진영 사이에 무거운 침묵이 흘렀다. 그 누구도 사티야키의 행동을 칭찬하지 않았다. 오히려 마음속으로는 모두 부리스라바를 찬양했다. 그는 저 높고 성스러운 곳으로 갔다. 그들은 덩그러니 떨어져 있는 부리스라바의 머리를 쳐다봤다. 푸른 빛이 도는 곱슬머리에 붉은 눈을 가진 부리스라바는 죽어서도 여전히 매력을 발산하고 있었다.

추모의 침묵이 끝나자 전사들은 다시 나팔을 불며 전투에 들어갔다. 간디바를 잡으며 아르주나가 크리슈나에게 말했다. "말을 몰아주소서. 해가 지고 있습니다. 신두의 왕은 여전히 최고의 전사들이 지키고 있습니다. 최선을 다해 전차를 몰아주소서."

아르주나의 전차는 거침없이 자야드라타를 향해 돌진했다. 앞에 있는 카우라바 부대만 넘으면 바로 깃발이 있는 곳에 닿는다. 즉각 두리요다나와 카르나, 샬리야, 아슈바타마, 크리파, 브리샤세나가 공격해왔다. 수많은 전차몰이꾼과 기병, 코끼리들이 해변을 덮치는 파도처럼 아르주나를 덮쳤다. 아르주나는 화살을 날려 자신을 포위한 전사들의 몸을 동강내버렸다. 태양이 선홍빛으로 변했다. 아르주나는 쉼 없이 적군을 죽여나갔다. 비록 상황이 불리했지만 카우라바들은 지평선을 향해 가는 태양을 보며 용기를 냈다. 판다바의 맹세는 절대 이뤄지지 않을 것이다.

크리파와 아슈바타마가 아르주나를 막기로 작심하고 협공해왔다. 그들은 크리슈나와 아르주나에게 화살을 퍼부었다. 동시에 두리요다나도 갑옷을 입은 채 카르나와 함께 달려들었다. 뒤에서는 샬리야가 으르렁대며 화살 공격을 퍼붓고 있었다. 아르주나의 속도는 엄청났다. 그는 전차 위에서 빙글빙글 돌면서 사방으로 화살을 날렸다. 적들은 화살에 맞아 쓰러지거나 무기를 떨어뜨렸다.

비마는 카르나에게 달려들어 카르나의 부대를 몰살시켰다. 사티야키는 샬리야와 브리샤세를 맞아 싸웠다. 수천 명의 병사가 목숨을 잃었다.

아르주나는 서서히 앞에 있던 카우라바 군을 퇴각시키기 시작했다. 끝없이 쏟아지는 화살 세례에 적들은 속수무책으로 당했다. 아슈바타마와 크리파가 무예 솜씨를 발휘했지만 아르주나의 화살에는 무용지물이었다. 그는 간디바에 활활 타오르는 화살을 재어 적군을 꿰뚫었다. 하늘은 마치 별똥별이 무더기로 쏟아지듯 찬란하게 빛났다.

수없이 많은 군주와 전사들이 활과 창을 휘두르며 아르주나를 공격해 왔다. 그러나 모두 판다바의 화살을 맞고 그 자리에 쓰러져 죽었다. 간디바의 활소리는 마치 종말의 순간을 맞아 으르렁거리는 구름 같았다. 수만 명의 전사들이 죽음의 땅으로 갔다.

이쯤 되자 카우라바 군은 공황 상태에 빠지기 시작했다. 그들은 혼돈 속에서 서로의 이름을 불렀다. 사방에 피투성이가 된 시체들이 산처럼 쌓여갔다. 죽어가는 자들의 신음과 살아서 으르렁거리는 외침이 한데 뒤섞였다.

카우라바 진영 어디를 둘러보든 모두 아르주나의 공격을 받아 파멸해가고 있었다. 드로나가 전력을 다해 맞섰지만 그 또한 아르주나를 막을 순 없었다. 그는 도주하는 부대원들을 잡기 위해 고함을 질렀다.

이제 일몰까지는 삼십 분도 채 남지 않았다. 아르주나의 눈에 드디어 자야드라타가 보이기 시작했다. 드로나는 자신의 아들과 크리파, 카르나, 샬리야, 두리요다나를 비롯한 다른 마하라타들에게 명하여 아르주나를 막으라고 지시했다. 아르주나가 나타나자 모든 카우라바 전사들이 아르주나를 향해 무기를 던졌다. 적이 코앞에 있지만 접근할 수 없었다. 아르주나는 절망에 빠졌다. 시간이 얼마 남지 않았는데 카우라바 군이 던져대는 창과 화살 때문에 자야드라타의 얼굴조차 볼 수가 없었다.

크리슈나는 친구가 위기에 빠졌다는 것을 알아차렸다. 그가 오른손을 들었다. 그러자 손가락에서 천상의 무기인 수다르샨차크라 원반이 나타났다. 원반을 던지니 그것이 멀리 날아가 태양을 가렸다.

천지가 순식간에 어둠에 갇혔다. 해가 졌다고 생각한 카우라바 군은 환호했다. 자야드라타는 아직 살아 있다. 이제 아르주나가 불 속으로 뛰어들겠다는 맹세만 지키면 되는 것이다. 전쟁은 끝났다.

아르주나도 당황하여 주위를 둘러보다. 크리슈나가 그를 안심시키며 말했다. "아직 시간이 남았다. 자야드라타가 있는 남쪽을 똑바로 보거라. 저들이 손에서 무기를 내려놓았다. 신두의 지도자는 지금 아무에게도 보호받고 있지 않다. 잠시 후면 네 눈에도 그가 보일 것이다. 간디바에 브라흐마의 힘을 실어 그의 목을 베거라."

아르주나는 즉시 크리슈나의 지시대로 했다. 눈부신 황금 화살을 걸어 간디바를 치켜들었다. 크리슈나가 말했다. "저 군주는 아버지로부터 받은 은혜가 있다. 늙은 신두의 왕 브리다크샤트라Vridhakshatra는 아들의 목을 땅에 떨어뜨리는 자는 그 또한 죽음을 맞이할 것이라고 아들을 축복했다. 지금 브리다크샤트라는 조금 떨어진 사만타판차카Samantapanchaka 호수에 앉아서 명상을 하고 있다. 그러니 화살에 주문을 걸어 자야드라타의 머리를 반드시 그 아버지가 있는 곳까지 날려야 한다."

말을 마친 크리슈나는 차크라를 거둬들였다. 다시 빛이 돌아왔다. 태양은 서쪽 지평선 바로 위에 떠 있었다. 아르주나는 즉각 화살을 날렸다.

화살은 자야드라타를 향해 혜성처럼 날아갔다. 그는 방심한 채 전차 위에 서 있었다. 날아간 화살은 그의 머리를 잘라버리고 머리와 함께 하늘로 치솟아 전사들의 시야에서 사라졌다. 먼 길을 날아간 화살은 예상대로 브리다크샤트라의 무릎에 떨어졌다. 예상치 못한 상황에 경악한 군주가 자리에서 일어났다. 아들의 머리가 땅에 떨어지는 순간 왕 또한 머리가 산산이 조각나며 그 자리에서 죽음을 맞이했다.

카우라바들은 슬픔에 잠겨 비명을 질렀다. 그제서야 그들은 조금 전의 어둠이 크리슈나가 만들어낸 것이라는 사실을 깨달았다. 두리요다나는 전차에서 무릎을 꿇었다. 그는 무기를 떨어트린 채 뜨거운 눈물을 흘렸다. 전사들은 아무 말 없이 전장을 떠났다.

크리슈나는 자신의 전략이 주효한 것에 만족하여 아르주나를 끌어안았다. "하늘이 도와 자야드라타와 그의 아비를 죽였다. 그대는 오늘 한 개의 악샤우히니를 전멸시켰다. 대단하다. 그대의 용맹은 감히 루드라에 맞먹는다. 오늘의 참패로 저들은 패배가 가까이 왔음을 절실히 느꼈을 것이다."

아직도 땀을 흘리며 아르주나가 웃었다. "당신의 도움이 없었으면 못 했을 일입니다. 크리슈나여, 당신의 도움을 받는 이가 승리하는 것은 놀랄 일도 아닙니다. 유디스티라 형님은 반드시 왕국을 되찾을 것입니다. 저희 형제는 언제나 당신의 종입니다."

크리슈나는 다시 한번 아르주나를 끌어안은 뒤 판다바 진영으로 전차를 몰았다. 돌아가는 길에 그들은 수 없이 많은 전사들이 들판에 쓰러져 있는 모습을 봤다. 대지는 사람과 코끼리, 말을 비롯한 각종 짐승의 시체와 전차로 가득했다. 시종과 의사들이 나와 신음하는 부상자들을 보살폈다. 들판에는 수백만 개의 화살과 부서진 철퇴, 칼, 갑옷이 나뒹굴었다.

다시 어둠이 찾아오니 대지는 마치 별이 쏟아지는 가을 밤하늘처럼 반짝거렸다.

크리슈나가 나팔을 크게 불어 판다바 군의 가슴을 기쁨으로 물들였다. 아르주나는 유디스티라 앞으로 나아가 합장을 하고 경배를 올렸다. 유디스티라는 전차에서 내려 눈물을 흘리며 동생을 껴안았다. 크리슈나도 전차에서 내려 유디스티라의 발을 만졌다. 유디스티라가 그를 껴안으며 말했다. "그대의 은혜로 우리가 승리를 거두었습니다. 적들은 슬픔의 바다에 빠져 있을 것입니다. 당신이 도우면 모든 일이 이루어집니다. 당신에게 안식처를 구하는 자는 언제나 행운을 얻을 것입니다."

오늘의 결과에 크게 만족한 유디스티라는 크리슈나에 대한 찬양을 멈추지 않았다. 그가 말을 마치자 크리슈나가 대답했다. "사악한 자야드라타는 그대의 분노에 스러진 것이다. 저들은 시간이 가면 갈수록 더욱 불리해져 결국 전멸하고 말 것이다. 그대를 모욕하고 분노케 했으니 저 비열한 두리요다나와 그 추종자들은 파멸을 면치 못할 것이다. 그대의 적이 되려는 자들은 이미 패한 것이나 다름없다."

바로 그때 비마와 사티야키가 갑옷에 화살이 꽂힌 채 들어와 아르주나 앞에 섰다. 두 사람을 동시에 끌어안으며 아르주나가 눈물을 글썽였다. "둘을 다시 보게 되어 기쁘다. 드로나라는 악어와 크리타바르마라는 상어가 돌아다니는 카우라바의 바다에서 풀려났구나. 너희 둘은 내 목숨과도 같다. 두 사람이 나를 지켜준다면 나는 두려울 것이 없다."

판다바들은 기쁨에 차서 나팔을 불며 막사로 돌아갔다. 시인들이 그 뒤를 따르며 오늘의 성과를 칭송했다.

2

카우라바들, 재결집하다

한편 자야드라타의 죽음으로 카우라바 군은 큰 슬픔에 빠졌다. 수많은 사람들이 죽었다. 군사들은 드리타라스트라 왕과 그 아들들을 비난했다. 반면 유디스티라 형제들에 대한 칭송은 갈수록 늘어갔다.

두리요다나는 절망에 빠져 막사로 돌아왔다. 그는 전차에 앉아 고개를 떨궜다. 누군가를 바라볼 용기가 나지 않았다. 그날 벌어진 일들만 계속해서 떠올랐다. 이 세상에 아르주나와 견줄 만한 전사는 없다. 드로나와 크리파, 심지어 카르나도 그 앞에 설 수 없다. 모든 카우라바가 한꺼번에 달려들었어도 자야드라타를 보호할 수 없었을 것이다. 두리요다나는 고통 속에서 눈물을 흘렸다.

두리요다나는 막사로 들어가 자리에 앉았다. 드로나를 비롯한 다른 장군들이 뒤따라 들어왔다. 음악소리는 들리지 않았고 시인들도 입을 닫았다.

감정을 추스르려 애쓰며 그는 슬픔에 찬 목소리로 드로나에게 말했다. "스승이여, 우리에게 벌어진 참극을 보소서. 저 막강한 비슈마도 기운을 잃고 누워 있습니다. 저들에 의해 무려 여섯 개의 악샤우히니가 전멸했습니다. 그토록 견고한 대형을 짰건만 당신의 제자는 자야드라타를 죽이고 맹세를 지켰습니다. 우리를 위해 싸운 지배자들은 죽음의 땅으로 갔습니다. 이 죄를 어찌 갚을 수 있겠습니까. 나는 비겁하게도 나의 친구들과 핏줄을 파멸에 이르게 했습니다. 악만 행하고 죄 많은 나를 대지가 나를 삼켜버려야 합니다. 내 욕망 탓에 할아버지가 저리 누워 있습니다. 다음 세상에서 나를 만나면 뭐라고 하실는지요."

두리요다나는 말을 멈추고 소리내어 울었다. 그리고는 죽은 동생들의 이름을 불렀다. 카르나가 다가가 그를 위로했다. 천천히 안정을 되찾은 그는 자세를 고쳐 앉았다. 그리고도 한동안 손을 쥐어짜고 거친 숨을 몰아 쉬며 정면을 똑바로 응시했다. 그의 마음은 절망과 복수 사이를 오가고 있었다. 아직 다 잃은 것은 아니다. 카우라바에겐 아직 드로나와 카르나, 아슈바타마를 비롯한 막강한 전사들이 남아 있지 않은가. 그들이라면 판다바를 무찌를 수 있을 것이다. 최소한 유디스티라를 죽이든가 생포해올 수 있을지도 모른다. 어떤 경우에도 항복은 없다.

비록 죽을지언정 판다바에게 이 왕국을 넘겨주는 일은 절대 없을 것이다. 그것이야말로 죽은 카우라바의 넋을 위로하기 위해 남은 카우라바가 할 수 있는 마지막 의무이자 예의였다.

두리요다나가 계속해서 말을 이었다. "우리가 평화를 얻는 길은 판다바를 죽이거나 우리가 죽는 것뿐입니다. 이미 적의 꼬임에 넘어가 신의와 신념을 잃은 반역자들도 있습니다. 그들은 이제 판다바를 맹목적으로 찬양하고 있습니다. 비슈마가 죽고 스승께서도 저들과 맞서 싸울 마음이 없는 지금, 우리에겐 더 이상 우리를 보호해줄 사람이 없습니다. 오직 카르나만이 성공을 기대하고 있습니다. 바보같이 나는 말로만 친구인 사람들을 믿었습니다. 욕망에 눈이 멀었고, 그로 인해 희망을 잃었습니다. 하여 자야드라타와 수많은 왕들의 죽음을 막지 못했습니다. 스승님, 그들이 장렬하게 전사한 것처럼 이 목숨도 바치게 해주소서."

드로나는 투구와 장갑을 벗었다. 드로나의 팔은 화살 자국으로 엉망이었다. 의사가 들어와 약초로 그를 치료해주었다. 하지만 상처보다도 두리요다나의 힐난이 더욱 마음을 아프게 했다. 그는 왕자에게 돌아섰다. "왕이여, 어찌하여 송곳보다 더 날카로운 말로 나를 찌르느냐? 나는 그 누구도 아르주나를 이길 수 없다고 누누이 말해왔다. 비슈마가 전사하는 것을 보며 나는 우리가 운명을 받아들여야 한다는 것을 다시 한번 깨달았다. 샤쿠니가 판다바들을 향해 던진 주사위는 결국 날카로운 창이 되어 되돌아왔다. 비두라도 경고했건만 그대는 말을 듣지 않았다. 경고를 무시한 대가는 반드시 치르게 된다. 그것이 우주의 섭리다. 그대의 고집이 일을 이 지경으로 만들었다. 나아가 드라우파디를 모욕한 죄는 결코 용서받을 수 없다."

드로나는 지금껏 두리요다나가 판다바에게 행한 악행을 낱낱이 고함으로써 사필귀정의 원리를 다시 한번 각인시켰다. 이 카우라바는 결국 자신이 판 무덤에 자기가 빠져 아파하고 있는 것이다. 그들은 판다바들과 싸우는 것은 전혀 승산이 없다는 사실도 수없이 경고했다.

드로나는 두리요다나와 그 형제들을 바라보았다. 비마는 이미 그들 중에 절반 가까이를 죽였다. 남은 형제들도 절망과 비탄에 빠져 어찌할 바를 몰라 했다. 드로나는 어떻게든 이들을 보호하는 것이 자신의 의무라는 것을 알고 있었다. 하지만 더 이상 희망이 없었다.

칼을 들고 서서 드로나가 말했다. "난 지금 판다바의 늪에 빠져 허우적거리고 있다. 그러니 화를 돋구지 말라. 왕이여, 내 마지막 결심을 듣거

라. 나는 판찰라가 멸망하는 그날까지 결코 갑옷을 벗지 않을 것이다. 내 아들이 소마카들을 죽일 것이다. 판찰라와 소마카 족이 사라지면 판다바를 무찌를 수 있을 것이다."

드로나가 크리파를 향해 말했다. "여기 무적의 아챠리야Acharya가 있다. 판다바는 결코 그를 죽이지 못할 것이다. 최선을 다해 판다바를 따르는 왕들을 죽이거라. 두리요다나여, 브라만들을 공경하고 따르고 그들에게 보시를 하라. 그리고 성화에 제물을 바쳐 신들을 달래거라. 우리는 최선을 다할 것이다. 나는 내일 선봉에 선다. 반드시 저들의 대열을 깨고 들어갈 것이다."

드로나의 말에 용기를 얻은 왕자는 조금이나마 편해진 마음으로 지친 몸을 뉘였다.

*　*　*

드리타라스트라는 말 없이 옥좌에 앉아 있었다. 산자야가 그의 이마에 물수건을 올려주었다. 늙은 왕은 비슈마가 서른 명이 넘는 그의 아들들을 죽였다는 이야기를 듣고 크게 상심하여 거의 정신이 나간 상태였다. 정신을 차린 뒤에야 왕은 아르주나가 자야드라타를 죽이겠다는 맹세를 지켰다는 사실을 깨달았다. 그는 충격 속에서도 계속 번민하고 있었다. 카우라바 전군이 아르주나 하나를 막지 못하는 상황에서 무슨 희망이 있단 말인가. 눈먼 왕은 속삭이는 듯 작은 목소리로 말했다.

"산자야여, 살아남은 내 아들들은 지금 어찌하고 있는지 말해다오. 시간이 갈수록 내 명성이 빛이 바래는구나. 나를 호위하던 전사들은 이미 세상을 떠났다. 이 무슨 운명의 장난이란 말이냐."

드리타라스트라는 잠시 말을 멈추고 고개를 저었다. "아르주나는 드로나와 카르나가 보호하던 우리 부대를 짓밟았다. 신이라고 해도 그를 막을 수는 없었을 것이다. 게다가 저들에겐 비마라는 막강한 전사가 있다. 절반에 이르는 내 아들들이 죽었다. 비마는 남은 왕자들을 죽일 때까지 결코 멈추지 않을 것이다. 아르주나는 드리스타디움나와 사티야키의 도움을 받아 우리 쿠루의 영웅들을 전멸시키고 말 것이다. 도저히 믿을 수가 없다. 분명 전쟁을 시작할 때는 우리가 저들보다 두 배나 많은 전력을 갖추고 있지 않았더냐. 그런데 지금은 열한 부대 중 겨우 네 개의 부대만이 남았다. 저들에겐 세 개의 부대가 남았으니 이제 전력이 거의 비슷해졌다."

드리스타라스트라는 고개를 푹 숙인 채 산자야의 이야기에 귀를 기울였다. 두리요다나와 드로나 사이에 오간 이야기였다. 드로나가 판다바를 죽이겠다고 맹세하는 대목에서 왕은 용기를 얻었다.

전쟁은 아직 끝나지 않았다. 드로나와 카르나는 아직 살아 있고, 크리파와 아슈바타마를 비롯한 몇몇 전사들도 아직 살아 있다. 분노에 차서 자야드라타의 죽음을 갚아주려 칼을 갈고 있을 것이다.

아르주나도 분명 격렬한 전투로 인해 피곤에 지쳐 있을 것이다. 지금부터 전세가 바뀔지도 모른다. 전쟁에서는 희망이 사라진 뒤에도 끝까지 싸우는 부대가 이기기도 하는 법이다.

왕이 힘을 얻는 것을 보고 산자야가 말했다. "왕이여, 하지만 크리슈나가 판다바의 조언자이자 보호자라는 사실을 간과해서는 아니 됩니다. 오늘의 승리는 크리슈나의 공이 큽니다. 크리슈나를 상대하는 순간 희망은 사라진다고 보셔야 합니다. 그는 정의의 수호자이며 악을 처단하는 자입니다. 죄에 물들어 선을 버린 자들은 결국 끔찍한 결과를 맞지 않았습니까. 이제 우리에게 남은 유일한 희망은 저들에게 재산을 되돌려주는 것입니다. 허나 그 기회는 이미 지나갔습니다. 저는 두렵습니다. 결국 크샤트리야는 흔적조차 없이 파괴될 것입니다."

드리타라스트라는 자리에서 일어나 크리슈나가 보여주었다는 그 믿을 수 없는 광경을 머릿속으로 그려보았다. 함께 있던 현자들도 지금껏 크리슈나가 세운 공적을 들려주었다. 드리타라스트라도 물론 그 명성을 익히 들어 알고 있었다. 크리슈나에 대한 현자들의 칭송은 계속되었다.

크리슈나를 생각하니 갑자기 편안한 감정이 밀려왔다. "우리가 만에 하나 판다바를 무찌른다 해도 그 이후에는 크리슈나와 맞서야 한다. 그는 판다바를 위해 세상을 절멸시킬 듯한 기세로 우리에게 달려들 것이다. 쿠루를 멸망시키고 쿤티에게 이 세상을 바칠 것이다. 나는 우리가 승리할 수 있을지 잘 모르겠다. 두리요다나는 크리슈나의 초월적인 능력과 힘을 경시했다. 아르주나와 크리슈나는 영혼으로 동맹을 맺은 사이다. 그들의 목표는 단 하나, 시바라 해도 그들을 막을 수는 없을 것이다."

아들을 생각하니 다시 슬픔이 차 올랐다. 그를 다시 볼 수 있을까? 불가능할 것이다. 전투에서 전사할 가능성이 높다. 하지만 운명은 누구도 모르는 일. 크리슈나도 아비만유의 죽음은 막지 못하지 않았던가. 그는 결코 친구의 아이들이 죽는 것을 원치 않았을 것이다. 왕은 어쩔 수 없는 운명이라 생각하면서도 다시 한번 저항하겠다는 희망을 안고 자리에서 일어났다. 수행인들이 그를 따랐다. 그는 산자야에게 다음날의 전투 상황을 자세히 일러달라고 당부하고는 자리를 떴다.

* * *

전쟁이 시작되고 열네 번째 해가 떠올랐다. 두리요다나는 어제의 결과를 분통해하며 카르나에게 말했다. "어떻게 아르주나가 우리를 뚫고 들어올 수 있었단 말이오? 게다가 내 눈앞에서 자야드라타를 죽이다니. 아무리 크리슈나의 계획이라 해도 절대 불가능한 일이오. 그 거대한 부대가 차크라의 아들에 의해 한 줌으로 변하다니. 아마도 드로나가 바란 일일 것이오. 나는 그가 최선을 다했다고 생각하지 않소. 만약 그가 어제 아르주나를 전력으로 상대했더라면 자야드라타는 결코 죽지 않았을 것이오. 드로나는 아르주나에게 지나치게 관대하오. 그가 자야드라타를 지켜준다고 한 약속을 믿은 내가 어리석었소. 이제 나는 어찌해야 한단 말이오."

카르나는 고개를 저었다. "왕이여, 드로나를 탓할 일이 아니라고 생각하오. 그는 목숨을 걸고 적과 맞서 싸웠소. 그가 크리슈나의 후광을 업은 아르주나를 막지 못한 것은 맹세를 지키지 못할 것일 뿐 그의 잘못은 아니라고 생각하오. 갑옷으로 무장하고 간디바의 활을 휘두르는 그는 결코 만만한 상대가 아니오. 그가 드로나를 정복한 것은 당연한 결과요. 게다가 드로나는 이미 늙었고 과거에 비해 몸도 덜 민첩하오. 그런 그가 어떻게 아르주나를 제대로 상대할 수 있었겠소."

카르나와 두리요다나는 이렇게 어제 일을 떠올리며 전차에 앉아 있었다. 그런 그들 앞으로 판다바 군이 지평선을 가득 메우고 있었다. 갑옷을 입고 빛나는 무기를 든 그들은 마치 번쩍이는 바다 같았다. 그들의 함성과 나팔소리는 하늘을 흔들었다. 카우라바 군도 이에 질세라 함성으로 응수했다.

카르나는 투구를 내려놓으며 말했다. "운명이라는 것은 참으로 대단하오. 우리가 그렇게 노력하고 전력도 우세했고, 뛰어난 전사들이 많았음에도 불구하고 결국 운명의 여신은 우리의 노력을 헛것으로 되돌려놓았소. 왕이여, 운명을 거스르는 자에게는 아무것도 남지 않는 법이오. 지금껏 그토록 치열하게 저들을 상대해왔지만 저들은 마치 철옹성처럼 끄떡없지 않소. 이는 결코 저들이 우리보다 뛰어나거나 지략과 전력이 앞서기 때문이 아니오. 우리 또한 이해가 부족하여 잘못된 판단을 내린 것도 아니오. 운명이 모든 것을 좌우했기 때문이오. 만약 운명이 우리편이 아니라면 우리는 이를 받아들여야 하오. 우리가 할 수 있는 것은 그것뿐이오."

두리요다나는 아무 말도 하지 않았다. 카르나의 말이 옳을지도 모른다. 운이라는 것은 분명 판다바를 따르고 있다. 하지만 운이라는 것은 있을 때도 있고 없을 때도 있는 법이다. 단지 지금까지는 판다바에게 운이 따랐던 것이다. 드로나는 판찰라와 소마카를 제거하겠다고 약속했다. 그가 맹세를 지킨다면 카우라바는 승리할 수 있을 것이다. 왕자는 이를 악물고 드로나를 바라봤다. 드로나는 대형을 짜느라 분주했다. 더 이상 그를 힐난하는 것은 아무 도움이 되지 않을 것이다.

두리요다나는 전차를 타고 또 다른 쿠루의 수장들이 있는 곳에 멈춰섰다. 그는 그들에게 대열을 짤 것을 지시했다. 전략 회의 끝에 카우라바는 거북이 모양의 대형을 조직했다. 판다바는 그에 맞추어 상어 모양의 대형을 짜고 카우라바가 오기를 기다렸다.

두 부대는 순식간에 큰 소리를 내며 맞붙었다. 또 다시 무기들이 부딪치며 전투가 시작되었다.

가능하면 전투를 빨리 끝내기로 마음먹은 비마가 카우라바 왕자들을 찾았다. 그러나 그는 적진에 들어서자마자 카우라바의 코끼리 부대와 기병들에게 포위되고 말았다. 격렬한 전투가 시작되자 드리스타디움나와 쌍둥이는 마드라카 부대를 향해 달려들었다. 수샤르마와 삼샤프타카의 잔여 병력은 다시 한번 맹세를 상기하며 아르주나에게 달려들었다. 사티야키는 유디스티라를 지키며 쉬크한디와 다른 전차 부대의 공격을 받아 내고 있었다.

드로나는 판찰라들에게 수만 대의 화살을 퍼부었다. 천상의 무기를 일으키며 그는 재빨리 움직였다. 소마카 부대의 선두를 지키는 강력한 군주 시비가 드로나에게 도전했다. 그는 순식간에 서른 발의 화살을 날려 전차몰이꾼을 죽였다. 드로나도 광분하여 강철 화살을 날려 시비의 말 네 마리를 죽이고 시비의 머리에 치명상을 입혔다.

두리요다나는 재빨리 또 다른 전차몰이꾼으로 하여금 드로나의 전차를 몰라고 지시했다. 드로나는 계속해서 판찰라와 소마카를 상대로 싸웠다.

카우라바 왕자들에게 둘러싸인 비마는 사방에서 화살 공격을 받았다. 하지만 비마는 그들은 신경조차 쓰지 않고 전차에서 뛰어내려 그들 중 한 명에게 달려들었다. 그리고는 그의 전차에 뛰어올라 주먹을 날렸다. 갈비뼈가 모두 부러지는 고통을 느끼며 카우라바는 전차 위에 그대로 쓰러졌다. 비마는 전차에서 내려 계속 같은 방법으로 왕자들을 한 명 한 명씩 죽여나갔다. 카르나는 카우라바의 진영에 들어와 전차 사이를 오가며 왕자들을 공격하고 있는 비마를 향해 불화살을 쏘아댔다. 비마는 그 화살을 잡아서 그대로 카르나에게 되던졌다. 화살이 카르나를 향하자 샤쿠니가 날카로운 창 끝으로 그것을 막아냈다. 바마는 주먹을 날려 또 다른 카우라바 왕자를 끝장냈다. 그러더니 전차로 돌아가 나팔을 불었다.

황금 날개가 달린 화살을 퍼부으며 그는 두리요다나의 형제 중 하나인 두르마다Dumada의 전차를 무자비하게 공격했다. 두르다마는 결국 동생인 두스카르나Duskarna의 전차로 도망쳤다. 둘은 수많은 화살을 쏘아대며 비마에게 저항했다. 하지만 비마는 재빨리 두스카르나에게 달려들어 그의 전차를 부숴버렸다. 비마는 놀라서 도망가려는 형제를 잡아 주먹 세례를 퍼부었다. 계속된 비마의 공격에 그들은 결국 만신창이가 되어 죽음을 맞이했다.

비마의 용맹을 보면서 카우라바 군은 공포에 떨었다. "이는 분명 루드라가 우리를 죽이기 위해 비마가 되어 살아돌아온 것이다. 살고 싶으니 제발 도망갈 수 있게 해주소서."

군사들은 도망가느라 정신이 없었다. 비마는 전차를 돌려 두리요다나와 크리파, 그리고 카르나와 맞섰다. 그가 싸우는 동안 많은 판다바 전사들이 그를 지원하러 왔다. 또 다시 격렬한 전투가 벌어졌다.

전장 한쪽에서는 사티야키와 소마닷타가 맞닥뜨렸다. 아들의 죽음에 분개한 쿠루의 지도자는 크게 외쳤다. "어찌하여 엄숙한 종교의 약속을 잊고 악으로 빠져들었느냐? 전사라는 자가 어찌 무기를 내려놓은 적을 공격할 수 있단 말이냐? 악한 자여, 너는 분명 그 행동에 대한 대가를 치를 것이다. 내 두 아들의 이름을 걸고 맹세한다. 나는 오늘 여기서 너를 죽일 것이다. 그렇지 않으면 내 목숨을 내놓으리라. 자, 준비해라."

소마닷타는 나팔을 불더니 마치 사자처럼 포효했다. 격분한 사티야키가 바로 받아쳤다. "쿠루족의 후예여, 나는 당신이 두렵지 않소. 크샤트리아의 의무를 다하는 자는 그 따위 협박에 두려워하지 않는 법. 덤비시오. 당신이 혼자든 무리를 지어 오든 나는 당신을 죽여버리고 말 것이오. 당신의 아들은 내가 죽인 수많은 쿠루족 전사들 가운데 하나일 뿐이오. 성스럽고 진실된 유디스티라의 화를 사서 변을 당한 것이오. 당신 또한 그들과 같은 길을 걷게 될 것이오. 크리슈나의 이름과 지금껏 내가 행한 모든 경건한 행동을 걸고 맹세하건대, 나는 오늘 당신을 죽이고 말 것이오."

두 전사의 전투는 치열했다. 조금 떨어진 곳에서 이를 보고 있던 두리요다나는 기병 부대를 보내 소마닷타를 도우라고 명했다. 일만 명에 이르는 군사들이 사티야키를 포위한 채 화살 세례를 퍼부었다. 드리스타디움나는 사티야키의 상황을 보고 판다바 군사들에게 원군을 요청했다. 두 부대가 맞닥뜨리니 귀가 터질 듯한 굉음이 터져나왔다. 소마닷타는 사티야키에게 계속 창을 집어던지며 공격을 집중했다. 브리슈니의 영웅 사티야키도 그에 대항해 창을 던져가며 소마닷타를 공격했다. 사티야키의 창이 소마닷타의 갑옷을 뚫었다. 소마닷타는 결국 기절하고 말았다. 전차 몰이꾼이 기절한 소마닷타를 업고 전장에서 도망쳤다.

소마닷타가 퇴각하자 이번에는 드로나가 전투에 뛰어들었다. 드로나는 무기를 휘두르며 수천 명의 적을 상대하고 있는 사티야키에게 달려들었다. 드로나의 공격을 받는 사티야키를 보고 유디스티라와 쌍둥이가 합세했다. 그들은 사방에서 드로나를 공격하면서 사티야키에게로 집중된 공격을 분산시켰다. 비마와 드리스타디움나도 합세했다. 두리요다나와 카르나, 크리파도 드로나를 도우러 왔다. 거대한 원군을 등에 업은 두 영웅을 중심으로 광폭한 결전이 펼쳐졌다. 화살과 표창, 창을 비롯한 온갖 무기가 난무했다.

여기저기서 철퇴가 불똥을 튀기며 맞붙었고, 칼이 서로 부딪혔다. 격노한 전사들은 서로의 목을 베고 찌르느라 정신이 없었다. 잘려나간 군사들의 시체가 전장을 뒤덮었다. 온갖 비명과 포효와 함께 군사들은 점점 쓰러져갔다.

한편 가토트카차는 조금 떨어진 곳에서 전장을 휘젓고 있었다. 라크샤사의 왕은 곰가죽으로 치장한 검은 쇠로 만든 팔륜 전차에 당당하게 서 있었다. 그의 전차는 완벽하게 무장한 채 전쟁터 여기저기를 오갔다. 말 그대로 천상의 전차였다. 코끼리를 닮은, 뿔이 달리고 붉은 눈을 가진 지하 세계의 괴물이 그의 전차를 끌었다. 깃발에는 날개를 활짝 펼친 검은 독수리 한 마리가 위용을 자랑하고 있었다. 그 위에 선 가토트카차는 마치 어두운 산처럼 보였다. 긴 송곳니와 화살 모양의 귀, 감히 범접할 수 없는 눈에서 뿜어져 나오는 강한 기운에 카우라바 군사들은 바로 달아났다. 그는 철퇴와 창, 바위와 나무로 무장한 라크샤사 악샤우히니에 에워싸여 있었다. 그들이 전진하자 세상이 흔들렸다.

그가 전진하는 것을 보면서 아슈바타마가 앞에 나섰다. 아슈바타마는 자신의 무용을 자랑하듯 라크샤사 병사들의 움직임에도 꼼짝하지 않고 서 있었다. 가토트카차는 비웃으며 신비한 힘을 발휘하여 아슈바타마 부대에 엄청난 바위를 쏟아부었다. 바위와 함께 화살과 창, 도끼도 떨어져 내렸다. 화살에 주문을 걸어 퍼부으며 아슈바타마는 무기들을 막아냈다. 가토트카차는 이어 쉰 발의 화살을 날려 아슈바타마의 갑옷과 몸을 뚫었다. 드로나의 아들은 평정을 찾으려 노력하며 계속해서 화살을 날렸다. 공격에 휘청한 가토트카차가 바깥쪽이 날카로운 수레바퀴를 꺼내들었다. 그리고는 머리 위에서 그것을 수없이 돌리더니 아슈바타마에게 집어던졌다. 그러나 아슈바타마는 반달 모양의 화살을 날려 날아오는 바퀴를 박살내버렸다. 마치 운명을 거스르듯 바퀴는 땅에 고꾸라졌다. 화가 난 가토트카차는 화살을 퍼부어 아슈바타마를 완전히 덮어버렸다. 라크샤사의 아들인 안자나파르바Anjanaparva가 아버지 옆으로 와 공격에 가담했다. 그는 끝이 날카로운 창을 던지며 아슈바타마를 공격했다.

완전히 창에 뒤덮인 아슈바타마는 마치 소나기에 흠뻑 젖은 메루 산처럼 보였다. 그의 전차몰이꾼이 재빠르게 전차를 돌렸다. 공격에서 벗어나자마자 그는 안자나파르바에 대항해 화살을 날렸다. 두 개의 창을 날려 두 명의 전차몰이꾼을 죽이고 말까지 죽인 뒤 날카로운 화살로 그의 활을 부수었다.

안자나파르바는 전차에서 내려 화려하게 장식된 자신의 언월도를 휘둘렀다. 그러나 아슈바타마에게 조준을 하기도 전에 드로나의 아들이 화살을 날려 칼을 두 동강내버렸다. 라크샤사는 자신의 무기를 박살낸 아슈바타마를 향해 철퇴를 집어던졌다. 안자나파르바는 하늘로 뛰어올라 나무와 돌을 적진에 퍼부었다. 동시에 가토트카차는 수천 개의 불화살을 아슈바타마에게 날렸다. 가토트카차의 공격을 받아내며 안자나파르바와 싸우고 있던 아슈바타마는 안자나파르바를 향해 수십 개의 화살을 쏘았다.

라크샤사가 땅으로 내려오자 아슈바타마는 촉이 넓은 화살을 쏘았다. 주문이 실린 그 화살은 안자나파르바의 머리를 갈기갈기 찢어버렸다. 슬픔과 분노에 사로잡힌 가토트카차가 외쳤다. "일어나 싸워라. 너희는 오늘 결코 살아 돌아가지 못할 것이다."

아슈바타마는 활을 내려놓고 비웃으며 대답했다. "너는 다른 자와 싸워야 한다. 비마의 아들인 너는 내 아들과 같다. 내가 너랑 싸우는 것도, 너에게 분노를 품는 것도 옳지 않다. 그러니 지금 떠나라. 본디 분노한 자는 그 분노를 억누르지 못해 자기 자신을 죽일 수도 있는 것이다."

가토트카차는 더욱 분노하여 큰 소리로 외쳤다. "내가 그 말에 넘어갈 것이라 생각하느냐? 나는 라크샤사의 황제다. 내 용기는 머리가 열 개 달린 라바나에 못지 않다. 드로나의 아들아, 이제 너를 끝장내주마."

화가 난 라크샤사는 아슈바타마를 향해 긴 창을 던졌다. 그러나 아슈바타마는 그 창이 닿기도 전에 모두 떨어트려버렸다. 그들은 서로를 향해 화살 세례를 퍼부었다. 화살들은 공중에서 맞붙어 불꽃을 일으키며 땅으로 떨어졌다. 가토트카차는 신비한 힘을 일으켜 갑자기 사라졌다가 산의 형상을 하고 나타났다. 그와 함께 정상에는 커다란 분수가 만들어져 창과 화살, 칼과 봉을 마구 뿜어냈다.

침묵을 지키고 있던 아슈바타마는 라크샤사의 환상을 없애기 위해 인드라의 벼락과 바즈라를 불러냈다. 가토트카차는 다시 활을 흔들며 하늘에 나타났다. 그리고는 아슈바타마에게 무수한 돌덩이를 퍼부었다. 돌이 한꺼번에 쏟아지면서 온 세상이 흔들렸다. 아슈바타마는 주문을 외워 천상의 무기인 바야비야를 불러냈다. 아슈바타마가 쥐고 있던 활에서 무수히 많은 화살이 쏟아져 나와 하늘에서 떨어지는 돌을 다 깨뜨렸다. 그는 그 신성한 바람으로 수천 명이나 되는 라크샤사의 군대를 맞아 천천히 궤멸시켜 갔다.

가토트카차는 땅으로 돌아와 다시 전차에 올랐다. 그리고는 라크샤사 원군의 도움을 받으며 진격했다. 아슈바타마는 공격에도 꿈짝하지 않고 서 있었다. 비마의 아들이 이끄는 부대는 마치 루드라를 등에 지고 떼지어 달려드는 것 같았다.

가토트카차는 번개처럼 열 발의 화살을 아슈바타마에게 날렸다. 화살을 맞은 전차가 흔들렸지만 아슈바타마는 흔들리지 않았다. 가토트카차는 다시 화살을 날려 아슈바타마의 활을 부러뜨렸다. 아슈바타마는 순식간에 다른 활을 꺼냈다. 그리고는 천상의 무기를 불러 일으켜 수십만 발의 화살을 날렸다. 라크샤사들은 마치 사자에게 습격을 당한 코끼리떼 같았다. 날아간 화살들은 병사들의 갑옷을 뚫고 두꺼운 가죽을 파고들었다.

아슈바타마는 마치 그 먼 옛날, 아수라인 트리푸라Tripura를 무찌르던 시바와 같았다. 그가 부린 천상의 무기는 수많은 라크샤사의 목숨을 빼앗아갔다. 더욱더 많은 마귀들이 지하 세계에서 솟아올라 가토트카차 군에 합류했다. 그들은 한몸이 되어 아슈바타마를 향해 달려가 철퇴와 바즈라를 비롯한 각종 무기를 휘둘러댔다. 그들은 드로나의 아들에게 마구 잡이로 무기를 집어던지며 괴성을 질렀다. 아슈바타마에게로 향하는 무기들을 보며 카우라바들은 분노했다. 다행이 드로나의 아들이 나서 그 무기들을 다 밀어냈다. 그리고는 천상의 무기를 써서 라크샤사를 쑥대밭으로 만들어버렸다. 그의 활에서 발사된 화염 표창은 라크샤사 군을 완전히 삼켜버렸다. 아슈바타마는 가토트카차의 군대를 궤멸시켜버렸다.

분노를 이기지 못한 가토트카차는 전차몰이꾼을 향해 아슈바타마에게 달려들라고 명령했다. 그는 마치 독을 품은 뱀처럼 아슈바타마를 향해 화살을 퍼부었다. 길다란 갈고리 화살로 드로나의 아들을 뒤덮어버린 가토트카차가 괴성을 내질렀다. 다른 전사들도 두 영웅을 지원하기 위해 전투에 뛰어들었다. 드리스타디윰나는 가토트카차를 도왔고, 샤쿠니와 그의 부하들은 아슈바타마를 도왔다. 드루파다 부대는 두리요다나 무리를 공격했고, 비마는 거대한 철퇴를 휘두르며 이들을 지원했다. 격렬한 전투가 벌어졌다.

바로 그때 아슈바타마가 죽음의 화신이 들고 있는 지팡이를 닮은 화살을 날렸다. 인드라의 힘이 실린 화살은 정확하게 가토트카차의 가슴을 가격했고, 결국 그는 땅에 떨어졌다. 가토트카차가 전차에서 떨어지는 것을 본 드리스타디윰나는 그를 재빨리 잡아채 전차에 싣고 달아났다.

3

어둠속에서의 전투

　서쪽 언덕에 햇빛이 비치자 사티야키는 소마닷타와 다시 한번 맞닥뜨렸다. 그는 전차몰이꾼을 향해 쿠루로 가라고 명했다. "때가 왔다. 나는 그를 죽이기 전까지 결코 물러서지 않을 것이다."

　소마닷타도 전혀 두려워하는 기색 없이 사티야키와 대면했다. 두 크샤트리야는 서로를 향해 창을 겨눴다. 둘 다 광폭한 소리를 내며 서로에 대한 공격을 그치지 않았다. 상처에서 피가 분수처럼 뿜어져 나왔지만 둘다 물러서지 않았다. 서로를 쏘아보며, 서로의 약점을 찾기 위해 긴장을 늦추지 않았다.

　소마닷타의 아버지 바흘리카가 아들을 지원하러 왔다. 이를 본 비마역시 사티야키의 지원군으로 나섰다. 두 전사는 억수같이 쏟아지는 화살아래서 대면했다. 비마는 갑옷을 튕겨 나가는 화살 따위는 신경조차 쓰지 않고 활을 꺼내 들었다. 비마가 먼저 바흘리카를 향해 화살을 날렸다. 예상했던 대로 바흘리카는 화살이 닿기도 전에 모두 막아냈다. 그리고는 비마를 향해 끝이 가시처럼 뾰족한 강철 화살을 쏘았다. 전속력으로 날아간 화살은 비마의 가슴에 명중해 그의 갑옷을 뚫고 들어갔다. 비마는 몸을 후들후들 떨면서 기절해버렸다. 바흘리카가 가까이 왔을 때 다시 정신을 차린 비마는 바흘리카를 향해 철퇴를 날렸다. 철퇴는 불덩이처럼 바흘리카를 향해 날아가 정확히 그의 이마를 뚫었다. 쿠루의 장군은 그 자리에서 즉사하고 말았다.

사티야키와 혈전을 벌이고 있던 소마닷타는 아버지의 죽음에 큰 소리로 울었다. 소마닷타는 분노에 차 비마를 목표로 계속해서 화살을 날렸다. 사티야키는 계속 화살을 퍼부어 그를 비마에게서 떨어트려 놓았다. 소마닷타는 격앙된 상태로 전투를 계속했다. 그는 사티야키의 활을 두 동강내더니 화살 세례를 마구 퍼부었다. 사티야키도 이제 질세라 활을 집어들어 소마닷타를 공격했다. 계속되는 사티야키의 공격에 소마닷타의 깃대가 넘어가고 말과 전차몰이꾼이 죽었다. 더욱 분노한 소마닷타는 자리에서 일어나 사티야키 주변을 화살로 뒤덮었다. 화살 공격 속에서도 사티야키는 창을 들어 소마닷타의 가슴을 향해 던졌다. 하지만 소마닷타는 그 창을 가볍게 동강내버렸다.

사티야키는 울분을 주체하지 못하고 소마닷타의 활을 산산조각냈다. 동시에 반달 모양의 화살을 쏘아 적의 갑옷을 부서뜨렸다. 순간적으로 소마닷타가 정신을 잃었다. 기회를 놓치지 않고 사티야키는 긴 황금 화살을 들어 주문을 실어 소마닷타를 향해 쏘았다. 화살은 정확히 소마닷타의 가슴에 명중해 그의 심장을 반으로 쪼개버렸다. 소마닷타는 마치 뿌리가 동강난 사라수처럼 전차에서 떨어졌다. 그 광경을 지켜보던 카우라바들은 고통에 몸부림쳤다. 그 틈을 타서 판다바는 카우라바를 궁지로 몰아가며 공격을 계속했다. 유디스트라와 쌍둥이 역시 비마를 앞세우고 적을 향해 성큼성큼 나아갔다.

상황이 위급해지자 두리요다나는 카르나를 찾아갔다. "친구여, 드디어 때가 왔소. 병사들을 구해야 하오. 마치 인드라가 아수라를 박살내듯이 저들이 우리를 짓밟고 있소."

카르나는 불안해하는 카우라바를 안심시키며 말했다. "왕이여, 그리하겠소. 바로 지금이 아르주나를 제거할 순간이오. 아르주나만 제거한다면 그 형제들 또한 끝날 것이고, 그대는 승리를 거머쥘 수 있을 것이오. 나에겐 인드라가 준 무적의 표창이 있소. 먼저 아르주나를 죽이고 나머지 판다바들도 해치운 뒤에 그대에게 이 세상을 바칠 것이오."

말을 마치고 나서 카르나는 자리에서 일어나 전차가 있는 곳으로 갔다. 그리고는 황금 상자를 열어 그 속에 있는 표창을 바라보았다. 지금껏 단 한 번도 사용해보지 않은, 아니 사용할 기회조차 없었던 인드라의 선물이었다.

아르주나는 지금도 격렬히 싸우고 있다. 하지만 모든 것이 절정에 이르렀다. 전쟁은 극으로 치닫고 있다. 이제 곧 전쟁은 끝날 것이다. 어쩌면 단 한 번에 아르주나와의 전투를 끝낼지도 모른다. 이쪽이 죽든 저쪽이 죽든 어찌 되었든 최후의 만남의 될 것이다.

가까이 있던 크리파가 카르나의 말을 엿들었다. 그가 웃으며 말했다. "라다의 아들아, 말은 쉬운 법이니라. 네 말처럼만 된다면 두리요다나는 아마 자신이 성공했다고 생각할 테지. 하지만 영웅아, 우리는 지금껏 네가 말을 행동으로 옮기는 것을 본 적이 없구나. 너는 그동안 판다바와의 싸움에서 늘 패배하지 않았더냐."

그러면서 크리파는 카르나에게 간다르바에서 일어났던 일과 비라타에서의 전쟁에 대한 기억을 상기시켜주었다. "네 말은 허풍에 불과하다. 아르주나를 만나는 순간 그 입은 멈추게 될 것이야. 맘껏 떠들거라. 이제 곧 화살에 찔려 영원히 입을 다물어야 할 테니."

크리파의 말에 화가 난 카르나가 쏘아붙였다. "브라만이여, 어찌하여 나를 모욕하시는 겁니까? 자신의 힘을 아는 현자는 그 힘에 대해 말하는 법이라 했습니다. 그리하여 큰 공적을 세우기 위한 영감을 얻는 법이지요. 제 자랑이 말뿐이 아니라는 것을 곧 보게 될 것입니다. 이제 곧 아르주나와 크리슈나, 드리스타디윰나와 그의 추종자를 모두 전멸시킬 것입니다."

그 말에 크리파는 경멸하는 눈빛으로 카르나를 바라봤다. "헛일이다. 삼계에 있는 그 어떤 존재도 아르주나를 죽일 수는 없다. 유디스티라 또한 만만한 상대가 아니다. 그는 자신이 원하기만 하면 이 세상을 멸망케 할 수도 있는 능력을 지녔다. 그의 열정과 연민 덕분에 우리가 생을 이어 가고 있거늘. 크리슈나도 언제나 자신과 형제들을 보호하고 있다. 크리슈나가 어디에 있는지는 아무도 모른다. 다가갈 수도 없다. 아르주나를 상대할 수 있다고 생각하는 것 자체가 그들에겐 큰 모욕이다."

카르나는 애써 미소를 지으며 다시 입을 열었다. "물론 당신의 말도 맞습니다. 판다바는 이 세상의 전부, 아니 그 이상입니다. 하지만 저는 그보다 더 크며, 하여 반드시 저들을 무찌를 것입니다. 저를 과소 평가하지 마십시오. 저에게는 인드라의 표창이 있습니다. 누구에게 던지든 상대를 정확히 꿰뚫을 것입니다. 인드라께서 그리 말씀하셨습니다. 신의 말씀은 절대로 틀리지 않습니다. 나는 이 창을 아르주나에게 겨눌 것입니다. 제가 그를 죽인다면, 그는 천국에서 그의 아버지를 만나게 되겠지요. 허나 그의 형제들은 상심하여 더 이상 전투를 계속할 수 없겠지요. 이것이 바로 내가 승리를 장담하는 이유입니다."

간신히 침착하게 말을 마친 카르나는 이성을 잃었다. 크리파를 향해 거친 말을 퍼부으면서 크리파가 판다바를 옹호한다는 이유를 들어 한 번 더 그런 이야기를 하면 공격을 가하겠다고 경고했다. 그의 목소리는 낮아지지 않았다. "나는 판다바의 공적에서 용맹이라고는 찾아보질 못했습니다. 비슈마나 바가닷타, 부리스라바, 소마닷타, 자야드라타와 같은 전사들이 전장에서 믿는 것은 오로지 운명뿐이지요. 허나 드로나가 살아 있는데 저들이 감히 어찌 당신과 나, 그리고 우리의 왕과 전사들을 죽일 수 있겠습니까. 운명의 장난이라면 어쩔 수 없겠지만 당신은 어찌하여 우리의 적을 찬미하십니까. 당신은 이제 곧 내가 저들과 만나 진정한 힘을 발휘하는 모습을 보게 될 것입니다."

아슈바타마는 카르나가 자신의 외숙부를 힐난하는 소리를 들었다. 드로나의 아들은 지금까지 카르나와 오랜 시간을 함께하지 못했다. 그는 예의라곤 알지 못하는 아이였다. 하지만 이제는 너무 늦었다. 크리파는 브라만이자 쿠루의 스승이었다. 고작 전차몰이꾼의 아들에게 비난받을 상대가 아닌 것이다.

카르나의 무례한 모습에 아슈바타마는 칼을 꺼내들고 전차에서 뛰어내렸다. "어디서 감히 그런 말을 지껄인단 말이냐? 스승께서는 아르주나와 그 형제들에 대해 진실을 말씀하신 것이다. 허나 너는 저들에 대한 질투에 휩싸여 있다. 천박하다. 너는 말로만 그리할 뿐 정작 해놓은 것은 아무것도 없다. 우리는 아르주나와의 전투에서 이미 너의 모든 것을 보았다. 천상의 존재와 아수라도 아르주나를 이길 수는 없다. 너는 여전히 아르주나를 쓰러뜨릴 수 있다고 믿고 있겠지만 아르주나 옆에는 무적의 크리슈나가 버티고 있다. 더 이상 내 외숙부를 모욕하는 것을 참을 수 없다. 나와라. 머리부터 몸까지 베어줄 테니."

카르나는 전차에서 뛰어내려 아슈바타마의 공격에 응수했다. 카우라바 최고의 전사 둘이 죽음을 각오하고 맞선 모습에 두리요다나는 불안해졌다. 결국 두 사람 사이를 파고들어가 어깨에 손을 올려놓으며 둘을 진정시켰다.

카르나가 먼저 칼을 거두고 말했다. "왕이여, 물러서시오. 이자에게 내 힘을 보여줄 것이오."

두리요다나가 말했다. "아슈바타마여, 분노를 거두고 이자를 용서하시게. 판다바들이 다가오고 있소. 그들을 무찌르기 위해 나는 그대들 모두가 필요하오."

아슈바타마가 화를 누그러뜨리고 말했다 "카르나, 내가 용서하겠다. 어차피 아르주나가 곧 네 무례함을 눌러줄 테니 말이다."

카르나는 머뭇거리면서 두리요다나에게서 물러나 칼을 내렸다. 하지만 여전히 흥분한 상태로 아슈바타마를 노려봤다. 천성이 부드러운 크리파가 다시 한번 말했다. "어린 양이여, 너를 용서하겠노라."

이들이 대화를 나누는 동안에도 전투는 계속되었다. 의기양양해진 판다바 군은 카우라바를 향해 서서히 진격해오고 있었다.

카르나는 아슈바타마의 말에 다시 화가 치밀었음에도 불구하고 판다바 군을 둘러보았다. 이제 힘을 발휘할 순간이 온 것이다. 그는 다시 전차에 올라타 전장을 향해 달려갔다. 있는 힘을 다해 활을 당겨 그는 불화살을 퍼부었다. 화살 공세에 수많은 판다바 전사들과 전차몰이꾼이 종잇장처럼 쓰러졌다.

판다바 군이 외쳤다. "저기 카르나가 온다. 어서 싸우자.", "저기 저 사악한 악의 근원이 있다. 죽어 마땅하다. 두리요다나의 명령을 따르는 놈이다. 죽여버리자!"

유디스티라는 명령을 내려 카르나를 포위하게 했다. 순식간에 수천 명의 병사가 카르나를 향해 화살과 표창, 창, 불덩이를 퍼부었다. 카르나는 수많은 전사들의 공격을 능숙하게 받아냈다. 카르나가 쏜 화살에 판다바 군의 무기는 힘없이 떨어졌다.

하지만 판다바 군은 이에 굴하지 않고 맹렬하게 공격을 가했다. 카르나의 눈앞이 완전히 덮일 정도로 화살을 퍼부었다. 카르나도 물러서지 않고 빠른 손놀림으로 판다바 군의 공격을 무력화시켰다. 차츰 눈앞이 트이기 시작하자 카르나는 회심의 일격을 준비했다. 그리고는 주문을 담은 화살을 날려 판다바 군을 완전히 소탕해버렸다. 한꺼번에 수천 명의 병사가 목숨을 잃었다.

한낮의 태양처럼 뜨겁고 강한 카르나의 공격에 판다바 군은 계속 쓰러졌다. 공포에 질려 이리저리 도망다니며 생명을 구해줄 영웅을 찾았다.

보다 못한 비마가 카르나를 향해 달려들었다. 카르나는 이를 악물고 화살을 쏘아 비마의 깃발을 떨어뜨렸다. 커다란 깃대가 넘어지자 카르나는 네 발의 화살을 더 날려 비마의 말을 죽여버렸다. 그리고는 다시 다섯 발의 화살을 쏘아 사티야키의 전차로 도망가던 비쇼카의 몸에 꽂아버렸다.

화가 난 비마는 길다란 강철 창을 꺼내 온힘을 다해 창을 날렸다. 그러나 카르나는 열 발의 화살로 비마의 창을 산산조각내버렸다. 창이 조각조각나 땅으로 떨어지는 것을 본 비마는 눈부시게 빛나는 칼과 수많은 달 무늬가 장식된 방패를 집어들었다. 그리고는 전차에서 뛰어내려 카르나에게 달려들었다. 카르나는 화살을 날려 비마의 방패를 깨뜨려버렸다. 비마는 이에 아랑곳하지 않고 마치 표창을 던지듯 칼을 던져 카르나의 활을 두 동강내버렸다.

카르나는 다른 활을 들어 비마를 향해 수백 대의 화살을 날렸다. 이에 비마는 하늘로 뛰어올라 카르나의 전차 바로 옆에 사뿐히 내려섰다. 야마라자 같은 비마의 모습에 카르나는 전차를 타고 후퇴했다. 전차몰이꾼은 재빨리 전차를 몰아 비마에게서 멀어져 갔다.

　그러면서도 카르나는 비마에 대한 공격을 멈추지 않았다. 그는 전차에서 일어나 비마를 향해 강철 화살을 퍼부었다. 화살에 만신창이가 된 비마는 코끼리 부대 속으로 몸을 숨겼다. 비마는 주먹을 날려 주변에 있던 코끼리 몇 마리를 쓰러졌다. 그리고는 쓰러진 짐승을 화살받이로 카르나의 공격을 막아냈다. 카르나가 계속해서 공격을 가하는 모습을 보며 비마는 코끼리 한 마리를 집어던졌다. 카르나는 화살을 날려 코끼리를 두 동강내고는 공격을 계속했다. 그는 계속해서 화살을 날리며 무방비 상태가 된 비마를 죽이려고 했다. 비마는 재빨리 몸을 움직여 카르나의 공격을 벗어났다.

　화가 난 비마도 카르나를 형해 말과 전차, 코끼리 등을 보이는 대로 집어던졌다. 하지만 카르나는 비마의 공격을 모두 막아냈다. 비마의 분노는 극에 달했다.

　물론 그는 맨손으로도 카르나를 죽일 수 있다. 하지만 아르주나의 맹세를 존중해주기로 했다. 아직은 카르나를 죽일 때가 아닌 것이다. 전장을 떠나기로 결심한 비마는 코끼리 뒤로 들어가 아군을 향해 달려갔다. 그러나 카르나는 그를 쉽게 보내주지 않았다. 그는 수백 발의 화살을 날려 비마의 길을 가로막았다.

　쿤티와의 약속도 있고, 그는 비마를 죽일 생각까지는 없었다. 카르나는 자신이 오직 한 명의 판다바를 죽일 수 있다는 사실을 알고 있었다. 아르주나, 오직 그뿐이었다.

　카르나는 계속해서 공격을 가했다. "무식하고 무기력한 자여, 다른 사람과 싸우거라. 너는 나의 상대가 되지 못한다. 모두 헛소문이었구나. 이곳은 네가 올 곳이 아니다. 전사로서의 삶을 포기하고 다시 숲으로 가라. 허락할 때 가거라. 아르주나와 크리슈나에게 가서 빨리 보호를 청하려무나."

비마가 분노를 삭이며 말했다. "어리석은 놈, 지금껏 여러 번 너를 죽일 수 있었다. 운명 덕분에 지금껏 네가 살아 있는 것을 모르는 것이더냐? 어찌하여 잘난 척을 하느냐. 설령 네가 나를 죽인다 한들 무엇이 달라지겠느냐. 그 강력한 인드라도 이길 때가 있고 질 때가 있었다. 용기가 있으면 전차에서 내려와 나와 맞붙자. 내 용맹을 보여주겠다."

바로 그때 카르나에게서 얼마 떨어지지 않은 곳에 아르주나가 모습을 드러냈다. 비마가 카르나 옆에 서 있는 것을 보고 아르주나는 카르나를 향해 수많은 화살을 쏘았다. 비마는 자리를 뜰 기회를 얻었다. 카르나도 운명의 적을 발견했다. 카르나는 입술을 핥으며 인드라의 샤크티를 집어들었다. 이제 곧 판다바는 비탄에 휩싸일 것이다.

아르주나가 먼저 카르나를 향해 수백 발의 화살을 날렸다. 갑작스런 공격에 카르나는 주춤하여 활을 떨어뜨렸지만 재빨리 정신을 차리고 화살 공격으로 응수했다. 아르주나는 계속해서 화살을 쏘아댔다. 카르나가 자세를 바로잡으려고 하는 순간 아르주나는 뱀 모양의 창을 들어 주문을 실어 던졌다. 아르주나의 창은 바람과 같은 속도로 정확히 날아갔다. 아슈바타마는 카르나를 향해 날아가는 창을 보며 크샤트리야로서의 의무와 그 옛날 두리요다나에게 진 빚을 갚기 위해 재빨리 주문을 건 화살을 던져 그의 창을 떨어뜨렸다. 그리고는 아르주나를 공격하며 카르나와의 거리를 벌렸다. 카르나는 이미 비마와의 전투에서 많이 지친 상태였다.

주요 전사들이 병사들의 지원을 받으며 진격했다. 또 다시 전투가 시작됐다. 카르나는 다른 전투에 휩쓸리며 그만 아르주나를 놓쳐버리고 말았다.

*　*　*

해가 천천히 저물고 있었다. 그러나 그 어느 편도 승전보를 들을 수 없었다. 어둠이 내렸는데도 그들은 전력을 다해 싸웠다. 양쪽 모두 전력의 사 분의 일 이상을 잃은 상태였다. 전쟁이 곧 끝날 것은 확실했다. 미친 듯이 승리를 쟁취하려는 양군의 수많은 횃불 사이로 어둠이 내렸다. 누가 아군이고 누가 적군인지도 모른 채 그들은 미친 듯이 싸웠다. 하늘에선 화살이 서로 부딪쳐 불꽃이 튀었다. 마지막 불꽃이 사그라드는 전차의 잔해가 전장의 병사들의 모습을 간간이 비출 뿐이었다. 달이 떠오르니 무기들이 부딪히는 소리와 군사들이 포효하는 소리가 뒤섞여 섬뜩한 빛을 발산했다.

삼샤프타카 군을 몰살한 아르주나는 남은 카우라바 군을 향해 무기를 날렸다. 보이지 않는 목표를 타격하는 기술을 선보이며 그는 마치 건초에 붙은 불처럼 잔여 병력을 휩쓸었다. 카우라바 군은 어둠 속에서 창을 맞고 쓰러지며 공포에 비명을 질렀다. 허겁지겁 달아나 여기저기 몸을 숨기기에 바빴다.

두리요다나는 달아나는 병사들을 불러세우느라 정신이 없었다. "멈춰라. 겁내지 말라. 내가 아르주나와 그 형제들을 모두 죽일 것이니 일어나 싸워라. 그대들은 이 역사적인 전투와 내 용맹의 증인이 될 것이다."

그는 군사들을 향해 명령한 뒤 전차와 기병대를 이끌고 아르주나를 향해 달려나갔다. 이 모습을 본 크리파가 아슈바타마에게 말했다. "왕이 이성을 잃었다. 무모하게도 아르주나를 향해 달려가고 있다. 우리가 막지 않으면 왕은 아르주나에게 죽음을 면치 못할 것이다. 어서 가서 왕을 막아라."

아슈바타마는 두리요다나에게로 달려가 외쳤다. "간다하리의 아들이여, 내가 살아 있는 한 당신은 싸울 필요가 없소. 아르주나는 내가 막을 것이오. 그런데 어찌하여 제게 명령을 내려주시지 않는 것이오?"

활과 화살을 움켜쥔 채 두리요다나가 외쳤다. "마치 당신의 아버지가 판다바를 보호하는 것 같소. 허나 당신도 지금껏 전장에서 최선을 다하지 않았소. 그렇지 않다면 어찌하여 저들이 저렇게 살아 있을 수 있겠소. 나를 위해 많은 왕들이 죽었소. 크리피의 아들이여, 어서 가서 당신의 욕망을 채우시오. 시바의 무기와 같은 천상의 무기를 들어 저들을 박살내시오. 그 무기에 살아남을 자는 아무도 없을 것이오. 브라만의 아들이여, 당신은 분명 저들을 쫓아보낼 수 있을 것이오. 전장에 뛰어들어 선을 행하시오. 카우라바의 미래는 당신 손에 달려 있소."

두리요다나는 아르주나를 조금 앞에 두고 전차를 멈췄다. 깃발 위의 하누만은 어둠 속에서도 빛나고 있었다. 아르주나의 전차는 화살끼리 맞부딪쳐 나는 불꽃 가득한 파괴의 땅을 배회하고 있었다.

아슈바타마가 대답했다. "왕이여, 내 아비가 마치 나를 대하듯 저들을 아끼는 것은 사실이오. 또한 저들은 우리에게도 친애의 대상이오. 허나 우리는 지금 저들과 전쟁을 하고 있소. 우정은 잊혀지게 마련. 카르나와 샬리야, 크리타바르마와 크리파, 그리고 내 아비와 나는 저들을 무찌르기 위해 최선을 다하고 있소."

아슈바타마는 두리요다나의 그런 비난, 특히 아버지에 대한 비난에 지쳐 있었다. 아슈바타마는 나이와 성과 면에서는 왕자와 자신이 동등하지만 신분상으로는 자신보다 못하다고 생각하며 그에게 말했다. "왕이여,

당신은 분명 악한 마음과 잘못된 생각을 지니고 있소. 자신의 능력을 과신하고 욕심이 많은 탓에 그 누구도 믿지 않고 있단 말이오. 그럼에도 불구하고 나는 해야 할 일을 할 것이오. 당신을 위해 내 모든 힘을 발휘할 것이오. 오늘 당신은 판찰라와 소마카, 그리고 체디가 파멸하는 것을 보게 될 것이오. 누가 오든 간에 저들을 야마라자의 집으로 보내버릴 것이오."

말을 마친 아슈바타마는 전투가 벌어지는 곳으로 전차를 몰고 갔다. 그리고는 판찰라의 부대로 들어가 외쳤다. "막강한 전사들이여, 나를 이겨 용기를 증명해 보이거라. 피하지 말고 기다려라. 힘을 보여주마."

말이 끝남과 함께 수많은 화살이 아슈바타마를 향해 쏟아졌다. 하지만 그는 날아오는 화살들을 재빨리 받아쳤다. 판다바가 보는 앞에서 그는 그를 포위한 전사들을 차례차례 죽여나갔다.

드리스타디윰나가 그에게로 와 외쳤다. "현자의 아들이여, 어찌하여 죄 없는 군사들을 죽인단 말이냐? 내가 여기 있다. 용기가 있다면 나와 싸우자. 내 너를 죽음의 땅으로 보내주마."

그러더니 드리스타디윰나는 무시무시하게 생긴 커다란 화살을 아슈바타마에게 날렸다. 화살은 곧바로 날아가 아슈바타마의 몸에 그대로 박혔다. 분노한 아슈바타마는 드리스타디윰나의 공격을 비웃으며 그때부터 공격의 화살을 날렸다. 드리스타디윰나를 질책하면서 강철 화살을 비처럼 퍼부었다.

드리스타디윰나가 크게 웃었다. "나의 출생과 운명에 얽힌 이야기를 아느냐? 나는 네 아버지를 죽이고 난 뒤에 너를 죽일 것이다. 너는 오늘 여기를 떠날 수 있다. 허나 네 아버지는 그리하지 못할 것이다. 네 아버지를 죽이기 전까지 나는 너를 죽이지 않을 것이다. 나는 내일 이 화살로 네 아비를 베어버릴 것이다. 브라만이 자신의 임무를 잊고 무기를 들었으니 어떤 크샤트리야에게 죽임을 당하더라도 결코 원망하지 말라."

분노한 아슈바타마는 드리스타디윰나에게 화살 세례를 퍼부었다. 판찰라의 왕자는 침착하게 아슈바타마의 공격을 피했다. 천상의 존재들도 두 전사의 싸움을 지켜보았다. 둘은 모두 신비한 힘을 가진 무기를 선보였다. 그 무기가 발산한 빛이 천국까지 비추었다. 드리스타디윰나를 누르지 못한 아슈바타마는 갑자기 그의 말과 전차를 베어버렸다. 그리고는 재빨리 뒤로 돌아가더니 판찰라 부대 쪽으로 가 수천 명의 군사를 학살했다. 손 쓸 틈도 없이 그는 수많은 기병과 보병을 죽음의 땅으로 보냈다.

이를 본 유디스티라와 비마, 그리고 쌍둥이가 부대를 보호하러 왔다. 달이 떠오름과 동시에 또 다른 전투가 시작되었다. 영웅들은 영웅들끼리, 병사들은 병사들끼리 맞섰다. 밤이 깊도록 전투는 계속됐다.

완전히 밤이 무르익자 가토트카차는 힘이 더욱 솟아오르는 것을 느꼈다. 아슈바타마의 공격으로 입은 상처가 서서히 회복되니, 그는 다시 전장으로 나갔다. 그를 본 크리슈나가 아르주나에게 말했다. "비마의 아들을 보호하거라. 카르나를 죽일 수 있는 유일한 존재다. 카르나를 제거하기 위해서는 가토트카차를 보내야 한다. 카르나가 어떻게 우리 부대를 궤멸시키는지를 보라. 마치 찬란하게 떠오르는 새벽 태양과 같지 않느냐. 그의 화살이 우리 부대를 초토화하고 있다."

그러면서 크리슈나는 카르나의 깃대를 가리켰다. 환한 횃불 때문에 멀리서도 깃발을 볼 수 있었다. 카르나는 계속 활시위를 당겨 불화살을 쏘아대며 판다바에 대한 분노를 불사르고 있었다.

크리슈나가 말을 이었다. "그대가 카르나를 상대해야 할 필요는 없다.

그는 여전히 인드라의 샤크티를 지니고 있고, 그 목표는 바로 그대다. 파르타여, 그러니 가토트카차를 불러내 저 거만한 수타의 아들을 제거하라고 명령하라. 라크샤사의 왕은 아수라의 무기에 강하니 분명 카르나에게 엄청난 위협이 될 것이다."

아르주나는 카르나를 바라봤다. 그는 지금껏 카르나를 꺾을 날만을 간절히 소망해왔다. 판다바도 그의 샤크티에 대해 익히 들어 알고 있었지만 그의 소망을 꺾지는 못했다. 그는 지금까지의 전투를 통해 모든 천상의 무기들을 겪어 보았다. 그러나 지금은 크리슈나의 충고를 따라야 했다. 만에 하나 샤크티가 생각보다 강할 수도 있는 일이다. 아르주나는 가토트카차를 불렀다. 라크샤사는 갑옷을 입은 채 활과 칼을 차고 있었다. 아르주나와 크리슈나에게 경의를 표하며 그가 말했다. "만인의 지배자여, 여기 내가 있습니다. 명령을 내리소서."

크리슈나가 대답했다. "가토트카차여, 내 축복과 명령을 받으라. 그대의 용기와 실력을 발휘할 시간이 왔다. 그대가 아닌 그 누구도 이 일을 이룰 사람이 없다. 저 강력한 영웅인 카르나가 우리 군을 궤멸시키고 있다. 그대라면 할 수 있다. 카우라바의 바다를 휩쓰는 뗏목이 되어다오. 아버지와 그 형제들을 구하고 본분을 다해다오. 그대는 비마의 자랑스러운 아들이 아니더냐. 지금껏 아버지의 평안을 바라왔던 것처럼 그대의 마술을 이용해 저 궁사를 막아다오. 드리스타디윰나가 이끄는 판두의 아들들은 곧 드로나와 그의 부대를 치게 될 것이다."

아르주나는 가토트카차에게 약속했다. 카르나와 싸우는 동안 다른 공격을 막기 위해 사티야키를 보낼 테니 오직 크리슈나와 그 부대에만 공격을 집중하라고.

가토트카차는 크리슈나와 자신의 가족을 위해 싸운다는 사실에 마음이 들떴다. "기꺼이 그리하겠습니다. 카르나는 물론 그 어느 누구라도 상대하겠습니다. 세상이 존재하는 한, 사람들은 오늘의 전투를 두고두고 칭송할 것입니다. 진정한 라크샤사의 전사로서 설령 저들이 두 손을 내밀어 목숨을 빈다 한들 단 한 명도 용서하지 않을 것입니다."

가토트카차는 아르주나와 크리슈나에게 다시 한 번 절을 올린 뒤 자리에서 일어나 카르나를 향해 달려나갔다.

거대한 라크샤사가 다가오는 것을 보고 카르나는 그를 향해 돌아섰다. 이윽고 거대한 전투가 벌어졌다. 알람부샤가 두리요다나에게 다가가 말했다. "왕이여, 내가 싸울 수 있게 해주시오. 저자의 목을 베어 그 피를 저들의 가족들에게 바칠 것이오. 저들은 내 아버지와 형을 잔인하게 죽였소. 저들은 나에게서 결코 도망가지 못할 것이오."

두리요다나는 라크샤사를 향해 웃었다. "좋소. 가서 가토트카차를 상대하시오. 그는 당신의 핏줄이며 카르나와 지독한 전투를 벌이고 있소. 비록 판다바의 졸개지만 우리 군에 큰 피해를 입히고 있단 말이오."

알람부샤는 가토트카차를 바라보며 회심의 미소를 짓고 대답했다. "지금 가겠소." 그리고는 전차에 올라 바퀴에 불꽃을 일으키며 굉음과 함께 달려나갔다.

가토트카차는 수천 명의 카우라바 병사들을 막아냄과 동시에 카르나의 공격을 받고 있었다. 알람부샤가 달려들자 그는 길다란 불화살을 퍼부었다. 화살은 알람부샤에게 꽂혀 그의 진격을 막았다. 라크샤사의 힘을 뿜어내며 가토트카차는 무시무시할 정도로 엄청난 화살 세례를 퍼부었다. 화살은 그대로 날아가 카르나와 알람부샤, 그리고 카우라바 군을 공격했다. 알람부샤도 이에 질세라 막강한 공격을 해왔다. 두 명의 라크샤사 모두 마법을 썼다. 하늘에선 화염에 휩싸인 돌과 창이 떨어지고, 땅에선 사나운 맹수와 섬뜩한 유령이 솟아올랐다. 그들이 질러대는 비명에 카우라바 군은 공포에 질려 도망갔다. 어두운 밤에, 더 짙은 어둠이 깔려 완전히 시야를 가려버렸다.

두 전사의 싸움은 계속되었다. 한 명의 라크샤사가 마법을 쓰면 다른 라크샤사도 마법을 써서 공격을 막아냈다. 서로가 서로에게 수없이 많은 화살을 퍼붓고 창과 철퇴, 철공, 도끼를 던져댔다. 화를 참지 못해 질러대는 고함소리가 세상을 울릴 정도였다.

수많은 군사들의 공격 속에서도 가토트카차는 끊임없이 화살 공격을 퍼부어 알람부샤의 전차를 박살내는 데 성공했다. 그러자 알람부샤는 전차에서 뛰어내려 달려들었다. 그리고는 맨주먹으로 가토트카차를 공격하기 시작했다. 가토트카차는 마치 지진이 난 산처럼 흔들렸다. 가토트카차도 자신을 공격하는 알람부샤를 향해 주먹을 날렸다. 계속된 공격에 알람부샤는 결국 뻗어버리고 말았다. 가토트카차는 틈을 놓치지 않고 알람부샤 위에 올라타 목을 눌렀다. 알람부샤는 그를 힘껏 밀어내고 위기에서 벗어났다. 두 라크샤사는 다시 맨주먹으로 맞붙었다. 서로를 치고 차고 내쳤다. 하나가 뱀이 되면 또 하나는 독수리로 변신했다. 하나가 코끼리가 되면 또 하나는 호랑이로 모습을 바꾸었다. 공중에서 싸울 때는 마치 두 개의 행성이 충돌하는 것과 같았다.

오랜 싸움 끝에 점점 가토트카차 쪽으로 승리가 기울었다. 알람부샤가 지친 틈을 타 가토트카차는 알람부샤의 머리채를 휘어잡았다. 그리고는 알람부샤의 머리를 땅에 처박을 듯 내리친 뒤 있는 힘을 다해 차버렸다. 그런 다음 허리춤에서 언월도를 꺼내 그의 목을 잘라버렸다. 가토트카차는 알람부샤의 머리를 쥔 채 전차에 올라탔다. 그리고는 당당하게 두리요다나 앞으로 가 그것을 넘겨주었다. 잘려 나간 알람부샤의 머리를 보며 두리요다나는 충격 속에 가토트카차를 쳐다보았다.

가토트카차가 말했다. "왕이여, 당신의 친구를 보라. 그의 용맹을 잘 보았는가? 이제 곧 카르나와 당신도 이렇게 될 것이다. 경전은 말하고 있다. 왕 앞에 나아갈 때는 빈손으로 가지 말라고. 내가 주는 선물이다. 카르나를 죽이고 돌아올 때까지 맘 편히 있어라."

가토트카차는 이렇게 말한 뒤 충격에 빠진 두리요다나를 뒤로하고 물러나 카르나에게 공격을 가하기 시작했다. 그는 카르나를 향해 엄청난 화살을 퍼부었다. 곧 본격적으로 싸움이 시작됐다. 마치 서로를 향해 달려드는 두 마리 호랑이처럼 그들은 창과 화살, 표창을 날리며 서로를 공격했다. 무기가 서로 부딪혀 전장 여기저기에서 불꽃이 튀었다. 두 사람 모두 온몸이 상처로 피범벅이 되었다. 두 영웅 모두 최선을 다했다. 하지만 어느 누구도 서로를 완전히 이기지는 못했다.

화살로는 결코 이길 수 없다고 판단한 가토트카차는 라크샤사의 무기를 불러냈다. 카르나는 순식간에 큰 바위와 창, 나무를 든 악마 집단에 둘러싸였다. 또 다른 라크샤사들도 나타나 창과 도끼를 날려대기 시작했다. 갑작스런 공격에 카우라바 군이 놀라 달아났다. 오직 카르나만이 자리를 지키며 공격을 멈추지 않았다. 그는 수많은 화살을 날려 라크샤사의 마법과 무기들을 막아냈다.

가토트카차는 커다란 철퇴를 휘두르며 카르나에게 돌진했다. 그러나 카르나는 화살을 날려 가토트카차의 철퇴를 두 동강낸 뒤 가토트카차의 갑옷에 스무 개의 화살을 꽂았다. 가토트카차는 다시 원반으로 응수했지만 카르나는 이마저도 완전히 동강내버렸다.

원반이 산산조각나 떨어지는 모습에 화가 난 가토트카차는 마치 태양을 집어삼킬 듯 수많은 화살을 퍼부어 카르나를 완전히 덮어버렸다. 그러나 카르나는 이 공격까지도 모두 받아냈다. 가토트카차는 이제 하늘로 솟아올라 카르나의 머리 위에 섰다. 그리고는 수많은 바위와 수백 그루의 나무를 던졌다. 카르나는 화살을 날려 가토트카차의 공격을 모두 무력화시켰다. 그리고는 천상의 무기를 불러내 가토트카차의 몸에 수많은 창을 박아 넣었다.

가토트카차는 마법을 부려 카르나의 무기에 대항했다. 가토트카차가 갑자기 시야에서 사라지는 순간 하늘에서 화살비가 내려 카르나와 카우라바 군을 뒤덮었다. 카르나도 재빨리 다른 천상의 무기를 불러냈다. 가토트카차는 머리가 여러 개 달린 모습으로 나타나 그것을 집어삼켰다. 그가 하늘과 땅을 왔다갔다하니 마치 모든 곳에 가토트카차가 존재하는 듯했다. 눈앞에서 사라졌던 가토트카차는 이제 엄청나게 거대한 모습으로 바뀌었다. 옆에 있는 카우라바 군사가 손가락만 하게 보일 정도였다. 그는 땅으로 내려앉았다가 다시 하늘로 솟구쳤다. 저 멀리 있는가 싶으면 어느새 카르나 옆에 나타나는 신묘한 기술을 선보였다. 그러더니 가토트카차는 전장에 커다란 산 하나를 만들어냈다. 그 정상에서 온갖 무기들이 쏟아져 나왔다. 카르나는 침착하게 산을 향해 천상의 무기를 날렸다. 산이 금세 산산조각났다. 이에 라크샤사는 커다란 구름을 만들어 카르나의 머리 위로 커다란 돌들을 쏟아부었다. 그러자 카르나는 바바비야를 불러내 구름을 날려버렸다. 수천 명의 악마가 치명적인 무기로 카르나를 공격했다. 하지만 카르나는 날쌘 몸놀림으로 그 모든 공격을 막아냈다. 라크샤사의 부하들은 마치 분노한 사자에게 당하는 코끼리 같았다. 카르나는 불의 신이 번개를 내려 살아 있는 생명들을 모두 심판하듯 그들을 모두 해치웠다. 오직 가토트카차만이 화난 카르나 앞에 맞설 수 있었다.

가토트카차는 다시 마법을 부려 전차를 만들어냈다. 거대한 산을 닮은 전차에는 백 개의 도깨비 머리가 달린 당나귀가 묶여 있었다. 가토트카차는 전차를 타고 달려가 카르나를 향해 천상의 창을 날렸다. 놀랍게도 카르나는 그 창을 잡아 가토트카차에게 되던졌다. 놀란 가토트카차는 재빨리 전차에서 뛰어내렸다. 창은 전차에 명중해 산산조각나고, 전차몰이꾼과 당나귀들은 그 자리에서 즉사했다. 전차가 화염에 휩싸이자 가토트카차는 다시 하늘로 떠올랐다. 카르나가 수많은 천상의 무기를 날려댔지만 가토트카차는 마법을 부려 그의 공격을 모두 막아냈다.

가토트카차는 다시 마법을 써서 자신의 모습과 똑같은 수백 개의 형상을 만들어냈다. 누가 진짜 가토트카차인지 구별할 수 없었다. 사자와 호랑이, 하이에나, 뱀, 매를 비롯한 각종 짐승 떼가 나타나 울어대며 카르나와 카우라바 군을 덮쳤다. 한 무리의 늑대와 무시무시한 표범이 달려들고, 엄청난 수의 귀신과 마귀, 그리고 맹수의 얼굴을 한 형상이 나타났다. 카르나는 여전히 전차 위에서 화살 공격에 온 힘을 다하고 있었다. 태양신에게 바치는 주문을 외우며 그는 수많은 적군을 해치워나갔다.

가토트카차가 또 다시 모습을 감추었다가 카르나의 반대쪽 하늘에 모습을 드러냈다. "어리석은 자여, 끝이 보이는구나. 기다려라. 이제 곧 끝장내주마."

가토트카차의 모습을 볼 수 없는 카르나는 하늘을 화살로 온통 뒤덮었다. 그때 갑자기 커다란 붉은 구름이 나타나더니 전장을 온통 붉은 빛으로 뒤덮었다. 구름에서 광채와 불길이 튀어나왔다. 이어 마치 몇천 대의 북을 동시에 치듯 요란한 소리와 함께 수많은 황금 화살과 창, 원반을 비롯한 온갖 무기가 쏟아져내렸다. 울부짖는 카우라바 군 위로 각종 무기가 떨어졌다. 구름 밖에서는 셀 수 없이 많은 라크샤사가 창과 도끼를 휘두르고 있었다. 그들은 마치 날아다니는 산과 같았다. 불타는 듯한 얼굴과 날카로운 이빨을 한 악마들은 카우라바의 심장을 노렸다. 그들은 무자비하게 두리요다나 군을 학살했다. 암흑과 적막 속에 수많은 카우라바 군이 절규하는 목소리가 울려퍼졌다. 그나마 목숨을 부지한 카우라바 군은 도망치느라 정신이 없었다. 오로지 카르나만이 동요하지 않고 그 자리에 계속 서 있었다.

카르나는 라크샤사를 향해 화살을 날리며 반격했다. 두려워하는 기색이 전혀 없었다. 카르나가 다가오자 가토트카차는 네 대의 화살을 날려 카르나의 말을 베어버렸다. 카르나는 재빨리 언월도를 빼들었다. 주변으로는 카우라바 군의 비탄과 울음소리가 가득했다. "카르나여, 부디 인드라의 무기로 저 거인을 무찔러 주소서. 그렇지 않으면 우리 모두가 절멸당하고 말 것입니다."

카르나는 고민했다. 더 이상 다른 방법이 없었다. 라크샤사는 모든 천상의 무기를 동원해 카르나를 공격하고 있었다. 이제 샤크티가 아니면 더 이상 그를 막을 수 없다. 가토트카차가 자신을 죽이려 달려드는 것을 보고 카르나는 아르주나에 대해서는 까맣게 잊어버린 채 황금 상자에서 샤크티를 꺼내들었다. 그리고는 활에 샤크티를 장착해 시위를 당기며 주문을 외웠다.

바로 그 순간, 갑자기 해가 떠오르듯 주변이 환해졌다. 카르나가 쏜 화살은 마치 불덩이처럼 가토트카차를 향해 날아갔다. 가토트카차는 자신의 최후가 다가오는 것을 직감하고 몸을 최대한 크게 뻗었다. 가토트카차의 가슴에 정확히 샤크티가 꽂혔다. 샤크티는 가토트카차의 몸을 완전히 뚫고 하늘 위로 솟아 인드라의 품으로 되돌아갔다.

즉사한 가토트카차는 카우라바를 향해 쓰러졌다. 그의 죽음과 함께 수

많았앗 그의 형상도 함께 사라졌다. 죽어가는 가토트카차를 보며 카르나
는 승리의 함성을 질렀다. 두리요다나와 그의 형제들도 함성을 지르며
승리를 연호했다. 그리고는 카르나 주위로 몰려들어 영웅을 칭송했다.

4

드로나의 최후

　커다란 언덕처럼 놓인 가토트카차의 시체를 보며 판다바들은 슬픔의 눈물을 흘렸다. 놀랍게도 크리슈나만이 큰 소리로 군가를 부르며 미소를 지었다. 춤을 추고 박수까지 치는 이해할 수 없는 상황이 벌어졌다. 그러더니 아르주나에게로 다가와 눈물을 흘리며 그를 껴안았다.

　크리슈나의 행동에 아르주나는 놀란 눈으로 그를 바라보며 물었다. "크리슈나여, 어찌하여 이러한 순간에 기뻐할 수 있습니까? 모두가 슬픔에 빠져 울고 있습니다. 모두가 비탄에 빠져 있습니다. 그런데 그대는 어찌하여 기뻐하는지요? 메루 산이 움직이고 바다가 마를지언정 당신이 미쳐 가는 것을 보고 있을 수가 없습니다."

　크리슈나는 아르주나의 어깨에 손을 올려놓으며 대답했다. "기쁨을 주체할 수가 없구나. 저 카르나가 샤크티를 써버리지 않았느냐. 이제 카르나는 죽은 것이나 다름없다. 카르티케야조차 샤크티를 들고 있는 한 카르나를 상대할 수는 없다. 하지만 고맙게도 카르나는 자신의 생명과도 같은 무기를 써버렸구나. 그 누구도 뚫을 수 없는 갑옷과 바꾼 무기를 써버렸단 말이다. 그는 이제 넋 나간 독사요, 불타 버린 불꽃이다."

크리슈나는 카르나가 샤크티를 손에 넣었다는 소식을 들은 뒤부터 늘 전전긍긍해왔다고 솔직히 고백했다. 그 무기의 위력을 알고 있었기 때문이다. 설령 아르주나라고 해도 그를 막을 수는 없을 것이다. 그러나 이제 샤크티는 없다. 카르나는 두 번 다시 그것을 사용할 수 없을 것이다.

아르주나는 가토트카차를 바라보며 생각했다. '샤크티는 가토트카차를 쓰러뜨릴 만큼 대단한 무기임에 틀림없다. 그렇다면 카르나는 어찌하여 그것을 나에게 쓰지 않았단 말인가?'

의아해하는 아르주나의 표정을 보고 마음을 읽은 크리슈나가 말했다. "두리요다나는 카르나에게 샤크티로 그대를 죽이라고 말했다. 그 또한 그렇게 하리라 마음먹었다. 허나 내가 그의 생각을 막았다. 계속 그대를 다른 곳으로 유인하여 카르나가 그대에게 샤크티를 던질 기회를 막은 것이다. 카르나는 계속 기회를 노렸다. 그대와 카르나가 마주칠 수도 있었다. 허나 카르나의 바람대로 이루어지지 않았다. 이제 두려워할 것이 없다."

아르주나는 단순히 그 이유 때문에 자신이 아직까지 살아 있는 것이 아니라는 것을 잘 알고 있었다. 물론 쉽지 않았겠지만 카르나는 분명 지금까지 아르주나를 향해 샤크티를 던질 기회가 있었다. 그의 지략과 기억은 그의 몸에 깃든 초월자의 영혼에 의해 뒤죽박죽된 것임에 틀림없었다.

판다바는 궁금한 눈길로 크리슈나를 바라보았다. 그가 만약 누군가를 보호하려 했다면, 그렇다면 왜 누군가가 죽어야 했단 말인가? 그리고 만약 그가 누군가의 죽음을 원했다면, 과연 그 자신은 누가 지켜줄 것인가?

한편 유디스티라는 가토트카차의 죽음 앞에서 망연자실했다. 그제야 눈물이 흘러내렸다. 비마 역시 찢어지는 가슴을 안고 형을 위로했다. 크리슈나가 유디스티라에게 가서 말했다. "쿤티의 아들이여, 눈물을 보이지 마오. 슬픔으로 가득 찬 오늘 밤, 허나 저들이 언제 또 공격해올지 모르오. 이렇게 그대가 슬퍼하고 있으면 군사들의 사기가 꺾일 뿐이오."

유디스티라는 눈물을 훔쳐냈다. "크리슈나여, 그대는 언제나 의무를 행하는 길을 알고 있군요. 우리는 분명 전장에 남아야 합니다. 허나 가토트카차가 보여준 용맹과 그 아이를 생각하니 가슴이 아려옵니다. 그 아이는 우리를 위해 자신을 희생하고 결국 자신의 삶을 내려놓았습니다. 그 아이에 대한 애정은 결코 사하데바에 대한 애정 못지 않았습니다. 저 사악한 카르나가 우리 눈앞에서 가토트카차를 죽였습니다. 아비만유의 죽음에도 한몫했던 놈입니다."

유디스티라는 크리슈나에게 이렇게 말하며 어둠이 내린 전장을 응시했다. 가토트카차가 쓰러져 있는 곳 주변에서는 여전히 전투가 이어지고 있었다. 카르나의 깃발이 판다바 진영 여기저기에 펄럭이고 있었다.

전장을 응시하고 있는 유디스티라 앞으로 갑자기 불화살이 날아왔다. 금세 유디스트라의 얼굴이 굳어졌다. 그는 일어서서 나팔을 불고는 크리슈나에게 말했다. "카르나와 드로나가 마치 갈대밭을 뭉개듯 우리 군을 산산조각내고 있습니다. 이제 저들이 고통을 당할 때가 왔습니다. 나는 카르나를 향해 갈 것입니다. 더 이상 카르나가 설쳐대는 꼴을 보고 있을 수가 없습니다. 아르주나가 원치 않으니 내가 움직이겠습니다."

유디스티라는 비마에게 드로나와 그 하수인들을 상대하라고 명한 뒤 전차몰이꾼에게 카르나를 향해 가라고 했다. 유디스티라가 떠난 뒤 크리슈나가 아르주나에게 말했다. "왕이 분노한 나머지 카르나를 상대하러

갔다. 이건 옳지 않다. 카르나의 아들은 그대가 죽이겠다고 맹세하지 않았더냐."

아르주나는 크리슈나에게 말을 끌고 오라고 부탁한 뒤 유디스티라를 쫓아가려고 했다. 그런데 바로 그때 비야사데바가 유디스티라 앞에 나타났다. 유디스티라는 전차를 멈추라고 명한 뒤 무릎을 꿇어 그에게 경의를 표했다.

비야사데바는 그의 머리를 만져 축복을 내리고는 입을 열었다. "바라타의 현자여, 그동안 카르나와 아르주나가 여러 번 맞닥뜨렸음에도 불구하고 아르주나가 지금껏 살아 있다는 것은 행운이다. 예언대로라면, 카르나가 가토트카차를 죽이는 데 쓴 샤크티는 원래 아르주나를 베기로 되어 있던 것이다. 허나 운 좋게도 그것은 아르주나에게 쓰이지 않았다. 만약 카르나가 아르주나와 마주쳤다면 그는 분명 아르주나에게 샤크티를 꺼내들었을 것이다. 그랬다면 엄청난 재앙이 닥쳤을 것이다. 가토트카차가 그대를 구했다. 그 아이의 죽음은 운명이었다. 그러니 슬퍼하지 말라. 세상의 모든 존재는 죽는 법이다."

그러면서 현자는 전쟁이 거의 끝나가고 있다는 사실을 알려주었다. "닷새 뒤에는 전 세계가 그대의 지배 하에 있을 것이다. 그대의 마음에 관용과 선, 진실과 금욕을 단단히 심어두어라. 쿤티의 아들아, 승리는 언제나 정의의 편이다."

말을 마친 비야사데바는 조용히 사라졌다. 비야사데바의 말을 들으며 유디스티라의 분노도 많이 사그라든 상태였다. 왕은 드리스타디움나를 불러 말했다. "그대가 세상에 태어난 이유를 보여줄 때가 왔소. 가서 드로나를 막으시오. 이날을 위해 그대가 지금껏 무술을 연마해온 것이오. 두려워하지 말고 드로나를 처단하시오. 쉬크한디와 쌍둥이는 물론이고 그대의 아버지인 드루파다와 비라타, 사티야키, 그리고 모든 판찰라와 케카야가 그대 뒤를 따를 것이오. 드로나를 제압하고 전쟁을 끝내버리시오."

그런 뒤에 유디스티라는 아르주나에게 가서 말했다. "이제서야 네가 큰 재앙을 면했다는 사실을 알게 되었다. 크리슈나가 우리를 수호해주고 있다. 이제 네가 카르나를 죽일 때가 왔다. 드리스타디움나가 드로나를 맡을 것이다. 이제 남은 악샤우히니는 기껏해야 네다섯 개에 불과하다. 이 전쟁은 오래 가지 못한다."

두 형제는 전장을 둘러보았다. 이제 겨우 자정을 넘겼건만 병사들은 많이 지쳐 있었다. 더 이상 싸울 수 없다는 듯 장소를 막론하고 자리에 누워 잠을 청하는 군사들도 있고, 잠에 취해 비몽사몽 상태에서 무기를 휘두르는 군사도 많았다. 피곤에 지쳐 거의 의식을 잃은 채 자신이 최후를 맞는다는 사실조차 자각하지 못한 채 죽어가는 병사도 있었다.

그런 병사들을 보며 아르주나가 전장 한가운데로 나아가 소리쳤다. "싸움을 멈추고 자리를 찾아 무기와 몸을 누이거라. 해가 뜨면 싸움을 재개할 것이다."

아르주나의 배려에 환호를 보내며 군사들은 싸움을 멈추고 휴식을 취했다. 병사들이 하나둘씩 자리에 누우니 전장에는 서서히 적막이 감돌았다. 활과 칼을 옆에 내려놓고 전차에 기대어 잠을 청하는 군사들도 있었다. 모두가 잠들자 전쟁터에는 오로지 희미한 달빛에 비친 무기와 군사들만이 보였다.

점차 하늘이 붉어지며 동쪽 언덕에 해가 떠오르기 시작했다. 태양이 전장을 밝히자 군사들은 잠에서 깨어 다시 싸울 준비를 시작했다. 어제 싸우던 모습 그대로 아군 적군 할 것 없이 뒤섞였다. 군사들은 기지개를

편 뒤 동쪽을 향해 절을 올리고 태양신에게 경의를 표했다. 그리고는 다시 전차에 올라 무기를 들고 대열을 지어 전투 명령이 떨어지기를 기다렸다.

＊　＊　＊

두리요다나는 간밤에 휴식을 취하라고 한 결정이 마음에 들지 않았다. 하지만 다른 왕들의 생각은 달랐다. 그는 가토트카차의 죽음으로 얻은 우위를 계속 유지하고 싶었다. 가토트카차가 쓰러지면서 몇천 명의 군사가 깔려 죽는 바람에 병력에 상당한 손실을 입었다. 그로 인해 양군의 병력이 거의 같아졌다. 두리요다나는 할 수 있을 때 상대적 우위를 점하지 못한 것이 못내 아쉬웠다.

그는 드로나에게로 가 불만을 터뜨렸다. "저들에게 자비를 베푸는 게 아니었습니다. 우리 군에게 아르주나의 명령을 따르도록 허락한 것은 실수였습니다. 스승께서는 또 저들을 배려하고 말았군요. 역시 나는 운이 없습니다."

드로나는 화가 나서 그를 쳐다보았다. "저들과 맞서기 위해 내가 여기 있다. 나는 무엇이든 할 것이다. 허나 저들을 이길 수 있다고, 아니 아르주나를 이길 수 있다고 장담할 수는 없다. 아르주나가 격노해서 달려들면 패배할 것이 틀림없다. 왜 진실을 회피하려 하느냐. 지금까지 수많은 선례를 보지 않았느냐."

여전히 아르주나를 치켜세우는 드로나의 발언에 두리요다나는 감정을 주체하지 못하고 떨리는 목소리로 대답했다. "나는 두샤샤나와 카르나, 그리고 샤쿠니 삼촌과 함께 반드시 아르주나를 베어버리고 말 것입니다."

그 말에 드로나가 웃으며 대답했다. "바라타여, 그 무슨 어리석은 말이냐? 크나슈냐를 늘 옆에 두고 간디바를 손에 든 아르주나를 네가 어찌 상대하겠다는 것이냐? 지금껏 아르주나와 맞서 살아남은 자를 보았느냐? 단 한 명도 없다. 너는 모두를 의심하고, 너를 위해 싸우는 자들마저 비난해왔다. 좋다, 그리 원한다면 나가 싸우거라. 그리고 그 말에 꼭 책임지거라. 지금껏 수없이 저들을 이길 수 있다고 하지 않았느냐. 그러니 오늘 그것을 증명해보이란 말이다. 저들은 너를 기다리고 있다. 용감한 크샤트리야의 진면목을 보여줄 때가 왔구나. 이미 인생을 충분히 즐겼고 적선도 많이 하고 빚도 없으니 아무도 말리지 않을 것이다. 그러니 나가서 싸우거라."

이렇게 말한 뒤 드로나는 돌아섰다. 두리요다나를 상대로 같은 말을 반복하는 데 이제 서서히 지쳐 가고 있었다. 이 무슨 운명의 장난으로 판다바와 대적하고 있는 두리요다나 편에 섰단 말인가. 드로나는 남은 카우라바 군에게 공격 명령을 내렸다. 전사들은 다시 나팔을 불고 북을 쳤다. 그리고는 목숨을 걸고 판다바들을 향해 진격했다.

전쟁이 시작된 지 벌써 보름째다. 드로나는 드루파다와 비라타를 상대로 싸웠다. 두 군주는 판찰라와 체디 부대의 선봉에 서서 그를 맞았다. 그러나 드로나는 그들과 맞서지 않고 군사들을 상대로 싸우기 시작했다. 그는 군사들 한가운데로 들어가 잠깐 사이에 오만 명의 목숨을 빼앗았다. 그의 눈빛이 미치는 곳마다 판다바 군사들은 도망가느라 정신이 없었다. 그 누구도 활을 쏘는 드로나에게 감히 접근하지 못했다.

드리스타디윰나와 쉬크한디의 아들, 그리고 판찰라의 세 왕자가 드로나에게 달려들었다. 그들은 수백 개에 달하는 날카로운 창을 던져 드로나를 공격했다. 그러나 드로나는 꿈쩍도 하지 않았다. 오히려 날카로운 창을 던져 세 왕자를 한꺼번에 죽여버렸다. 왕자들은 힘없이 땅으로 쓰러졌다.

드루파다와 비라타가 양쪽에서 드로나에게 달려들었다. 그들은 양쪽에서 기다란 화살을 날려 드로나가 전차 위에서 꼼짝하지 못하게 만들었다. 그리고는 창과 불화살을 퍼부었다. 하지만 드로나는 이를 막아낸 뒤 드루파다의 가슴에 화살을 꽂았다. 화가 난 드루파다가 표창을 던졌지만 이 또한 베어 떨어뜨렸다. 드로나는 틈을 주지 않고 반달 모양의 화살을 꺼내 주문을 실어 드루파다와 비라타를 향해 날렸다.

드루파다와 비라타의 머리가 땅으로 떨어졌다. 두 왕이 생을 마감한 것을 확인한 드로나는 방향을 돌려 다른 군사들을 소탕하러 달려갔다. 아버지와 아들이 동시에 죽는 광경을 목격한 드리스타디윰나가 병사들을 향해 외쳤다. "드로나를 잡아라."

판다바를 지원하는 두 명의 왕을 죽였다는 사실에 흥분한 두리요다나가 카르나, 샤쿠니와 함께 지원하러 왔다. 두리요다나의 형제들 또한 드로나를 에워쌌다. 카우라바 전사들은 드리스타디윰나가 예언대로 드로나를 죽이기 위해 최선을 다할 것이라는 사실을 알고 있었다.

그 사이, 드로나가 판다바를 마구 헤집고 다니는 것에 화가 난 비마가 드리스타디윰나를 향해 말했다. "어떤 크샤트리야가 자신의 아버지와 아들이 죽는 광경을 보고만 있을 수 있습니까? 모든 왕들 앞에서 그리 맹세해놓고 어찌하여 행동으로 옮기지 않았단 말입니까? 저기에 당신의 적이 있습니다. 만약 당신이 나서지 않는다면 내가 가겠습니다. 저 늙은 브라만을 한번에 야마라자에게로 보내버릴 것입니다."

비마는 드리스타디윰나를 밀치고 나아가 순식간에 카우라바 진영 한가운데로 들어갔다. 그리고는 분노만큼이나 수많은 화살을 적에게 쏟아부었다. 비마의 말에 화가 난 드리스타디윰나도 그를 따라 드로나를 향해 전진했다. 금세 카우라바 군이 포위해 들어왔다. 판찰라의 군대가 뒤에서 다가오니 다시금 격렬한 전투가 벌어졌다.

두 부대가 맞붙자 엄청난 먼지가 하늘을 뒤덮었다. 마치 밤이 된 듯했다. 남은 병사들은 시체를 밟고 올라 창과 칼을 마구 휘둘러댔다. 전차는 더 이상 움직이지 못하고, 말들은 어디로 가야 할지를 몰라 우왕좌왕했다. 병사들은 고통을 견디지 못해 비명을 지르며 쓰러져 죽어갔다. 사랑하는 사람의 이름을 애타게 부르며 죽어가는 병사도 있었다. 많은 전사들이 치명적인 상처를 입고 쓰러져 죽음으로의 여행을 기다렸다.

호시탐탐 카르나를 칠 기회를 노리던 아르주나는 드로나와 먼저 맞섰다. 비마와 드리스타디윰나가 카우라바 군의 진군을 막은 사이 아르주나는 다른 길을 따라 들어갔다. 비마가 두리요다나와 그의 형제들을 상대하고, 드리스타디윰나가 아슈바타마를 상대하는 동안 아르주나는 드로나를 향해 수천 발의 화살을 날렸다. 스승과 제자간에 놀라운 전투가 벌어졌다. 그들은 마치 무대 위에서 최고의 연기를 보여주는 춤꾼 같았다. 그만큼 날래고 유연했다. 백조의 깃털처럼 부드럽게 날아간 화살은 공중에서 부딪쳐 엄청난 양의 불꽃비를 내렸다.

드로나는 자신이 알고 있는 천상의 무기를 모두 불러냈다. 하지만 아르주나는 드로나가 무기를 쓰기도 전에 몽땅 부숴버렸다. 드로나는 웃으며 제자의 솜씨에 박수를 보냈다. 하늘에서는 싯다와 간다르바들이 놀란 표정으로 이들을 지켜보며 둘을 칭송했다.

전투는 치열하게 이어졌다. 신들은 마치 루드라가 반으로 나뉘어 싸우고 있다고 생각했다. "저들은 사람도, 신도 아니다." 신들이 선언했다. "저 둘의 싸움은 지상의 힘을 초월하는 브라흐마의 힘이 겨루는 것이다.

저들이 원한다면 우주를 파멸시킬 수도 있을 것이다."

아르주나와 드로나가 결전을 벌이고 있는 사이, 드리스타디움나도 드로나를 죽이기 위해 서서히 다가가고 있었다. 그 뒤를 따르던 쌍둥이들은 크리타바르마와 크리파 일행을 맞아 격렬한 전투를 벌였다.

아르주나를 따라가던 사티야키는 두리요다나와 맞섰다. 먼 옛날 사티야키가 드로나에게 가르침을 받던 시절, 그들은 친구였다. 그 후 사티야키가 비록 아르주나의 제자가 되긴 했지만 두 사람의 관계는 이어졌다. 그들은 서로를 바라보면서 함께 뛰어놀던 어린 시절을 반추했다.

두리요다나가 먼저 입을 열었다. "친구여, 크샤트리야의 임무라는 것은 참으로 비극적이구나. 권력도 부귀도 모두가 저주이거늘. 어릴 적의 그대는 내 삶에서 누구보다 소중한 존재였다. 허나 전장에서는 우정도 추억도 모두 쓸데없구나. 분노와 탐욕에 사로잡혀 서로를 죽이지 못해 안달이 났구나. 우리의 추억과 젊음은 어디로 갔단 말인가."

사티야키가 활을 내려놓고 대답했다. "그래도 우리는 싸워야 한다. 왕이여, 고민하지 말라. 그대가 나를 진정 친구로 생각한다면 단칼에 나를 베어라. 그리함으로써 나는 정의의 땅으로 갈 수 있으리라. 더 이상 내 친구들이 죽어나가는 모습을 보고 싶지 않다."

사티야키의 눈에서 눈물이 흘러내렸다. 그는 판다바와 카우라바들과 함께했던 시간은 다시 오지 않을 것이라는 걸 알고 있었다. 그 옛날 힘을 겨루던 즐거운 시간들이 지금은 서로의 목숨을 담보로 한 진짜 전투가 되었다.

사티야키는 활을 들어 두리요다나에게 쏘았다. 두리요다나도 바로 활을 들어 공격을 시작했다. 서로를 공격하면서 금세 감정이 격해진 두 사람은 화를 참지 못해 큰 소리로 포효했다. 마치 아르주나와 드로나의 전투를 보는 것 같았다. 하늘은 두 전사가 쏘아대는 화살로 뒤덮였다. 사티야키 쪽으로 점점 전세가 기울었다. 이를 본 카르나가 두리요다나를 도우러 왔다. 카르나의 도움을 받으며 두리요다나가 활을 쐈다. 화살은 정확히 사티야키의 몸에 명중했다.

드로나는 죽음을 불사하고 판다바 군을 상대로 계속 앞으로 나아갔다. 그가 날린 화살에 수많은 군사들이 희생당했다. 드로나의 용맹을 보며 유디스티라는 결코 스승을 이길 수 없다고 생각했다. 그는 자신의 이런 생각을 아르주나와 비마에게 솔직히 털어놓았다. "이대로 가다간 스승님이 우리를 완전히 파멸시켜 버릴 것 같다. 아무도 저 막강한 전사를 막을 수 없다."

크리슈나가 대답했다. "그대의 말이 맞다. 드로나가 무기를 들고 있는 한 누구도 그를 막을 수는 없다. 하지만 그가 무기를 내려놓는다면 희망이 있다. 자신의 아들이 죽었다는 소식을 듣는다면 분명히 전의를 상실할 것이다. 드로나에게로 가 아슈바타마가 죽었다고 전하거라. 그러면 활을 내려놓을 것이다. 그 틈을 타서 공격하면 된다."

아르주나는 깜짝 놀랐다. "그 생각을 받아들일 수 없습니다." 하지만 비마는 크리슈나의 말을 듣자마자 바로 뛰쳐나갔다. 그리고는 카우라바의 코끼리 부대 옆으로 접근했다. 말라바의 왕 인드라바르마가 선봉에 서 있었다. 비마는 인드라바르마의 코끼리 이름이 아슈바타마라는 것을 알고 있었다. 그는 철퇴를 던져 코끼리를 먼저 죽인 뒤 인드라바르마까지 함께 죽여버렸다. 그리고는 재빨리 드로나에게로 가 외쳤다. "아슈바타마가 죽었다."

그는 드로나를 속인다는 생각에 목소리가 떨리고 가슴이 뛰었지만 크리슈나가 일러준 대로 드로나에게 아슈바타마가 죽었다는 사실을 계속

알렸다.

비마의 말에 드로나가 잠시 공격을 멈추었다. 마치 갈비뼈가 물속에서 모래처럼 녹아내리는 기분이었다. 그러나 아들의 용맹과 실력을 알고 있는 그는 사실이 아닐 것이라고 판단했다. 비마는 지금 거짓말을 하고 있다. 지금 상황에서 저들이 거짓말을 하는 것은 어찌 보면 당연한 일이었다.

드로나는 앞으로 나아가며 공격을 재개했다. 드리스타디움나가 그에게 맞섰다. 드로나는 드리스타디움나의 공격을 받아내는 동시에 판다바 군을 상대하느라 여념이 없었다. 결국 그는 무시무시한 브라흐마의 무기를 불러냈다. 수많은 군사들이 폭풍우를 만난 나무들처럼 쓰러졌다. 드로나의 화살이 꽂히면서 잘려나간 군사들의 머리와 팔이 여기저기에 딩굴었다. 드리스타디움나는 있는 힘을 다해 공격했지만 드로나는 눈 깜짝할 사이에 유디스티라의 눈앞에서 만 명에 달하는 전차군을 해치웠다.

드로나가 기세를 몰아 적에게 달려들려는 순간, 갑자기 하늘에서 아그니를 앞세운 현자들이 나타났다. 그의 아버지인 바라드바야를 비롯해 바시슈타, 비슈바미트라, 고타마, 카시야파 등의 현자들이 신비한 모습으로 하늘에 떠 있었다.

그들은 드로나에게만 들리는 목소리로 말했다. "드로나여, 지금 그대의 행동은 정의롭지 못하다. 어찌하여 보통 사람들에게 천상의 무기를 사용하려 하느냐. 이제 네가 죽을 차례니 무기를 내려놓아라. 그것은 브라만의 행위가 아니니라. 브라흐마의 무기로 평범한 사람들은 죽인다면 씻을 수 없는 불명예를 안게 될 것이다. 그런 악행은 그만두고 싸움도 멈추거라. 너는 이제 생의 마지막을 맞이하게 될 것이다."

드로나는 주변을 둘러보았다. 드리스타디움나가 소리를 지르며 달려

오고 있었다. 예언이 이루어질 시간이 온 것이다. 드로나의 두 팔이 힘없이 떨어졌다. 더 이상 전투를 계속할 수 없었다. 비마의 말도 마음에 걸렸지만 천상의 현자들이 한 말이 더욱 가슴 아팠다. 아슈바타마가 진짜 죽었을 수도 있다. 누구에게 물어봐야 진실을 알 수 있는가? 멀지 않은 곳에 유디스티라가 있었다. 드로나는 그에게 다가갔다. 유디스티라라면 거짓말을 하지 않을 것이다.

크리슈나는 드로나가 유디스티라에게 다가오는 것을 보았다. "왕이여, 드로나에게서 우리를 보호하라. 이대로 반나절만 더 싸움이 지속되면 우리는 패배하고 말 것이다. 때로는 거짓말이 진실보다 나을 때도 있다. 생명을 지키기 위한 거짓말은 죄가 아니다."

크리슈나가 한 말의 의미를 곰곰이 생각하던 유디스티라는 그의 조언을 간과해서는 안 된다고 결정했다. 그는 지금껏 단 한 번도 이런 말을 하지 않았다. 거짓말을 한다는 생각만으로도 몸서리를 치던 그였다. 하지만 드로나를 막지 못한다면 판다바 군은 곧 궤멸할 터였다.

유디스티라는 전쟁이 막 시작되었을 때 드로나가 한 말을 떠올렸다. 비록 그것이 거짓말일지라도 믿을 만한 사람에게 듣는다면 그는 분명 그 말을 믿을 것이다.

여전히 망설이면서도 유디스티라는 크리슈나의 말을 따르기로 마음먹었다. 결국 드로나에게 거짓을 말하고 말았다. "아슈바타마가 죽었습니다." 그리고는 들리지 않을 정도로 작은 목소리로 "말라바의 왕 인드라바르마의 코끼리가."라고 덧붙였다. 어떤 상황에서도 진실만을 말한다는 양심을 지키고 싶었던 것이다.

바로 그 순간 유디스티라의 전차가 땅에 내려앉았다. 현자들은 그 이유를 매우 궁금해했다. 몇몇은 유디스티라가 거짓말을 했기 때문이라고 했고, 또 다른 몇몇은 크리슈나의 말을 따르고 싶지 않았던 유디스티라의 마음이 그 이유라고 했다.

어쨌건 유디스티라의 말을 들은 드로나는 큰 슬픔에 빠져들었다. 그의 고뇌는 현자들의 예언과 함께 자신이 판다바들에게 못된 짓을 했기 때문이라는 죄책감을 안겨주었다. 큰 슬픔에 빠진 드로나는 다시 등을 돌려 유디스티라에게서 멀어지며 무기를 내려놓았다. 그 틈을 타서 드리스타디움나가 공격을 가했다. 정통으로 가슴을 맞았지만 그는 저항하지 않았다. 그야말로 깊은 절망의 나락에 빠진 것이다.

드리스타디움나는 더욱 강력한 힘을 몰아 다시 한번 드로나를 공격했다. 화가 난 드로나가 다시 활을 집어들어 눈 깜작할 사이에 드리스타디움나의 화살을 산산조각내버렸다. 그리고는 주문을 외워 천상의 무기를 불러내 드리스타디움나를 죽이려 했다. 그러나 아무리 주문을 외워도 더이상 무기는 나타나지 않았다. 놀란 그가 화살을 퍼부으려 했다. 그런데 지난 보름간 단 한 번도 비지 않았던 화살통이 텅 비어 있었다.

절박해진 드로나는 스스로 생을 마감하기로 결심했다. 그는 활을 내려놓고 아들의 이름을 불렀다. 다른 쿠루들을 보며 그는 흐느꼈다. "두리요다나여, 카르나여, 크리파여, 나는 이제 무기를 놓을 것이다. 최선을 다해 싸우거라."

그리고는 전차에 앉아 명상에 들어갔다. 눈을 반쯤 감고 팔을 완전히 뻗은 자세로 그는 마음속으로 오로지 비슈누만을 생각했다. 그는 초월의 경지로 들어가면서 '옴Om'이라는 신성한 소리를 내뱉었다. 천상의 현자들은 드로나가 육신을 버리고 상위 영역으로 솟아오르는 것을 지켜보고 있었다. 브라만이 승천하니 마치 하늘에 한 개의 태양이 더 떠오르는 듯했다.

그러나 드리스타디윰나는 드로나가 죽었다는 사실을 모른 채 날카로운 칼을 들고 계속해서 그에게 나아갔다. 다른 모든 전사들이 모두 만류했지만 그는 멈추지 않았다. 결국 그는 드로나의 전차에 뛰어올라가 칼을 휘둘러 드로나의 머리를 베어버렸다. 그리고는 그의 머리를 카우라바들에게 던지며 기쁨의 환성을 질렀다.

아르주나는 그때까지도 드리스타디윰나에게 드로나를 생포해 유디스티라 앞으로 데려오라고 외치고 또 외쳤다. 그러면서 드리스타디윰나의 잔인함에 치를 떨었다. 존경해 마지않던 스승의 비참한 죽음에 가슴이 녹아내렸다. 그러나 비마는 달랐다. 드리스타디윰나에게로 다가가 그를 껴안아주었다.

유디스티라는 만감이 교차했다. 전쟁이 끝나는 것은 환영할 만한 일이지만 거짓말이 초래한 드로나의 죽음이라는 결과는 말로는 차마 표현할 수 없는 괴로움을 가져다주었다. 아르주나처럼 그도 드리스타디윰나가 스승을 죽였다는 사실이 한없이 고통스럽고 슬펐다.

한편 드로나의 죽음으로 카우라바는 비탄과 공포에 휩싸였다. 세계의 정복자이자 자신들의 총사령관이 세상을 떠난 것이다. 사실을 받아들일 수 없는 군사들, 그리고 벌써 공포에 질린 군사들이 도망치기 시작했다. 두리요다나와 카르나, 샤쿠니를 비롯한 쿠루의 수장들도 슬픔에 사로잡혀 달아나기에 바빴다.

도망치려는 순간, 그들은 이쪽으로 오고 있는 아슈바타마와 마주쳤다. 그는 마치 강을 역류해 올라온 악어처럼 보였다. 카우라바들의 모습을 보고 놀란 아슈바타마가 두리요다나를 잡고 물었다. "왕이여, 어찌하여 도망치는 것이오? 어찌하여 모든 영웅이 달아나고 있단 말이오? 대체 어떤, 얼마나 큰 재앙이 닥쳤기에 이리 하는 것이오?"

두리요다나는 아슈바타마에게 차마 사실을 말해줄 수 없었다. 그는 고개를 숙인 채 아무 말도 하지 못했다. 크리파가 다가오자 두리요다나가 입을 열었다. "크리파여, 아슈바타마에게 진실을 말해주소서."

눈에 눈물이 가득한 채 크리파가 흐느끼며 말했다. "지난 보름간 우리는 위대한 드로나를 선봉으로 판찰라를 맞아 격렬한 전투를 해왔다. 수많은 판다바 군의 목숨을 끊었다. 그대의 아버지는 저들의 대열을 뚫고 들어가 수많은 판다바 군을 해치웠다. 그 누구도 그대의 아버지를 막을 수 없었다. 헌데 저들이 오늘 비열한 술수를 써서 그대의 아버지를 막으려고 했다. 그대가 죽었다는 거짓말을 한 것이다. 그 소식에 그대의 아버지는 그만 이성과 힘을 상실해버렸다. 그렇게 걱정에 둘러싸여 망연자실해 있는 그에게 드리트라스타디윰나가 달려들어 목을 베어버렸다. 명상 중이던 그대의 아버지를, 많은 전사들의 만류에도 불구하고 드루파다의 아들은 결국 일을 저지르고 말았다."

아슈바타마는 판다바들에 대한 분노와 아버지를 잃은 슬픔에 큰 소리로 울부짖었다. 활을 떨어뜨린 채 자리에 주저앉아 통곡했다. 판다바에 대한 분노가 치밀어 오르는지 그는 마치 폭풍우를 맞은 나무처럼 몸을 떨었다. 그는 한동안 무릎 사이에 얼굴을 파묻고 움직이지 않았다. 이어 감정을 추스른 뒤 자리에서 일어나 고함을 질렀다. "그토록 선하다고 하는 판다바가 어찌하여 이런 짓을 저질렀단 말이냐. 네놈들은 오늘 반드시 그 대가를 치를 것이다. 드리스타디윰나는 절대 용서받지 못할 것이다. 맹세하건대, 이 세상은 드리스타디윰나와 비마의 피를 보게 될 것이다. 저들을 파멸시키지 못한다면 내 삶은 아무런 의미가 없다. 나는 반드시 드리스타디윰나와 그 추종자들의 최후를 볼 것이다."

아슈바타마의 얼굴이 빨갛게 달아올랐다. "영웅들이여, 나아가 저들과 싸우자. 내 앞에 나타나는 자는 모두 목이 달아날 것이다. 당신들은 오늘 루드라와 비슈누가 쓰는 것과 같은 무기를 보게 될 것이다. 나는 아버지가 시바 신에게 받아 나에게 준 나라야나를 가지고 있다. 겨누기만 하면 상대가 누구든 멸망시킬 수 있는 천하무적의 무기다. 나는 오늘 저들을 파멸시키기 위해 나라야나를 쓸 것이다. 단 한 번만 쓸 수 있기에 오늘 같은 날을 위해 지금껏 아껴왔다. 이제 세상은 나라야마의 위력을 보게 될 것이다."

아슈바타마는 카우라바 군에게 사기를 불어넣었다. 이에 고무된 카우라바 군은 아슈바타마를 연호하며 다시 전투에 대한 의지를 불살랐다. 북을 치고 나팔을 불면서 카우라바는 판다바를 향해 방향을 돌렸다.

5

천상의 무기 나라야나

카우라바가 줄행랑을 치자 판다바들은 한자리에 모여 다음 전략을 논의했다. 아르주나는 드리스타디움나에게 매우 화가 나 있었다. 그는 유디스티라에게 노골적으로 불만을 드러냈다. "드루파다의 아들이 매우 야만적인 행동을 저질렀소. 그로 인해 형님도 더럽혀진 것이나 다름없소. 그는 형님이 진실만을 말할 것이라 믿었는데 형님은 거짓을 말함으로써 그를 배신하고 속였소. 형님은 이를 영원히 부끄러워해야 할 것이오. 나 또한 스승이 자신의 제자에게 당하는 것을 보고 있기만 했으니 그 죄를 씻을 방법이 없소. 왕국을 되찾기 위해 우리는 잘못된 방법으로 스승을 죽였소. 이런 죄를 안고 사느니 차라리 죽는 것이 나을 것이오."

아르주나의 말이 끝났지만 그 누구도 입을 열지 않았다. 크리슈나는 그를 동정어린 눈빛으로 바라보았다. 드로나를 향한 아르주나의 존경과 사랑은 매우 깊었다. 슬픔을 주체하지 못하고 그는 무릎에 얼굴을 묻고 울기 시작했다.

비마가 다가와 말했다. "우리가 처음에 이 전쟁을 시작하게 된 이유를 기억하느냐? 크샤트리야의 의무에 충실하기 위해 우리는 두리요다나와 그 추종자들을 심판하러 온 것이다. 저들이 스승 앞에서 순결한 드라우파디를 괴롭힌 일을 떠올려보거라. 또 우리가 숲에서 쫓겨날 때 구경만 하고 있던 스승님의 모습도 생각해보거라. 우린 지난 몇 년 동안 정당한 방법으로 복수를 할 날만을 기다리며 증오의 불길 속에서 겨우 삶을 연명해왔다. 그래서 이제 겨우 여기까지 왔는데 너는 어찌하여 덕망 따위를 들어 슬퍼하는 것이냐? 만약 드로나가 죽은 것이 정당한 것이 아니라면 너는 왜 카우라바를 공격하겠다고 맹세했느냐? 바로 드로나가 이끄는 그 부대를 말이다."

비마의 목소리는 점점 격앙되어 갔다. 아르주나는 조용히 그런 그를 바라보았다. 조금씩 감정을 추스르면서 그는 비마가 하는 이야기를 계속 들었다. "아우야, 너는 지금 비난과 슬픔으로 우리의 가슴을 찢어놓고 있다. 더구나 승리의 기쁨을 취해야 할 순간에 엄격한 잣대를 적용하고 있다. 너의 이러한 행동은 저들에게 좋은 일만 시켜줄 뿐이다. 내가 볼 때 드로나의 죽음은 합당하다. 이제 우리에게 남은 것은 저들을 소탕하는 일뿐이다. 복수심에 불타는 아슈바타마를 선봉으로 세운 저들 말이다."

아르주나는 입을 다물고 아무 말도 하지 않았다. 드리스타디움나도 크게 반성하는 기색 없이 그 옆에 서 있었다. 아르주나가 붉어진 눈으로 자신을 바라보자 판찰라의 왕이 달래는 듯한 목소리로 말했다.

"아르주나여, 나는 내가 죄를 지었다고 생각하지 않는다. 반대로 드로나는 자신의 의무를 넘어선 행동을 했고, 그 죄는 심판받아야 마땅했다. 그는 브라흐마의 힘을 이용해 천상의 무기를 들어 수많은 군사들을 죽였다. 얕은 수를 이용해 우리를 공격하다 최후에는 그들과 똑같이 죽은 것이다. 다른 방법은 없었다. 그러니 나를 그런 눈으로 쳐다보지 말아라.

이것이 바로 내가 불에서 태어난 이유다. 나는 최선을 다해 무자비하고 잔인한 전사를 처리한 것이다. 그렇지 않았으면 그가 우리를 파멸시켰을 것이다."

비마가 동의하는 듯한 표정을 짓자 드리스타디윰나가 계속해서 말을 이어갔다. "드로나를 죽임으로써 나는 내 아버지와 핏줄들에게 진 빚을 갚은 기분이다. 그를 죽이지 않고 그대로 두었더라면 그것이 오히려 더 큰 죄가 되었을 것이다. 아르주나여, 그대는 할아버지를 죽였다. 그게 죄가 아니라면 내 행동이 어찌하여 비난받아야 한단 말이냐? 드로나는 악한 자를 섬겼으니 죽어 마땅하다. 그러니 나를 비난하지 말아라. 네가 나를 비난한다 해도 나는 너를 사랑하고 용서한다. 무엇보다 너는 드라우파디의 남편이니. 진정하거라. 유디스티라의 행동은 옳았고, 나 또한 마찬가지다. 우리는 자신의 제자를 공격하는 사람을 죽였을 뿐이다. 이제 마음을 털어내고 나가서 싸우자. 승리는 네 것이다."

아르주나는 스승을 모욕하고 있는 드리스타디윰나를 보며 숨을 몰아쉬었다. 하지만 침묵을 지키는 크리슈나와 유디스티라를 보면서 마음을 진정시켰다.

전차에 앉아 있던 사티야키가 갑자기 전차에서 뛰어내렸다. 드리스타디윰나의 이야기에 화가 난 그가 말을 내뱉었다. "저 사악하고 천한 자를 내칠 자가 여기엔 아무도 없단 말이오? 어찌 감히 그런 말을 내뱉을 수 있단 말이오? 당신은 비난받아야 마땅하오. 당신으로 인해 영광은커녕 우리의 조상과 후손들까지 지옥에 떨어져야 할 것이오. 아르주나가 비슈마를 죽인 것은 상황이 다르오. 그가 죽은 것은 쉬크한디의 소행이 아니오? 판찰라만큼 사악한 자들도 없을 것이오."

사티야키는 계속해서 드리스타디윰나를 비난하면서 철퇴를 들었다.

그리고는 경고했다. "만약 그 따위 말을 한 번만 더 지껄이면 이 철퇴로 머리를 칠 것이오. 브라만을 죽인 자여, 그대를 보는 사람은 모두 태양을 보고 눈을 씻어내야 할 것이오. 용기가 있다면 무기를 드시오. 더 이상 내 스승과 그의 스승을 욕하는 것을 참지 않을 것이오."

드리스타디윰나는 웃었다. "마두의 아들이여, 무례한 말을 지껄이는 것을 용서해주마. 그렇게 정의를 부르짖으면서 어찌하여 너를 꺾은 부리 스라바에 대해서는 잊어버렸단 말이냐? 입 다물라. 한 마디만 더하면 오히려 내가 너를 죽음으로 보내버릴 것이다."

그러면서 드리스타디윰나는 카우라바들이 지금껏 저지른 교활한 술수를 사티야키에게 상기시켰다. 얕은 수를 써서 아비만유를 죽인 것도 바로 드로나였다. 전쟁에서 규칙을 깨트리는 것은 어쩔 수 없는 일이다. 하지만 승리는 여전히 정의의 편이다. "우리는 카우라바들과 싸워야 한다. 브리슈니의 영웅이여, 이제 저들을 완전히 제거해야 한다. 무슨 수를 써서라도 저들을 멸망시켜야 한다."

사티야키는 분노에 몸을 떨었다. 눈은 이미 벌겋게 달아올라 있었다. 그는 철퇴를 쥐고 전차에서 뛰어내려 드리스타디윰나에게 달려들었다. "더 이상 시간을 낭비하지 않겠소. 내 철퇴를 받으시오."

상황이 심각해지자 크리슈나가 비마에게 눈짓을 했다. 비마가 둘 사이로 가 사티야키를 진정시켰다. 하지만 사티야키는 분노에 차 소리를 지르며 계속해서 앞으로 나아가려 했다. 사하데바도 나서서 그들을 진정시켰다. "진정하시오. 우리는 당신들 같은 친구를 다시는 만날 수 없을 것이오. 우리는 서로에게 소중한 존재들이오. 친구로서의 의무를 생각하여 관용을 발휘해 서로를 용서하시오. 우리끼리 싸울 시간이 없단 말이오."

드리스타디윰나가 웃으며 말했다. "비마, 그의 손을 놓아주어라. 바람이 산을 치듯 나를 향해 달려들도록 놓아두어라. 그를 먼저 꺾고 남은 카우라바를 소탕하러 갈 것이다. 화살로 저자의 머리를 벨 것이다. 그가 죽든 내가 죽든 상관없다."

비마에게 잡힌 사티야키는 그 말에 더욱 분노하여 소리쳤다. 하지만 팔을 잡고 있는 비마의 힘이 너무도 강력하여 움직일 수가 없었다. 마치 달빛이 모든 것을 식히듯 크리슈나가 둘에게 조용히 말을 건넸다. 유디스티라 또한 그 둘을 진정시키려고 애썼다. 크리슈나와 유디스티라는 결국 둘의 화를 누그러뜨리는 데 성공했다.

두 사람 모두 평정심을 되찾고 전차에 올라타는 순간 멀리서 카우라바의 함성이 들려왔다. 사람들은 서로를 놀란 눈으로 쳐다보았다. 어찌하여 저리 들떠 있는 것인가? 드로나의 최후를 보고 저들은 산산이 흩어지지 않는가.

카우라바 군이 다가오는 소리를 들으며 아르주나가 웃으며 말했다. "분명 아슈바타마가 부대를 다시 모았을 것이오. 그 아이는 태어날 때 천상의 말 우카이슈라바Ucchaishrava처럼 울었소. 또 호랑이의 얼굴과 코끼리의 코처럼 큰 팔을 가지고 태어났소. 그 아이가 분명 우리를 향해 달려들 것이오. 자신의 아버지가 비참하게 당했으니 결코 우리를 용서하지 않을 것이오. 드리스타디윰나, 당신은 특별히 조심해야 할 것이오. 그럼 이제 싸울 준비를 합시다."

판다바는 카우라바가 진격해오며 일으킨 먼지 구름을 보았다. 잠깐 벌어졌던 실랑이는 모두 잊고 판다바 전사들도 이제 자기 위치로 돌아가 싸울 준비를 마쳤다. 카우라바 군의 선봉에 서 펄럭이는 아슈바타마의 금색 깃발이 눈에 들어왔다. 비마와 쌍둥이는 그가 드리스타디윰나에게 다가가는 것을 막기 위해 전차 부대를 출정시켰다.

* * *

카우라바가 드로나의 원수를 갚으려고 할 무렵, 해가 천천히 서쪽으로 기울었다. 판찰라와 드리스타디윰나를 모두 죽이겠다고 두리요다나에게 맹세한 아슈바타마는 나라야나를 생각했다. 판다바 진영에서 일 킬로미터 정도 떨어진 곳에서 그는 활에 천상의 화살을 걸고 나라야나를 부르는 성스러운 주문을 외웠다. 아슈바타마가 무기를 불러내자 하늘에서 깊은 울림이 느껴졌다. 수많은 불화살이 마치 햇살이 비치듯 판다바 진영을 향해 떨어졌다. 별똥별이 지구에 충돌하듯 수없이 많은 붉고 뜨거운 불덩어리가 하늘에서 떨어져내렸다. 금세 목을 베어낼 듯 날카로운 원반과 도끼, 불타는 창과 뾰족한 가시가 박힌 철퇴가 하늘을 온통 메웠다. 그 무기들에 가려 앞을 볼 수 없을 정도였다.

판다바 진영은 걱정에 휩싸였다. 아슈바타마가 내린 무기가 전장 곳곳에 내리꽂혔다. 병사들이 어디에 있건 수많은 무기들이 병사들을 향해 쏟아졌다. 군사들은 화살과 표창에 완전히 갇혔다. 판다바의 영웅들이 대항해보려 했지만 상황은 더욱 악화되어 갔다.

부대가 당하는 것을 보며 유디스티라가 결국 퇴각 명령을 내렸다. "목숨이 중요하다. 뒤돌아보지 말고 퇴각하라. 이 무기에는 절대 대항할 수 없다. 이는 분명 무고한 스승을 죽인 대가다. 나와 내 형제들이 뛰어들 테니 병사들은 퇴각하라."

크리슈나는 유디스티라에게 진정하라고 외쳤다. 그는 이 무기에 대항하는 법을 알고 있었다. 아르주나의 전차 위에 서서 크리슈나가 외쳤다. "크샤트리아여, 무기를 내려놓고 전차에서 내려와라. 저항하면 할수록 나라야나의 힘만 키워줄 뿐이다. 절대 대항하지 말고 땅에 가만히 누워 있거라. 무기를 집어들 생각만으로도 죽음을 맞이하게 될 것이다!"

크리슈나의 말에 모든 전사들이 무기를 내려놓고 땅으로 내려왔다. 그러자 나라야나에서 쏟아진 무기들이 신기하게도 전사들의 머리 위를 비켜갔다.

비마는 군사들이 무기를 내려놓는 것을 보고 소리쳤다. "무기를 내려놓지 말라! 아슈바타마가 부리는 술수를 두려워해서는 안 된다. 내가 저 무기를 상대할 것이다. 저자를 쏘아 그 아비가 간 길을 따라가게 할 것이다. 아르주나여, 어찌하여 간디바를 내려놓고 명성과 영광까지 내려놓으려 하느냐. 일어나 싸워라. 나는 이 가슴으로 모든 무기를 받아낼 것이다. 그대들은 오늘 모두 내 용기를 기억하게 될 것이다."

아르주나가 되받아쳤다. "형님, 나는 브라만과 소, 그리고 신성한 주재자인 나라야나의 무기에는 간디바를 쓰지 않기로 맹세했소. 형님도 빨리 무기를 내려놓으시오. 이 맹렬한 무기는 결코 우리의 힘으로 막을 수가 없소."

그러나 비마는 아르주나의 말에는 아랑곳하지 않고 카우라바를 향해 달려갔다. 그는 하늘을 가득 채운 무기의 장벽은 신경조차 쓰지 않고 아슈바타마를 향해 날카로운 화살을 날렸다. 드로나의 아들은 비웃으며 비마의 화살을 떨어뜨려버렸다. 판다바 군이 무기를 내려놓고 땅 위에 누워버리니 모든 공격이 비마에게 집중됐다.

비마가 당하는 것을 본 아르주나가 바루나 무기를 일으켰다. 물의 기운을 받은 무기가 비마를 감싸며 한층 거세진 나라야나로부터 비마를 보호했다. 하지만 아르주나는 이 보호막이 그리 오래 지속되지 않으리라는 것을 알고 있었다.

크리슈나가 갑자기 전차에서 뛰어내려 비마를 향해 달려가며 아르주나에게 따라오라고 명했다. 두 전사는 쉴새없이 불덩이가 떨어지고 있는 비마 곁으로 가 비마를 붙잡아 전차에서 끌어냈다. 비마는 아르주나가 자신의 무기를 움켜쥐어 산산조각내버리자 크게 화를 냈다.

크리슈나가 황급하게 말했다. "판두의 아들이여, 지금 뭘 하고 있는가. 이 무기를 막을 수 있다면 우리도 싸울 것이다. 허나 이 무기는 누구도 막을 수 없다. 그러니 어리석은 짓 그만두고 얌전히 있어야 한다."

그는 억울했지만 크리슈나의 말을 따르기로 했다. 그리고는 무기를 옆에 둔 채 몸을 눕혔다. 그러자 나라야나의 공격이 점점 약해지기 시작했다. 하늘을 가득 메웠던 무기들이 곧 사라졌다. 무기들이 완전히 없어지자 판다바 군은 자리에서 일어나 무기를 들었다. 크리슈나 덕분에 죽을 위기를 넘긴 판다바 전사들은 다시 고함을 지르며 전차와 말에 올라탔다.

두리요다나는 도망가는 적들을 보고 불같이 화를 냈다. 그는 아슈바타마에게로 가 말했다. "다시 그 무기를 쓰시오. 저들이 다시 집결해 사력을 다해 덤벼올 것이오."

아슈바타마는 고개를 저었다. "나라야나는 상대가 누구든 단 한 번밖에 쓸 수 없소. 같은 사람에게 두 번 이상 쓰게 되면 그것을 쓴 자가 목숨을 잃게 되오. 크리슈나가 이 무기에 대처하는 비밀을 알고 있어서 일을 그르쳤소."

두리요다나는 한숨을 쉬었다. "그렇다면 무엇이든 괜찮으니 다른 것을 불러내 보시오. 그대의 힘은 마하데바와 맞먹지 않소? 드로나의 아들이여, 속히 그대의 아비를 죽인 저들을 끝장내시오."

아슈바타마는 다시 전장으로 들어가 수천 개의 화살을 퍼부으며 드리스타디윰나를 찾아 헤맸다. 분노에 사로잡힌 그는 그야말로 가공할 만한 힘을 발휘했다. 드리스타디윰나의 말과 전차몰이꾼, 그리고 전차까지 몽땅 죽이고 부숴버렸다. 드리스타디윰나는 전차에서 내려와 칼과 방패로 그의 공격을 받아냈다.

사티야키는 바로 근처에서 드리스타디윰나가 곤경에 처한 것을 보았다. 그는 크샤트리야로서의 임무를 떠올리며 드리스타디윰나가 있는 곳으로 갔다. 그리고는 아슈바타마에게 화살을 퍼부어 전차몰이꾼과 말을 제거했다. 아슈바타마는 전차에서 탈출하여 사티야키의 공격을 받아냈다. 크리파가 달려와 아슈바타마를 자신의 전차로 데려갔다. 많은 판다바와 카우라바의 영웅들이 격렬한 전투를 벌이는 사이 크리파와 카르나가 드리스타디윰나와 사티야키를 공격했다.

새 전차에 올라탄 아슈바타마는 다시 드리스타디윰나에게 다가갔다. 그런데 또 다시 사티야키가 그의 앞을 막았다. 아슈바타마가 사티야키에게 말했다. "드리스타디윰나를 도우려는 네 마음은 알겠지만 나는 오늘 그를 살려둘 수 없다. 나는 저 사악한 놈이 이끄는 판찰라를 궤멸시키기로 맹세했다. 네가 만약 계속 그리 나온다면 너뿐만 아니라 모든 판다바 군을 제물로 삼겠다. 아무도 날 막을 수 없다."

그러더니 아슈바타마는 화살을 날려 사티야키를 공격했다. 사티야키가 휘청거리자 아슈바타마는 창을 꺼내 사티야키에게 날렸다. 창은 사티야키의 갑옷을 부수고 그의 어깨 깊숙이 박혔다. 놀란 브리슈니의 전사는 전차에 주저앉았다. 전차몰이꾼이 재빨리 전차를 몰아 멀리 도망갔다.

아슈바타마는 다시금 드리스타디윰나를 향해 맹렬한 공격을 퍼부었다. 주문을 실은 화살이 그의 몸 곳곳에 깊이 박혔다. 드리스타디윰나는 아슈바타마의 공격에 압도당해 깃대에 몸을 기댄 채 도움을 요청했다.

수많은 판다바 전사들이 그를 구하러 달려왔다. 그들은 비마와 아르주나를 앞세워 사방에서 아슈바타마에게 화살을 쏘았다. 그러나 아슈바타마는 놀라운 속도와 솜씨로 모든 화살을 쳐냈다.

목숨 따위는 아깝지 않다고 생각한 아슈바타마에게 남은 것은 분노에 사로잡혀 싸우는 일뿐이었다. 싸우는 동안에도 마음 한구석에는 아버지가 죽었다는 사실이 사무쳤다. 그렇게 잔인한 싸움도 태어나 처음이었다. 그는 판다바 군의 공격을 계속 받아내는 동시에 천상의 무기로 수많은 판찰라 군을 절멸시켰다. 수많은 왕과 왕자들이 그를 막으려 달려들었지만 모두 죽음의 길로 갔다.

아슈바타마의 무자비한 공격에 판찰라의 병사들은 놀라서 줄행랑을 쳤다. 아슈바타마는 무기를 버리고 가는 군사와 공포에 질려 도망가는 군사까지 모조리 잡아죽였다.

아르주나가 외쳤다. "드로나의 아들아, 무자비한 학살은 그만두거라. 내가 너의 자만심을 박살내주마. 너의 용기와 지략, 남자다움, 두리요다나에 대한 애정, 그리고 판다바들에 대한 증오를 걸고 덤벼라. 드리스타디윰나와 내가 널 처치해주마. 드리스타디윰나는 네 아버지를 없애고 이젠 너마저 끝장낼 준비가 되어 있다."

아슈바타마는 아르주나의 잔인한 말에 몸서리를 쳤다. 그 옛날 드로나의 학교에서 함께 쌓았던 우정은 온데간데 없었다. 그들은 서로 자신의 목숨을 내놓았다. 판다바를 보며 그는 불의 무기 아그네야를 쓰기로 마음먹었다.

그는 금으로 된 화살을 활에 걸고 모든 정신을 집중해 주문을 외운 뒤 큰 소리를 지르며 화살을 쏘았다. 전장에 짙은 섬광이 가득 차더니 무시무시한 별똥별이 쏟아지기 시작했다. 사나운 바람이 불어 수많은 전사들이 미처 피할 새도 없이 최후를 맞이했다. 라크샤사와 피사챠의 울음이 전장을 뒤덮고, 승냥이들이 마구 울어댔다. 만신창이가 된 판다바 군사들은 공포와 고통에 질려 비명을 질러댔다. 그들은 사방에서 날아오는 화살에 무방비 상태로 당했다. 아슈바타마의 영적 능력은 아그네야의 힘을 더욱 강하게 했다. 곳곳에서 군사들과 말, 코끼리가 공격을 당해 마치 종말이 온 듯 세상이 한 줌의 재로 변해 갔다. 그러나 불의 신 아그니는 칸다바프라스타에서의 일을 떠올리며 아르주나와 크리슈나만은 무기의 공격에서 벗어날 수 있게 해주었다.

막강한 불의 신이 발산하는 힘에 판다바 군이 계속 쓰러지자 아르주나는 모든 정신을 집중해 브라마스타를 떠올렸다. 그야말로 천하무적의 무기로 그는 짙은 어둠을 물리쳤다.

브라흐마의 무기에 아그니의 무기가 힘을 잃었다. 하늘이 다시 맑아지고 시원한 바람이 불어왔다. 전장은 형체를 알아볼 수 없는 수만 명의 시체로 가득했다.

아슈바타마는 아르주나가 눈 하나 깜빡하지 않고 자신의 무기를 막아낸 것에 적잖이 놀랐다. '어떻게 아그네야를 그리 쉽게 파괴할 수 있는가? 아르주나와 크리슈나도 분명 아그네야의 사정권 안에 있었다. 그런데 털끝 하나 다치지 않고 멀쩡하지 않은가?'

아슈바타마는 절망에 빠졌다. 처음에는 나라야나로 다음에는 아그네야로 공격했지만 결국 그 어느 것도 아르주나와 크리슈나를 제압하지 못했다. '저런 자들을 어찌 상대해야 한단 말인가? 저들은 무적이다.'

활을 내려놓은 아슈바타마는 전차에서 내려와 소리쳤다. "모든 것이 헛되도다!" 그리고는 전장을 벗어나 나무가 우거진 숲으로 달려갔다. 아버지를 잃은 슬픔이 물밀듯 다가왔다. 절대 복수할 수 없을 것이라는 생각이 들었다. 비장의 무기를 썼음에도 불구하고 결국 판다바에게는 소용이 없었다. 그렇다면 대체 어떻게 싸워야 한단 말인가?

마침 그때 아슈바타마는 전장을 향해 오고 있던 비야사데바와 맞닥뜨렸다. 드로나의 아들은 자리에 멈추어 현자에게 고개를 숙여 경의를 표했다. 그리고는 왜 자신의 무기가 아르주나에게 통하지 않는지를 물어보았다. 비야사데바가 대답했다. "크리슈나는 지고의 절대자이기 때문이니라."

그가 바로 나라야나였고 비슈누였다. 아니, 불멸의 나라야나는 크리슈나의 일부에 불과했다. 세상 그 어떤 존재도 크리슈나와 그의 보호를 받는 존재를 능가할 수는 없다. 그 위대한 시바도 자신을 크리슈나보다 아래라고 생각할 정도다.

비야사데바의 이야기를 듣고 아슈바타마는 크리슈나에 대해 다시 한 번 생각했다. 만약 비야사데바의 말이 진실이라면 그의 무기들이 무용지물이 된 것도 놀라운 일이 아니다. 아르주나가 크리슈나와 함께하는 이상 그와 싸워 이길 가능성은 희박했다.

의욕을 잃고 슬픔에 빠진 아슈바타마는 결국 이 모든 것이 운명의 장난이라고 생각했다. 숙명과 부딪힌 인간이 할 수 있는 일이라곤 자기 일에 최선을 다하고 결과를 기다리는 것뿐이다. 비야사데바의 말에 따르면 카우라바들은 패배할 것이 분명했다. 그러나 운명이 누구의 손을 들어줄지는 아직 모르는 일이었다.

그런 생각을 하며 아슈바타마는 현자에게 다시금 경의를 표하고 전장으로 돌아갔다. 누가 뭐래도 그는 두리요다나를 위해 싸워야 했다. 세상을 떠난 아버지를 기리는 것 또한 그의 의무였다. '저들은 반드시 대가를 치를 것이다.' 아슈바타마는 전장을 떠날 수가 없었다.

아슈바타마가 돌아올 무렵, 서서히 해가 지고 있었다. 양쪽 군대는 꼬박 이틀 밤낮을 싸운 탓에 피곤에 지쳐 있었다. 양군은 철수했다. 드로나의 죽음에 힘이 빠진 카우라바들은 슬픔에 젖어 돌아갔고, 판다바들은 트럼펫과 북, 나팔을 울리며 기쁜 마음으로 돌아갔다.

진영으로 돌아온 판다바들은 비아사데바가 와 있는 것을 보았다. 아르주나는 전차에서 내려 현자에게 경의를 표했다. 무릎을 굽혀 그의 발을 만지며 아르주나가 말했다. "현자여, 저는 오늘 놀라운 광경을 목격했습니다. 적에게 화살을 쏜 순간 어떤 남자가 나타났습니다. 그는 불처럼 환하게 빛났습니다. 한손에는 불타는 삼지창을 들고 있었는데, 그의 시선이 닿는 곳은 모두 불바다가 되었습니다. 그는 단 한 개의 무기도 사용하지 않았습니다. 현자여, 그는 과연 누구입니까?"

아르주나의 머리에 손을 얹으며 비아사데바가 대답했다. "쿤티의 아들아, 그대는 세상의 파괴자인 샨카라Shankara를 만난 것이다. 크리슈나를 향한 무한한 사랑과 존경으로 그가 그대의 전차로 와서 적을 무찔러준 것이다. 세상의 어떤 방패도 그를 막을 수는 없다. 이제 나아가 싸우거라. 크리슈나가 함께하는 이상 패배란 없다."

곧 전쟁이 끝날 것이라고 다시 한번 말해준 뒤 비아사데바는 자리를 떴다. 전투에 지친 군사들은 막사로 돌아가 휴식을 취했다.

6

카르나, 지휘를 맡다

막사로 돌아온 군주와 전사들은 침묵 속에서 텅 빈 드로나의 자리를 바라보았다. 두리요다나는 슬픔에 젖어 긴 한숨을 내쉬고 땅만 쳐다보았다. 몇몇 친구들이 영혼은 영원하며 세상의 모든 것은 일시적으로 존재할 뿐이라는 베다를 읊으며 그를 달래주었다. 그들은 또 친구이자 형제인 드로나를 잃고 슬퍼하는 크리파를 위로했다. 아슈바타마는 혼자 있고 싶다는 이유로 자신의 막사로 돌아간 상태였다.

왕들이 자리를 뜨고 두리요다나와 카르나, 샤쿠니, 그리고 그의 형제들만이 남았다. 그들은 서로 말을 아낀 채 판다바들에게 당한 비극을 떠올리며 깊은 후회에 잠겼다. 늦은 밤이 되어서야 그들은 자리에 몸을 뉘었다. 하지만 걱정의 말을 주고받느라 맘 편히 쉴 수 없었다.

두리요다나는 다나바들을 떠올렸다. 그들은 두리요다나를 돕겠다는 맹세를 지켰다. 드로나는 최선을 다해 싸웠지만 안타깝게도 최후를 맞이하고 말았다. 도대체 판다바들 뒤에는 어떤 힘이 도사리고 있단 말인가? 정녕 저들을 막을 수 있는 방법은 없단 말인가?

동쪽 산에 다시 해가 떠올랐다. 그들은 불안한 마음으로 잠에서 깨어 의식을 행했다. 지도자들은 카르나를 그들의 새 사령관으로 추대하기로 의견을 모았다. 군지휘권을 수여하는 의식이 거행되었다. 브라만들에게 축복의 말을 들은 뒤 그들은 열여섯 번째 날의 전투를 향해 발걸음을 옮겼다.

브라만의 축복을 받은 쿠루 군은 드로나의 원수를 갚겠다고 결심하며 판다바들을 향해 나아갔다. 카르나는 마치 천상의 아버지처럼 번쩍번쩍 빛나는 갑옷을 입고 선봉에 섰다. 출정하는 순간, 카르나는 함성과 고함으로 카우라바 군을 격려했다. 시인들이 그를 찬미했다. 그의 옆에는 두리요다나와 동생들이, 옆에는 아슈바타마와 크리파, 크리타바르마, 샬리야가 섰다. 다른 영웅들도 각자 자신의 군대를 이끌고 합류했다. 새처럼 생긴 대형이 만들어졌다. 모든 전사들은 어제의 패배는 잊고 승리를 갈망하며 전진했다.

카우라바들이 다가오는 모습을 보고 판다바는 반달 모양의 대형을 짰다. 양쪽 군사들은 큰 소리를 지르고 나팔을 불며 달려들었다. 전쟁이 시작될 때만 해도 무려 육백만 명에 달하던 병력은 온 데 간 데 없고 이제 겨우 백만 명 정도의 군사만이 남았다. 그들은 어느 쪽이든 한쪽이 완전히 전멸해야만 전쟁이 끝난다는 것을 알고 있었다. 두리요다나는 최후의 순간까지 싸울 것이며, 판다바 또한 그들의 왕국을 포기하지 않을 것이다. 전장 양쪽으로 무적의 영웅들이 서 있었다. 군사들이 전멸하고 나면 이 영웅들이 승리를 위해 맞붙을 것이다.

카우라바 군을 지휘하게 된 카르나는 남은 판다바의 병력을 차례차례 쓰러뜨렸다. 그가 날린 불화살은 마치 불길을 내뿜는 태양처럼 판다바를 향해 날아갔다. 그는 병사와 전차몰이꾼, 코끼리, 전차병들을 무차별하게 쓰러뜨렸다. 비마와 나쿨라, 사티야키가 카르나에 대항하기 위해 나섰다. 그들은 카르나의 머리 위로 엄청난 수의 무기를 퍼부었다. 다른 카우라바가 몰려와 카르나를 도왔다. 영웅들 사이에 격렬한 전투가 시작되었다.

천상의 존재들은 놀라운 표정으로 비마와 아슈바타마의 전투를 지켜보았다. 결국 비마가 아슈바타마를 눌러버렸다. 아슈바타마는 정신을 잃고 실려갔다. 비마 또한 강력한 상대와의 전투에 상처를 입었다. 완전히 지쳐 쓰러진 비마를 전차몰이꾼이 멀리 데려갔다.

카르나는 판다바 군의 공격을 받아내며 천천히 판다바들 속으로 들어갔다. 엄청난 수의 화살을 살려 마치 불이 숲을 덮치듯 대형을 파괴해갔다. 판다바 영웅들에게 쫓기면서도 그는 여기저기를 돌아다니며 수많은 판다바 군을 학살했다.

다른 곳에서는 아르주나가 몇몇의 삼샤프타카와 나라야나를 상대하고 있었다. 그는 무적의 화살을 쏘아 그들을 베어냈다. 아르주나의 공격을 받은 카우라바들은 마치 광풍이 몰아치는 바다처럼 일렁였다. 카르나와 대적할 순간만을 기다리고 있는 아르주나로서는 그들에게 시간을 낭비할 이유가 없었다.

판찰라와 소마카의 병사들을 상대하고 있던 카르나는 나쿨라의 공격을 받았다. 나쿨라가 먼저 카르나에게 표창을 던졌다. 하지만 카르나는 재빨리 화살을 나쿨라의 화살을 모두 막아냈다. 격렬히 싸우고 난 뒤 두 영웅은 뒤로 물러서서 서로를 노려보았다.

나쿨라가 외쳤다. "운 좋게도 오늘 너와 붙게 되었구나. 너는 우리가 겪고 있는 모든 비극의 근원이며, 전쟁을 일으킨 장본인이다. 너의 부덕함으로 수많은 전사들이 목숨을 잃었고, 그로 인해 아비를 잃은 고아와 지아비를 잃은 과부들이 가득하다. 이 모두가 너의 사악함에서 비롯된 것이니 내 오늘 너를 벌하리라."

카르나가 비웃었다. "용감하구나. 주둥이는 나중에 놀리거라. 모름지기 영웅은 공을 세운 뒤에 입을 여는 법. 용기를 보여다오. 내 너의 그 허영심을 완전히 눌러주마."

말이 끝남과 동시에 두 전사는 엄청난 속도로 화살을 쏘며 서로를 공격했다. 서로의 주위를 돌고 수없이 많은 화살이 날아다녔다. 그들이 천상의 무기를 불러내니 하늘에서 화살이 쏟아져 전장에 어둠을 드리웠다.

점점 카르나가 우위를 점하기 시작했다. 나쿨라의 전차몰이꾼과 말 네 마리를 베었다. 분노한 나쿨라가 칼과 방패를 집어들었지만 카르나는 순식간에 그것을 산산조각내버렸다. 그러자 판다바는 철퇴를 들어 달려들었다. 카르나는 철퇴마저 부숴버렸다. 웃음을 터뜨리며 카르나 위에 올라탄 카르나는 나쿨라를 마구 공격했다. 카르나에게 치욕을 당하는 나쿨라의 얼굴이 수치심과 슬픔으로 붉어져 갔다.

"어린 녀석아, 형들에게 가거라. 너는 아직 전쟁에 나올 때가 안 되었다."

쿤티와의 약속을 상기하며 카르나는 나쿨라를 죽이지 않았다. 나쿨라는 수치심을 참지 못하고 유디스티라에게 달려갔다. 유디스티라의 전차에 올라타면서 나쿨라는 뜨거운 분노의 눈물을 흘렸다. 그러면서 그는 아르주나와 크리슈나를 떠올렸다. 카르나는 이제 곧 두 영웅에게 최후를 맞게 되리라. 두 번 다시는 힘을 쓸 수 없게 되리라.

카르나는 계속해서 판다바 군을 무찌르며 전장 여기저기에 불화살을 쏘아댔다. 마치 불로 만든 바퀴처럼 보였다. 그는 스린자야 부대에 다가가 수만 명의 스린자야들을 학살했다.

카르나가 판다바를 상대로 공격을 감행하는 동안 다른 곳에서도 격렬한 전투가 계속되었다. 크리파는 드리스타디움나를 상대했고, 크리타바르마는 사티야키를 상대했다. 그리고 비마는 드리스타라스타의 아들들과 맞섰다. 비마는 가뿐하게 카우라바의 왕자 스무 명을 해치웠다. 유디스티라는 샬리야와 맞섰다. 수많은 영웅들이 분노에 사로잡혀 격렬한 전투를 했다. 그 모습에 천상의 존재들은 두려움을 느꼈다.

수많은 라타와 마하라타들의 공격을 받고 있음에도 불구하고 아르주나는 가뿐하게 나라야나의 군대를 처치했다. 그는 반달 모양의 화살을 날려 적군의 목을 베고 사지를 잘라버렸다. 전장 여기저기를 뛰어다니며 간디바에서 나오는 화살로 카우라바를 박살냈다.

하루가 지나 또 다시 해가 서쪽 산에 걸렸다. 전장은 그야말로 비참함 그 자체였다. 병력의 절반 정도가 주검이 된 채 여기저기에 쓰러져 있었다. 전장에는 시체와 부서진 전차의 잔해, 갑옷들로 가득했다. 시체는 누가 누구인지 알아볼 수도 없을 정도로 새까맣게 타버렸다.

독수리들이 하늘을 날고 이리떼가 길게 울었다. 시간이 지나 어둠이 주검들을 감싸자 카르나가 카우라바에게 철수 명령을 내렸다. 카르나는 야간 전투를 원치 않았다. 군사들은 서로를 부축하며 각자의 진영으로 돌아갔다.

* * *

두리요다나는 두 손을 꼭 쥐고 앉아 한숨을 쉬었다. 열한 개의 악샤후히니 가운데 이제 단 한 개만이 남았다. 도저히 납득할 수 없는 결과였다. 무적이라고 믿어왔던 영웅들이 모두 최후를 맞았다. 지금껏 전투에선 패배해본 적 없는 전사들이 마치 연인을 끌어안듯 대지를 끌어안고 쓰러진 것이다. 아르주나와 비마가 병력 손실의 가장 큰 원인 제공자였다. 이제 어떻게 해야 하나. 저 오만한 두 판다바를 반드시 처치해야 한다. 비마 정도는 상대할 수 있다. 헌데 카르나는 어찌하여 아르주나를 죽이지 않은 건인가. 두리요다나는 친구를 바라보았다.

그런 두리요다나의 마음을 읽은 카르나가 말했다. "아르주나는 늘 긴장하고 있고 인내심도 강하며 실력과 지략도 뛰어난 전사요. 허나 어쩌다 그를 공격할 기회가 있어 덤벼들어도 번번이 크리슈나에게 막히고 마오. 하지만 나는 물러서지 않을 것이오. 오늘도 그자가 술수를 써서 도망가긴 했지만 내일은 꼭 그자를 꺾고 목숨을 빼앗을 것이오."

두리요다나는 카르나의 자신감에 흡족해 했다. "그 약속을 꼭 이루어 주시오."

그리고는 다음 날 새벽에 아르주나를 공격할 전략을 의논하기로 하고 모두를 해산시켰다.

다음 날 아침, 카르나가 조용히 두리요다나를 찾아왔다. 카우라바의 왕은 갑옷을 챙겨 입으며 그를 좋은 자리로 안내했다. 장갑 끈을 단단히 조이며 그가 말했다. "친구여, 아르주나를 맞을 준비가 되었는가?"

카르나는 풀이 죽은 목소리로 대답했다. "나는 오늘 천하의 영웅과 전투를 벌일 것이오. 내가 죽거나 그가 죽거나 둘 중 한 명은 목숨을 잃을 것이오. 만약 그를 죽이지 못한다면 나는 다시는 싸우지 않을 것이오. 물론 샤크티는 써버리고 없지만 크게 걱정하지 않소. 나에게는 파라수라마로부터 받은 막강한 천상의 무기가 있소. 왕께서는 오늘 인드라와 다이티야들이 싸우는 듯한 전투를 보게 될 것이오. 저들이 전멸하는 순간 이 세상은 당신의 것이 될 것이오. 왕이여, 나는 당신을 위해 모든 것을 할 것이오. 나의 분노를 막을 수 있는 자는 아무도 없소. 헌데 오늘 나에게 필요한 것이 있소."

카르나는 아르주나 곁에 크리슈나가 있음으로써 얼마나 자신이 불리한 위치에 있는지를 설명했다. "크리슈나가 전차를 모는 솜씨는 가히 놀라울 정도요. 나에게도 크리슈나처럼 전차를 몰아줄 자가 필요하오. 샬리야가 적임자가 아닐까 생각되는데 왕께서는 어떠시오?"

두리요다나는 놀란 눈으로 그를 바라보았다. 샬리야는 남아 있는 카우라바 병력 가운데 가장 막강한 영웅 중 한 명이었다. 그를 잃으면 병력에 크나큰 손실을 입을 것이다. 게다가 전차몰이꾼을 해달라고 천한 부탁을 할 수 있는 자도 아니었다. 더군다나 카르나의 전차몰이꾼이라니. 게다가 샬리야는 판다바의 혈족이 아닌가. 과연 그를 믿을 수 있을까?

두리요다나의 표정을 보고 카르나가 말했다. "샬리야와 함께라면 저들을 이길 수 있을 것이오. 전차를 다루는 데 능숙할 뿐만 아니라 적의 약점을 파악하고 병력의 크기를 판단하는 데 뛰어나오. 허니 왕이여, 부디 그를 설득해주시오. 그 정도의 덕을 가진 사람이라면 왕을 돕기 위해 무슨 일이든 할 것이오. 그러니 그가 꼭 전차를 몰 수 있게 해주시오."

두리요다나는 심사숙고했다. 전쟁에서 이길 수 있는 마지막 기회일지도 모른다. 아르주나를 죽이지 못한다면 카우라바는 분명 패배하고 말 것이다. 그는 고개를 끄덕였다. "내가 마드라의 왕을 설득하여 그대의 전차몰이꾼이 되게 해보겠다. 수많은 전차들에 무기를 장착해 그대들과 함께 보낼 것이다. 화살을 가득 실은 마차도 함께 준비할 것이다."

두리요다나는 아르주나와 싸우려면 필요한 것이 어마어마하게 많다는 걸 알고 있었다. 그는 시종들에게 명을 내린 뒤 샬리야의 막사로 가 약간 비굴한 태도로 말했다. "영웅이여, 최고의 전사여, 무적의 용기를 지닌 자여, 정말 어려운 부탁을 하러 왔습니다. 카르나가 오늘 아르주나를 맞아 싸울 것입니다. 그런 그가 당신을 전차몰이꾼으로 쓰길 원합니다. 크리슈나와 같은 위치에 선다고 생각해주소서. 최고의 전사여, 반드시 당신의 도움이 필요합니다. 수락해주소서."

두리요다나는 샬리야를 계속해서 치켜세우며 카르나가 아르주나를 무찌르는 데 그가 아니면 안 된다고 설득했다. 카우라바 군의 운명이 그에게 달려 있었다. 만약 아르주나를 막지 못한다면 카우라바는 얼마 못 가 전멸하고 말 것이다.

샬리야는 경악하여 두리요다나를 쳐다보았다. 그는 자리에서 벌떡 일어나 막사 안을 왔다갔다했다. "왕이여, 나를 어찌 보고 그런 부탁을 하는가? 내가 카르나보다 못하다고 생각하는가? 수타의 아들이 하는 일이라면 나 또한 할 수 있다. 차라리 나에게 판다바의 영웅들을 다오. 내 그럼 저들을 모두 무찌르고 왕국으로 돌아가겠다. 판다바들과 맞서라고 하면 그리하겠다. 허나 이 부탁은 매우 불쾌하고 받아들이기가 쉽지 않다. 당장 이 자리를 떠나는 것이 마땅하지만 분노나 감정 따위에 휩쓸려 의무를 저버리지는 않겠다."

예상했던 대로 샬리야는 불쾌함을 감추지 않았다. 크샤트리야로서 그의 의무는 싸우는 것이지 전차를 모는 것이 아니었다. 그것은 수드라의 몫이었다. 수드라는 언제나 크샤트리야를 모셔야 했다. 크샤트리야가 수드라를 모시는 것은 있을 수 없는 일이었다. 카르나는 수드라의 아들이고 샬리야는 큰 나라의 왕이다. 샬리야는 두리요다나를 보며 말했다. "내가 그대를 위해 얼마나 싸울 수 있을지는 모르겠다. 허나 이런 모욕을 당하고 나니 지금 당장이라도 돌아가고 싶다."

말을 마친 샬리야는 막사를 박차고 나가버렸다. 두리요다나가 그를 쫓아가 무릎을 꿇었다. "영웅이여, 내 말을 오해하지 마소서. 당신이 결코 카르나보다 못하다는 말이 아닙니다. 신의를 시험하자는 것도 아닙니다. 마드라의 왕에게 그런 일을 시킴으로써 지위를 깎아내리려고 하는 것은 더더욱 아닙니다. 세상의 주인이여, 그대는 카르나보다 월등하면 월등했지 절대로 그의 아래에 있지 않습니다. 그러니 나에게 변명할 기회를 주소서."

그러면서 두리요다나는 크리슈나가 그 누구보다 뛰어난 전사임을 샬리야에게 설파했다. 그는 최고의 능력을 가졌지만 아르주나의 전차몰이꾼으로 전쟁에 임하고 있다. 그것이 바로 두리요다나가 제2의 바수데바와도 같은 샬리야를 선택한 이유다. 카르나는 아르주나와 대등하게 싸울 수 있지만 카르나에겐 크리슈나와 같은 전차몰이꾼이 없다.

그러면서 두리요다나는 자신과 카르나 모두 샬리야보다 결코 나은 사람이 아니라는 점을 강조했다. 크리슈나와 자신을 동등하게 생각한다는 두리요다나의 말의 마드라의 왕은 조금씩 화가 누그러졌다. 샬리야는 자신의 조카인 판다바들과 마찬가지로 크리슈나를 사랑했다. 샬리야는 자신이 유디스티라에게 한 맹세를 떠올렸다.

카르나의 전차를 몰게 된 것은 숙명이다. 마음을 정한 그가 말했다. "그대가 크리슈나를 칭송하는 것을 들으니 마음이 풀리는구나. 좋다, 제안을 받아들이겠다. 허나 조건이 있다. 비록 카르나가 나를 지휘한다 할지라도 나는 언제든지 내 의견을 밝힐 것이다."

두리요다나는 안도의 한숨을 내쉬었다. "그리하십시오. 카르나에게 가주소서."

샬리야를 계속 치켜세우며 두리요다나는 먼 옛날 다이트야와 다나바를 맞아 마하데바가 싸운 이야기를 꺼냈다. 그 위대한 브라흐마도 마하데바의 전차몰이꾼으로 일했다. 아무리 막강한 영웅이라도 필요한 일을 하는 것은 결코 부끄러운 일이 아니다.

카르나의 막사에 다다랐을 때 두리요다나가 말했다. "여기 이 영웅을 보시오. 이자가 수타의 자식으로 보이나이까? 아닙니다. 이자는 이제 신의 아들입니다. 물론 크샤트리야의 혈통도 아니고 어릴 적에 버려졌지만, 이 나무둥치 같은 가슴과 팔을 보십시오. 잘생긴 얼굴과 당당한 풍채, 마치 저 하늘에 빛나는 태양과 같습니다. 이 영웅이 수타의 여인에게서 났다고 믿을 수 없습니다."

카르나는 샬리야에게 인사를 올렸다. 그런 그를 보며 샬리야가 입을 열었다. "너의 전차몰이꾼이 되어주마. 그러나 결과에 대해서는 회의적이다. 설령 운이 좋아 네가 아르주나를 제거한다 해도 그 다음엔 크리슈나와 맞서야 할 것이다."

샬리야는 두리요다나에게로 고개를 돌려 말했다. "의심할 것도 없이 크리슈나는 그대의 가족과 핏줄을 모두 멸할 것이다. 결국 아르주나를 죽인다고 해서 달라질 것이 아무것도 없다는 뜻이다."

두리요다나는 태연하게 대답했다. "군주여, 그대와 카르나가 함께 있는 한 크리슈나는 두렵지 않습니다. 크리슈나가 어찌 당신들을 죽일 수 있겠습니까? 카르나는 아르주나를 죽일 것입니다. 그렇게 되면 당신과 카르나는 크리슈나보다 더 큰 영웅이 됩니다. 그리고 행여나 카르나가 죽는다면 그 뒤에는 당신이 저들을 맡아주시면 됩니다."

샬리야는 갑옷을 걸치고 있는 카르나를 흔들리는 눈빛으로 바라보았다. '갑옷을 입는 것도 오늘로 마지막이 되겠지.'

샬리야가 말했다. "그럼 그렇게 하라. 바라타의 왕이여, 내가 카르나의 전차를 몰겠다."

카르나는 샬리야에게 감사를 표했다. 그리고는 막사를 떠나 다른 전사들을 만나 전략을 합의한 뒤 군사들과 함께 전차에 올라 나팔을 불며 나아갔다. 샬리야는 카르나의 거대한 전차로 뛰어올라 대열의 선봉에 서서 전차를 몰았다. 수많은 북과 트럼펫소리가 울려퍼지는 가운데 카우라바 군이 전진했다. 전장을 향해 나아가는 길에 카르나가 말했다. "판다바가 있는 곳으로 데려다주소서. 필요하다면 다섯 판다바를 모두 상대하겠습니다. 빨리 말을 몰아주소서. 아르주나와 비마, 유디스티라, 쌍둥이까지 모두 죽여버리고 싶습니다. 역사에 길이 남을 장면을 보게 될 것입니다."

샬리야는 크게 웃었다. "전차몰이꾼의 아들아, 저들을 얕보지 말거라. 저들은 누구보다 강하고, 그 옆에는 크리슈나가 있다. 저들이 날린 화살로 하늘을 가득 메우면 그제서야 입을 닫을 것이냐? 간디바가 울리기만 해도 너는 그 말을 후회하게 될 것이다."

그러나 카르나는 샬리야의 말을 무시한 채 외쳤다. "전진하시오!" 전차는 무시무시한 속도로 판다바를 향해 돌진했다.

두 군대가 점점 가까워지자 불길한 징조가 나타나기 시작했다. 마른하늘에 천둥이 치고, 하늘에선 돌이 쏟아졌다. 무시무시한 바람이 카우라바 군사들의 얼굴을 스쳤다. 짐승들은 도망을 치고, 승냥이가 마구 울어댔다. 말들은 눈물을 흘리고 깃발은 마치 두려움에 떨 듯 펄럭였다.

하지만 카우라바 군은 크게 신경 쓰지 않은 채 운명의 수레바퀴를 따라 전장으로 나아갔다. 선봉에 선 카르나가 불길처럼 빛났다. 카우라바 군은 자신들의 승리를 믿어 의심치 않았다. 그들은 포효하며 전진하는 내내 무기를 흔들어댔다.

카르나가 병사들을 향해 외쳤다. "아르주나가 어디 있는지를 가르쳐주는 자에게 큰 포상을 내리겠다. 금, 보석, 말 그 무엇도 아끼지 않고 하사할 것이다. 아르주나와 크리슈나의 위치를 가르쳐다오. 그들을 처치하고 전리품을 내려주마."

두리요다나가 카르나를 응원했다. 심벌즈가 울리자 수천 개의 북이 덩달아 소리를 냈다.

샬리야가 다시 웃었다. "수타의 아들아, 어찌하여 이리 선심을 쓰는 것이냐? 걱정하지 마라. 곧 아르주나를 보게 될 것이니. 자만심이 지나치다. 나는 지금껏 두 마리의 사자를 이기는 여우를 본 적이 없다. 무엇을 행해야 하고 무엇을 행하지 말아야 할지 모르는 것 같아 안타깝다. 카르나, 너의 최후가 보인다. 불구덩이에 뛰어들려 하는 너를 막아주는 진정한 친구 하나 없구나. 너의 친구로서 엄청난 병력을 이끌고 조심스럽게 아르주나에게 다가가라고 충고하마. 절대 목에 돌을 매달고 맨몸으로 바다를 건너려는 무모한 시도는 하지 말거라."

카르나는 샬리야를 쏘아보며 말했다. "당신은 친구의 탈을 쓴 적이오. 나는 아르주나가 조금도 무섭지 않소. 내 힘으로 그를 해치울 것이오. 그 누구도 내 결심을 막을 순 없단 말이오."

샬리야는 다시 한번 비웃으며 말을 이었다. "날 선 화살이 몸 곳곳에 박혀야 정신을 차릴 것이냐? 아르주나를 이기려고 하다니, 마치 태양을 갖고 싶다고 어미를 조르는 아이 같구나. 네가 아르주나에게 달려드는 것은 어린 사슴이 사자에게 맞서는 것과 같다. 그러니 절대 호기심에 맨손으로 코브라를 건드리지 마라. 소나기가 온다고 울어대는 개구리처럼 아르주나에게 소리치지도 마라. 마치 호랑이 없는 소떼 사이에서 설쳐대는 승냥이처럼 너도 저들을 만나면 생각이 달라질 것이다. 지껄여 보아라. 너의 자만심은 곧 무너지고 말 것이니."

카르나는 숨을 몰아쉬며 이를 갈았다. 샬리야의 말에 극도로 흥분했다. 말로는 두리요다나의 편이라고 하지만 사실은 판다바들의 편인 것처럼 보였다.

활을 꽉 쥐고 카르나가 거칠게 내뱉었다. "왕이여, 아무것도 가지지 못한 당신이 뭘 알겠소? 허나 나는 아르주나의 용맹은 물론 나의 힘이 가진 능력을 모두 알고 있소. 저들을 상대함에 있어 어떻게 힘을 써야 하는지 알고 있단 말이오. 아르주나의 간디바와 깃발, 그리고 크리슈나가 아둔한 자에겐 공포의 대상이겠지만 나에겐 오직 기쁨을 가져다주는 존재란 말이오. 당신은 오늘 내가 크리슈나와 아르주나를 죽이는 모습을 보게 될 것이오. 그들은 마치 같은 줄에 꿰인 진주알 꼴이 되고 말 것이오. 오늘 모든 사람들이 내 존재와 힘을 보게 될 것이니 지금 이 순간부터 나를 놀리지 마시오."

이성을 잃은 카르나의 분노는 대단했다. 전차가 전장을 가로질러 가는 동안 그의 큰 목소리가 울려퍼졌다. "당신이 겁을 먹고 있기 때문에 저들을 치켜세우는 것이오. 그렇지 않으면 다른 무슨 있겠지요. 하지만 이유야 어찌 되었든 나는 저들을 해치우고 그대와 그대의 친족들까지 모두 멸할 것이오. 크샤트리야도 별 것 없나 봅니다. 그 따위 말로 나를 시험하려 들다니 말이오. 나는 백 명의 아르주나가 오든 천 명의 크리슈나가 오든 모두 베어버릴 것이오. 그러니 입을 다무시오."

카르나는 진정이 되지 않는 듯 계속해서 샬리야에게 거친 말을 퍼부었다. 그는 마드라를 하층민과 불쌍한 사람들이 득실대는 곳이라고 폄하하면서 샬리야와 그의 본거지까지 매도했다. 카르나는 자신을 깎아내리는 자가 판다바들의 삼촌이기에 크게 놀라지는 않았다. 하지만 그것을 받아들이기에는 아직 마음이 열리지 않았다.

그는 철퇴를 들고 말을 이어갔다. "마드라의 왕이여, 그 따위의 말을 한 번만 더 지껄이면 그 잘난 머리를 부숴버릴 것이오. 두리요다나를 생각해 참는 것이오. 아르주나를 향해 가시오. 결과는 오로지 내가 저 둘을 죽이느냐 아니면 내가 저들에게 당하느냐 두 가지 뿐이오."

분노에 차 거침없이 내뱉는 카르나의 말을 듣고만 있던 샬리야는 조용히 그 옛날 아르주나가 카르나를 포함해 쿠루족을 무찌르던 이야기를 상기시켰다.

그 말에 카르나는 콧방귀를 뀌며 말했다. "더 이상 당신의 말은 듣지 않겠소. 그런 말에 내가 두려워할 것이라 생각했다면 큰 오산이오. 내가 두려워하는 것은 오직 브라만의 저주뿐이오."

카르나는 오래 전 그가 저지른 실수 하나 때문에 자신이 큰 위험하다는 것을 늘 기억하고 있었다. 그 실수가 파멸을 초래할지 모르기에 그는 샬리야에게 그 일을 자세히 설명했다.

몇 년 전 그는 사냥을 나갔다가 브라만의 소를 죽였다. 그때 브라만이 저주를 내렸다. "최고의 적을 만났을 때 대지가 그대의 전차 바퀴를 집어 삼킬 것이다. 두려워하라."

카르나가 계속해서 말을 이었다. "하지만 나는 돌아가지 않을 것이오. 브라만의 저주를 받아들이고 아르주나에 대항해 그를 쓰러뜨릴 것이오. 스승께서 말린다고 해도 나는 멈추지 않소."

카르나는 파라수라마의 저주를 생각했다. 가장 중요한 순간에 브라마 스트라를 부르는 주문을 잊어버릴 것이라는 저주였다. 하지만 신경 쓸 겨를이 없었다. 카르나는 샬리야에게 계속해서 전진하라고 주문했다. 모든 것은 운명에 달려 있다. 승리든 패배든 그 누구의 것이라고 정해진 것은 없다. 만약 운명이 돕는다면 그 숱한 난관을 극복하고 그는 승리를 거머쥘 것이다. 만약 아니라면 지금까지의 노력과 기술에 상관없이 패배하게 될 것이다.

카르나와 샬리야는 전장으로 가는 동안 끊임없는 언쟁을 벌였다. 두리요다나가 두 사람의 언성을 듣고 달려와 멈춰줄 것을 부탁했다. 두 사람은 언쟁을 멈추고 판다바 군을 향해 속도를 높였다.

7

카르나의 용맹

유디스티라는 카우라바의 선봉에 서서 다가오는 카르나를 보았다. 그는 아르주나에게 돌아서서 말했다. "카르나가 오고 있다. 저 막강한 부대를 보라. 저들을 막아야 한다. 너는 오늘 반드시 저 수타의 아들을 죽여야 한다."

아르주나는 미소지었다. 드디어 카르나를 죽일 기회가 왔다. 하스티나푸라에서의 전투 이후 그는 오늘만을 기다려왔다. 그때 카르나를 죽일 수 있었다면 죽였을 것이다. 그랬다면 그 많은 사람이 죽을 필요도 없었을 것이고, 모든 것을 파괴할 필요도 없었을 것이다. 모든 것이 운명의 장난이었다.

아르주나는 카르나의 깃발을 바라보며 말했다. "명령만 내려주시오. 카르나를 죽이고 카우라바를 모두 궤멸시켜버릴 것이오."

아르주나가 카르나를 향해 다가가자 유디스티라는 영웅들을 배치했다. 비마는 두리요다나와 그 형제들을, 사하데바는 샤쿠니를, 사티야키는 크리타바르마를, 그리고 남부 바라타의 왕인 판디야에게는 아슈바타마를 맡으라고 명했다. 유디스티라는 크리파와 싸우기로 했다.

마침내 양쪽 부대가 충돌했다. 아르주나는 금세 두리요다나의 명령을 받은 수천 명의 카우라바 군에게 둘러싸였다. 카우라바는 아르주나가 카르나와 대적하기 전까지 최대한 힘을 빼놓을 작정이었다.

카르나는 판찰라 한가운데로 달려들어 무자비한 공격을 가했다. 드리스타디윰나와 쉬크한디, 그리고 드라우파디의 아들들이 그에 대항하여 수천 발의 화살을 쏘았다. 카르나의 세 아들 바누세나Bhanusena, 수세나Sushena, 브리샤세나Vrishasena가 그의 아비를 도왔다. 그들은 판다바 전사들을 맞아 맹렬하게 싸웠다. 곧 비마가 합세했고, 두샤사나도 카르나를 도우러 왔다.

비마는 날카로운 화살을 들어 카르나의 눈앞에서 바누세나를 처단했다. 그리고는 세 발의 화살을 더 쏘아 수세나의 가슴을 가격했다. 수세나는 무릎을 꿇으며 쓰러졌다. 분노한 카르나는 비마를 향해 수백 개의 화살을 날렸다. 하지만 비마는 아랑곳하지 않고 수세나를 완전히 끝장내기 위해 다시 화살을 쏘았다. 카르나가 중간에 끼어들어 아들에게로 향하는 화살을 막아냈다. 수세나는 비마의 공격에서 어느 정도 정신을 차리자 나쿨라에게 달려들었다.

다른 영웅들도 함성을 지르며 싸움에 합세했다. 난투가 벌어지는 상황 속에서 수천 명의 병사가 죽음을 당하거나 공중에서 쏟아지는 화살에 온몸이 찢어졌다. 카르나는 수많은 판다바 군의 목을 베고 유디스티라와 맞섰다.

유디스티라가 외쳤다. "전차몰이꾼의 아들아, 무모하고 거만하다. 아르주나와 맞먹는다고 착각하는 네가 우습구나. 내 오늘 그 자만심을 눌러주마. 덤벼라, 너의 용기와 판다바를 향한 증오를 어디 한번 보여봐라.

그렇게 싸우고 싶어하는 네 소원을 들어주마."

카르나는 즉시 유디스티라의 가슴에 화살을 날려 가슴에 명중시켰다. 카르나의 공격에 화가 난 유디스티라가 긴 황금 화살을 꺼내들었다. 그는 화살에 주문을 실어 전력을 다해 날렸다. 날아간 화살은 카르나의 옆구리에 명중했고, 카르나는 기절해버렸다.

카우라바 군은 카르나가 곤경에 처한 것을 보고 마구 소리를 질러댔다. 하지만 그는 곧 일어나 유디스티라를 쏘아보았다. 숨을 몰아쉬며 그는 유디스티라에게 수많은 화살을 퍼부었다. 유디스티라의 전차를 수호하는 두 명의 군사를 해치운 뒤 수십 대의 화살을 퍼부어 전차몰이꾼까지 해치웠다.

유디스티라 또한 화살을 들어 그의 공격을 막아냈다. 카르나도 화살 공격으로 응수하며 공격에 박차를 가했다. 수많은 전사들이 유디스티라를 보호하기 위해 그를 에워쌌다. 그리고는 카르나를 향해 수많은 화살과 표창을 던졌다. 카르나는 천상의 무기를 불러내 하늘을 화살로 가득 채웠다.

판바다 군이 점점 다가오자 카르나는 유디스티라에게 공격을 집중했다. 정확한 공격으로 그는 유디스티라의 갑옷을 산산조각냈다. 마치 하늘에서 번개가 떨어지듯 유디스티라의 몸에서 갑옷이 벗겨졌다.

화가 난 유디스티라는 카르나를 향해 철로 된 커다란 창을 던졌다. 그러나 카르나는 창이 닿기도 전에 동강내버렸다. 유디스티라는 다시 창을 던져 카르나의 갑옷을 뚫었다. 카르나의 몸에서 피가 뿜어져 나왔다.

카르나는 창을 던져버린 뒤 유디스티라를 향해 끊임없이 화살을 쏘았다. 그러나 갑옷도 없고 전차몰이꾼도 없는 상태에서 유디스티라는 더이상 카르나의 공격을 받아내기가 힘들었다. 그는 전차에서 뛰어내려 달아났다. 뒤에서 조롱하는 카르나의 목소리가 들려왔다. "크샤트리아의 의무를 모르는군. 다시 숲으로 들어가 브라만의 삶을 사는 것이 좋겠소. 다시는 나서지 말고 그 따위 말을 지껄이지도 마시오. 돌아가서 더 고행하란 말이오."

한편으로 창피하면서도 한편으론 보잘것없는 카르나에게 조롱당했다는 사실에 화가 난 유디스티라는 일단 드리스타디윰나의 전차로 뛰어들었다. 카르나가 쿤티에게 한 약속을 모르는 그로서는 카르나가 왜 자신을 살려주었는지 이해가 되지 않았다. 드리스타디윰나는 그를 군사들 한가운데로 넣어 완벽하게 보호했다. 다른 병사들이 나아가 카르나를 공격했다.

형이 한낱 전차몰이꾼에 불과한 카르나에게 모욕당하는 모습을 본 비마는 극도로 분노했다. 그는 크게 포효하며 카르나에게 달려들었다. 앞길을 막는 카우라바 군은 순식간에 비마가 쏜 화살의 제물이 되거나 그가 휘두르는 철퇴에 종잇장처럼 날아갔다.

비마가 달려오는 것을 보며 샬리야가 말했다. "판두의 둘째아들이 오는구나. 저렇게 흥분한 모습은 처음이다. 삼계를 모두 없애버릴 듯한 기세로다."

카르나가 미소지었다. "저놈을 단칼에 베어버리면 마지막으로 아르주나가 달려올 것이다."

카르나는 비마를 향해 한 묶음의 화살을 쏘았다. 그 화살들 중 일부가 비마의 팔과 가슴에 정확히 꽂혔지만 비마는 아무런 고통도 느끼지 못했다. 그는 할 수 있는 한 끝까지 화살을 당겨 카르나에 응수했다. 비마의 화살에 놀란 카르나는 촉이 넓은 화살을 쏘아 비마의 활을 부숴버렸다. 비마는 다른 활을 들어 다시 카르나를 공격했다.

카르나의 공격은 가공할 만했다. 비마도 화를 참지 못하고 창처럼 생긴 커다란 화살을 들어 카르나를 향해 날렸다. 강력한 공격에 순간 정신을 잃은 카르나는 전차에 주저앉아버렸다. 그런 카르나를 보며 샬리야는 전차몰이꾼으로서의 자신의 임무가 퍼뜩 떠올랐다. 그는 재빨리 전차를 먼 곳으로 몰아갔다.

두리요다나는 두려움에 휩싸여 동생들을 향해 전장으로 가서 카르나와 샬리야를 도와주라고 명했다. 왕자들은 곧바로 불을 향해 날아드는 불나방처럼 비마에게 덤벼들었다. 스무 명이 넘는 전사가 비마를 둘러쌌다. 그 뒤로 수많은 전차들이 포위하고 있었다. 카우라바의 왕자들은 화살과 표창을 던져 판다바를 완전히 뒤덮었다.

그러나 비마는 이 정도는 일도 아니라는 듯이 웃음을 지으며 카우라바 왕자들을 한 명씩 죽여나갔다. 그는 반달 모양의 화살을 날려 왕자들에게 치명적인 상처를 입혔다. 열두 명의 카우라바 왕자가 순식간에 목숨을 잃었다. 카우라바 군은 그런 비마의 용맹에 혀를 내둘렀다. 비마는 마치 야수와 같은 기세로 전장 여기저기를 뛰어다니며 사방으로 화살을 쏘아댔다.

겨우 목숨을 건진 왕자들은 공포에 질려 줄행랑을 쳤다. 비마는 기세를 몰아 남은 병력을 향해 공격을 퍼부었다. 그가 지나간 자리에는 주검만이 남았다.

정신을 차린 카르나가 다시 전투에 뛰어들었다. 그는 비마에게 달려들어 수많은 화살을 퍼부었다. 두 사람 사이에 다시 피비린내 나는 전투가 시작됐다. 두 영웅 모두 서로를 공격하면서 상대 진영의 군사들을 끊임없이 공격했다.

전장에서 약간 떨어진 곳에 아르주나의 깃발이 펄럭이고 있었다. 수천 명의 카우라바 군이 그들을 에워쌌다. 그 군사들 가운데에서 아르주나와 크리슈나가 나타났다. 간디바의 엄청난 울림과 하누만의 포효에 카우라바 군은 거의 마비 상태였다. 마치 폭풍우 속으로 들어가는 사람들처럼 아르주나에게 달려드는 카우라바 군은 모두 불화살 세례를 받았다. 수많은 군사들이 최후를 맞이했지만 그들은 아르주나를 향해 꿋꿋이 전진했다. 심지어 아르주나의 전차에 올라타서 크리슈나와 아르주나의 공격을 피하려 했다. 아루주나는 강철 칼을 들어 물밀 듯 밀려오는 카우라바 군의 공격을 막아냈다.

아르주나는 보석으로 장식된 황금 화살을 들어 나가의 천상의 무기인 파리다바paridava를 불러냈다. 그 순간 갑자기 카우라바 군사들의 발이 묶인 듯 움직이지 않았다. 파리다바에서 나온 거대한 뱀들이 카우라바 군의 발을 휘감은 것이다. 아르주나는 무방비 상태가 된 카우라바 군을 무자비하게 베어냈다. 수샤르마는 자신의 군사들이 꼼짝 못하는 모습을 보고 천상의 무기 수파르나Suparna를 불러냈다. 그러자 갑자기 하늘에서 매 떼가 내려와 군사들의 발목을 휘감고 있는 뱀들을 먹어치웠다. 매 떼의 공격에 뱀들은 달아나기 시작했다.

풀려난 카우라바 군은 다시 전력을 다해 아르주나에게 달려들었다. 판다바는 그들의 공격을 받아내며 이번에는 아인드라스트라Aindrastra라는 천상의 무기를 불러냈다. 그러자 불타는 화살들이 나타나 전장을 휩쓸었다. 카우라바 군은 비명을 지르며 끝없이 날아오는 불화살에 줄줄이 쓰러져갔다.

적군이 달아나는 것을 보고 아르주나가 말했다. "크리슈나여, 이제 끝난 듯합니다. 마치 사자를 보고 놀라 달아나는 사슴 떼 같군요. 이제 카르나와 맞설 순간이 왔습니다. 그의 깃발이 유디스티라 형님의 부대 근처에서 펄럭이는 것을 보았습니다. 나를 그리로 데려다주소서. 내가 그 자를 끝장낼 것입니다."

"그리하마." 크리슈나는 말을 재촉해 삼 킬로미터 정도 떨어져 있는 카르나를 향해 전차를 몰았다.

가는 도중, 수많은 카우라바 군이 아르주나의 전진을 막기 위해 앞으로 달려들었지만 모두 단칼에 죽어나갔다. 아르주나와 카르나가 점점 가까워질수록 더 많은 전차몰이꾼과 기병, 코끼리들이 희생당했다. 이만오천 명에 달하는 병력이 순식간에 아르주나에게 목숨을 잃었다. 야만족으로 이루어진 캄보자와 야바나, 사카의 군대도 궤멸당했다.

비마에게서 도망치는 동안 카르나도 아르주나가 그리하듯 수많은 판다바 군의 목을 베었다. 그의 화살은 마치 독처럼 퍼져 수많은 판다바 군을 쓰러뜨렸다. 또 다른 카우라바 영웅들도 카르나를 도와 판다바 진영에 수많은 화살을 쏘아댔다.

전장 여기저기에 죽어나간 시체들이 나뒹굴었다. 목이 잘려나간 시체들의 목에서 분수처럼 피가 뿜어져 나왔다. 잘려나간 머리들은 하나같이 이를 꽉 물고 부리부리한 눈으로 세상을 쏘아보았다. 병사들은 피바다에 미끄러지고 떨어지면서도 서로를 무자비하게 공격했다.

카르나가 다시 유디스티라를 공격했다. 이를 본 마드리의 두 아들이 그에게 화살 세례를 퍼부었다. 카르나는 웃으면서 용감하게 세 명의 판다바를 동시에 상대했다. 그는 가볍게 나쿨라와 사하데바의 활을 두 동강내버렸다. 가슴에 화살 세례를 받은 유디스티라는 정신을 잃었다. 카르나는 틈을 놓치지 않고 열두 발의 화살을 더 쏘아 나쿨라의 전차몰이꾼과 말을 죽여버렸다. 나쿨라와 사하데바를 동시에 상대하면서도 그는 힘든 기색 하나 없이 판다바들을 곤경에 빠뜨렸다.

자신의 외조카들이 곤경에 빠진 것을 본 샬리야가 카르나에게 말했다. "어찌하여 여기서 시간을 낭비한단 말이냐? 너는 아르주나와 싸워야 한다. 여기서 힘 자랑을 하고 있을 때가 아니다. 혹시 무서워서 피하는 것이냐? 아르주나가 다가오는 것이 보이지 않는단 말이냐? 자신 있다면 여기서 지체하지 말고 아르주나를 향해 무기를 겨누거라."

카르나가 시선을 돌렸다. 그리 멀지 않은 곳에 아르주나의 전차가 있었다. 두리요다나와 결전을 벌이고 있는 비마의 모습도 눈에 들어왔다. 비마는 두리요다나를 밀어붙이고 있었다.

쿤티와의 약속을 떠올리며 카르나는 아르주나 외에는 다른 판다바를 죽일 수 없다는 사실을 다시 한번 상기했다. 그는 일단 두리요다나를 돕기 위해 왕이 있는 곳으로 달려갔다. 아슈바타마와 크리파, 그리고 크리타바르마도 두리요다나를 도우러 왔다. 드리스타디윰나와 사티야키를 등에 업은 비마는 카우라바의 영웅들을 향해 강철 화살을 마구 쏘아댔다.

카르나의 공격에 정신이 혼미해진 유디스티라는 쌍둥이 동생들의 보호를 받으며 전장을 떠나 진영으로 돌아갔다. 더 이상 싸울 힘이 남아 없었다.

갑옷은 만신창이가 되었고, 몸 또한 상처투성이였다. 의사들이 와 그를 진찰하는 동안 유디스티라는 쌍둥이를 향해 다시 전장으로 나가라고 명했다. 형제는 다시 전장을 향해 떠났다. 전장에서는 카르나가 천상의 무기인 바르가바Bhargava를 마구 쏘아대고 있었다. 바르가바에서 수천 개의 화살이 쏟아져 나와 판다바들을 무자비하게 공격했다. 하늘은 화살로 완전히 뒤덮였다.

계속된 공격에 판다바 군은 급기야 공포에 질려 비명을 지르며 사방팔

방으로 달아났다. 그들은 아르주나와 크리슈나를 향해 목숨을 살려달라고 소리쳤다. 그들의 간절한 요청에 아르주나가 말했다. "크리슈나여, 저 무시무시한 바르가바를 보십시오. 아무도 바르가바를 당해낼 수 없을 것입니다. 전차몰이꾼의 아들이 설쳐대는 모습을 보십시오. 최후의 시간이 다가오고 있습니다. 이제 남은 것은 죽음 아니면 승리뿐입니다."

크리슈나는 카르나의 공격에서 안전한 곳으로 전차를 몰아 빠져나간 뒤 대답했다. "왕이 심한 공격을 당해 전장을 떠났다. 우선 그를 만나 모든 일이 잘되어가고 있다고 안심시켜 주는 것이 급선무다. 그 후에 카르나를 제거하자."

크리슈나는 유디스티라를 만나는 동안 다른 군사들과의 싸움으로 카르나도 많이 지쳤을 것이라고 했다. 아르주나 역시 카르나가 판다바 군을 죽이는 것을 보며 걱정하고 있을 유디스티라를 안심시켜주고 싶었다.

둘은 유디스티라를 만나러 가기로 결정한 뒤 우선 비마에게 일러 자신들이 없는 사이에 병력을 잘 지켜달라고 부탁했다. 비마가 대답했다. "이곳 걱정은 말고 얼른 가서 형님을 뵙고 와라. 수타의 공격은 내가 막을 수 있다. 돌아오면 카르나를 바로 제거할 수 있을 것이다."

아르주나는 형에게 고마움을 표한 뒤 서둘러 유디스티라의 막사로 향했다. 유디스티라의 상처는 걱정했던 것보다 크게 심하지 않았다. 형이 휴식을 취하고 있는 것을 보고 안심한 아르주나는 무릎을 굽혀 경의를 표했다.

유디스티라는 카르나가 죽었을 것이라 생각하고 이렇게 말했다. "아르주나, 네가 돌아와 기쁘다. 크리슈나가 온 것도 매우 기쁘다. 카르나를 무찌르고도 이렇게 살아 있다는 사실이 놀랍구나. 그자는 날카로운 독니를 세운 사나운 뱀과 같았다. 아무도 그를 막을 수 없었다. 그런 자를 네가 죽였구나. 천하무적의 아르주나야, 그런 자를 무찌르고 네가 이렇게 돌아와 더없이 기쁘다."

아르주나는 유디스티라의 말에 어찌할 바를 몰라했다. 그는 흥분한 유디스티라가 이야기를 이어가는 동안 뒤로 살짝 물러났다. "유배 생활을 하는 지난 십삼 년간 나는 카르나에 대한 걱정에 단 하루도 편히 누워 본 날이 없었다. 깨어 있는 동안에도 그의 얼굴이 눈앞에 아른거렸다. 마치 우주에 그의 기운이 가득 차 있는 듯했다. 내 비록 그에게 달려들었건만 그에게 호되게 당하고 겨우 이렇게 목숨만 부지했구나. 그런 굴욕을 당하고 내 어찌 살아갈 수 있겠느냐? 그런데 네가 그자를 죽여주었으니 이보다 더한 위안이 어디 있겠느냐."

유디스티라는 아르주나를 향해 은은히 미소를 지었다. "그자를 어떻게 끝장냈는지 말해다오. 자세히 듣고 싶구나. 지금 그자가 만신창이가 되고 피투성이가 되어 누워 있다고 말해다오. 어리석은 두리요다나는 그의 죽음을 슬퍼하며 패배를 절감하고 있겠지? 드라우파디를 모욕했던 카르나 그자가 죽음을 맞았다니 천국에 가는 것보다 기쁘구나. 모든 것을 이야기해다오."

유디스티라의 말이 끝나자 아르주나는 크게 숨을 내쉰 뒤 입을 열었다. "형님, 형님이 아직 모르고 있는 것이 있소. 나는 지금까지 카우라바 군을 상대하다 왔소. 수많은 카우라바 군과 영웅들을 처치하느라 카르나에게는 접근하지도 못했소. 그쪽으로 가려 했으나 그가 우리 군사들을 무자비하게 공격하는 모습만 보았을 뿐이오. 그 광경을 보고 형님이 퇴각했다는 사실을 깨닫고 우선 형님의 안위를 확인하러 온 것이오."

아르주나의 말에 유디스티라가 실망한 표정을 숨기지 않고 고개를 푹 숙였다. 아르주나는 형의 어깨에 손을 올려놓았다. "슬퍼 마시오. 곧 형님이 바라는 대로 될 것이오. 내 반드시 그자를 끝장낼 것이니 믿어주시오. 전장으로 가 나를 지켜봐주시오. 그리고 축복을 내려주시오. 형님의 축복이 있으면 더욱 힘이 날 것 같소. 이제 카르나는 죽은목숨이나 다름없소."

카르나에게 당했다는 사실이 마음속에서 가시질 않던 유디스티라의 가슴에 순간적으로 분노가 치밀어 올랐다. 그는 머리를 흔들며 말했다. "아우야, 쿤티의 몸에서 태어났어도 별 수가 없구나. 어떻게 카르나를 죽이지 않고 돌아올 수 있단 말이냐. 그가 무서워 피해 도망쳐온 것이냐? 어떻게 네 자신과의 약속을 저버릴 수 있단 말이냐. 만약 네가 카르나를 죽이겠다고 맹세하지 않았더라면 나는 결코 그 자리를 떠나지 않았을 것이다. 이제 우리에게 희망은 없구나. 지난 십삼 년간을 너에게 씨를 뿌리고 비가 오길 기다리는 마음으로 희망을 걸어왔거늘."

유디스티라가 갑자기 자리에서 일어났다. 상처를 치료해주던 브라만들이 뒤로 물러섰다. 유디스티라의 목소리가 높아졌다. "어찌하여 크리슈나에게 간디바를 주지 않았느냐? 그랬더라면 그가 카르나를 해치웠을 것이다. 네가 카르나와 맞설 기회가 없었다면 충분한 용기를 가진 자에게 그 무기를 넘겼어야 했느니라. 너로 인해 우리 가문은 끝없는 지옥의 나락으로 떨어질 것이다. 전쟁터에서 도망쳐오다니. 간디바에 부끄러워해야 할 것이다. 그 무기의 힘과 수많은 화살, 하누만의 문장과 아그니의 전차에 모두 부끄러워해야 할 것이다!"

유디스티라는 침대로 들어가 누웠다. 분노한 나머지 눈이 붉게 타올랐다.

아르주나는 아무 말도 하지 않았다. 그는 깊은 숨을 들이쉰 뒤 칼을 꼭 쥐었다. 그러더니 갑자기 칼을 꺼내어 유디스티라를 향해 달려들었다.

놀란 크리슈나가 달려들어 아르주나의 팔을 잡았다. "대체 무슨 짓을 하려는 것이냐? 왕이 잘 있다는 것을 보았고, 이제는 되돌아가야 할 때다. 싸움을 포기하려 하는 것이냐, 아니면 이성을 잃은 게냐?"

아르주나는 크리슈나의 뒤로 형의 모습을 응시했다. 짧고 깊은숨을 내쉬며 그가 대답했다. "내게 간디바를 포기하라고 하는 자는 상대가 누구든 간에 그자의 목을 베어버리겠다고 맹세했습니다. 아무리 형님이라 해도 그런 말을 한 이상 용서할 수가 없습니다. 형님의 목을 베고 내 맹세를 지킬 것입니다. 지금 내가 무엇을 할 수 있겠습니까. 크리슈나여, 당신은 모든 것을 알고 있지 않습니까? 당신의 말을 따르겠나이다."

아르주나는 딜레마에 빠졌다. 크리슈나 덕분에 화는 누그러졌지만 절대 맹세를 깨뜨릴 수는 없었다. 하지만 어떻게 형을 죽일 수 있단 말인가. 더군다나 왕을 말이다. 그는 칼을 내려놓고 크리슈나의 대답을 기다렸다.

"아르주나, 부끄러운 줄 알라. 그대가 왜 지금껏 연장자들을 섬기지 않고 쓸데없는 일에 분노를 표출했는지 알겠구나. 종교에 정통한 사람들은 그대의 그런 생각에는 크게 신경 쓰지 않을 것이다. 허나 그런 사악한 짓을 하는 자야말로 가장 비겁하다. 무엇이 옳고 그른지를 모르는 것을 보니 그대는 베다 경전에 익숙하지 않구나. 하지만 조금 전 그대의 행동은 납득할 수 없다. 더구나 그대의 왕이 아니던가? 그는 침략자도 아니고 적은 더더욱 아니다. 싸움을 하자는 것도 아니고, 그대의 윗사람으로서 그대의 안전을 바라는 것이다. 결국 그대가 왕을 죽이려는 것은 크나큰 죄악인 것이다."

크리슈나의 말에 아르주나는 칼을 집어넣었다. 크리슈나가 말을 이었다. "그런 맹세는 어린아이들에게나 어울린다. 이제 종교의 진리를 따르거라. 맹세를 지키기 위해 형을 죽이려고 했지만 그것이 오히려 정반대의 결과를 가져온다면 아무리 맹세라 해도 지키지 말아야 하는 법이니라."

그러면서 크리슈나는 베다에 나와 있는, 거짓말을 해도 죄가 되지 않는 경우들을 언급했다. 그런 경우의 진실은 거짓과 똑같았다. 생명이 위협당할 때나 브라만이 위험에 처했을 때 등이 그러했다.

크리슈나가 덧붙였다. "가장 소중한 가치는 남을 해하지 않는 것이다. 허나 정당한 싸움에서 살인을 저지르고 남을 해하는 것은 경우가 다르다. 미래를 위한 거짓은 진실로 간주되어야 한다. 지금 그대는 진실이라고 부르는 것에 집착하고 있지만 이는 그대가 진정한 도덕이 무엇인지를 모르고 있기 때문이다. 남을 해하지 않는 것이 바로 진정한 도덕이다. 그리고 이것이 도덕의 진정한 목적이다. 도덕은 이성으로 생각할 수 있는 가치가 아니다. 그렇다고 매번 경전을 찾아 공부해야 하는 것도 아니다. 사람이라면 경험이 많고 현명한 사람을 찾아 그것을 배워야 한다. 이 모든 것은 내가 현자들에게서 들은 것이다."

아르주나는 고개를 숙였다. 그는 이제 완전히 마음이 풀렸다. 크리슈나는 그의 손을 잡고 유디스티라에게로 다가가 말했다. "영웅이여, 아직도 이 고결한 왕을 죽일 생각이 있다면 말해보거라."

아르주나는 눈물을 흘리며 대답했다. "크리슈나여, 당신은 저에게 거대한 지혜와 지성을 가진 분만이 할 수 있는 대답을 주셨습니다. 그 누가 당신보다 더 진실에 대해 말해줄 수 있겠습니까? 당신은 내 아버지이자 어머니입니다. 또한 우리에게 남은 유일한 안식처입니다. 당신의 말 한 마디 한 마디는 언제나 축복입니다. 당신은 또 다시 우리를 크나큰 재앙에서 구해주었습니다. 형님이 죽어서는 아니 됩니다. 하지만 크리슈나여, 나는 지금도 모르겠습니다. 내 맹세가 옳든 그르든 맹세는 지켜야 하는 것이 아닌가요? 그렇다면 어찌해야 내 맹세를 지킬 수 있단 말입니까? 이런 식으로 빠져나간다면 모든 맹세가 무용지물이 되고 말 것입니다. 저는 형님을 죽일 수도 없고 그렇다고 내가 살 수도 없습니다. 그렇다면 내가 어떻게 해야 왕의 목숨과 내 맹세를 모두 지킬 수 있겠습니까?"

크리슈나가 아르주나의 어깨에 팔을 올리고 말했다. "영웅아, 내 말을 들거라. 왕은 카르나에게 당한 것이 수치스럽고 화가 나 그대에게 잔인한 말을 내뱉게 된 것이다. 가능하면 빨리 저 카르나를 제거하고 오라고 재촉하고 싶었던 것이다. 실망감과 절망이 그런 말을 하게 만든 것이란 말이다. 그러니 왕의 소원을 들어주거라. 어서 가서 카르나를 해치워라. 그대의 맹세를 지키기 위해 그대가 살 길은 그뿐이다."

그러면서 크리슈나는 경전에 기록되어 있는 하나의 예를 들었다. 윗사람에게 절대 무례한 행동을 해서는 안 된다는 내용이었다. 그런 모욕을 당한 윗사람은 사실 마음속으로는 죽은 것이나 다름없다고 했다. 크리슈나는 아르주나에게 유디스티라를 향해 모욕적인 말을 하라고 명했다. "그렇게 함으로써 그대는 왕의 목숨을 빼앗지 않고도 왕을 죽일 수 있느니라. 그런 뒤에 왕의 발에 무릎을 꿇고 용서를 구하고 그를 섬기면 되느니라."

이것이 형에게 용서를 빌 수 있는 유일한 길임을 안 아르주나는 내키지 않았지만 유디스티라에게 모욕적인 말을 했다. 그는 유디스티라와 비마를 비교하고, 그의 용맹을 힘을 깎아내리며 겁쟁이라고 모욕했다. 또한 주사위 놀이에 빠져 전쟁을 일으킨 장본인이며, 왕의 자리에 오르지 말았어야 한다는 말까지 했다. 감히 입 밖에 내지 못한 말을 하는 아르주나의 마음은 그 어느 때보다 고통스러웠다. 마치 죄를 가득 뒤집어쓴 듯한 기분이었다. 깊은숨을 내쉰 뒤 그는 다시 칼을 들었다.

크리슈나가 놀라서 외쳤다. "이게 무슨 짓이냐? 어찌하여 그 칼을 다시 꺼내든 것이냐? 아직도 할 말이 남아 있다면 해보거라. 내가 대답해줄 테니."

후회 가득한 목소리로 아르주나가 대답했다. "내 몸을 해하려 합니다. 왕에게 씻을 수 없는 죄를 지은 이 몸을 해할 것입니다."

아르주나가 자신의 심장을 향해 칼을 겨누자 크리슈나가 다급한 목소리로 말했다. "멈춰라! 이것은 그대뿐만 아니라 그대의 형을 죽이는 것과 같다. 처음엔 왕을 죽이려 하고 지금은 자신을 해하려 하다니 그대는 잘못된 종교관을 갖고 있구나. 덕이라는 이름을 쓰고 죄를 행하려 하지 말거라. 아르주나여, 그렇다면 지금껏 그대가 쌓은 공을 이야기해보거라. 교양 있는 자라면 스스로를 자랑하지 않는 법. 허나 그대 스스로 그대의 공을 자랑함으로써 그대는 스스로를 파멸시키게 되느니라."

다시 한번 크리슈나에게 저지당한 아르주나는 칼을 집어넣고 크리슈나가 말한 대로 자신을 공적을 자랑했다. 그리고는 부끄러움에 고개를 숙인 채 유디스티라를 향해 말했다. "형님, 나를 받아들여주시오. 내 삶을 당신에게 바치겠소. 제 어리석음과 무례함을 용서하시오. 이제 나아가 카르나와 맞서겠소."

아르주나는 무릎을 꿇어 유디스티라의 발을 만졌다. "내가 목표를 이룰 수 있도록 축복해주시오."

유디스티라는 침대에서 일어나 조용히 말했다. "사랑하는 아우야, 모두가 내 잘못이다. 나 때문에 네가 위험에 빠졌다. 크리슈나의 도움이 아니었다면 끔찍한 결과를 보았을 것이다. 오히려 내가 죽어 마땅하다. 그 누가 나보다 더 어리석겠느냐? 나는 지금 바로 숲으로 가 비마에게 왕위를 넘겨줄 것이다. 너의 말은 모두가 진실이다. 나는 이 세상을 지배할 능력이 없다. 숲으로 갈 것이다."

그러더니 자리에서 일어나 옷을 입고 문을 향해 걸어 나갔다. 크리슈나는 재빨리 그의 앞으로 가 그의 발에 엎드려 경의를 표했다. 유디스티라가 허리를 숙여 그를 일으키려고 하자 크리슈나가 말했다. "왕이여, 이런 몸으로 어딜 가려는 것인가? 아르주나의 말을 심각하게 받아들이지 말라. 진심으로 한 말이 아니라는 것은 그대가 더 잘 알고 있지 않은가? 그대를 해하지 않기 위해 억지로 쥐어 짜낸 아르주나의 심정은 오죽하겠는가? 우리가 무례하게 행동한 것을 부디 용서해주시게. 우리는 오늘 의심할 여지 없이 카르나의 피를 보게 될 것이오."

마음을 조금 가라앉힌 유디스티라가 대답했다. "크리슈나여, 그 말씀을 받아들이겠습니다. 그대는 아르주나뿐만 아니라 나 또한 구해주었습니다. 무지에 빠진 나를 냉철한 지성으로 끌어올려 주었습니다. 아르주나와 나를 후회와 슬픔의 바다에서 건져주었습니다.

그리고는 아르주나를 향해 돌아서서 말을 이었다. "영웅아, 지금 가서 무적의 화살로 카르나를 죽이고 오라. 우리의 승리와 크리슈나를 위한 일이다."

그러나 아르주나는 여전히 자신의 행동을 용서하지 못했다. 형의 얼굴을 바라보는 것조차 괴로웠다. 그는 유디스티라 아래 엎드려 울면서 용서를 구했다. "형님, 내 말은 모두 사실이 아니오. 잘못에서 벗어나기 위한 것이었을 뿐이오. 너무도 무례한 짓을 저질렀소. 어찌하면 용서받을 수 있겠소?"

유디스티라는 그런 동생을 일으켜 끌어안으며 조금도 상처받지 않았다고 말해주었다. 왕의 용서에 아르주나가 결연한 표정으로 말했다. "저 사악한 카르나가 형님을 공격하고 욕보였소. 맹세하건대, 오늘 반드시 그를 쓰러뜨리고 간디바로 산산조각낼 것이오."

유디스티라는 손을 들어 아르주나를 축복했다. "불멸의 명성과 영생이 함께하기를. 승리를 잡고 신의 번영이 계속되기를. 이제 가거라. 가서 두리요다나의 희망을 꺾어버리거라. 나도 곧 네 뒤를 따르마."

아르주나는 크리슈나에게 전차를 준비해달라고 부탁한 뒤 길을 떠났다. 수많은 브라만들에게 축복을 받으며 그는 전차에 올라 다시 전장으로 향했다. 아르주나가 행진하는 것을 보며 사람들은 카르나는 이미 죽은 목숨이라며 입을 모았다. 아르주나가 전쟁터로 향하는 동안 여러 가지 길조가 나타났다. 앞에는 수많은 독수리와 매 떼가 먹이를 찾아 날아다녔다. 카르나와의 결전을 앞두고 아르주나는 전차에 서서 간디바를 꼭 쥐고 앞을 응시했다.

8

아르주나, 카르나와 맞서다

아르주나가 유디스티라에게 가 있는 동안 비마는 카우라바 군을 맞아 격렬한 전투를 벌였다. 자신의 안위 따위는 신경 쓰지 않고 적진 한가운데로 들어가 사방으로 화살을 쏘아댔다. 사티야키와 쉬크한디, 그리고 웃타마우야스의 지원을 받으며 적에 대한 공격을 멈추지 않았다. 카우라바도 이에 질세라 두샤샤나와 샤쿠니를 앞세워 달려들었다. 비마가 선봉에 서서 그들을 맞아 싸웠다. 웃타마우야스가 비마를 도우려고 했지만 카르나의 장자인 수셰나가 그를 가만 두지 않았다. 웃타마우야스는 전력을 다해 화살을 쏘아 수셰나의 머리를 꿰뚫었다. 그 광경을 본 카르나는 슬픔에 휩싸여 몇 분간 멍하니 서 있었다. 그러나 그는 다시 정신을 가다듬고 복수를 다짐하며 웃타마우야스를 쏘아보았다. 그리고는 모든 정신을 웃타마우야스에게 집중하여 그의 말과 전차몰이꾼을 죽여버렸다. 그리고 다시 화살을 날려 전차와 깃발을 산산조각내버렸다.

웃타마우야스는 카르나의 화살 공격에 역시 화살 공격으로 응수하며 자신의 전차에서 뛰어내려 쉬크한디의 전차로 옮겨 탔다. 그리고는 쉬크한디와 함께 크리파와 크리타바르마를 상대로 공격을 가했다. 이들 앞에 선 비마는 카우라바 군에게 독을 퍼부으며 격렬한 싸움을 계속했다. 카우라바 진영 여기저기서 고통의 신음과 탄식이 흘러나왔다. 비마에게 산산조각난 카우라바 군은 황급히 사방으로 도망쳤다. 화살에 찢기고 철퇴에 짓이겨진 카우라바 군은 고통에 몸부림치며 카르나에게 도움을 구했다.

적군이 뿔뿔이 흩어지자 비마가 전차몰이꾼에게 말했다. "비쇼카, 유디스티라 형님의 생사가 걱정되는구나. 형님을 보러 간 아르주나가 아직 돌아오지 않았다. 카르나는 아직도 저렇게 멀쩡한데 말이다. 우리는 지금 엄청난 수의 카우라바 군에게 포위되어 있다. 저들이 코앞에서 우리 목숨을 노리고 있단 말이다. 모든 상황이 내 마음을 억누르는구나. 아르주나가 언제쯤 돌아올 것 같으냐?"

비마에게는 생각할 여유조차 없었다. 두샤샤나와 그 형제들이 수많은 전차군을 이끌고 또다시 공격해오고 있었다. "비쇼카, 지금까지 엄청난 무기를 퍼부었다. 남은 무기가 얼마나 되느냐. 화살 공격을 더해도 되는지, 아니면 이젠 철퇴를 들어야 하는지 궁금하구나."

비쇼카가 대답했다. "영웅이여, 육만 개의 화살이 남아 있고, 이십만개의 날카로운 화살과 촉이 넓은 화살이 남아 있습니다. 그러니 아무 걱정 마시고 공격을 계속 하소서."

비마는 활을 들어 달려드는 두샤샤나와 샤쿠니를 향해 백여 개의 화살을 퍼부었다. 그 뒤로 카우라바의 왕자들이 쫓아오고 있었다.

비마가 본격적으로 카우라바를 상대하려고 하는 순간 비쇼카가 말했다. "영웅이여, 이 소리가 들리십니까? 아르주나가 무기로 전장을 메우는 소리입니다. 저쪽을 보십시오. 마치 사자를 만난 동물처럼 카우라바들이 내몰리고 있습니다. 저기 저 멀리 하누만이 그려진 아르주나의 깃발이 보입니다. 역시 신은 오늘도 우리편인 것 같습니다."

비마는 공격을 멈추고 비쇼카가 가리킨 남쪽을 바라보았다. 아르주나의 깃발이 펄럭이고 있었다. 마음이 놓인 비마가 입을 열었다. "비쇼카, 기쁜 소식이구나. 그대에게 열 개의 마을과 스무 대의 전차, 백 명의 시종을 하사하노라. 아르주나가 나팔을 불며 오는 걸 보니 유디스티라 형님께서도 필경 괜찮은 것이다. 이제 카르나의 최후가 멀지 않았구나."

기쁨에 찬 비마는 전력을 가다듬은 뒤 싸움을 재개했다. 카우라바 군은 다시 혼란에 빠졌다.

* * *

한편 유디스티라의 막사를 떠난 아르주나와 크리슈나는 쉼 없이 전장을 향해 달렸다. 전장이 가까워지자 아르주나는 어떻게 하면 카르나를 끝장낼 수 있을지를 고민했다. 오후도 벌써 반쯤 지나 있었다. 이 전투가 아니면 카르나는 죽지 않을 것이다. 다른 카우라바 영웅들이 끼어들지 않아야 한다. 하지만 두리요다나는 분명 싸움에 끼어들어 방해할 것이다.

아르주나는 무기가 맞부딪치는 소리와 전사들의 비명을 들으며 전장에 거의 접근했다. 카르나는 필경 판다바 진영 여기저기를 돌아다니며 판다바 군을 소탕하고 있을 것이다.

깊은 생각에 잠겨 있는 아르주나에게 크리슈나가 말했다. "아르주나여, 이 세상에서 그대의 용기와 힘에 맞먹을 자는 없다. 인드라처럼 용감한 영웅도 그대와의 싸움에서 패배하여 저 높은 곳으로 가지 않았는가. 전투에서 그대를 만나 살아남을 자는 아무도 없다. 물론 쉬운 상대는 아니다. 하지만 그에게 승산은 없다. 그는 판다바를 경멸하고 있다. 카르나를 죽이고 모든 악의 뿌리를 소탕하거라. 드리타라스트라의 아들들의 욕망을 꺾고 이 전쟁을 끝내거라. 그대가 간디바를 들고 있는데 어찌 카르나 따위가 목숨을 부지할 수 있겠느냐."

크리슈나는 전장으로 향하는 중에도 계속해서 아르주나에게 확신을 주었다. 크리슈나의 격려에 아르주나는 더욱 용기를 얻었다. 아르주나는 나팔을 들어 온 힘을 다해 불었다. 그리고는 활을 들어 끝까지 잡아당겼다가 놓았다.

놀라워하는 군사들을 보며 아르주나가 입을 열었다. "크리슈나여, 그대가 옆에 있다는 사실이 제겐 가장 큰 힘이 됩니다. 그대의 도움이 있었기에 지금까지 모든 것이 가능했습니다. 당신이 제 옆을 지켜주시니 삼계의 모든 것을 우리 것으로 영원히 결집시킬 수 있습니다. 나는 오늘 카르나의 최후를 볼 것입니다. 두리요다나는 카르나의 도움으로 자신을 보호하려 하고 있습니다. 허나 오늘 그 희망을 산산조각내줄 것입니다. 그는 지금까지 저질렀던, 특히 드라우파디를 모욕했던 일을 떠올리게 될 것입니다. 그 씻을 수 없는 죄의 대가를 반드시 치르게 할 것입니다."

아비만유와의 죽음과 주사위 놀이에 대한 기억이 떠오르는 듯 아르주나의 눈빛이 활활 타올랐다.

한편 비마는 카우라바 군에게 완전히 포위되어 있었다. 그는 카우라바 군을 향해 수많은 화살을 퍼부어대고 있었다. 아르주나는 바로 전투에 끼어들어 카우라바를 향해 수많은 화살을 날렸다. 그리 멀리 떨어지지 않은 곳에 카르나의 깃발이 펄럭이고 있었다. 깃발은 점점 가까워졌다. 바로 그 순간 아르주나는 크리파와 크리타바르마, 그리고 수많은 두리요다나의 형제들과 맞닥뜨렸다. 그들의 공격을 모두 받아내며 그는 천천히 카르나를 향해 다가갔다. 마치 번개가 치듯 간디바가 화살을 뿜어댔다. 적군이 휘청거렸다. 아르주나에게 쏜 화살은 갑옷을 맞고 튕겨나오거나 제대로 가 닿지도 못한 채 아르주나의 화살에 저지당했다. 카르나에게 시선을 집중한 아르주나는 지체 없이 카우라바 군을 향해 달려갔다.

아르주나는 두리요다나가 보낸 코끼리들의 목을 숱하게 베어버렸다. 수많은 전차군이 아르주나를 향해 달려들었지만 화살의 희생양이 될 뿐이었다. 그는 마치 화난 코끼리가 호수를 짓밟듯 적군을 물리쳐갔다.

사만여 명에 이르는 카우라바 군을 물리친 아르주나는 반대편에 있는 카르나를 응시했다. "크리슈나여, 저기 카르나가 있습니다. 두리요다나는 물론 다른 마하라타들도 제 몸을 방어하느라 정신이 없습니다. 곧바로 카르나에게 가주소서. 내 오늘 저자를 죽이기 전까지는 돌아가지 않을 것입니다. 서둘러주소서. 저자가 우리 군을 몰살하기 전에."

크리슈나는 말을 재촉해 카르나를 향해 거대한 전차를 몰았다. 아르주나의 전차가 다가오는 것을 보고 샬리야가 말했다. "마침내 판두의 아들이 오는구나. 곧장 이리로 향하고 있다. 할 수 있다면 저 아이를 무찌르고 우리를 구해다오. 너는 이미 유디스티라를 누르고 다른 판다바도 궤멸시키지 않았느냐. 아르주나는 지금 분명 분노와 복수심으로 불타고 있을 것이다. 지금 아르주나를 막을 수 있는 궁사는 너뿐이다. 모든 카우라바가 너만 바라보고 있다. 카르나여, 우리 모두가 아르주나라는 심연에 빠지기 전에 우리를 구해다오."

샬리야는 마침내 두 영웅 사이에 최후의 순간이 왔다는 것을 직감했다. 지금은 카르나를 깎아내릴 때가 아니었다. 검은 피부의 크리슈나가 카우라바 사이로 전차를 몰고 있었다. 그리고 그 뒤에는 아르주나가 눈부신 번개처럼 화살을 퍼붓고 있었다.

카르나가 말했다. "아르주나를 향한 두려움 따위는 없어진 것 같군요. 어찌하여 이제서야 옳은 말을 하시는 거요? 당신은 오늘 이 중요한 순간의 증인이 될 것이오. 나는 곧 저 두 전사를 죽이고 모든 판다바를 소탕할 것이오. 하지만 승리는 언제나 불확실한 법. 만에 하나 내가 실패하더라도 영웅답게 죽어 내 명예는 길이길이 남을 것이오."

카르나는 큰 소리로 고함을 지른 뒤 두리요다나에게 가서 경배를 하고 말했다. "왕이여, 이제 아르주나를 상대하러 가오. 그를 포위하여 달아나지 못하게 해주시오. 최정예 전사와 무기를 모아 그를 공격해주시오. 모두가 힘을 다해 나를 도와줘야 하오."

두리요다나는 크리파와 아슈바타마, 두샤샤나는 물론 남은 형제들에게 명하여 카르나를 도우라고 했다. 그들은 수많은 코끼리와 전차, 그리고 전사들을 이끌고 아르주나에게 돌진했다.

아르주나는 적군이 다가오자 한꺼번에 화살을 퍼부었다. 때맞춰 비마가 도우러 왔다. 그는 아르주나 옆에 서서 두리요다나의 형제들을 향해 활을 겨눴다. 스무 명 남짓한 왕자들이 형제의 복수를 다짐하여 진격해 오고 있었다.

분노를 주체하지 못한 두샤샤나가 먼저 비마에게 화살을 날렸다. 순간 당황한 비마가 활을 떨어뜨렸다. 기선을 잡은 두샤샤나는 기회를 놓칠세라 화살을 퍼부었다. 천둥과 같은 기세로 날아온 화살들이 비마의 가슴에 명중했다. 비마는 정신을 잃었다. 그는 무릎을 꿇고 깃대를 부여잡은 채 버텼다.

두샤샤나는 환호하며 나팔을 불었다. 그의 형제들도 신이 나서 쓰러진 비마에게 화살을 퍼부었다. 그들은 비마가 죽었다고 생각했다. 하지만 얼마 안 가 비마는 다시 자리에서 일어나 공격을 재개했다. 비마가 두샤샤나에게 표창을 던졌다. 하지만 카우라바는 비마가 던진 표창을 모두 동강냈다. 두샤샤나는 날카로운 화살을 퍼부어 비마의 몸에 깊은 상처를 냈다.

분노한 비마는 우레와 같은 고함을 질렀다. "네놈들이 내 몸에 상처를 낼 수 있을지언정 나를 죽일 수는 없을 것이다. 너희는 곧 목숨을 잃을 것이다. 너희들의 피를 마셔버릴 것이다."

비마의 전차가 두샤샤나를 향해 돌진했다. 그는 소리를 지르며 커다란 철퇴를 치켜들었다. 비마는 순식간에 두샤샤나의 전차에 뛰어올라 그를 철퇴로 내려쳤다. 두샤샤나가 전차에서 나가떨어졌다. 땅에 처박힌 두샤샤나는 잠시 동안 움직이지 않았다. 머리에선 피가 뿜어져 나오고 몸은 심하게 떨고 있었다.

주사위 놀이에서 한 맹세를 생각하며 비마는 전차에서 뛰어내려 두샤샤나에게로 다가갔다. 두샤샤나가 일어서려고 기를 쓰고 있었다. 비마는 그런 두샤샤나에게 다시 한번 철퇴를 휘둘러 그를 공중으로 날려버렸다. 두샤샤나는 숨을 몰아쉬며 땅에 떨어졌다. 비마는 그의 옆에 서서 칼을 빼들었다. 정신이 오락가락하는 왕자를 내려다보며 그는 두샤샤나가 지금까지 저지른, 특히 드라우파디를 모욕한 일과 숲으로 쫓겨 들어가는 판다바에게 저질렀던 악행들을 떠올렸다.

비마는 겁에 질린 적의 팔을 잡아 들판으로 끌어냈다. 두샤샤나는 발버둥치며 비마에게서 빠져나가려고 했다. 비마는 두샤샤나가 비명을 지를 때마다 팔을 더욱 꺾었다. 그리고는 칼을 크게 휘둘러 두샤샤나의 팔을 잘라버렸다. 전정에 비명이 울려퍼졌다. "이것이 드라우파디의 머리카락을 잡았던 손이다. 내가 오늘 그 피를 마신다."

두샤샤나는 어깨에서 피가 뿜어져 나오자 고통에 몸부림쳤다. 비마는 이어 두샤샤나의 등을 발로 찬 뒤 무릎으로 찍어 버렸다. 판다바의 포효는 수백 미터 떨어진 곳까지 울려퍼져 양쪽 진영의 군사들을 몸서리치게 만들었다. 비마는 마지막으로 칼을 움켜쥐었다. 피투성이가 된 두샤샤나의 몸이 공포에 뒤틀렸다. 비마는 싸늘하게 웃으며 오랫동안 기다려온 복수의 순간을 음미했다. 그리고는 가차없이 두샤샤나의 가슴에 칼을 박아 넣었다. 카우라바가 마지막 비명을 내질렀다. 비마는 고개를 숙여 두 손으로 가슴에서 뿜어져 나오는 피를 받아 마셨다.

비마가 일어나서 소리쳤다. "어머니의 가슴에서 나오는 젖보다 더 달콤하다. 꿀보다 맛있고 물보다 더 달콤하다!" 그러면서 비마는 피투성이가 된 얼굴로 죽은 두샤샤나를 내려다봤다.

그 모습을 보며 모든 카우라바 군은 몸서리를 쳤다. 공포를 참지 못하고 쓰러지는 병사도 있고, 줄행랑을 치는 병사도 있었다.

비마가 비장한 목소리로 말했다. "두샤샤나여, 너는 지금까지 우리가 겪은 고통의 근원이다. 우리를 향해 겁쟁이라고 했더냐. 그래, 어디 다시 한번 지껄여보아라."

아르주나와 크리슈나를 향해 돌아서서 비마가 말했다. "두샤샤나를 죽이고 그의 피를 마시겠다는 맹세를 지켰습니다. 드라우파디의 복수를 갚았단 말입니다. 이제 맹세대로 두리요다나를 죽일 것입니다. 곧 평화가 찾아올 것입니다."

형의 죽음에 분노한 카우라바의 왕자 열 명이 비마에게 달려들었다. 전차에 올라탄 비마는 웃으며 그들을 맞았다. 수많은 화살이 비마를 향해 날아왔다. 하지만 비마는 날랜 솜씨로 그들의 머리를 모두 꿰뚫었다.

그 모습을 지켜보던 카르나의 입이 떡 벌어졌다. 그는 손에서 무기가 떨어지는 것도 모른 채 두려움에 가득 찬 눈길로 비마를 바라보았다. 피투성이가 된 채 포효하고 있는 판다바는 끔찍한 라크샤사의 환생 그 자체였다. 그는 가늠할 수 없는 힘에 사로잡혀 있는 것이 분명했다.

두려워하는 카르나를 보며 샬리야가 말했다. "영웅이여, 두려워하지 말거라. 이것이 바로 전쟁이다. 전쟁에서 죽음과 파괴는 어쩔 수 없는 것. 그러니 두려워하지 말라. 두리요다나는 두샤샤나와 형제들의 죽음에 슬퍼하고 있고, 군사들은 도망치느라 정신이 없다. 허나 두리요다나가 너에게 임무를 주지 않았느냐. 두려움을 떨쳐내고 능력을 발휘하거라."

샬리야의 말에 용기를 얻은 카르나는 마음을 가다듬었다. 사실이었다. 이 싸움을 끝내는 것 외에 다른 방법은 없다. 아르주나가 저 앞에 있다. 두려워하고 혼란스러워하고 있을 때가 아니다.

카르나가 살짝 뒤로 물러나 고개를 흔드는 모습을 보고 그의 아들 브리샤세나가 먼저 아르주나를 공격했다. 브리샤세나는 아르주나와 크리슈나를 향해 수많은 화살을 퍼부었다. 자신의 실력을 맘껏 자랑하며 그는 아르주나를 도우러 온 나쿨라의 전차를 부숴버렸다. 분노한 비마가 아르주나에게 소리쳤다. "저 자식을 즉시 죽여버려야 하거늘 너를 위해 남겨두마. 네가 보내버리거라!"

아르주나는 카르나가 바라보는 앞에서 브리샤세나를 공격했다. 수많은 불화살이 혀를 날름거리며 뱀처럼 날아갔다. 그중 네 발이 브리샤세나의 말을 쓰러뜨리고 또 다른 한 발이 전차몰이꾼을 떨어트렸다. 아르주나는 전차에서 뛰어내리려고 하는 브리샤세나에게 반달 모양의 화살을 날려 그의 머리에 명중시켰다. 브리샤세나는 마치 번개를 맞은 나무처럼 땅으로 곤두박질쳤다.

아들이 쓰러지는 모습에 카르나는 고통의 비명을 질렀다. 그러더니 활을 움켜쥐고 아르주나를 향해 돌진했다. 아르주나도 카르나를 향해 돌아섰다. 호랑이 가죽으로 장식된 빛나는 전차 두 대가 마치 두 개의 태양처럼 마주쳤다. 그들은 서로를 향해 다가갔다. 양쪽 진영의 군사들은 숨죽인 채 두 영웅을 바라보았다. 두 사람이 서로를 향해 화살을 쏘기 시작하자 병사들이 소리쳤다. 일부는 아르주나를, 일부는 카르나를 응원했다. 트럼펫과 북소리가 전장에 울려퍼졌다. 병사들이 나팔을 불어 가세하자 전장은 금세 귀가 먹먹할 정도의 음악소리로 가득 찼다.

천상의 존재들도 하늘에서 두 영웅의 전투를 지켜보았다. 신과 같은 두 영웅이 무기를 들고 마주섰으니 누가 이길지 아무도 확신할 수 없었다. 그들은 먼 옛날 파라수라마와 카르티비르야의 전투를 떠올렸다. 싯다와 차라나들이 나팔을 불며 전사들에게 꽃비를 뿌렸다. 인드라는 자신의 아들에게 승리를 축복해주었고, 수리야는 카르나의 승리를 빌어주었다.

그들이 서로를 향해 접근하자 각 진영에서도 서로 지원에 나섰다. 드리스타디윰나는 모든 판다바 병력을 이끌고 아르주나를 둘러쌌다. 두리요다나는 카르나의 뒤에서 카우라바 병력과 함께 자리에 섰다. 이제 곧 무시무시한 전투가 시작될 참이었다.

바로 그때 아르주나의 깃발에서 하누만이 갑자기 뛰어오르더니 코끼리 밧줄이 그려진 카르나의 깃발로 넘어갔다. 그러더니 손톱과 이빨을 세워 카르나의 밧줄을 마구 물어뜯으며 미친 듯 소리를 질러댔다. 두 영웅을 이끄는 전차의 말도 자리에서 일어났다. 크리슈나가 샬리야를 매섭게 쏘아보았다. 샬리야의 눈빛도 마찬가지였다.

카르나가 말했다. "드디어 결전의 순간이 왔소. 내가 만약 죽는다면 어찌할 것이오? 솔직히 말해주시오."

샬리야가 대답했다. "크리슈나와 아르주나를 향해 달려들 것이다. 크샤트리아에게 있어 전투를 하다 죽는 것만큼 위대한 죽음이 어디 있겠느냐."

아르주나도 크리슈나에게 같은 질문을 던졌다. 크리슈나가 대답했다. "저 하늘의 태양이 떨어지고 대지가 갈라지고 불이 차가워진다 해도 카르나는 그대를 죽이지 못한다. 하지만 만에 하나 그대가 죽으면 세상의 종말이 가까워졌다고 생각하라. 카르나와 샬리야 모두를 야마라자의 집으로 보내라. 크샤트리야들까지 함께 보내버려라."

아르주나가 웃으며 대답했다. "크리슈나여, 걱정마소서. 카르나와 샬리야는 내 상대가 되지 못합니다. 저들의 전차와 깃발, 말, 갑옷, 활, 화살에 이르기까지 하나도 남겨두지 않고 모두 끝장낼 것입니다. 카르나의 아내들은 어젯밤 분명 악몽을 꾸었을 것입니다. 저자가 우리에게 저지른 일들을 생각하면 분해서 견딜 수가 없습니다. 드라우파디를 모욕한 일은 평생 잊지 않을 것입니다. 오늘 저들로부터 얻은 전리품으로 아비만유의 어미를 위로할 것입니다. 저들의 짓거리를 감내하면서 큰 눈으로 눈물을 흘렸던 드라우파디 또한 위로할 것입니다."

말을 마침과 동시에 누가 먼저랄 것도 없이 아르주나와 카르나 사이에 공격이 시작됐다. 하늘은 순식간에 화살로 가득 찼다. 마치 동풍과 서풍이 겨루듯 서로를 공격하고 서로의 공격을 받아냈다. 구름 속에서 해와 달이 동시에 솟는 것 같았다.

싸움이 격렬해지면서 수천 명의 군사가 목숨을 잃고 코끼리와 말들이 죽어나갔다. 두 영웅 못지 않게 다른 전사들의 싸움도 격렬했다. 두리요다나와 크리파, 샤쿠니와 아슈바타마는 아르주나에게 화살을 퍼부으며 카르나를 도왔다. 하지만 아르주나는 날랜 솜씨로 그들의 공격을 모두 받아냈다. 아르주나의 공격이 심상치 않다는 것을 느낀 아슈바타마와 두리요다나는 멀리 퇴각하여 전략을 의논했다.

아슈바타마는 아직도 아버지의 죽음과 비야사데바의 충고에서 헤어나오지 못하고 있었다. 그는 두리요다나의 전차로 올라가 말했다. "왕이여, 진정하시오. 이 싸움을 할 필요가 없소. 이미 많은 사람들이 목숨을 잃었소. 비슈마는 전장에 누워 있고 다른 영웅들도 이미 죽음을 당했소. 그러니 지금이라도 마음을 바꿔 유디스티라와 협상을 하시오. 판다바들은 그의 명령을 따를 것이오. 판다바와 동맹을 맺는다면 못할 일이 없소. 그 누가 아르주나를 꺾을 수 있겠소? 그와 싸워서 과연 남는 것이 무엇이오?"

아슈바타마는 카르나와 아르주나의 싸움을 지켜보았다. 간디바에서 수많은 불화살이 튕겨져 나와 늦은 오후의 하늘을 밝혔다. 아르주나의 전차는 전장을 날아다니다시피 하며 카르나의 공격을 받아내고 있었다. 크리슈나는 고삐를 쥔 채 일어나 땀범벅이 된 얼굴로 전차를 몰고 있었다.

"한시라도 빨리 이 전쟁을 그만두어야 하오. 판다바와 우정을 쌓는 것이 왕에게도 가장 큰 이득이 될 것이오. 이 싸움을 멈추고 남은 왕들을 돌아가게 해주시오. 군주여, 친구로서, 그리고 그대의 복을 비는 사람으로서 하는 말이오. 명령만 내려주면 카르나로 하여금 이 전쟁을 단념하게 할 수도 있소. 명령해주시오."

그러나 두리요다나는 아무 말도 하지 않았다. 그러더니 고개를 저었다. "친구여, 그대의 생각을 잘 들었고 한참 고민해봤지만 내 생각은 다르오. 아무리 강한 폭풍우도 모두 신성한 히말라야에 막히듯 아르주나도 결국엔 카르나에게 막히고 말 것이오. 전쟁은 계속될 것이오. 내가 저지른 일이니 저들은 절대 내 말을 믿지 않을 것이오. 그러니 절대로 카르나를 끌어내지 마시오. 아르주나는 이미 지쳐 있고 곧 최후를 맞이할 것이오. 영웅이여, 앞으로 나아가 싸워주시오. 나는 카르나를 믿는 만큼 그대도 믿고 있소."

아슈바타마는 한숨을 내뱉었다. 그는 천천히 전차로 돌아가 다시 전장을 향해 나아갔다. 두리요다나는 형제들의 죽음에 큰 충격을 받았다. 이제는 무기를 들 힘조차 없었다. 그는 카르나와 아르주나가 격렬히 싸우는 광경을 바라보았다. 그 누구도 접근할 수 없을 만큼 싸움은 격렬했다. 가까이 가는 자는 누구나 화살의 제물이 되었다. 두 전사는 서로의 화살에 베이고 찢겨 온통 피투성이였다. 크리슈나와 샬리야도 갑옷에 빽빽이 화살이 꽂힌 채 전차를 몰고 있었다.

판다바 군이 아르주나를 향해 외쳤다. "카르나를 한번에 없애버리고 두리요다나의 허황된 욕심을 깨주소서!"

반대편에서는 카우라바 군이 카르나를 응원했다. "아르주나를 베어버리고 판다바를 영원히 추방하소서!"

군사들의 응원에 아르주나가 한번 웃더니 여러 가지 모양의 화살을 날렸다. 카르나도 지지 않고 바로 반격에 들어가 아르주나의 화살을 떨어트렸다.

그러자 아르주나는 막강한 천상의 무기를 불러내 하늘을 태울 정도로 뜨거운 불화살을 사방에 퍼부었다. 무기가 뿜어내는 열기가 주변의 전차와 병사들의 옷을 태울 정도였다. 무기는 대나무 숲이 불에 타듯 우지끈 소리를 내며 날아갔다. 하지만 카르나는 눈 하나 깜짝하지 않고 바루나로 대응하여 아르주나의 화살을 막아냈다. 하늘에서 거대한 구름이 나타나 억수같은 비를 쏟아부은 것이다.

카르나의 능력에 아르주나는 박수를 보낸 뒤 다른 천상의 무기를 들어

구름을 흩뜨렸다. 그리고는 카르나의 시야에서 잠시 사라져 인드라에게서 받은 무기를 불러냈다. 매의 깃털로 장식된 수천 개의 빛나는 화살이 간디바에서 튕겨나와 카르나의 전차와 카르나, 샬리야를 완전히 에워쌌다. 카르나도 터져 나오는 분노를 참지 못하고 바르가바를 불러내 간디바에서 나온 화살들을 모두 산산조각내버렸다. 바르가바의 힘이 전장 전체에 퍼져나가 판다바 군을 덮쳤다. 그 자리에서 수천 명의 군사가 전사했다.

카르나의 용맹에 카우라바 군은 환호하며 무기를 들었다. 격분한 비마는 큰 소리로 아르주나를 불렀다. "저 무뢰한이 네 눈앞에서 우리 군사들을 죽이고 있는데 너는 어찌하여 가만히 놔두는 것이냐? 신들도 너를 죽일 수는 없다. 어찌하여 카르나에게서 저런 힘이 나오느냔 말이다. 아르주나, 저자의 죄를 곱씹어보아라. 어떤 수를 써서라도 카르나를 끝장내야 한다."

크리슈나도 급히 말을 내뱉었다. "전사여, 당황한 것 같구나. 어떻게 카르나가 그대의 무기를 꺾을 수 있단 말이냐? 라크샤사와 아수라를 죽일 때 보여주었던 그 무시무시한 힘을 다시 한번 보여다오. 수다르샨차크라를 줄 테니 속히 저자의 머리를 베어버리고 유디스티라에게 이 세상과 부, 그리고 명성을 가져다주어라."

아르주나는 입을 꽉 다문 채 카르나를 쳐다보았다. 그리고는 번쩍이는 황금 화살을 하나 꺼내들고 말했다. "세상을 위해, 그리고 당신의 허락을 받아 나는 이제 브라흐마Brahma를 불러내겠습니다."

크리슈나가 대답했다. "그리하거라."

아르주나는 화살을 걸었다. 그리고는 모든 정신을 집중해 브라마스트라를 불러낸 뒤 전력을 다해 화살을 쏘았다. 화살이 하늘에서 빛을 발하자 수천 개의 화살이 허공에 나타나더니 저절로 간디바에 걸렸다. 그리고는 송곳니를 드러낸 무서운 독사처럼 카르나를 향해 날아갔다. 황금 날개가 달린 수백만 개의 화살은 아르주나를 떠나 카우라바 진영으로 파고들었다. 표창과 창, 그리고 날카로운 도끼가 카우라바 진영으로 쏟아져 내렸다. 카르나도 천상의 무기를 불러내 끊임없이 화살을 퍼부었다. 판다바 진영에서도 수천 명의 군사가 전사했다.

아르주나는 다시 카르나를 향해 여섯 발의 강철 화살을 날렸다. 아르주나가 쏘는 화살의 수는 점점 늘어갔다. 동시에 그는 코끼리 사백 마리와 코끼리군, 천 명의 기병과 천 마리의 말을 거꾸러뜨렸다. 팔천 명의 보병도 목숨을 잃었다.

카우라바 군이 카르나에게 외쳤다. "영웅이여, 우리를 구해주소서. 판두의 아들을 막아주소서!"

카르나는 전력을 다해 화살을 퍼부었다. 아르주나는 완전히 화살에 뒤덮였다. 수많은 판찰라와 판다바 군이 쓰러졌다. 카르나의 화살 공격에 시야가 가린 아르주나는 전차 위에서 사방을 돌며 카르나의 화살들을 떨어뜨리고 카르나를 향해 화살을 퍼부었다.

아르주나와 카르나가 온갖 천상의 무기를 불러내 공격을 주고받는 사이 유디스티라가 전장으로 돌아왔다. 상처를 치유한 그는 마치 월식에서 막 벗어난 보름달처럼 번쩍이는 황금 갑옷을 입고 있었다. 아르주나와 카르나의 전투를 지켜보는 그를 보며 판다바 군은 환호했다.

아르주나는 여전히 엄청난 양의 화살을 쏟아부었다. 카우라바 군이 하나둘씩 달아나기 시작했다. 오직 카르나만이 그 자리에 꿋꿋이 서서 용맹을 자랑하며 아르주나의 공격을 받아내고 있었다. 아르주나를 지원하는 병사들도 차츰 퇴각했다. 어느덧 전장에는 아르주나와 카르나만이 남았다.

판다바 군과 카우라바 군은 조금 떨어진 곳에 서서 놀란 눈으로 두 전사가 불러낸 천상의 무기를 보고 있었다. 카르나가 우위를 점하는 듯하다가도 순식간에 아르주나 쪽으로 기세가 기울었다. 양쪽 전사들은 환호하며 나팔을 불어댔다. 천상의 존재들도 하늘에서 두 전사를 응원했다.

두 영웅이 격렬한 전투를 벌이고 있는 사이 아슈와세나ashwasena라는 천상의 뱀이 전장에 나타났다. 아슈와세나는 타크샤카Takshaka의 아들로, 칸다바의 숲에서 자신의 어머니와 동생을 죽인 아르주나에게 복수할 날만을 기다려왔다. 드디어 복수의 기회를 잡은 그는 자신의 모습을 화살 모양으로 바꾸어 카르나의 화살통에 숨어들었다. 그리고는 아르주나는 죽이는 데 모든 정신을 집중한 카르나로 하여금 나가스트라Nagastra를 부르도록 마술을 부렸다.

카르나는 자신의 무기로는 절대로 아르주나를 꺾을 수 없다는 사실을 깨달았다. 더 강한 천상의 무기를 불러내야겠다는 생각이 들었다. 머릿속으로 나가스트라가 스쳐 지나갔다. 화살을 퍼부어 아르주나의 활줄을 먼저 끊은 뒤 몇 발을 더 쏘아 아르주나를 맞추면 된다. 그리고 그가 정신을 차리기 전에 뱀의 무기를 쓰면 아르주나를 죽일 수 있을 것이다.

이렇게 생각한 카르나는 눈에 보이지 않을 만큼 빠른 속도로 화살을 쏘아 아르주나의 정신을 빼놓은 뒤 날카로운 화살을 날려 아르주나의 활줄을 끊어버렸다. 그리고는 천상의 무기가 담긴 화살 통에서 황금 화살을 꺼내들었다. 마치 통에서 화살이 저절로 튀어나와 활에 걸리는 것 같았다. 그리고는 아르주나의 목을 향해 정신을 집중해 활을 당겼다. 아슈와세나가 마법을 써서 자신의 화살통에 들어왔다는 사실을 모르는 카르나는 활을 당기며 외쳤다. "죽어라, 아르주나여!"

화살이 발사되는 순간 천상의 신들이 슬픔에 비명을 질렀다. 카르나의 손에서 발사된 화살은 하늘을 반으로 가르며 날아갔다. 날아오는 화살을 보고 크리슈나는 몸을 앞으로 기울여 있는 힘껏 전차를 눌렀다. 말들이 땅에 내동댕이쳐지고 전차가 한 뼘이나 땅속에 처박혔다.

화살은 왕관을 쓴 아르주나의 머리를 향해 돌진했다. 날아간 화살은 아르주나의 왕관에 맞았다. 마치 하늘에서 해가 떨어지듯 아르주나의 왕관이 떨어졌다. 천상의 무기인 나가의 힘에 아슈와세나의 힘까지 더해진 공격에 왕관은 산산조각났다.

아르주나를 구한 크리슈나를 보며 신들은 꽃비를 뿌려 그를 축복했다. 아르주나는 만년설을 잃어버린 산처럼 서서 크리슈나에게 무한한 감사를 표했다. 크리슈나가 방금 전 일어난 일의 자초지종을 설명했다. 아르주나는 헝클어진 머리를 하얀 천으로 질끈 묶은 뒤 다시 카르나를 공격하기 위해 간디바를 정비했다.

판다바에게 복수하려던 계획에 실패한 아슈와세가 카르나에게로 돌아가 말했다. "그대는 내가 화살 통에 들어간 사실을 몰랐을 것이다. 나는 아르주나의 적이다. 내 어머니의 원수다. 나를 한 번 더 쏘거라. 나는 어머니의 복수를 갚고, 그대는 목표를 이루어야 하지 않겠느냐."

카르나는 놀란 눈으로 나가를 바라보았다. 고개를 저으며 카르나가 대답했다. "나는 다른 이의 도움으로 승리하고 싶지 않다. 더구나 같은 화살을 절대로 두 번 이상 쏘지 않는다. 나는 다른 무기로 아르주나를 없앨 것이다. 그러니 꺼져버려라."

아슈와세나는 아르주나를 돌아보았다. 그러더니 몸을 공중으로 던져 다시 한번 화살로 변했다. 아르주나는 이미 준비되어 있었다. 아슈와세나가 다시 화살로 몸을 바꾸는 것을 본 아르주나는 반달 모양의 화살 여섯 발을 날려 아슈와세나를 동강내버렸다. 뱀은 수많은 횃불처럼 아래로 떨어졌다.

크리슈나는 전차에서 내려와 아르주나의 전차를 끌어냈다. 그리고는 재빨리 전차에 올라타 카르나 주위를 돌았다. 아르주나는 카르나의 급소를 향해 화살을 겨눴다. 화가 머리끝까지 차 오른 아르주나는 크리슈나가 전차를 모는 동안에도 카르나에게 쉴 새 없이 화살을 쏘아댔다. 화살은 카르나의 갑옷을 찢어버렸다. 아르주나는 이어 투구와 머리 장식까지 날려버렸다. 온몸에 상처를 입은 카르나는 시뻘건 용암이 흐르는 산처럼 전장에 섰다.

아르주나는 카르나가 완전히 무방비 상태가 되자 전투의 규칙에 따라 활을 놓고 공격을 멈췄다. 그러자 놀란 크리슈나가 말했다. "아르주나여, 어찌하여 이런 실수를 하는가? 현명한 자는 자신의 적이 아무리 약할지라도 호의를 베풀지 않는 법이다. 오히려 그것을 이용해 더욱 공격해야 하는 법. 그러니 더 이상 시간을 낭비하지 말고 카르나를 쏘거라. 저자가 힘을 회복하면 더 큰 일이 닥칠 것이다."

크리슈나의 재촉에 아르주나는 다시 화살 공세를 퍼부었다. 화살은 카르나의 몸 깊숙이 들어가 박혔다. 카르나도 정신을 차리고 활을 들어 아르주나와 크리슈나를 향해 화살을 쏘았다. 아르주나는 그 공격을 받아내며 무방비 상태인 카르나를 향해 쉼 없이 화살을 날렸다.

궁지에 몰린 카르나는 다시 브라흐마의 힘이 실린 천상의 무기 바르가바를 떠올렸다. 그 누구도 바르가바에 대항할 수는 없었다. 이미 수많은 판다바 군을 궤멸시킨 무기이기도 했다. 카르나는 바르가바만이 아르주나를 공격한 뒤 갑옷을 정비할 시간을 벌어줄 수 있다고 생각했다. 정신을 집중해 바르가바를 부르는 주문을 외우던 카르나는 주문이 끝까지 기억나지 않는다는 사실을 깨달았다. 눈을 감고도 술술 외웠던 주문을 몇 번이고 읊었지만 어찌 된 일인지 주문이 생각나지 않았다. 그때 문득 스승의 말이 떠올랐다. "네 목숨이 네가 가진 최고의 무기에 달려 있을 때 너는 결국 그것을 불러내지 못할 것이다."

바르가바를 불러내는 데 실패한 카르나는 어쩔 수 없이 가지고 있던 화살로 아르주나의 공격을 받아내야 했다. 겨우겨우 아르주나의 공격을 막아내던 카르나는 전차 근처에서 검은 그림자 같은 물체를 목격했다. 카르나는 그것이 시간의 화신, 즉 칼라Kala임을 깨달았다. 칼라가 말했다. "대지가 네 전차의 바퀴를 삼키는구나."

카르나는 그제서야 아래를 내려다보았다. 칼라의 말대로 전차가 점점 땅속으로 가라앉고 있었다. 살리야가 전차를 빼내려고 노력했지만 헛수고였다. 전차는 계속해서 조금씩 가라앉고 있었다. 카르나가 탄식했다. "그대는 언제나 정의를 보호해준다고 하지 않았습니까? 나는 지금까지 내 의무에 최선을 다했습니다. 그런데 내가 어찌하여 파멸해야 합니까? 지금까지 해온 나의 모든 것이 어찌하여 무용지물이 되어야 한단 말입니까?"

카르나가 칼라에게 억울함을 토로하는 동안 아르주나는 더욱더 강력한 공격을 퍼부었다. 신을 계속해서 저주하며 카르나는 절박한 심정으로 공격을 받아냈다. 시간이 갈수록 아르주나의 화살이 카르나의 몸 여기저기에 박혔다. 카르나는 바람에 흔들리듯 몸을 바르르 떨었다. 광분한 카르나도 계속해서 화살을 쏘아댔다. 카르나의 화살은 번개처럼 날아가 아르주나의 화살을 막아냈다. 아르주나의 방어를 뚫고 들어가 아르주나와 크리슈나를 꿰뚫는 화살도 있었다.

중상을 입고 궁지에 몰려 광분한 상태로 싸우는 카르나를 보며 크리슈나가 말했다. "더 강력한 무기를 쓰거라. 카르나가 아직도 전력을 다해 우리를 공격하고 있지 않다."

크리슈나의 명대로 아르주나는 주문을 외워 브라마를 불러냈다. 그 사이 카르나가 화살을 쏘아 아르주나의 활줄을 끊어버렸다. 아르주나는 즉시 활줄을 다시 맸다. 그러나 카르나는 또 다시 화살을 쏘아 아르주나의 활줄을 끊어버렸다. 이런 상황이 계속해서 벌어졌다.

카르나는 아르주나의 날랜 솜씨에 놀라며 계속해서 날카로운 공격을 퍼부었다. 아르주나도 카르나에게 놀라긴 마찬가지였다. 기회를 잡았다고 생각한 카르나는 전차 밖으로 뛰어나가 가라앉고 있는 전차의 바퀴를 잡아 끌어올렸다. 카르나가 온힘을 쏟아붓자 대지가 흔들렸다. 마치 땅과 바다, 산이 모두 끌려나오는 듯했다. 하지만 바퀴는 요지부동이었다.

카르나는 절망감에 눈물을 흘렸다. 아르주나를 보며 그가 외쳤다. "아르주나, 잠시만 기다리거라. 비겁한 생각은 하지 말라. 용감하고 고결한 자는 절대 상대가 무방비 상태에 있을 때는 화살을 겨누지 않는 법이다. 그러니 이 힘없는 나를 잠시만 용서하여라. 곧 전투를 위한 태세를 갖출 것이다. 전투의 규칙을 알고 있다면 잠시만 공격을 멈추어라."

카르나의 절박한 부탁을 들은 크리슈나가 미소를 지으며 대답했다. "카르나여, 미덕이라는 말을 떠올리는 것 자체가 가상하구나. 사람들은 종종 절박한 상황에 처하면 자신의 과오는 잊은 채 섭리에 의지하려고 한다. 카르나여, 드라우파디가 눈물을 흘리며 쿠루족 앞에 끌려나왔을 때 네 미덕과 덕목은 어디 있었느냐? 유디스티라의 왕국을 빼앗을 때는 어디 있었느냐? 또 이들이 긴 유배 생활을 마치고 왕국을 돌려달라고 했을 때 너의 미덕은 어디 있었느냔 말이다. 어디 그뿐이냐. 밀랍으로 만든 바라나바타의 집에 불을 지르려 한 것이 과연 미덕이었느냐? 드라우파

디에게 다른 남편을 찾으라고 한 것이 과연 미덕이었느냐 말이다. 두샤
샤나가 그녀를 발가벗긴 것도 미덕이 시킨 짓이더냐? 너와 여섯 명의 전
사들이 아비만유를 둘러싸고 있을 때, 너의 미덕은 과연 어디 있었느냐
말이다."

카르나는 고개를 떨군 채 아무 말도 하지 못했다. 바퀴를 빼내려고 다
시 한번 시도했지만 역시나 헛수고였다. 크리슈나가 말을 이었다. "미덕
에 기대지 말라. 우리에게 연민을 기대하겠지만 너는 결코 목숨을 부
지할 수 없을 것이다. 너와 모든 카우라바를 제거하고 판다바들은 왕국
을 되찾을 것이다."

카르나는 아무 대답도 하지 않았다. 치밀어 오르는 분노에 몸서리가
쳐졌다. 바퀴와 씨름하는 동안 카르나의 얼굴에서는 땀이 비 오듯 쏟아
졌다. 크리슈나는 전차를 몰며 입을 열었다. "아르주나여, 그 천상의 무
기로 이자를 단칼에 베어버리거라."

카르나가 지금껏 저지른 죄를 떠올리자 아르주나는 화가 하늘까지 솟
구쳤다. 얼굴이 붉게 달아올라 마치 터질 것만 같았다. 아르주나는 간디
바를 들어 불의 무기 아그네야스트라를 불러냈다. 천자를 들어올리는 것
은 무리라고 생각한 카르나도 다시 전차에 올라 활을 집어들고 물의 무
기 바루나스트라로 대항했다. 절망에 빠진 카르나가 먼저 수백 발의 화
살을 날릴 준비를 했다. 그는 금으로 도금한 거대한 강철 갈고리 화살을
활에 걸었다. 그리고는 화살에 주문을 실어 아르주나를 향해 쏘았다. 순
간 갑자기 사방이 암흑에 휩싸였다. 무시무시한 바람이 불고, 천상의 신
들은 비탄에 빠져 비명을 질렀다. 모든 판다바 군이 불안에 사로잡혀 크
리슈나를 향해 기도했다.

카르나가 쏜 화살은 천둥과 같은 소리를 내며 아르주나를 향해 날아가

가슴에 정확히 명중했다. 아르주나가 휘청거렸다. 막강한 갑옷을 뚫고 들어간 화살에 아르주나는 몸을 바르르 떨며 손에서 간디바를 떨어뜨렸다.

카르나가 다시 전차에서 뛰어내려 바퀴를 향해 손을 뻗었다. 분노를 터뜨리며 바퀴를 강하게 끌어당겨 보았지만 바퀴는 여전히 꿈쩍하지 않았다. 카르나가 포효하자 정신을 차린 아르주나가 손잡이 부분에 합장한 손이 달려 있는 안잘리카anjalika 화살을 꺼내들었다. 그는 안잘리카를 활에 걸어 인드라의 힘을 불어넣었다. 크리슈나가 카르나 근처로 전차를 몰아가며 말했다. "아르주나, 당장 화살을 쏴라. 카르나가 전차에 올라타기 전에 목을 베거라."

아르주나는 간디바를 당겨 정신을 집중해 카르나를 겨눴다. 전장의 모든 전사들이 얼어붙었다. 하늘도 떨었다. 하늘에서 이 모습을 지켜보던 현자들이 외쳤다. "오, 우주에 평화를!"

아르주나는 카르나를 겨눈 채 입을 열었다. "내가 지금껏 고행을 하고, 스승을 존경하고, 현자들의 충고에 귀를 조금이라도 기울인 것을 인정하신다면 부디 이 화살에 카르나가 끝장나게 해주소서!"

아르주나가 활시위를 놓았다. 아르주나의 화살은 태양과 같은 광채를 내며 카르나를 향해 날아갔다. 소름끼치는 화살이 전차 바퀴를 잡고 있던 카르나에게 정확히 명중했다. 카르나의 굵은 목에 정확히 박힌 화살은 카르나의 목을 갈랐다. 머리가 땅에 떨어졌다. 잘생긴 얼굴이 땅에 떨어지는 순간 몸 또한 균형을 잃고 쓰러졌다. 잘린 목에서 분수처럼 피가 뿜어져 나왔다. 모두가 지켜보는 가운데 카르나의 몸에서 밝은 빛이 쏟아져 나오더니 태양을 향해 높이 솟구쳤다.

판다바 군은 북을 치고 트럼펫을 불며 환호했다. 아르주나와 크리슈나도 기쁨에 가득 차서 나팔을 불었다. 수많은 군사들이 그들을 둘러싸고 아르주나의 용맹을 찬양했다. 그들은 마치 천상의 번개를 맞고 무너진 산과 같은 카르나의 몸뚱이를 경이에 찬 눈으로 바라보았다.

샬리야는 주인을 잃은 카르나의 전차를 몰고 재빨리 전장을 빠져나갔다. 그 광경을 본 카우라바 군도 희망을 잃고 슬픔에 무릎을 꿇었다. 그러더니 자리에서 일어나 공포에 질려 달아나기 시작했다.

두리요다나는 엄청난 슬픔에 휩싸였다. 쉴 새 없이 눈물이 흘러내리고 한숨만 나왔다. 두리요다나와 다른 쿠루의 수장들은 카르나의 시체에 다가가 그를 에워쌌다. 판다바 군도 몰려와 쓰러진 영웅에게 마지막 예를 표했다.

비마는 감격의 눈물을 흘렸다. 기쁨에 들떠 박수를 치고 춤을 추며 크게 웃었다. 판다바 군은 눈물을 흘리며 서로를 얼싸안았다. 이제 전쟁은 끝났다. 두리요다나의 야망은 완전히 수포로 돌아갔다.

9

샬리야, 카우라바를 이끌다

일몰까지는 이제 두 시간도 채 남지 않았다. 유디스티라는 지금의 유리한 상황을 그대로 밀어붙이기로 결심했다. 그는 혼란에 빠진 적들을 공격하라고 명했다. 카르나의 죽음에 고무되어 있는 판다바 군이 커다란 함성과 함께 남은 카우라바 군을 덮쳤다. 전의를 상실한 카우라바 군은 뿔이 부러진 황소처럼 사방으로 흩어졌다. 그들은 아르주나와 비마가 추격해올까봐 공포에 질려 두리번거렸다. 아르주나와 비마의 존재만으로도 카우라바에겐 위협이었다.

두리요다나가 이성을 되찾고 전장으로 돌아왔다. 그리고는 거친 숨을 몰아쉬며 눈물 젖은 얼굴로 전차몰이꾼을 향해 말했다. "전장으로 가자. 친구의 죽음을 복수할 것이다. 바다가 해안을 넘지 못하듯 쿤티의 아들은 나를 상대하지 못한다. 아르주나와 크리슈나, 저 건방진 비마와 나머지 판다바들을 죽이고 카르나에게 진 빚을 갚을 것이다."

왕이 전장으로 뛰어드는 모습을 보고 카우라바 군도 다시 힘을 얻었다. 이만오천 명의 군사가 판다바 군에 대항하기 위해 모였다. 비마는 보병들과 정정당당하게 싸우기 위해 전차에서 내렸다. 군사들은 함성을 지르며 비마에게 달려들었다.

비마가 큰 소리로 웃었다. 그는 샤이키야를 휘두르며 카우라바 군 사이를 누비고 다녔다. 카우라바 군의 머리와 팔다리가 날아다녔다. 눈 깜짝할 사이에 이만오천 명이나 되는 카우라바 군이 전멸했다. 간신히 목숨을 건진 자들은 달아나느라 정신이 없었다. 그는 두리요다나의 남은 형제들에게 철퇴를 휘둘러 순식간에 죽음의 땅으로 보내버렸다.

두리요다나는 분노에 휩싸여 사방으로 불화살을 쏘며 판다바 군에게 달려들었다. 그는 곧 수많은 전차군에 둘러싸여 화살 세례를 맞았다. 두리요다나도 거친 기세로 이에 맞서 수많은 전차군을 처단했다. 순식간에 수백 명의 판다바 군이 쓰러지자 두리요다나가 자신의 군사들을 향해 외쳤다. "용감한 전사들이여, 어디로 달아나느냐? 너희들이 달아난다 한들 저들이 쫓아와 모두 죽여버릴 것이다. 본분을 다하거라. 영광 아니면 죽음만이 있을 뿐이다. 어서 맞서라. 아니면 영예롭게 죽어 천국에 도달하라."

두리요다나의 명령에도 불구하고 군사들은 계속해서 도망쳤다. 샬리야가 왕에게 다가와 말했다. "왕이여, 이 참혹한 광경을 보라. 대지가 군사들의 시체와 잘려나간 팔다리로 뒤덮여 있다. 병사들은 겁에 질려 도망치느라 정신이 없다. 피로 범벅된 땅에서 제대로 움직이지도 못한 채 살려달라고 외치고 있다. 바라타의 영웅이여, 퇴각해야 한다. 태양이 지고 있다. 이 모든 악의 근원이 그대에게 있음을 기억하라. 진영으로 돌아가 저들을 쉬게 해야 한다."

두리요다나는 카르나의 빈 전차에 타고 있는 샬리야를 바라보았다. 그러더니 다시 비탄에 잠겨 소리쳤다. "오 카르나, 오 나의 친구여!"

태양신은 사그라드는 빛으로 목숨을 잃고 쓰러져 있는 자신의 아들을 비추며 서쪽 산으로 넘어갔다. 양쪽 군대는 싸움을 멈췄고, 신과 현자들도 자신들의 거처로 돌아갔다. 땅거미가 지자 병사들은 걸음을 옮기며 죽어서도 환하게 빛나고 있는 카르나를 바라보았다. 그는 아르주나의 화살비를 맞고 꺼진 불, 아니, 커다란 황금 덩어리 같았다. 대지 또한 비탄에 잠겨 신음하는 듯했다.

유디스티라는 기뻤다. 드디어 카르나가 죽었다. 판다바의 왕은 커다란 짐을 던 기분이었다. 형제들이 그를 에워싸자 크리슈나가 다가와 말했다. "운명의 도움으로 수타의 아들은 죽고 그대와 그대의 형제들은 이렇게 살아남았다. 아르주나는 대지로 하여금 카르나의 피를 마시게 하겠다던 맹세를 지켰다. 드라우파디를 모욕한 대가를 치른 것이다. 드라우파디는 분명 이 소식에 기뻐할 것이다. 머지 않아 그대가 이 세상을 다스리게 되면 그녀는 그대 곁에 앉을 것이다."

유디스티라는 눈물을 흘리며 크리슈나를 껴안았다. "크리슈나여, 당신의 도움이 있었기에 가능한 일이었습니다. 전능한 자여, 나라다 현자께서 아르주나와 그대의 정체를 알려주었습니다. 아르주나와 당신 덕분에 이 세상이 이렇게 선과 덕행을 유지하고 있습니다."

유디스티라는 전차에 올라 진영으로 돌아갔다. 상심한 카우라바 군이 천 개의 등불로 카르나의 시체를 감싸고 있었다. 이 영웅이 마지막 밤을 보내고 나면 카우라바들은 카르나의 장례를 치를 것이다. 유디스티라는 카르나를 보고 또 보았다. 눈앞에 펼쳐진 광경을 아직도 믿을 수가 없었다.

유디스티라가 입을 열었다. "크리슈나여, 당신의 도움으로 우리가 카르나를 처단했습니다. 두리요다나는 이제 승리는 물론 목숨까지 내놓을 것입니다. 지난 십삼 년간 우리에겐 고통과 근심뿐이었습니다. 그런데 오늘 밤에는 드디어 그 짐을 덜고 잘 수 있을 것 같습니다."

아르주나와 크리슈나는 저물어 가는 해와 달처럼 전장을 떠났다. 그들이 나팔을 불자 천지가 굉음으로 가득 찼다. 간다르바와 차라나, 그리고 싯다들이 마치 인드라를 따라 왕성 아마라바티로 가듯 유디스티라의 뒤를 쫓으며 기도와 찬양을 올렸다.

＊ ＊ ＊

카우라바 군은 절망에 빠져 전장을 떠났다. 크리파와 크리타바르마, 그리고 아슈바타마가 퇴로를 이끌었다. 두리요다나는 울고 있었다. 아무도 그를 달랠 수 없었다. 다른 쿠루족 지도자들이 왕의 막사로 들어가 조용히 주변에 앉았다. 모두들 슬퍼하는 왕을 보고 눈물을 흘렸다. 두리요다나는 통곡하며 외쳤다. "오 카르나, 내 친구여!"

두리요다나는 조금씩 슬픔을 이겨냈다. 그러더니 분노에 찬 눈으로 일어나 왕좌로 가서는 얼굴을 닦으며 차가운 목소리로 말했다. "반드시 복수해야 한다. 아르주나는 무방비 상태로 있던 쿠루족 최고의 전사 카르나를 무참하게 죽였다. 어찌 참을 수 있겠는가. 새 사령관을 뽑아 저들에게 돌격할 것이다. 보복전을 감행할 것이다. 이미 저들의 군대를 거의 전멸시켰고, 여러 날에 걸친 전투에 저들도 많이 지쳐 있다. 선을 버린 이상 저들은 곧 힘을 잃을 것이다. 우리는 머지않아 저들을 무너뜨릴 것이다. 카르나를 위하여 최후의 한 명도 살려두지 않을 것이다. 아니면 카르나의 뒤를 따라 영원히 영웅으로 잠들지어다!"

두리요다나는 전장에 누워 있는 카르나를 생각하며 침묵에 빠졌다. 그리고는 머리를 떨구고 손으로 얼굴을 가린 채 잠시 소리 없이 울었다. 왕자는 친구의 고통스러운 죽음을 받아들일 수 없었다. 아르주나가 카르나를 죽일 것이라고는 단 한 번도 생각해보지 않았다. 그는 카르나를 본 순간부터 카르나가 아르주나를 죽일 것이라 믿어 의심치 않았다. 그만큼 카르나에 대한 신뢰가 깊었다. 하지만 이제 카르나는 없다. 희망도 사라졌다. 두리요다나는 눈물을 흘리며 허공을 쳐다보았다.

아르주나는 진정 무적인가? 그럴지도 모른다. 그렇다고 해서 전쟁을 멈출 수는 없다. 카르나의 원수를 반드시 갚아야 한다. 그렇지 않으면 죽음뿐이다. 다른 선택은 있을 수 없다.

두리요다나가 이성을 되찾자 크리파가 조용히 말했다. "왕이여, 현명한 선택을 하거라. 열일곱 날이 지나는 동안 수많은 군사들이 죽었다. 그대의 형제들도 모두 죽었다. 하지만 아르주나는 지치거나 약해진 기색조차 없다. 그는 마치 코끼리처럼 전장을 돌아다니며 우리를 깨부수고 있다. 이제 그대가 그토록 믿었던 카르나마저 죽었고, 우리가 전력을 다해 보호하려고 했던 자야드라타도 죽었다. 바타라여, 이제 누가 아르주나에게 대적하겠는가? 비마를 막을 자는 또 누구인가? 무자비한 사티야키는 또 누가 막을 것인가?"

크리파는 말없이 앉아 있는 카우라바 왕자를 애정어린 눈으로 바라보았다. 크리파가 눈물을 흘리며 말을 이었다. "그대가 판다바들에게 저지른 수많은 죄에 대한 대가를 지금 우리가 치르고 있다. 그대는 그대의 이기적인 욕망으로 이 큰 부대를 소집했다. 보라, 다 전멸하지 않았느냐. 우리는 판다바들보다 약하다. 협상을 통해 평화를 찾아야 한다. 자비로운 유디스티라는 분명 평화 제안을 받아들일 것이다. 유디스티라도 아르주나도, 크리슈나도 그대의 아버지를 존경하는 만큼 그대에게서 왕좌를 빼앗지 않을 것이다."

크리파는 두리요다나에게 판다바와 화해할 것을 간청했다. 그는 두리요다나의 욕심 때문에 죽어간 왕과 전사들을 떠올렸다. 그는 떨리는 목소리로 말을 맺었다.

"내 말을 듣거라. 전쟁을 멈추거라. 그대를 위한 길이다. 의도적으로 하는 말이 아니다. 내 말에 귀를 기울이라. 죽기 일보 직전에야 내 충고를 떠올리는 우를 범하지 말라."

두리요다나는 침묵했다. 그는 근심으로 창백해진 얼굴로 눈을 치켜뜨고 고개를 가로저었다. 그러더니 어렵사리 정신을 가다듬고 다시 입을 열었다. "솔직하게 말해주어 감사합니다. 나를 위해 저들을 죽이려 목숨을 걸고 싸워준 것도 감사합니다. 당신의 조언이 좋은 뜻에서 우러나온 것인 줄은 알지만 나를 기쁘게 하지는 않습니다. 죽어가는 사람에게 던져주는 약처럼 당신의 말은 굉장히 불쾌합니다. 유디스티라는 내가 휴전을 제안해도 믿지 않을 것입니다. 나는 온갖 방법으로 그를 속여왔습니다. 아르주나와 크리슈나도 괴롭혔고, 아비만유도 죽였습니다. 그런데 이제 와서 어떻게 그가 우리를 용서할 수 있겠습니까? 평화는 이미 끝났습니다. 이 전쟁은 카우라바나 판다바 중 한쪽이 완전히 죽어야 끝이 날 터. 돌이킬 수는 없습니다. 증오는 거스를 수 없습니다."

드라우파디를 생각하며 그가 말을 이었다. "판찰라의 공주는 나의 파멸을 위해 죽을 각오로 기도 중이라고 했습니다. 거친 맨땅에서 잠을 자고 하루 한 끼만 먹고 있다 했습니다. 크리파여, 모든 것이 불타고 있습니다. 꺼지지 않고 타오르는 불입니다. 어떻게 내가, 모든 왕의 머리 위에서 빛나던 내가 유디스티라의 뒤에 걸어갈 수 있단 말입니까? 그가 이 세상을 지배하는 것을 절대로 인정할 수 없습니다. 이 땅을 지배하던 나로서는 누군가의 아래에 서야 하는 불행한 삶은 살 수 없습니다."

두리요다나는 남은 것은 오직 전쟁을 계속하는 것뿐이라는 것을 재차 확인했다. 만약 그가 죽임을 당한다면 그는 최소한 명예를 안고 더 높은 곳으로 갈 수 있으리라. 허나 이제 와서 후퇴하게 되면 그에게 남는 것은 겁쟁이라는 불명예와 치욕뿐일 것이다.

두리요다나는 카르나의 빈자리를 바라보며 확고한 어조로 말을 마쳤다. "어떤 크샤트리야도 자신의 집 침대에서 죽음을 맞으려 하지 않는다. 전쟁터에서 죽음을 맞지 않는 이상 명예는 없다. 나는 많은 희생을 했고 내 임무에 충실했다. 나는 죽음이 두렵지 않다. 싸워 영광을 얻을 것이다. 전장에서 물러서지 않은 영웅들의 뒤를 좇을 것이다. 전쟁에 온몸을 던졌던 왕들이 앞다퉈 가려 했던 길이다. 나를 위해 모든 것을 바친 그 고귀한 전사들을 두고 내 어찌 싸움을 그만둘 수 있단 말이냐. 복수를 위해 최선을 다하지 않고 내 피 묻은 손으로 왕국을 다스릴 수는 없다. 승리 아니면 천국이다. 다른 방법은 없다."

병사들이 두리요다나에게 박수를 보냈다. 상황이 절망적이긴 했지만 끝까지 싸울 각오를 했다. 그들은 아침이 밝으면 새로운 사령관을 뽑기로 하고 잠자리에 들었다.

* * *

비마가 자신의 아들들을 살해했다는 소식, 특히 두샤샤나가 잔인하게 살해당했다는 소식을 듣고 간다리는 정신을 차리지 못했다. 전쟁이 시작된 뒤로 그녀는 전쟁이 하루 빨리 끝나길 기대하며 고행에 들어갔다. 자신의 목표가 얼마나 무의미한지를 깨닫는다면 두리요다나도 정신을 차리고 마음을 바꿀지 모른다고 생각했기 때문이다. 어떻게 그가 크리슈나의 보호를 받는 판다바를 이길 수 있겠는가? 하지만 간다리는 아들의 고집을 잘 알고 있었다. 그는 모든 병사가 죽을 때까지 전쟁을 멈추지 않을 것이다.

쿠루의 여왕은 자신의 아들들이 죗값을 치르는 것임을 알고 있었다. 하지만 어미 된 입장에서 아이들의 죽음을 그대로 지켜보고만 있을 수는 없었다. 매일 저녁 그녀는 그날의 전투 결과를 전해듣고는 고통으로 가슴 아파했다. 쿠루의 영웅들이 차례차례 죽임을 당하고 있었다. 비마가 그녀의 아들들을 거의 죽였다는 소식을 들었을 때, 그녀는 더 이상 참을 수 없었다. 무언가를 해야 했다. 그녀는 오랜 고행 끝에 영력을 가질 수 있게 되었다. 만일 그녀가 전장에 나간다면 그녀는 영력을 발휘하여 남아 있는 아들들을 무적으로 만들 수 있을 것이다. 그저 쳐다보는 것만으로도 불사신으로 만들 수 있을 것이다. 당장 떠나기로 마음먹고 그녀는 신하들에게 전차를 준비하라고 명했다.

전쟁이 시작된 지 열이레째, 그녀는 신속하게 움직여 해가 질 무렵 전장에 도착했다. 막사에 도착한 왕비는 두리요다나를 제외하고는 모든 아들이 전사했다는 소식을 듣고 땅에 쓰러졌다. 시종들이 그녀를 일으켜 세워 침대에 눕히고 차가운 물을 얼굴에 뿌렸다. 정신을 차린 그녀는 한참을 울었다. 그녀는 마음을 가다듬고 두리요다나를 데려오라고 명했다. 어쩌면 운명이 그녀에게 아들 하나는 남겨줄지도 모르는 일이었다.

비록 그 아이가 전쟁의 원인이긴 했지만 카르나가 죽은 지금, 상황이 변할지도 모르는 일이었다. 머지않아 샤쿠니도 죽음을 맞이할 것이다. 그들과 함께 있었기에 두리요다나가 이런 사악한 음모를 꾸미게 된 것이 아닌가. 하지만 혼자라면 다를 것이다.

잠시 후 두리요다나가 수심 가득한 얼굴로 들어와 어머니에게 절을 올렸다. 그녀는 아들을 축복하며 위로의 말을 건넸다. "나는 너희들이 모두 죽기 전에 이 전쟁이 끝나기를 바랐다. 비통하구나. 이제는 희망이 없구나. 하지만 너는 아직 이렇게 살아 있구나. 아들아, 내 너에게 도움을 줄것이다. 내 힘으로 너를 불사신으로 만들 수 있느니라. 내일 새 아침이밝으면 몸에 아무것도 걸치지 말고 내 앞에 다시 오거라. 내 너에게 힘을나누어주마."

두리요다나는 용기를 되찾고 막사를 나섰다. 어머니가 온 것은 행운이었다. 어쩌면 판다바를 이길 엄청난 힘을 얻게 될지도 모른다. 그는 날랜걸음으로 어둠을 뚫고 막사로 돌아갔다.

다음 날 해가 뜨기 전, 두리요다나는 아침 일찍 일어나 목욕재계를 한뒤 어머니의 천막으로 갔다. 그가 천막 밖에서 옷을 벗고 막 들어가려고하는 순간 눈앞에 크리슈나가 나타났다. 간다리가 도착했다는 소식을 듣고 경의를 표하기 위해 온 것이다. 아무것도 걸치지 않은 채 서 있는 두리요다나의 모습을 보고 크리슈나의 눈이 휘둥그레졌다. "이게 대체 어찌 된 일인가? 어찌하여 아무것도 입지 않고 있단 말인가?"

어머니를 만나기 위해서라는 두리요다나의 설명에 크리슈나가 대답했다. "원로들에게 가르침을 받지 않았는가? 어떻게 자신을 낳아준 어머니앞에 아무것도 입지 않고 설 수 있단 말인가? 놀랍구나. 허리춤이라도가리거라."

두리요다나는 자신의 벗은 몸을 바라보며 부끄러워했다. 크리슈나의말이 옳다. 어머니 앞에 발가벗은 채로 설 수는 없다. 크리슈나가 천막을떠나자 그는 천조각으로 허리를 두르고 어머니의 천막에 들어섰다. 아들이 도착하자 그녀는 자기 앞에 똑바로 서라고 했다. 그리고는 자신의 눈을 가리고 있는 천 조각을 들어올려 아들의 얼굴과 몸을 똑바로 쳐다보았다.

두리요다나는 어머니가 자신의 몸을 바라보자 온몸에 힘이 넘쳐나는 것을 느꼈다. 간다리는 허리춤에 있는 천조각을 보고 깜짝 놀랐다. "아들아, 어째서 내가 시키는 대로 하지 않았느냐? 옷을 모두 벗고 오라고 하지 않았느냐. 그로 인해 다른 부분은 무쇠처럼 단단해지겠지만 내가 보지 못한 너의 사타구니와 넓적다리는 그리 되지 못할 것이다."

이미 간다리는 모든 힘을 다해 아들에게 힘을 준 뒤였다. 또 다시 그런 힘을 발휘할 수는 없었다. 두리요다나는 그녀에게 무슨 일이 일어났는지를 설명했다. 크리슈나를 만났다는 말에 그녀는 한숨을 쉬었다. 그녀는 다시 자신의 눈을 가렸다. 마지막 희망마저 깨진 것이다. 아들은 비마의 맹세대로 그의 손에 죽을 것이다. 그녀는 전지전능한 운명을 거스를 수는 없다는 사실을 다시 한번 깨달으며 힘 없이 웃었다.

이번에도 크리슈나였다. 그가 판다바의 편에 있는 한 카우라바는 목표를 달성할 수 없을 것이다. 왕비는 아들을 돌려보냈다. 간다리는 남편이 있는 하스티나푸라로 돌아가기로 결정했다. 의심할 것도 없이 전쟁은 곧 끝날 것이다.

*   *   *

전쟁이 시작되고 열여덟 번째 태양이 떠올랐다. 카우라바 군은 카르나와 전사자들의 시체를 화장한 뒤 한자리에 모였다. 수많은 전사들의 죽음과 무자비한 파괴의 현장을 목격한 터라 병사들은 이제 슬픔에 무감각해진 듯했다. 그들은 거의 습관적으로 전투를 준비했다.

두리요다나는 남은 군사들을 보며 고민에 빠졌다. 이중 누가 사령관으로 가장 적합할 것인가? 당연히 크리파가 되어야 옳겠지만 그는 판다바를 상대로 싸우고 싶어하지 않았다. 두리요다나는 아슈바타마를 떠올렸다. 스승의 아들로서, 그 역시 강력한 후보였다. 두리요다나가 아슈바타마에게 의향을 묻자 그가 대답했다. "샬리야를 선택하는 것이 옳다고 생각하는 바요. 태생과 용기, 힘, 명성을 비롯한 모든 면에서 그는 우리를 능가하오. 그는 판다바에 대한 애정을 포기하고 우리 곁에서 싸우기를 선택하였소. 전쟁의 신 스칸다가 천상의 존재들을 지휘하듯 그가 우리를 통솔하게 하는 것이 좋을 것이오."

아슈바타마의 말에 다른 전사들도 박수를 치며 샬리야를 향해 "승리, 승리!"를 외쳤다.

두리요다나가 전차에서 내려 두 손을 모아 말했다. "영웅이여, 다시 한 번 당신께 부탁합니다. 우리의 지휘관이 되어주소서. 당신을 선봉으로 우리는 저들을 공포로 몰아갈 것입니다. 우리 중에 당신만큼 용감한 자는 없나이다. 왕 중의 왕이여, 위대한 전쟁의 신 카르티케야가 신들의 군대를 이끌듯 우리 군의 통솔권을 넘겨받으소서."

전투에서 살아남을 것이라는 희망을 단념한 샬리야는 두리요다나의 제안을 받아들였다. 두 손을 모으며 그가 대답했다. "위대한 왕이여, 두려움 없이 판다바와 맞설 것이다. 강력한 대형을 구축하여 저들을 부술 것이다. 지금 당장 출전하리라."

두리요다나는 샬리야를 격려한 뒤 성수를 머리에 뿌리며 그를 새로운 사령관으로 임명했다. 카우라바 군은 포효하며 수천 개의 북을 두드려댔다. 새로운 희망을 얻은 카우라바 군은 샬리야의 명령에 따라 독수리 모양의 대형을 갖추고 전장으로 나아갔다. 이백만 대군이었던 군의 규모는 코끼리 만 마리, 만천 명의 전차병과 기마병, 그리고 오십만 보병으로 줄어들었다. 하지만 아직 희망이 있다. 그들은 진을 펼치고 죽을 각오로 전장을 향해 달려나갔다.

유디스티라에게도 카우라바 군의 함성이 들려왔다. 샬리야가 새로운 사령관이 되었다는 소식에 그가 입을 열었다. "크리슈나여, 어떻게 해야 합니까? 조언을 주소서."

크리슈나는 잠시 고민한 뒤 신중하게 입을 열었다. "샬리야는 최고의 전사다. 왕이여, 그를 쉽게 봐서는 아니 된다. 사령관이라는 권한까지 부여받았으니 그는 비슈마나 드로나, 카르나보다 절대 약하지 않다. 하지만 그대는 샬리야를 죽일 수 있을 것이다. 그 일을 할 수 있는 자는 오직 그대뿐이다. 가라, 영웅이여. 샤크라가 샴바라를 죽이듯 샬리야를 처단하라. 저 깊은 카우라바의 바다를 건넌 만큼 샬리야라는 작은 연못에 빠져서는 아니 된다. 크샤트리야로서의 능력과 고행으로 성취한 능력을 보여주시라. 이제 샬리야의 차례가 왔다."

유디스티라는 전차에 올라타 크리슈나가 한 말에 대해 생각했다. 그가 말한 대로였다. 유디스티라는 샬리야를 죽이겠다고 한 약속을 기억했다. 자신의 친구와 친구들에 의해 맞는 죽음이야말로 샬리야에게 가장 어울리는 최후가 아니겠는가? 하지만 힘든 싸움이 될 것이다. 두 영웅 모두 창술의 대가이고, 몇 번의 격렬한 전투에서 마주했었다. 그러나 이번이 마지막이 될 것이다.

드리스타디윰나가 이끄는 판다바 군도 전장을 향해 진군했다. 샬리야는 햇빛으로부터 유디스티라를 보호해주는 흰 양산을 발견하고는 전차병들을 향해 진격할 것을 명했다. 유디스티라는 곧 대규모의 전차병에게 둘러싸여 화살과 창 세례를 받았다. 마드라의 왕은 자신의 위치에서 황금 날개가 달린 화살을 쏘아 수십 명의 판다바 군을 쓰러뜨렸다.

카르나의 남은 두 아들 사티야세나Satyasena와 치트라세나Chitrasena는 나쿨라를 향해 진격했다. 형제는 날카로운 화살로 나쿨라를 뒤덮고 활을 부러뜨렸다. 나쿨라는 다른 활을 집어 반격에 나섰다. 나쿨라는 싸우는 내내 웃음을 잃지 않으며 사티야세나의 말 네 마리를 죽이고 치트라세나의 가슴에 세 발의 화살을 적중시켰다.

사티야세나는 형의 말에 올라타 치트라세나와 함께 나쿨라를 향해 화살을 퍼부었다. 그러나 나쿨라는 조금도 위축되지 않고 형제의 공격에 맞섰다. 나쿨라가 던진 표창이 사티야세나의 심장을 꿰뚫었다. 치트라세나는 포효하며 나쿨라를 향해 더욱 거센 공격을 가하여 그의 말을 죽이고 전차를 박살냈다.

아버지가 전차도 없이 젊은 형제의 공격을 받고 있는 모습을 보고 나쿨라의 아들 수타소마Sutasoma가 달려왔다. 그는 아버지를 자신의 전차에 태운 뒤 공격에 합세했다. 먼저 수많은 화살을 쏘아 형제를 궁지에 몰아넣은 뒤 반달 모양의 날카로운 화살을 쏘았다. 화살이 치트라세나의 목을 베고 공중으로 날려갔다. 왕자는 마치 쓰러지는 나무처럼 땅으로 굴러떨어졌다.

나쿨라가 카르나의 두 아들을 죽이는 것을 목격한 카우라바 군이 퇴각하기 시작했다. 샬리야가 그들을 재집결시켰다. 그는 수많은 판다바 군을 상대로 용감히 맞섰다. 카우라바 군은 크리파와 크리타바마를 선봉으로 판다바를 향해 함성을 지르며 돌진했다.

그들은 드리스타디움나와 사티야키가 이끄는 전선과 격돌했다. 양쪽 군은 귀가 먹먹해질 정도로 서로를 향해 고함을 내질렀다. 전차병들이 쏜 불화살의 연기와 전사한 시체에서 뿜어져 나오는 피비린내가 전장을 가득 채웠다. 샬리야는 판다바 군을 뚫으며 유디스티라를 향해 앞으로 나아갔다. 폭풍처럼 화살을 퍼부었지만 유디스티라는 그 모든 공격을 받아냈다. 양쪽의 위대한 영웅들이 서로를 공격하는 동안 유디스티라와 샬리야는 격렬한 싸움을 벌였다. 서로를 향해 쏜 화살은 공중에서 부딪혀 수많은 불꽃을 만들어냈다. 우주의 통치권을 차지하기 위해 싸우는 인드라와 발리처럼 두 영웅은 번개처럼 빛나는 화살을 마구 쏘아댔다.

샬리야를 죽이려는 자신의 의도를 내비치기라도 하는 듯 유디스티라는 느닷없이 넓은 화살을 날려 샬리야의 깃발을 부러뜨렸다. 분노한 샬리야는 유디스티라를 향해 수천 발의 화살을 날려 공격에 응했다. 유디스티라와 그의 말, 전차, 그리고 전차몰이꾼까지 모두 샬리야의 화살에 뒤덮였다. 판다바들이 그를 돕기 위해 샬리야를 향해 가시가 달린 긴 화살을 날렸다. 크리파와 아슈바타마의 지원을 받으며 샬리야는 시간이 갈수록 그 맹렬함을 떨쳤다. 판다바 군은 지금껏 샬리야가 이렇게 격분한 모습을 본 적이 없었다. 그는 화살로 그를 공격하는 자들의 약점을 노려 화살을 퍼부었다. 그 기세에 놀란 판다바 군이 전차에서 굴러떨어졌다. 샬리야는 유디스티라와 사티야키, 비마, 그리고 마드리의 두 아들의 협공에 당당히 혼자 맞섰다. 두리요다나가 크리타바마를 이끌고 샬리야를 도우러 왔다. 상대방을 전멸시키기 위한 영웅들의 격렬한 전투가 계속됐다.

그러는 사이 아르주나는 트리가르타 군의 잔병들에게 포위되었다. 그는 트리가르타 군을 무자비하게 공격하고, 군사들은 고통의 비명을 질러댔다. 비명을 듣고 아슈바타마가 달려왔다. 두리요다나가 전쟁을 계속하겠다고 결정한 뒤 그는 끝까지 싸우기로 결심했다. 아버지와 친구들이 대부분 죽음을 당한 상황에서 평화가 찾아온들 무슨 소용이 있겠는가? 비야사데바의 경고에도 불구하고 아슈바타마는 사력을 다해 아르주나를 공격했다. 둘은 옛 우정 따위는 잊어버린 채 서로를 공격했다. 하늘이 화살로 가득했다.

먼저 우세를 점한 아르주나가 아슈바타마의 말 네 마리와 전차몰이꾼을 죽였다. 움직임을 멈춘 전차 위에서 아슈바타마는 아르주나의 공격을 막는 데 몰두했다. 아르주나를 상대하면서도 그는 군사들에게도 화살을 쏘아 수백 명을 사살했다.

바로 그때 전차병인 수랏다Suratha가 고함을 지르며 아슈바타마를 덮쳤다. 아슈바타마는 활을 든 채 땅으로 뛰어내려 수랏다를 향해 날카로운 화살을 날렸다. 아슈바타마의 화살이 수랏다의 가슴을 뚫고 심장을 가른 뒤 등을 뚫고 나가 땅에 박혔다. 아슈바타마는 서둘러 수랏다의 전차에 올라탔다. 샤쿠니와 울루카가 지휘하는 다른 카우라바 군이 달려들었다. 수많은 군사들의 도움을 받는 카우라바 전사와 아르주나와 사이에 격렬한 전투가 이어졌다.

아슈바타마와 멀지 않은 곳에서는 샬리야가 무서운 힘을 발휘하고 있었다. 승리의 영광과 죽음으로 얻을 승천에 대한 집념으로 그는 판다바 영웅들을 맞아 용맹하게 맞섰다. 그는 전차에 서서 마치 태양신처럼 화살을 쏘아댔다. 그의 화살이 사방을 가득 채웠다. 그에게 접근하려던 수많은 판다바 군이 목숨을 잃었다.

자신의 맹세와 크리슈나의 말을 기억하며 유디스티라는 샬리야에게 접근했다. 두 사람이 부는 고동소리가 허공에 울려퍼졌다. 서로를 쏘아보며 그들은 서로를 향해 고함을 질렀다. 그리고는 화살을 쏘아 서로를 뒤덮었다. 몸 곳곳에 상처를 입은 두 영웅의 모습은 마치 붉은 꽃이 만발한 킨슈카 나무와 거대한 샤말리 나무 같았다. 유디스티라가 샬리야를 죽이고 빼앗긴 영토를 회복할 것인지, 샬리야가 유디스티라를 죽이고 두리요다나에게 세상을 바칠 것인지, 누구도 알 수 없었다.

샬리야는 강철 화살을 쏘아 유디스티라의 가죽 장갑을 뚫은 뒤 그의 활을 반으로 쪼개버렸다. 유디스티라는 뒤로 돌아 전차에서 다른 활을 집어들고 다시 샬리야를 향해 돌아섰다. 그리고는 화살을 날려 샬리야의 말 네 마리와 전차몰이꾼을 죽였다. 유디스티라는 전차 위에 서서 자신을 공격하는 샬리야를 향해 수백 개의 불화살을 날렸다. 그 모습을 보고 있던 아슈바타마가 잽싸게 달려와 샬리야를 자신의 전차에 태웠다.

전투를 지켜보던 두리요다나가 샬리야를 위해 또 다른 전차를 준비했다. 새 전차에 옮겨 탄 샬리야는 천둥 같은 바퀴소리와 함께 유디스티라를 향해 돌진했다. 그는 다른 병사들을 양쪽에 두고 유디스티라가 퍼붓는 황금 화살 틈으로 돌진해 들어갔다. 비마와 사티야키 그리고 쌍둥이 형제가 나와 샬리야에 맞섰다. 카우라바 영웅들도 이에 질세라 샬리야를 도왔다.

샬리야와 유디스티라는 맞선 채 서로를 견제했다. 두 영웅 모두 위업을 이루겠다는 의지와 자긍심에 휩싸여 서로에게 화살을 퍼부었다. 샬리야는 유디스티라와 비마를 동시에 공격해 갑옷을 모두 박살냈다. 그리고는 다시 화살을 날려 유디스티라의 전차를 끄는 네 마리 말과 전차몰이꾼을 죽여버렸다. 유디스티라와 그 형제들이 놀라는 모습을 보며 그는 판다바 군을 학살하기 시작했다.

분노에 휩싸인 비마는 긴 화살로 샬리야의 말들을 쏘아 그의 움직임을 저지했다. 이어 그는 수백 개의 날카로운 화살을 날려 그의 갑옷을 산산조각냈다. 샬리야는 번쩍이는 강철 검과 별 장식이 들어 있는 방패를 집어들었다. 그리고는 전차에서 뛰어내려 사냥감을 낚아채는 매처럼 유디스티라를 향해 전장을 가로질러 달렸다. 비마는 화살을 들어 신중하게 샬리야를 겨냥했다. 비마의 화살이 샬리야의 칼을 반으로 쪼개버렸다. 다른 스무 발이 화살이 그의 방패를 부쉈다. 판다바 군이 샬리야를 조롱하며 기쁨의 나팔을 불었다.

갑옷도 전차도 무기도 없는 샬리야의 모습을 보며 카우라바 군은 불안에 휩싸였다. 전차에 있던 유디스티라가 커다란 황금 표창을 집어들었다. 그리고는 태워버릴 듯한 눈으로 샬리야를 노려보더니 주문과 함께 표창을 집어던졌다.

유디스티라의 표창은 마치 하늘에서 떨어지는 유성처럼 샬리야를 향해 쏜살같이 날아갔다. 샬리야가 소리를 지르며 표창을 잡으려고 손을 뻗었다. 그러나 표창은 이미 손을 지나 그의 가슴에 꽂혔다. 몸을 뚫고 지나간 표창은 그대로 땅에 박혔다.

샬리야의 코와 귀, 입에서 피가 솟구쳤다. 그는 벼락을 맞은 산꼭대기처럼 땅에 쓰러졌다. 마치 남편을 받는 아내처럼, 쓰러지는 샬리야를 대지가 맞이하는 것처럼 보였다. 이 땅을 오랫동안 누려온 왕은 결국 대지라는 품에서 숨을 거두었다.

유디스티라와 그의 형제들은 승리의 함성을 질렀다. 카우라바 군은 고통에 몸부림쳤다. 전의를 상실한 카우라바 군은 다시 퇴각하기 시작했다. 판다바 군은 그 틈을 타 무기를 들고 카우라바를 향해 달려들었다.

형을 잃은 분노에 찬 샬리야의 동생이 유디스티라를 향해 돌진했다. 그는 수많은 가시가 달린 화살을 쏘아 유디스티라를 맞혔다. 그러나 유디스티라는 미동도 하지 않은 채 재빨리 활을 들어 그의 활을 부서뜨렸다. 화살 하나가 그의 깃발을 잘라내고 다른 하나가 머리를 베어버렸다. 전차에서 고꾸라진 왕자는 형의 뒤를 따랐다.

두리요다나는 절망 속에 전투를 지켜보았다. 군사들은 모두 공포에 질려 도망갔다. 이제 혼자 힘으로 판다바와 맞서야 했다. 격노한 그는 젖먹던 힘까지 다해 미친 듯이 카우라바를 상대했다. 화살이 사방으로 날아다녔다. 그 누구도 그에게 접근하지 못했다. 그는 혼자서 판다바 영웅들에게 저항했다. 크리타바르마와 크리파, 그리고 아슈바타마가 두리요다나를 도우러 왔다. 네 명의 카우라바 영웅이 판다바 군을 맞아 싸웠다. 마치 바다에 맞서는 해안처럼 그들은 마지막 힘을 다해 유디스티라를 밀어붙였다. 여전히 전차 위에 서 있는 유디스티라를 비마와 사티야키, 드리스타디윰나, 그리고 드라우파디의 다섯 아들이 둘러쌌다. 영웅들 사이로 하늘을 가득 채울 정도의 수많은 불화살이 날아다녔다.

바로 그때 샬리야의 군대인 마드라 군이 큰 함성과 함께 전장에 나타났다. "유디스티라는 어딨느냐? 드리스타디윰나와 비마는? 지금 당장 그들을 죽일 것이다."

마드라 군이 합세하자 판다바 군은 수많은 화살을 쏘아 그들을 맞이했다. 마드라 군은 전차가 부서지고 말이 죽고 몸이 산산조각난 채 수백 명씩 죽어나갔다. 말을 이끄는 기수들이 혼전을 피해 급히 방향을 돌리자 말들이 시끄럽게 울어댔다. 불화살이 쉼 없이 쏟아져 내렸다. 그와 함께 잘려나간 군사들의 머리와 팔다리가 수도 없이 떨어졌다.

샤쿠니의 고산족 부대와 트리가르타의 잔여 병력을 궤멸시킨 아르주나는 마드라 군을 향해 화살을 돌렸다. 아르주나의 화살에 이천 마리에 달하는 코끼리와 그 기수들이 목숨을 잃었다. 아르주나가 기세를 몰아 전장 한가운데를 휘젓고 다니자 마드라 군은 공포에 질려 비명을 질러댔다. 전 부대가 아르주나와 그 형제들에 의해 무자비하게 학살당하는 모습을 본 군사들은 도망치느라 정신이 없었다. 하지만 희망도 잠시, 곧 다른 판다바 형제들에게 가로막혀 모두 죽음을 맞이했다.

그들은 결국 두리요다나에게 원군을 요청했다. 그들의 애처로운 비명을 듣고 샤쿠니가 두리요다나에게 말했다. "아르주나가 내 군사를 모조리 죽여버릴 것 같다. 이제는 마드라 군마저 학살하고 있다. 왕이여, 군사를 집결해 당장 저들을 도우러 가야 한다."

두리요다나는 넋이 나간 듯 삼촌을 빤히 바라보았다. 왕은 이미 정신을 잃은 듯했다. 이제 남은 병력은 얼마 되지 않았다. 그나마 목숨을 구한 자는 도망치느라 정신이 없었다. 그는 퇴각하는 군사들을 돌려세우기 위해 소리를 질렀다. 전쟁은 오래가지 못할 것 같았다. 두리요다나는 참혹한 광경을 다시 한번 둘러보았다. 도망가는 카우라바 군을 쫓는 판다바 군은 환호하고 있었다. 카우라바 쪽은 크리파와 아슈바타마, 크리타마르마를 비롯한 열두 명의 형제만이 살아남았다. 그들을 도와줄 병력은 이만 명도 채 남지 않았다.

두리요다나가 눈물을 흘리며 샤쿠니에게 말했다. "삼촌, 비두라의 말이 계속 머릿속을 맴돕니다. 허나 나는 그의 조언을 무시했습니다. 그 엄청난 위용을 자랑하던 우리 군이 전멸당하다니. 비마와 아르주나가 우리를 이렇게 박살내고 있는데, 대체 난 어찌해야 한단 말입니까? 나는 이 전쟁에서 절대로 패하여 돌아갈 수 없습니다. 승리 아니면 죽음만이 있을 뿐입니다. 크샤트리야의 의무를 다해 전장에 뛰어들어야 합니다. 아직 우리에게 남은 오늘이 있습니다."

전차병에게 말을 몰라고 명한 뒤 두리요다나와 샤쿠니는 함성을 지르며 전장으로 달려갔다. 판다바는 공격에 응할 준비가 되어 있었다. 승리를 눈앞에 둔 판다바들은 곤경에 빠져 성급하게 나오는 두리요다나를 상대로 당당히 맞섰다. 판다바가 먼저 카우라바를 향해 치명적인 화살 공격을 퍼부었다. 남아 있는 군사들이 궤멸당하는 모습을 보고 두리요다나는 더욱더 공포에 질렸다.

승리를 확신한 크리슈나가 아르주나에게 말했다. "아르주나여, 이제는 우리가 저들보다 우세하다. 하지만 확실한 승리를 위해서는 두리요다나의 목숨이 필요하다. 그를 죽이지 않는 이상 저들은 패배를 인정하지 않을 것이다. 또 그렇게 되면 서로간의 적대와 불신은 사라지지 않을 것이다. 두리요다나를 죽이고 이 지독한 전쟁을 끝내자."

아르주나는 크리슈나를 바라봤다. 말고삐를 쥐고 있는 크리슈나는 숱한 상처에도 불구하고 여전히 빛나고 있었다. "크리슈나여, 당신의 말이 옳습니다. 저 사악한 드리타라스트라의 아들은 마지막까지 싸우려 할 것입니다. 그렇게 되면 저들 중 그 누구도 죽음을 면치 못할 것입니다. 비마는 두리요다나의 모든 형제들을 죽였습니다. 그리고 맹세한 대로 두리요다나도 죽일 것입니다. 저기에 나의 숙적 수샤르마가 있습니다. 이제 그의 차례입니다. 크리슈나여, 수샤르마를 향해 전차를 몰아주소서."

크리슈나는 수샤르마가 있는 곳으로 아르주나의 전차를 몰았다. 수샤르마는 판다바 군을 향해 불화살을 날리며 공격하고 있었다.

잠시 후 아르주나와 크리슈나는 네 명의 트리가르타 왕자의 도움을 받으며 판다바 군을 상대하고 있는 수샤르마에게 접근했다. 카우라바 군은 바로 아르주나를 향해 수백 발의 화살을 날렸다. 아르주나는 날랜 몸놀림으로 카우라바 군을 공격했다. 아르주나의 날카로운 화살에 수샤르마를 지원하는 네 명의 전사가 모두 죽었다. 아르주나는 수샤르마를 향해 돌아서서 네 발의 화살을 날려 그의 말들을 죽이고, 세 발의 화살을 더 날려 수샤르마의 가슴을 꿰뚫었다. 그리고는 주문을 실은 황금 화살을 날려 수샤르마의 심장을 꿰뚫었다.

수샤르마가 전차에서 떨어지자 아르주나는 그를 지원하는 병사들을 향해 돌진했다. 비마도 철퇴를 돌리며 두리요다나를 공격하고 있었다. 두리요다나는 비마에 맞서 화살 공격을 퍼붓고 있었다. 조금 떨어진 곳에서는 사티야키가 크리타바르마를 상대하고 있었다. 쌍둥이 형제는 크리파와 아슈바타마를 맞아 싸우고 있었다.

이들 영웅들이 전투에 몰입하고 있는 동안 사하데바는 샤쿠니가 판다바 군을 공격하는 모습을 보고 있었다. 자신의 맹세를 기억해낸 그는 크리파와의 싸움에서 잠시 물러나 고함을 지르며 샤쿠니를 향해 돌진했다. 샤쿠니가 뒤돌아보자 사하데바는 바람 같은 속도로 화살을 쏘아댔다. 샤쿠니의 활이 부서지고 깃발이 날아갔다. 일격을 당한 샤쿠니는 다른 활을 들어 무시무시한 힘으로 사하데바에게 화살을 날렸다.

사하데바는 샤쿠니의 공격을 능수능란하게 피해 가며 샤쿠니의 몸에 화살을 퍼부었다. 사하데바가 다시 여든 발의 화살을 날렸다. 샤쿠니는 활을 놓치고 전차 위에서 비틀거렸다.

울루카가 곤경에 처한 아버지를 보고 사하데바에게 달려들어 수십 발의 화살을 쏘아댔다. 사하데바는 즉각 울루카를 향해 돌아서서 초승달 모양의 화살을 쏘았다. 화살은 공기를 가르며 날아가 울루카의 머리를 날려버렸다. 울루카는 눈을 부릅뜬 채 전차에서 떨어졌다.

아들의 죽음에 샤쿠니가 소리를 질렀다. 눈물이 앞을 가렸다. 그제서야 비두라의 충고가 떠올랐다. 판다바에게 적의를 품어서 좋을 것은 아무것도 없었다. 여전히 사하데바의 공격을 받으면서 그는 자신의 삶을 반성했다. 눈먼 드리타라스트라에게 자신의 여동생을 줘버린 비슈마를 향한 분노는 잊은 지 오래였다. 두리요다나와 친구가 된 이래 그는 훗날 얼마나 무서운 재앙이 닥쳐올지를 뻔히 알면서도 점점 더 악랄해져 갔다. 분노와 집착이 이끄는 대로 행동하고 진실을 거부하며, 속임수를 써서라도 판다바들을 파괴하려고 했다. 이제 그 죄의 대가를 치르는 것이다. 판다바들의 분노는 더욱 큰 재앙으로 번질 것이다. 사랑하는 아들을 비롯한 카우라바 군 전체가 그의 눈앞에서 죽임을 당했다.

전사로서의 의무를 떠올리며 샤쿠니는 분노에 찬 눈으로 사하데바를 노려보았다. 어쩌면 죽기 전에 아들의 복수를 할 수 있을지도 몰랐다. 샤쿠니는 활을 들어 사하데바를 향해 강력한 화살을 겨눴다. 그러나 활을 쏘기도 전에 사하데바가 먼저 화살을 날려 그의 활을 조각냈다. 샤쿠니는 분노하며 언월도를 집어던졌다. 그러나 사하데바는 언월도도 가볍게 동강내버렸다. 샤쿠니는 더욱 분노하여 격렬한 비명과 함께 철퇴를 던졌다. 사하데바는 수십 발의 화살을 쏘아 철퇴마저 가루로 만들어버렸다.

자신의 무기가 땅에 족족 떨어지는 것을 보고 샤쿠니는 겁을 먹었다. 그는 결국 전의를 상실한 채 전장에서 달아나려 했다. 사하데바는 샤쿠니를 죽이겠다는 맹세를 떠올리며 그의 뒤를 쫓았다. 사하데바가 샤쿠니를 추격하며 외쳤다. "어리석구나. 어찌하여 네 임무를 다하지 않는 것이냐? 쿠루 회의에서 기뻐하던 네 모습은 어디로 갔느냐? 나와 내 형제들을 비웃고 드라우파디를 모욕한 자들 가운데 너와 두리요다나만이 살아남았다. 하지만 너희 둘도 이제 얼마 남지 않았다. 그 모든 죄악의 대가를 치를 때가 왔다. 멈춰서 나와 싸워라. 네 놈의 머리를 박살내주마."

사하데바의 말에 흥분한 샤쿠니가 전차를 돌려 창을 집어들었다. 그러나 사하데바의 공격 한 방에 금세 산산조각나고 말았다. 사하데바는 날카로운 불화살을 날려 샤쿠니의 양팔을 잘라냈다. 그리고는 불처럼 빛나는 화살로 그의 머리를 동강냈다.

샤쿠니가 온몸에서 피를 뿜으며 쓰러지자 카우라바 군은 비탄하며 울부짖었다. 근처에 있던 모든 병사들이 무기를 던지고 도망갔다. 몇 안 되는 카우라바 군마저 판다바 군에 포위당했다. 더 이상 도망갈 수 없다는 사실을 깨닫고 판다바와 맞섰지만 모두 죽음을 당했다.

혼자임을 깨달은 두리요다나도 전장에서 도망쳤다. 그는 전차에서 뛰어내려 근처 숲으로 들어갔다. 커다란 호수가 나왔다. 거의 정신을 잃은 상태에서 그는 물속으로 뛰어들었다. 그리고는 요가 호흡법을 행하여 몸속에 공기가 순환하게 한 뒤 주변의 물을 딱딱하게 만들었다.

두리요다나마저 달아난 전장에는 크리파와 아슈바타마, 그리고 크리타파르마만이 남았다. 주군이 떠나자 그들도 도망치기로 결심하고 전장 밖으로 내달렸다.

도망가던 중 그들은 비야사데바와 마주쳤다. 현자는 두리요다나가 있는 곳을 말해주고는 사라졌다. 세 명의 전사는 호숫가에서 두리요다나의 옷을 발견했다. 왕이 호수로 들어갔다는 것을 깨닫고 그들은 땅에 쓰러져 울었다. "슬프도다, 왕은 지금 우리가 살아 있다는 것을 모른다. 모든 것을 잃지 않았다는 것을 모르고 호수로 들어갔다."

그들은 천천히 일어나 진영으로 돌아가기로 결정했다. 진영에 도착한 그들은 보초병들이 슬퍼하는 모습을 보았다. 그곳의 상황은 더욱 비극적이었다. 영웅의 부인들이 남편의 죽음을 슬퍼하며 통곡하고 있었다. 그들은 호위병들의 호위를 받으며 전차에 올라 도시로 돌아갈 준비를 했다. 엉망이 된 옷과 머리는 남루함 그 자체였다. 많은 사람들이 암울한 상황을 견디지 못하고 하스티나푸라를 향해 떠났다. 판다바 군이 언제 어디서 나타나 공격해올지 모른다는 생각에 분주히 발걸음을 옮겼다.

눈앞에 벌어진 상황을 견딜 수 없던 세 전사는 다시 두리요다나가 있는 호수로 갔다. 크리파가 호수 가장자리에 서서 크게 소리쳤다. "왕이여, 일어나서 당신의 적들을 맞이하거라. 네가 없음으로써 슬퍼하고 있는 저들을 보라. 판다바들이 전장을 헤집고 다니며 너를 찾고 있다. 저들과 싸워 이 땅의 통치권을 얻거나 아니면 당당하게 죽어 천상으로 가라.

어찌하여 이곳에 머무는가? 아슈바타마와 크리타바르마, 그리고 내가 도울 것이다. 싸움을 계속한다면 반드시 승리할 것이다."

호수 밑바닥에서 크리파가 하는 말을 듣고 있던 두리요다나가 대답했다. "하늘의 도움으로 최고의 세 전사들이 살아남아 다행입니다. 잠시 휴식을 취한 뒤에 당연히 전쟁을 계속할 것입니다. 당신들 역시 피곤에 지쳐 있고 휴식이 필요할 것입니다. 재충전과 회복을 통해 우리는 전쟁을 계속할 것입니다. 강력한 전사들이여, 당신들은 모두 훌륭한 용사입니다. 나를 위한 충성심은 잘 알고 있지만 지금은 때가 아닙니다. 일단 오늘밤은 휴식을 취하고 내일 아침엔 다시 전투에 가담하겠습니다. 그것을 의심치 마시오."

아슈바타마가 대답했다. "왕이여, 일어나시오. 우리는 떠날 것이오. 우리에겐 아직 물리쳐야 할 적이 남아 있소. 나는 내 모든 행동과 능력, 진실을 걸고 저들을 무찌르겠다고 맹세하오. 만약 저들을 죽이지 않고 이 밤을 보내면 나는 다시는 라자수야를 치르는 기쁨을 누리지 못할 것 같소. 왕이여, 나는 저들이 죽을 때까지 이 갑옷을 벗지 않을 것이오."

아슈바타마가 두리요다나와 대화를 나누는 사이 사냥꾼 한 무리가 호수에 다가왔다. 사냥에 지치고 목이 말라 물을 먹으러 온 자들이었다. 그들은 세 명의 강력한 크샤트리야를 발견하고 덤불에 숨어들었다. 대화를 엿들은 그들은 두리요다나가 호수에 숨어 있다는 사실을 알게 되었다. 카우라바의 눈을 피해 그들은 두리요다나를 호수에서 나오게 하려는 광경을 엿보았다. 사냥꾼들도 전쟁에 대해 알고 있었다. 두리요다나가 숨어 있는 곳을 알리면 판다바들이 커다란 포상을 내릴 것이란 사실도 알고 있었다. 그들은 조용히 일어나 유디스티라를 만나기 위해 판다바 진영으로 향했다.

10

비마, 두리요다나와 맞서다

판다바 군은 두리요다나를 찾아 헤맸지만 결국 실패하고 그들의 진영으로 돌아갔다. 유디스티라는 막사에 들어간 뒤 군사들을 파견해 전장 곳곳을 뒤졌다. 그들이 앉아서 소식을 기다리고 있는 사이 호위병들이 한 무리의 사냥꾼들을 이끌고 안으로 들어왔다. 그들은 유디스티라 앞에 꿇어앉아 호숫가에서 보고 들은 것을 모두 말했다. 유디스티라가 웃으면서 자리에서 일어났다. 그리고는 사냥꾼들의 예상대로 많은 포상을 내렸다.

사냥꾼들이 나간 뒤 왕은 형제들을 이끌고 드와이파야나Dwaipayana 호수로 갔다. 모든 판다바 군이 그 뒤를 따르며 외쳤다. "두리요다나를 찾았다. 이제 그를 끝장낼 것이다."

두리요다나를 호수에서 나오게 하려고 설득 중이던 세 카우라바는 판다바 군이 오는 소리를 듣고 두리요다나에게 다급하게 외쳤다. "판다바 군이 오고 있소. 우리는 이곳을 떠나야 하오."

세 전사는 판다바 군이 도착하기 직전에 말을 몰아 숲속으로 숨어들었다. 호수에 도착한 판다바 군은 완벽하게 멈춰 있는 것을 호수의 수면을 보았다. 두리요다나가 부린 마법 때문이었다. 그 기이한 장면을 본 판다바 군은 두리요다나가 호수 아래에 숨어 있다는 것을 바로 간파했다.

유디스티라가 크리슈나에게 말했다. "이 야비한 자가 얕은 수작을 부린 꼴을 보십시오. 그러나 나를 피할 순 없을 것이오. 인드라가 돕는다 한들 그는 오늘 죽을 것이오."

크리슈나가 동의했다. "왕이여, 그대의 마법으로 두리요다나의 환상을 깨주거라. 환영에 능한 자는 환영으로 끝을 맺는 법. 너무나도 많은 다이티야와 다나바들이 마법에 통달했음에도 불구하고 환영에 의해 죽음을 당했다. 어서 빨리 저자를 죽이거라."

유디스티라는 두리요다나를 향해 외쳤다. "어찌하여 최고의 용사인 네가 호수 아래에 숨어 있는 것이냐? 어찌하여 가족과 친구, 그리고 수많은 크샤트리야들을 죽음의 땅으로 이끌고 혼자서만 목숨을 부지하려는 것이냐? 일어나 싸워라! 너를 영웅이라 칭한 사람들의 말은 모두 거짓이었나 보구나. 목숨이 아까워 숨어 있는 꼴이 우습다. 어서 밖으로 나와 네가 지금껏 저지른 악행에 대한 책임을 져라. 영웅은 절대 전장에서 떠나지 않는 법. 불명예보다 죽음을 선택한다. 명예를 떨어트리지 말라. 맞서 싸워라. 승리를 통해 이 땅을 통치하거나 죽어서 이 땅에 잠들어라."

말을 마친 유디스티라는 크리슈나와 자신의 형제들 그리고 판다바 군과 함께 호숫가에 서서 두리요다나의 대답을 기다렸다. 그는 주위를 둘러보았다. 호수는 전장의 열기와 참혹함을 식혀주었다. 수면에는 갖가지 꽃이 만발해 있었다. 온갖 물새들이 나무에 앉아 마법에 걸린 호수를 바라보고 있었다. 잔잔한 바람이 나뭇잎을 흔들고, 이따금씩 새들이 지저귀는 소리가 대기에 울려퍼졌다. 판다바들은 많은 수행자들과 고행자들의 안식처인 호숫가의 풍경에 금세 기분이 상쾌해졌다.

드디어 두리요다나의 목소리가 흘러나왔다. "살아 있는 모든 것은 공포에 지배당하게 마련이다. 하지만 나는 겁에 질려 이 호수에 숨어든 것이 아니다. 모든 군대를 잃고 혼자 전장에 서려니 지쳐서 그리한 것이다. 단지 잠시 휴식을 취하려는 것뿐이다. 쿤티의 아들아, 너 또한 휴식이 필요할 것이다. 때가 되면 여기서 나가 싸울 것이다."

유디스티라가 그를 비웃으며 대답했다. "우리는 충분히 쉬었다. 우리의 마지막 시간이 왔구나. 나와서 우리를 모두 죽이거나 영웅답게 죽어 전쟁을 마무리해라."

아직까지 카르나와 샤쿠니, 그리고 형제들의 죽음으로 인한 슬픔에 빠져 있던 두리요다나가 화가 나서 말했다. "모든 친족과 친구들을 잃은 나는 더 이상 이 땅을 통치할 마음이 없다. 내가 통치를 해야 할 이유였던 모든 이들이 죽었다. 너를 이겨 자존심을 꺾어주고 싶지만 드로나와 카르나, 그리고 비슈마를 생각하면 전의가 생겨나지 않는다. 그저 숲속에 들어가 고행자의 길을 걷고 싶다. 그러니 가라. 가서 이 땅을 통치하거라. 나는 여기에 남겠다."

유디스티라는 그것이 두리요다나의 진심이 아니라는 것을 알 수 있었다. 유디스티라가 말했다. "헛소리 말아라. 나는 너에게 일말의 동정조차 느끼지 않는다. 너의 탐욕으로 인해 수많은 영웅과 전사들이 목숨을 잃었다. 나는 크샤트리야로서 이 땅을 선물로 받을 수 없다. 너 역시 그런 행동을 할 처지가 아니다. 너는 이미 모든 것을 잃었다."

유디스티라는 형제들을 향해 웃음을 지어 보이곤 계속해서 말을 이어갔다. "영웅이여, 어째서 크리슈나의 권고를 받아들이지 않았는가? 어찌하여 나에게 땅을 전부 내주려 하는가? 그것은 네 것이 아니다. 처음부터 네 것이 아니었다. 그러니 어서 나와 세계를 얻거나 죽어서 하늘로 가라. 네가 행한 일들을 생각하면 너는 우리에게 죽어 마땅하다. 너를 살려두지 않을 것이다."

유디스티라의 말이 끝나자 판다바 군이 두리요다나를 향해 어서 나오라고 외쳐댔다. 밖에서 들려오는 소리에 두리요다나는 화가 나기 시작했다. 싸우기로 결심하긴 했지만 한편으론 걱정이 됐다. "판다바여, 그대들에게는 지원군과 전차를 비롯하여 그대들을 돕는 군사들이 있다. 하지만 나는 혼자이고 전차도 없다. 그런 내가 그대들을 상대로 어찌 싸울 수 있겠는가? 이것은 크샤트리야의 맹세에도 어긋날 뿐만 아니라 공평하지 않다. 그대들과 차례차례 맞붙을 기회를 달라. 나는 아무도 겁나지 않는다. 모두를 파괴할 자신이 있다. 나는 오늘 나를 위해 죽어간 수많은 병사들에게 진 빚을 갚을 것이다."

유디스티라가 대답했다. "다행히 본분을 잊지 않고 있구나. 어떤 무기로든 싸우거라. 이기면 왕이 되게 해주고, 아니면 죽어서 천국에 가게 해줄 것이다."

두리요다나가 비웃었다. 그리고는 옆에 있는 철퇴를 잡으며 말했다. "나에게 무기를 고르라고 한다면 바로 이 철퇴를 선택할 것이다. 나를 상대할 수 있다고 생각한다면 누구든 나와라. 이 철퇴 하나와 두 발로 맞서겠다. 나는 너희들을 맞아 하나씩 모두 죽여나갈 것이다. 인드라라 해도 철퇴로 무장한 나를 막을 순 없다."

"두고 보마. 남자답게 어서 밖으로 나와라. 어떤 방식으로든 우리와 맞서라. 달아날 생각은 하지 말라."

유디스티라의 도발을 견디지 못한 두리요다나가 튀어나왔다. 호수의 표면이 출렁거렸다. 이제 드디어 전쟁을 끝낼 수 있게 되었다. 병사들은 무기를 흔들며 나팔을 불었다.

두리요다나는 환호하는 적군을 무섭게 노려보았다. 그는 입술을 깨문 채 숨을 거칠게 몰아쉬었다. 그리고는 판다바를 향해 외쳤다. "지금 나를 모욕한 대가를 반드시 치르게 될 것이다. 나는 너희 모두를 죽여 야마라자의 집으로 보낼 것이다."

그는 말이 끝남과 동시에 철퇴를 바닥에 내리쳤다. 땅이 요동쳤다. 그는 유디스티라를 향해 말했다. "쿠루의 후예가 여기에 있다. 네 말대로 누구와도 싸울 준비가 되어 있다. 나에겐 오직 이 철퇴뿐이다. 나와 맞설 상대를 내보내라. 차례차례 싸워주마. 너는 무엇이 옳고 그른지를 알고 있으니 우리를 심판하라."

두리요다나는 비마를 노려봤다. 비마 역시 증오를 가득 담아 그를 바라봤다. 두 영웅은 이 전투가 마지막이라는 것을 알았다. 비마는 철퇴를 옆에 놓고 카우라바를 죽이겠다는 맹세를 다시 한번 떠올렸다. 당장이라도 두리요다나의 머리에 철퇴를 휘두르고 싶었지만 유디스티라의 명령을 기다리며 간신히 참고 있었다.

유디스티라는 심판을 봐달라는 두리요다나의 요청에 쓴웃음을 지었다. 유디스티라는 그것이 무엇을 의미하는지 잘 알고 있었다. 비마는 두리요다나의 허벅지를 공격하겠다고 맹세했다. 하지만 철퇴로 겨루는 결투에서는 허리 아래쪽을 치는 것이 금지되어 있었다.

하지만 카우라바는 충분히 경고를 받아왔다. 비마는 일찌감치 그의 의도를 분명히 했다. 비마는 그 옛날 두리요다나가 드라우파디에게 행한 죄악을 처벌하고 싶었다. 만인이 보는 앞에서 후안무치하게 드라우파디의 허벅지를 드러내지 않았던가. 그는 그 죄를 응징하고 싶었다.

유디스티라 역시 주사위 놀이를 하던 날을 떠올리니 화가 치솟았다.

그가 엄숙하게 대답했다. "두리요다나, 그렇다면 너와 네 졸개들이 아비만유를 죽였을 때 선과 악을 판단하지 않은 것은 어찌할 것이냐? 크샤트리야의 의무는 냉엄하다. 어찌하여 그 어린아이를 그렇게 부정한 방법으로 죽일 수 있었단 말이냐? 그래 놓고는 이제 와서 차례차례 나와서 싸우자고 요구한단 말이냐? 고난에 처하면 사람들은 선을 잊어버리고 자신이 저지른 행위의 결과에 대해 미처 신경을 쓰지 못한다. 하지만 너에게 기회를 주겠다. 선택하라. 네가 우리를 물리친다면 너는 이 세계의 왕이 될 것이고 그렇지 않으면 하늘로 가게 될 것이다."

크리슈나는 의심쩍은 듯 유디스티라를 바라보았다. 대체 무슨 생각이란 말인가? 두리요다나는 철퇴에 관한 한 최고의 실력을 갖추고 있다. 철퇴의 영웅인 발라라마도 두리요다나를 최고의 제자라고 했다. 비마가 물리칠 수 있겠지만 말 그대로 불꽃튀는 접전이 될 것이다. 행여나 두리요다나가 다른 영웅을 선택한다면 그 결과는 어찌 될지 아무도 모르는 일이었다. 유디스티라는 분명 한판 승부를 벌이려고 하는 것이다.

두리요다나가 웃으며 한 걸음 앞으로 나아갔다. 판다바 군사들이 그에게 갑옷을 가져다주었다. 번쩍번쩍 빛나는 갑옷을 입은 두리요다나가 말했다. "유디스티라, 나는 누구와도 싸울 준비가 되어 있다. 누구라도 상관없다. 한 명씩 차례대로 처치해주마. 나를 대적할 자 그 누구냐? 나와 맞설 자, 당장 철퇴를 들라."

쉬운 상대를 골랐어야 했거늘 두리요다나는 그만 자만에 빠져 실수를 범하고 말았다. 누구와 싸우든 패하지 않을 것이라 확신하는 듯했다. 비마도 두렵지 않았다. 오히려 비마에 대한 적의는 비마를 선택할 가능성을 높여주었다. 거의 확실했다. 비마 아니면 누굴 고르겠는가! 이날만을 꿈꾸며 수많은 날들을 보내오지 않았던가. 이제 눈앞에 비마가 서 있다.

두리요다나가 말을 하는 사이 크리슈나가 유디스티라에게 조용히 말을 건넸다. "왕이여, 성급하였다. 저자가 아르주나 그대, 행여나 쌍둥이를 선택하면 어찌할 것인가? 비마만이 저자와 맞설 수 있지만 승리를 확신할 수는 없다. 힘으로는 비마가 앞설지 모르지만 기술은 두리요다나가 더 뛰어나다. 대개 기술이 힘을 누르는 법. 그대가 실수한 듯하다. 그 많은 적군을 물리치고 단 한 명만 남은 상황에서 어찌하여 왕국을 포기하려 하는가? 왕이여, 그대들은 이 세상을 지배할 운명이 아닌 듯하구나."

유디스티라 옆에 서 있던 비마가 크리슈나의 말을 듣고 대화에 끼어들었다. "크리슈나여, 슬퍼 마소서. 내가 이 전쟁을 끝낼 것입니다. 저 못된 두리요다나는 분명 나를 선택할 것입니다. 승리는 왕의 것입니다. 나의 철퇴는 저놈의 것보다 강하고, 기술 또한 저자에 뒤지지 않습니다. 인드라가 이끄는 천상의 군대와도 싸울 수 있는 강력한 철퇴입니다."

크리슈나가 비마를 칭찬하며 말했다. "그대의 도움으로 유디스티라는 왕국과 재산을 되찾을 것이다. 그대는 이미 두리요다나의 형제들을 모두 처단하고 군사들을 학살했다. 자, 나가서 저자와 맞서라. 맹세를 지키되 조심하거라."

비마는 철퇴를 어깨에 건 채 두리요다나를 향해 나아갔다. 형제들의 응원을 받으며 비마가 비장한 목소리로 말했다. "천하의 거만하고 못된 자와 싸우리라. 오랫동안 저자가 내 가슴속에 퍼부어 놓은 분노를 모두 토해낼 것이다. 형제들이여, 그대들 가슴에 박혀 있던 표창들을 뽑아줄 것이다. 오늘이 두리요다나의 제삿날이다. 저자의 재산과 왕국을 모두 빼앗을 것이다. 아들의 죽음 앞에서 드리타라스트라 왕도 잘못을 깨달으리라."

말이 끝남과 동시에 비마가 철퇴를 내리치자 땅이 흔들렸다. 두리요다나도 분노를 감추지 못하고 주먹을 치켜들고 비마 앞에 나섰다. 두 영웅은 독사 같은 눈으로 서로를 노려보았다.

두리요다나의 눈을 쏘아보며 비마가 말을 이었다. "드라우파디를 모욕한 일을 기억하느냐? 신심 가득한 유디스티라 왕을 속인 일을 기억하느냐? 그 못된 행동들에 대한 대가와 우리에게 저지른 죗값을 모두 치르게 해주마. 위대한 비슈마가 들판에 누워 있고 드로나가 죽은 것도 모두 네 놈 탓이다. 수많은 영웅들과 네 형제들이 죽은 것도 모두 네 탓이다. 이 세상을 차지하려는 네 놈의 희망과 콧대를 꺾어주마. 죗값을 치를 준비가 되었느냐?"

두리요다나가 코방귀를 뀌었다. "말 한번 대담하구나. 감히 나를 무시하다니 싸울 마음이 싹 달아나게 해주마. 내 철퇴가 보이지 않느냐? 내가 뭐 그리 큰 잘못을 저질렀다는 것이냐? 행여 잘못했다고 한들 그 누가 나에게 죗값을 묻는단 말이냐? 내 힘에 굴복해서 너는 일찌감치 비라타의 요리사가 되었고 아르주나는 내시가 되지 않았더냐. 네 동맹군들은 이미 다 죽었다. 이젠 네 차례다."

비마는 활활 타오르는 불길처럼 두리요다나를 바라봤다. 비마의 맹세를 기억하고 있는 두리요다나가 말했다. "부정한 방법으로 나를 이기려고 하진 말라. 그건 네 명성에 아무런 도움이 되지 않는다. 정정당당하게 싸우자. 나에게 패배함으로써 너는 영원한 명예를 얻을지어다."

결전의 순간이 임박했다. 크리슈나는 두 전사에게 파라수라마가 창조한 사만타판차카 호수 근처에서 싸울 것을 제안했다. 둘 중 하나가 죽을 때까지 싸움은 계속된다. 비마와 두리요다나가 동의했다.

그 즈음, 성지 순례를 마친 발라라마가 도착했다. 유디스티라와 형제들은 예를 갖춰 발라라마를 맞이했다. 크리슈나가 그의 발치에 절을 올리며 말했다. "위대한 라마여, 형님이 키운 두 제자의 솜씨를 보시지요. 이제 막 결투를 위해 사만타판차카로 가려던 참이었습니다."

흰 얼굴의 발라라마는 전쟁터에 솟은 보름달처럼 보였다. 발라라마가 비마와 두리요다나를 끌어안았다. 두 사람은 발라라마에게 고개를 숙여 존경을 표했다.

모든 왕과 크샤트리야들의 안부를 묻고 그들의 전사 소식을 들은 발라라마가 말했다. "나라다로부터 이미 전해들었다. 그대 둘이 전투를 벌이려 한다는 말에 이리 달려온 것이다. 나는 그 누구의 편도 들지 않겠다고 다짐하며 순례를 떠났다. 내 마음은 그대로다. 공평한 마음으로 그대들의 전투를 지켜볼 것이다."

발라라마는 전사들과 함께 걸어서 사만타판차카로 향했다. 비마와 두리요다나도 깊은 숨을 내쉬며 함께 걸었다. 두 사람 모두 눈은 앞을 향했고, 어깨에는 철퇴가 걸려 있었다.

드디어 사만타판차카 호수에 도착했다. 파라수라마가 땅에 구덩이를 파고 전사자들의 피를 가득 채워놓은 호수였다. 일행은 호수 근처에 둥그렇게 싸움터를 만들었다. 두리요다나와 비마가 그 한가운데 서서 서로를 향했다. 그들은 거친 고함을 내지르며 분노를 표출했다. 오랫동안 기다려온 순간이 왔다는 생각에 두 사람은 흥분했다. 두 사람 모두 승리에 대한 생각뿐이었다. 두 사람은 서로에게 거친 말을 퍼부으며 금방이라도 철퇴를 내리칠 듯 휘둘러댔다.

결투가 임박해오자 곳곳에서 불길한 징조가 나타났다. 갑자기 광풍이 불어닥치고 먼지가 흩날리더니 맑은 하늘에 천둥이 쳤다. 별똥별이 떨어지고 태양 주위로 검은 그림자가 나타났다. 승냥이가 울부짖고 까마귀들

이 울어대더니 찢어질 듯 불쾌한 소리가 전장을 가득 메웠다.

불길한 징조들을 무시한 채 분노한 두 전사는 서로를 향해 달려들었다. 철퇴가 부딪치자 큰 소리와 함께 사방에 불꽃이 튀었다. 전투를 지켜보는 전사들의 환호 속에 그들은 현란한 솜씨로 철퇴를 휘둘렀다.

신들과 간다르바, 그리고 현자들도 두 전사의 솜씨와 속도에 경탄하며 전투를 지켜보았다. 두 사람은 한동안 서로에게 제대로 된 공격 한 번 해보지 못한 채 철퇴만 부딪쳐댔다. 그만큼 실력이 막상막하였다. 하지만 얼마 못 가서 두 사람은 서로의 팔과 어깨를 철퇴로 마구 내리치며 일진일퇴를 거듭했다. 둘 다 서로를 잘 알고 있는 만큼 힘과 기량을 다해 싸웠다. 구경꾼들은 하나같이 숨을 죽이고 두 영웅의 결투를 지켜봤다.

비마가 공기를 가르며 바람처럼 빠른 속도로 두리요다나를 내려쳤다. 두리요다나는 놀랄 만큼 빠른 속도로 몸을 놀려 비마의 공격을 피하고는 즉시 반격을 가했다.

두리요다나가 철퇴를 휘두르자 그 엄청난 속도로 인해 공기에 불이 붙었다. 예상했던 대로 기술적인 면에서는 두리요다나가 우세했다. 두리요다나는 계속해서 비마를 내려치며 그를 압도해갔다.

끝없이 공격을 당하면서도 비마는 꿋꿋이 버텼다. 화가 끝까지 치민 비마가 철퇴를 사방으로 휘두르며 반격에 들어갔다. 그 솜씨가 너무도 빨라 보이지 않을 정도였다. 하지만 두리요다나는 펄쩍 뛰어올라 비마의 철퇴를 피했다. 그는 공중에서 한 바퀴를 돌아 비마의 철퇴를 피해버렸다. 그리고는 땅에 내려서면서 비마의 머리를 철퇴로 내려쳤다. 하지만 비마는 꿈쩍도 하지 않았다. 지켜보던 사람들이 놀라서 비명을 질렀다.

두리요다나는 마치 춤을 추듯 철퇴를 빙글빙글 돌리며 비마의 공격을 막아냈다. 비마가 아무리 공격을 해도 두리요다나는 모두 막아냈다. 발라라마가 두리요다나의 솜씨를 칭찬했다. 반면 판다바와 그 지원군은 기가 꺾였다. 그들은 걱정스런 눈으로 두리요다나가 비마를 공격하는 모습을 지켜보았다.

비마는 두리요다나의 전술에 분통이 터졌다. 두리요다나 철퇴가 또 다시 머리를 쳤다. 비마는 몇 발짝 뒤로 물러나 그 자리에서 한 바퀴를 돌면서 허리춤에서 철퇴를 휘둘렀다. 비마가 철퇴를 놓자 철퇴는 굉음과 함께 두리요다나를 향해 날아갔다. 두리요다나는 옆구리에 철퇴를 맞고 고통 속에 무릎을 꿇었다. 판다바들 사이에서 큰 함성이 터져나왔다. 분노한 두리요다나는 어머니가 불어넣어준 영력으로 고통을 떨쳐버리고 곧바로 일어났다. 그리고는 분노의 비명을 지르며 비마에게 달려가 순식간에 비마의 이마를 정통으로 철퇴로 내려쳤다.

비마는 꿈쩍도 하지 않았다. 이마에서 피가 쏟아졌다. 두리요다나는 흠칫 놀라 한 걸음 뒤로 물러섰다. 비마는 두리요다나를 잡아 주먹으로 어깨를 내려쳤다. 두리요다나는 뿌리뽑힌 전나무처럼 땅에 나동그라졌다. 그는 잠시 동안 정신을 잃고 쓰러졌다. 판다바 군은 환성을 내지르며 무기를 흔들어댔다.

비마는 두리요다나가 정신을 차리기를 기다렸다. 그러나 속으로는 놀라고 있었다. '산도 무너뜨릴 수 있는 내 주먹을 맞고도 죽지 않다니.'

잠시 후 두리요다나가 정신을 차리고 일어났다. 아무 곳도 다치지 않았다. 오히려 비마가 놀라워하는 모습을 즐기는 듯했다. 어머니가 불어넣어준 영력은 그야말로 놀라웠다. 두리요다나는 큰 소리로 웃으며 비마를 향해 달려갔다. 비마가 휘둘러대는 철퇴를 이리저리 피하며 그는 몸을 비틀며 비마의 가슴을 철퇴로 내려쳤다. 갑옷이 산산조각남과 동시에 비마가 나가떨어졌다. 천상의 존재들은 경외의 눈빛으로 전사들에게 향기로운 꽃비를 뿌렸다.

비마가 쓰러지자 판다바들은 공포에 사로잡혔다. 하지만 비마는 바로 자리에서 일어났다. 얼굴에 흐르는 피를 닦아내면서 비마는 붉은 눈으로 두리요다나를 보려보았다. 두 사람은 다시 서로를 향해 맞서 공격의 기회를 노렸다.

둘의 싸움을 지켜보던 아르주나가 크리슈나에게 조용히 말했다. "크리슈나여, 누가 더 강한 것 같습니까?"

철퇴에 자신감을 가지고 있는 만큼 아르주나는 비마가 걱정스러웠다. 게다가 두리요다나가 전혀 부상을 입지 않았다는 사실을 알기에 비마가 이제 어떤 방법으로 두리요다나를 상대할지도 궁금했다. 하지만 크리슈나는 달랐다. 무엇을 해야 할지 알고 있었다.

크리슈나가 살짝 웃으며 대답했다. "저 둘은 똑같이 훈련을 받았다. 힘은 비마가 더 세지만 기술은 두리요다나가 더 우세하다. 게다가 두리요다나는 어미의 영력을 받은 덕에 저렇게 강해졌다. 솔직히 말해 비마는 승산이 없다. 하지만 술수를 쓴다면 이길 수 있다. 못된 적과 싸울 때는 술수도 용인할 수 있는 법. 인드라도 저 강력한 아수라 비로차나와 브리타와 싸울 때 속임수를 쓰지 않았더냐."

두 전사가 서로를 향해 달려드는 모습을 보며 크리슈나는 아르주나에게 두리요다나의 허벅지를 부숴버리겠다는 비마의 맹세를 상기시켰다. 비마가 승리할 길은 그것뿐이라고 생각했다.

"그대들은 유디스티라의 실수로 또 다시 위험한 상황에 처했다. 슈크라는 말했다. 재집결한 패잔병들은 매우 두려운 존재라고. 그들은 독 안에 든 쥐처럼 죽기 아니면 살기로 덤벼든다. 두리요다나는 모든 걸 잃고 숲으로 들어가려 했다. 유디스티라는 그에게 시비를 걸지 말았어야 한다. 이 싸움을 끝내려면 비마는 술수를 써야 한다. 그렇지 않으면 저들에게 영영 왕국을 내줘야 할 것이다."

크리슈나는 비마가 두리요다나의 허벅지를 부서뜨리겠다던 자신의 맹세를 지키기에 앞서 정정당당한 방법으로 싸울 것이라는 걸 알고 있었다. 아르주나는 그의 말뜻을 알아차리고 비마를 바라보며 자신의 허벅지를 계속해서 때렸다. 비마도 그 의도를 알아차리고 살짝 고개를 끄덕였다. '이건 크리슈나의 뜻이다.'

비마는 승리가 기울기 전까지는 허리 아래쪽을 공격하고 싶지 않았다. 하지만 달리 뾰족한 방법이 없었다. 게다가 두리요다나는 지친 기색 하나 없이 온갖 솜씨를 선보이며 저렇게 맞서고 있지 않은가. 비마가 아무리 강력한 힘으로 철퇴를 날려도 두리요다나는 표정 하나 바뀌지 않았다. 크리슈나의 조언만이 두리요다나를 이길 유일한 방법이었다.

비마는 날랜 몸놀림으로 두리요다나 앞에서 이리저리 움직이며 무술을 선보였다. 두리요다나도 이에 질세라 고대 무술 교본에 나오는 동작들을 모두 선보이며 자신의 솜씨를 자랑했다. 두 사람은 다시 거칠게 맞붙어 철퇴를 휘둘렀다. 불꽃과 함께 철퇴가 부딪히는 소리가 났다. 그들은 마치 광분한 호랑이처럼 싸웠다. 얼굴에는 땀이 흘러내리고 몸에서는 피가 흘렀다.

두 사람은 잠시 서로에게서 물러나 철퇴에 몸을 기대고 숨을 골랐다. 그리고는 다시 고함을 지르며 서로를 향해 달려들었다. 갑옷은 온 데 간데 없이 두 사람 모두 허리춤에 옷 하나만 달랑 걸친 상태였다.

두리요다나의 공격을 피하려는 듯 비마가 한 걸음 물러나더니 갑자기 철퇴 끝을 잡아 그것을 두리요다나에게 던졌다. 공격을 예상한 두리요다나가 재빨리 몸을 피했다. 쭉 뻗은 비마의 팔을 잡고 그는 비마의 옆구리에 주먹을 날렸다. 비마는 숨이 막혔지만 내색하지 않고 다시 철퇴를 집어들었다. 두리요다나는 비마가 움츠러든 사실을 알아차리지 못하고 철퇴를 보며 뒤로 물러났다.

기력을 회복한 비마는 눈을 가늘게 뜨고 달려나가 두리요다나에게 철퇴를 휘둘렀다. 두리요다나는 예상대로 철퇴를 들고 공중으로 뛰어올랐다. 고대 무술 교본에 나오는 아바스타나 avashana 라는 동작이었다. 비마는 두리요다나 앞에 멈춰 서서 아치를 그리며 가슴 높이에서 철퇴를 휘둘렀다. 그리고 두리요다나가 땅에 떨어지는 순간 철퇴로 그의 허벅지를 쳤다. 비마가 휘두른 철퇴와 비마의 두 팔에서 뿜어져 나온 힘이 최고조에 달한 순간이었다. 힘센 장정 셋이 겨우 들 수 있는 비마의 철퇴가 두리요다나의 허벅지를 강타한 것이다.

두리요다나가 비명을 지르며 땅에 떨어졌다. 그와 함께 대지가 요동쳤다. 카우라바 왕자는 고통 속에 몸을 비틀며 땅에 쓰러졌다. 결투는 끝났다. 모든 판다바 군이 기쁨의 환성을 질렀다. 유디스티라는 형제들을 끌어안았고, 크리슈나는 비마에게 박수를 보냈다.

그 순간 하늘에서 또다시 이상한 징조가 나타났다. 먼지와 뼈들이 쏟아지고 거친 바람이 몰아치며, 땅속 깊숙한 곳에서 끔찍한 소리가 들려왔다. 하늘은 라크샤사와 야크샤, 다나바들이 토해내는 소리로 가득했다. 천지가 어둠에 휩싸이고, 맹수들이 사방에서 울부짖었다.

분노를 가라앉히지 못한 비마가 두리요다나에게 다가갔다. "가증스러운 놈, 드라우파디에게 한 짓이 기억나느냐? 유디스티라 형님께 저지른 일들이 기억나느냐? 벌을 받을지어다."

비마는 왼발을 들어 두리요다나를 힘껏 걷어찬 뒤 그의 머리를 짓밟고 거친 목소리로 말을 이었다. "드라우파디가 행한 고행과 은둔의 결과로 네 놈이 여기 누웠고, 네 군사들은 박살났다. 회당으로 끌려나오던 치욕스런 그날의 일을 기억하느냐? 이제 그들은 네가 패배하는 광경을 목격하게 되리라. 나와 내 형제들, 그리고 저 위대한 크리슈나와 우리의 영웅들을 무시하고 욕보인 자들은 모두 처단되리라."

두리요다나의 머리를 밟고 있는 비마를 보며 많은 판다바 전사들이 고함을 질렀다. 그런 비마의 모습을 보고 발라라마는 분노했다. 비마가 두리요다나를 쓰러뜨린 방식에 화가 난 것이다. "정정당당해야 할 전투에서 어찌하여 그런 식으로 두리요다나를 공격할 수 있단 말이냐. 허리 아래쪽으로는 공격을 하지 않는 것이 전투의 규칙이거늘 너는 비겁하게도 그 규칙을 어기고 말았다. 너를 처단하지 않고는 넘어갈 수 없다."

그러더니 발라라마는 무기를 집어들고 비마를 향해 달려갔다. 크리슈나가 재빨리 쫓아가 그를 붙잡았다. 크리슈나는 두 팔로 형을 끌어안아 발라라마가 비마에게 닿는 것을 막았다. 두 야두족 영웅은 마치 저녁 하늘에 함께 떠 있는 해와 달처럼 아름답게 빛났다.

발라라마가 벗어나려고 몸부림치자 크리슈나가 말했다. "영웅이여, 이러지 마시오. 비마는 지금껏 우리를 위해 늘 헌신해왔소. 판다바는 우리의 친구이자 조카가 아닙니까. 두리요다나가 저들의 불구대천 원수인 만큼 우리의 원수이기도 합니다. 우리 또한 어떤 방법으로든 두리요다나를 죽이려고 했을 겁니다. 게다가 두리요다나의 허벅지를 부러뜨리겠다는 것은 비마의 맹세였습니다. 맹세를 지키는 것은 신성한 의무입니다. 비마에게는 아무 잘못이 없습니다. 그러니 분노를 삭이세요."

발라라마의 얼굴이 풀렸다. 크리슈나의 설득이 통한 것이다. 하지만 발라라마는 아직도 확신이 서지 않았다. "내가 보기에 비마는 전투에서 이기기 위해 종교를 희생시켰다. 이런 식으로는 행복은 물론 성공도 얻을 수 없다."

크리슈나가 대답했다. "정의로운 자여, 하지만 비마에게는 불의가 없습니다. 그는 약속을 지켰고 적에 대한 빚을 갚았을 뿐입니다. 흉폭한 행동과 종교의 상실로 인해 파멸의 시대, 끔찍한 칼리의 시대가 닥쳐왔나이다."

발라라마가 몸을 비틀자 그제서야 크리슈나는 그를 풀어주었다. 여전히 화가 났지만 그는 감정을 억누르고 말했다. "이 일로 인해 비마는 이제 교활한 전사로 불릴 것이다. 반면 정정당당하게 전투에 임한 두리요다나는 공정한 전사로 불릴 것이다. 카우라바의 왕은 지금까지 제사를 지내왔고, 브라만들에게 자비를 베풀었다. 두리요다나는 죽어 영원한 행복의 나라로 갈 것이다."

말을 마친 발라라마는 성큼성큼 걸어가 전차에 올랐다. 전차몰이꾼이 말을 재촉했다. 그리고는 천상으로 솟구치는 흰구름처럼 자리를 떠났다.

자신의 무예 스승이 떠나는 동안 비마는 합장을 하고 고개를 숙였다. 발라라마가 자신을 향해 달려오는 순간에도 꼼짝하지 않고 서 있었다. 그의 손에 죽는 것은 영광이었다. 발라라마가 자리를 떠나자 비마는 다시 두리요다나에게 고개를 돌렸다. 그는 고통 속에 신음하며 거의 정신을 잃어가고 있었다. 비마는 발을 들어 다시 한번 두리요다나를 찼다.

유디스티라가 비마를 붙잡고 말했다. "그만하거라. 복수는 이미 이루어졌고, 어떤 식으로든 네 목적은 이루지 않았느냐. 그러니 더 이상 죄를 짓지 말거라. 두리요다나는 쿠루의 왕이자 우리의 핏줄이며 쿠루의 주재자다. 그는 패망했다. 형제들은 다 죽고 왕국을 잃고 군사들은 전멸했다. 가엾기 짝이 없는 처지이거늘 더 이상 모욕하여 무엇하겠느냐. 사람들은 언제나 너를 정정당당하다고 말해왔다. 명성에 어울리지 않는 행동은 더 이상 하지 말거라."

유디스티라는 비마를 진정시키면서 두리요다나 옆에 무릎을 구부리고 앉았다. "형제여, 슬퍼 말라. 너는 네가 저지른 악행의 대가를 치르고 있을 뿐이다. 이는 만고불변의 법칙이다. 이승에서건 저승에서건 그 누구도 자신이 저지른 행위에서 벗어날 수는 없다. 모든 것은 스스로의 욕망에 맞게 창조주가 미리 정해놓으셨다. 네 탐욕과 자만, 그리고 허욕이 오늘의 재앙을 가져왔다. 동생들과 아들들, 동맹군과 수많은 군사들을 죽음으로 몰더니 이제 네가 죽음을 눈앞에 두고 있구나. 수많은 영웅들이 죽음의 땅으로 갔다. 이제 너도 그 뒤를 따르거라. 운명의 뜻이다."

유디스티라는 진심어린 눈으로 두리요다나를 바라봤다. 밉지만 그래도 핏줄 아닌가. 유디스티라가 다시 말을 이었다. "카우라바여, 아무도 너를 불쌍하게 여기지 않을 것이다. 정정당당하게 겨루어 패배하지 않았더냐. 동정은 우리가 받아 마땅하다. 이제 우리는 친구도, 친척도 없이 삶을 꾸려가야 하는구나. 아아, 비탄에 젖은 그네들의 아내를 어찌 볼 것인고. 너는 세상을 떠나 축복의 땅으로 떠나려 하는데 우리는 이 고통 가득한 세상에 남아야 하는구나."

한숨을 내쉬는 유디스티라의 뺨에 눈물이 흘러내렸다. 그리고는 자리에서 일어나 두리요다나에게서 멀어져갔다. 두리요다나는 말이 없었다. 유디스티라의 진심과 달리 두리요다나의 마음은 쓰리기만 했다. 동정 따위는 받고 싶지 않았다. 그는 땅에 쓰러진 채 눈을 가늘게 뜨고 숨을 헐떡였다.

크리슈나가 유디스티라에게 다가가 그의 어깨를 감싸고 위로의 말을 건넸다. "왕이여, 큰 승리를 얻었으니 슬퍼하지 말라. 이 모든 것은 시간의 신이 태초부터 정해 놓은 일이다. 두리요다나는 비마가 내뿜은 분노의 불길에 재가 되었다. 이제 전쟁은 끝났다."

비마도 두리요다나를 떠나 유디스티라 앞으로 가 합장한 뒤 입을 열었다. "왕이여, 세상은 이제 당신 것이오. 모든 원한의 근원이었던 저 사악하고 못된 자가 지금 저렇게 누워 있소. 저자를 지지하고 우리에게 저주의 말을 퍼붓던 자들은 모두 처단당했소. 부귀영화로 가득한 저 대지가 이제 형님께 주인이 되어 달라고 하고 있소."

유디스티라는 동생을 끌어안고 말했다. "그래, 전쟁은 끝났다. 우리는 두리요다나를 물리치고 크리슈나의 지시를 따라 이 세상을 정복했다. 운명의 신이 도와 너는 어머니와 네 마음에 지고 있던 빚을 갚았다. 운명의 도움으로 너는 승리를 거두고 저들은 모두 죽었다."

모든 판바다 군이 고함을 지르며 옷을 벗어 흔들었다. 활줄을 튕기는 전사도 있고, 나팔을 불어대는 전사도 있었다. 북을 울리며 크게 웃는 전사도 많았다. 모두가 비마를 찬양했다. 두리요다나를 때려눕힌 공적을 칭송했다.

이에 크리슈나가 손을 들어 말했다. "그런 말은 옳지 못하다. 저 뻔뻔하고 탐욕스럽고 가증스러운 자는 자기 잘못으로 인한 대가를 치른 것이다. 이제 저자는 아무것도 아니다. 한낱 나무 조각에 불과할 뿐 더 이상 우리의 친구도 아니고 적도 아니다. 그러니 더 이상 저런 자에게 힘은 물론 마음을 낭비하지 말거라. 당장 이곳을 떠나도록 하자. 운명의 도움으로 저 사악하고 극악무도한 두리요다나를 무찔렀다. 저자의 편에 섰던 모든 자들도 함께 죽은 것이다."

그 말에 두리요다나는 크리슈나가 있는 곳으로 몸을 비틀어 성난 눈으로 그를 노려보았다. 그리고는 독을 내뿜는 독사처럼 입을 열었다. "캄사의 노예가 낳은 자여, 참으로 뻔뻔하시구려. 내가 얼마나 비열한 방법으로 당했는지를 모른단 말이오? 비마가 비겁한 공격을 가하도록 부추긴 것도 당신 아니었소? 내 모를 줄 아오? 당신의 사악함으로 인해 수많은 영웅들이 부당하게 죽음을 당했소. 비슈마도, 드로나도, 카르나도, 부리스라바도 모두 당신의 그 교활함 때문에 죽었단 말이오. 당신의 계략이 아니었다면 판다바들은 이 전쟁에서 절대 승리하지 못했을 것이오."

두리요다나는 고통 속에 헐떡이며 다시 땅에 머리를 떨어뜨렸다. 얼굴은 땀으로 범벅되어 있었다. 숨을 헐떡이는 두리요다나를 보며 크리슈나가 대답했다. "간다리의 아들아, 카우라바가 이렇게 된 것은 네가 지은 죄 때문이다. 판다바들의 몫을 돌려달라고 한 것은 바로 나다. 하지만 탐욕에 눈이 먼 너는 그것을 거절했다. 너는 판다바들에게 수많은 악행을 저질렀다. 저 순결한 드라우파디를 모욕했을 때 그 자리에서 처단당했어야 옳다. 그 죄로 지금 네가 죽는 것이다. 어리석은 자여, 비겁한 방법으로 아비만유를 공격한 죄로 네가 죽는 것이다. 너는 원로들을 존경하지도 않고 그들의 충고에 귀를 기울이지도 않았다. 네가 저지른 사악한 행동, 바로 그에 대한 대가를 치르는 것이다."

고통으로 가득한 두리요다나의 목소리가 다시 흘러나왔다. "그런 말 따위에는 신경 쓰지 않을 것이오. 나는 베다를 공부하고 신에게 제사를 지내고 적선을 베풀고 이 세상을 지배했소. 이제 영광스런 죽음을 맞을 것이오. 크샤트리야들이 추구했던 최후를 맞을 것이오. 신들에게나 어울리는 즐거움을 누리고 이제 지고의 영역에 들어가오. 내 모든 형제들과 함께 올라갈 것인즉, 저 판다바들은 슬픔에 신음하며 이 세상에 남을 것이오."

두리요다나가 말을 이어가는 동안 하늘에서 꽃송이가 떨어졌다. 간다르바와 아프사라들이 악기를 연주하고 노래를 불렀다. 싯다들이 외쳤다.

"두리요다나 왕을 찬양하라!"

천상의 존재들이 경이로운 눈으로 지상을 내려다보고 있었다. 크리슈나가 보는 앞에서 두리요다나가 쓰러진 것은 모든 면에서 행운이었다. 여전히 크리슈나를 미워하고 증오하지만 저 영원한 지고의 신성과 만났다는 사실만으로도 그는 최고의 축복을 받은 것이나 다름없었다. 크리슈나의 눈앞에서 죽음을 맞은 자들은 모두 영원한 행복의 땅으로 갔다.

천상의 음악이 하늘을 가득 메웠다. 그러더니 두리요다나가 비슈마와 드로나, 카르나, 부리스라바처럼 부당하게 죽었다는 외침이 들려왔다. 판다바들은 고개를 들지 못했다. 다섯 명의 카우라바 영웅의 죽음에 양심의 가책을 느낀 판다바가 크리슈나를 쳐다봤다.

그들의 고통을 눈치챈 크리슈나가 다시 한번 그들을 안심시켰다. 그의 목소리는 깊고 무거웠다. "슬퍼하지 말라. 저들을 죽일 다른 방법은 없었느니라. 그대들에게 선을 행하고 대지의 무게를 줄이기 위해 내가 힘을 발휘해 그대들에게 승리를 안겨준 것이다. 정당한 방법으로 저들을 처단하는 것은 불가능했을 것이다. 우주의 수호신이라 해도 성공하지 못했을 것이다. 그릇된 방법으로 저들을 죽였다고 해서 죄책감을 느끼진 말라. 막강한 적을 만났을 때, 특히 그 상대가 사악할 때는 그런 방법도 받아들여야 하는 법이니라. 궁극적으로 모든 카우라바들은 두리요다나의 추종자였다. 그런 만큼 그들도 사악한 자들임에 틀림없다. 하여 그들은 패배했고, 그대들은 승리의 왕관을 쓰게 된 것이다."

크리슈나의 말에 판다바 전사들은 환호로 대답했다. 언제나 크리슈나의 말을 따르는 다섯 형제는 그의 말에 큰 위로를 받았다.

이미 날이 저물었다. 크리슈나는 진영으로 돌아가자고 했다. 판다바들은 유디스티라와 크리슈나를 앞세우고 두리요다나를 남겨둔 채 발걸음

을 돌렸다. 두 허벅지가 산산조각이 났으니 그는 이제 머지 않아 죽음을
맞이할 것이다.

죽음을 기다리며 왕자는 고통에 신음했다.

11

심야의 살인극

전장을 떠난 판다바들은 관례에 따라 전리품을 챙기기 위해 카우라바 진영으로 갔다. 하지만 남은 것은 시종 몇 명뿐 이미 모두 달아나고 없었다. 그들은 다시 전차에 올라 두리요다나의 왕실 막사로 갔다. 아르주나가 막 전차에서 내리려 하는 순간 크리슈나가 말했다. "간디바와 화살통 두 개를 가지고 가거라. 곧 뒤따라가겠다."

뭔가 이상한 느낌이 들었지만 아르주나는 크리슈나의 지시대로 했다. 그가 전차에서 내리자 크리슈나도 뛰어내렸다. 바로 그때 하누만이 깃발에서 튀어나와 허공으로 사라졌다. 순간 아무 이유도 없이 전차에 불이 붙었다. 전차는 순식간에 잿더미로 변해버렸다.

판다바들은 잿더미가 되어버린 전차를 놀란 눈으로 쳐다보았다. 아르주나가 크리슈나에게 무슨 일인지를 물었다. 크리슈나가 대답했다. "전쟁이 시작된 뒤로 이 전차는 최고의 무기들의 거친 공격을 받아왔다. 내가 있었기에 지금껏 잿더미가 되지 않고 버틸 수 있었던 것이다."

그러면서 크리슈나는 유디스티라에게로 가 그를 끌어안았다. "왕이여,

운명의 도움으로 그대가 승리를 얻었고, 그대의 형제들이 이렇게 무사한 것이다. 이제 이 세상을 얻기 위해 필요한 일을 행하여라."

그리고는 아르주나의 어깨에 팔을 두르며 말을 이었다. "내가 비라타에 왔을 때 그대는 나를 환영하며 나를 경배했다. 그러면서 나를 향해 '크리슈나여, 그대는 나의 형제요, 친구입니다. 그대는 내 삶의 주인이시니 언제나 나를 지켜주소서.' 라고 말했다. 나는 그때 그대에게 그리하겠노라고 대답했다. 그리고 이제까지 그 약속을 지켜왔느니라."

크리슈나가 말을 하는 동안 판다바들 눈에서는 눈물이 흘러내렸다. 유디스티라가 대답했다. "우리의 목숨과 부귀, 그리고 이 왕국은 모두 그대로부터 비롯되었습니다. 그대의 은총이 없었더라면 아무것도 이루지 못했을 것입니다. 그 누가 비슈마와 드로나, 그리고 카르나의 무기를 견뎌낼 수 있겠습니까? 그대의 도움으로 아르주나가 저들을 물리칠 수 있었습니다. 위대한 현자 비야사데바는 저에게 이렇게 이르셨습니다. 그대가 있는 곳에는 정의와 승리만이 있을 뿐이라고."

그 말에 크리슈나가 미소를 지었다. 그리고는 두 팔로 유디스티라와 아르주나를 안고 두리요다나의 막사로 들어갔다. 다른 판다바들이 뒤를 따랐다. 텅 빈 천막은 마치 축제가 끝난 도시 같았다. 두리요다나가 앉았던 황금의자는 황폐하고 쓸쓸하기 그지없었다. 비단옷을 입고 황금 장신구를 가득 걸친 원로들이 앉았던 의자도 덩그러니 놓여 있었다. 마치 주인이 떠나 버린 저택 같았다. 막사 안으로 들어가던 판다바들은 유유추와 마주쳤다. 유일하게 살아남은 드리타라스트라의 아들이었다. 지도자로서의 책임이 자신에게 주어졌음을 알고 슬픔 속에서 앞으로 해야 할 일을 고민하고 있었다.

판다바들을 보고 그는 자리에서 일어나 예를 갖췄다. 유디스티라가 그를 포옹한 뒤 위로의 말을 건넸다. 그는 유유추에게 지금 곧 하스티나푸라로 돌아가 큰 슬픔에 빠져 있을 아버지와 어머니를 달래주라고 말했다. 유유추는 유디스티라에게 절을 하고 막사를 떠났다. 그리고는 전차에 올라 하스티나푸라로 말을 재촉했다.

막사 한켠에서 판다바들은 두리요다나가 하스티나푸라에서 가져온 어마어마한 양의 보물을 발견했다. 황금과 은을 비롯하여 각종 보석과 장신구, 담요, 가죽이 거친 마룻바닥 위에 겹겹이 쌓여 있었다. 판다바들은 그것을 전차에 실은 뒤 침대에 누워 잠시 휴식을 취했다.

밤이 깊어갈 즈음, 크리슈나가 유디스티라에게 말했다. "왕이여, 전통에 따라 그대와 동생들은 승전 첫날밤인 오늘 이곳에 머물러야 한다. 나머지 군사들은 진영으로 돌아가도 좋다."

유디스티라는 자리에서 일어나 부하들에게 막사로 돌아가 휴식을 취하라고 명했다. 그리고 자신과 형제들은 카우라바 진영에 남았다.

전사들이 떠나고 난 뒤, 왕은 다시 크리슈나와 대화를 나눴다. 그는 하스티나푸라로 입궁했을 때 크리슈나가 간다리를 가장 처음 만나주기를 바랐다고 고백했다. 간다리의 영력이 두려웠기 때문이다. 이러한 고백을 하며 유디스티라가 말했다. "비마가 두리요다나를 죽인 자초지종을 알게 된다면 그녀는 분노할 것입니다. 그녀는 삼계를 멸할 수도 있을 만큼 엄청난 영력을 가지고 있습니다. 행여나 그녀가 우리를 잿더미로 만들지나 않을까 걱정스럽습니다. 크리슈나여, 그녀를 위로할 사람은 당신뿐입니다. 만물의 창조주이자 파괴자시여, 부디 그녀의 화를 누그러뜨려 주소서."

왕의 진심 어린 부탁에 크리슈나가 다루카를 향해 말했다. "전차를 준비하라." 그리고서 그는 왕성을 향해 떠났다.

동이 틀 무렵 도시에 도착한 크리슈나는 곧바로 드리타라스트라의 왕궁으로 향했다. 왕궁으로 들어간 그는 비야사데바와 마주쳤다. 땅에 엎드려 그의 발을 만지며 예를 표한 뒤 그는 비야사데바와 함께 왕의 방으로 들어갔다. 눈먼 왕은 아무 말 없이 간다리와 함께 앉아 있었다. 크리슈나는 왕에게 다가가 손을 잡았다. 그리고는 아무 말 없이 한참을 소리 내어 울었다. 이윽고 크리슈나는 시종이 가져온 물로 눈과 얼굴을 닦고 천천히 입을 열었다.

"바라타의 군주여, 당신은 시간의 흐름에 대해 잘 알고 있을 것입니다. 태어난 모든 것은 언젠가는 죽는 법. 그 누구도 이를 거스를 수는 없지요. 왕이여, 그대를 존경하기에 판다바들은 평화를 위해 부단히 노력했습니다. 숲속에 은둔하며 갖은 고난을 견뎌냈습니다. 오로지 평화를 위해 모든 불행을 감내했단 말입니다."

잠시 말을 끊은 뒤 크리슈나는 드리타라스트라의 방을 둘러보았다. 창을 통해 들어온 아침 햇살이 회당에 있는 주인 잃은 의자들을 환하게 비추고 있었다.

"왕이여, 이 모든 것이 그대가 저지른 일임을 기억하십시오. 하여 판다바에게 일말의 적의도 품지 말아 주소서. 유디스티라가 그대에게 얼마나 헌신적이었는지를 기억하시는지요? 그는 지금 자신의 잘못으로 그대의 아들들과 영웅들이 죽었다고 생각하여 비탄에 잠겨 있습니다. 그대와 슬픔을 나누고 싶어하면서도 죄책감에 감히 그대 앞에 나서지 못하고 있습니다."

크리슈나는 눈을 가리고 있는 간다리를 보며 부드럽게 말을 이어갔다. "수발라의 딸이여, 내 말을 들으소서. 이 세상에 그대에 필적할 만한 여인은 없습니다. 죄 많은 그대의 아들에게 승리는 정의의 것이라고 말하며 아들을 책망하던 일을 기억하시는지요? 허나 그는 그대의 말에 귀를 기울이지 않았습니다. 그리고 이제 그대가 말한 그대로 되었습니다. 여인이여, 이 모든 것을 알고 있다면 더 이상 슬퍼하지 마소서. 판다바들을 저주하지도 마소서. 그들의 파멸을 원치도 마소서."

눈을 덮고 있는 비단 아래로 간다리의 눈물이 흘러내렸다. 차마 말을 잇지 못하는 듯했다. 한참 뒤에야 마음을 가라앉히고 입을 열었다. "크리슈나여, 그대의 말은 모두 진실이오. 견딜 수 없이 슬프긴 하지만 그대 덕분에 이제 평온해졌소. 우리에겐 이제 더 이상 아들이 없소. 그대와 저 판다바들이 우리의 유일한 안식처요."

간다리는 옷깃에 얼굴을 묻고 큰 소리로 울었다. 크리슈나는 베다의 지혜를 읊어 주며 왕과 왕비를 위로했다. 그리고는 자리에서 일어나 말했다. "다시 오겠습니다. 이제 판다바들에게 돌아가도록 허락해주소서."

드리타라스트라와 왕비는 그에게 예를 표하며 떠나도 된다고 허락했다. 크리슈나는 방을 나와 다루카에게 판다바 진영으로 돌아가자고 명했다. 크리슈나가 왔다는 소식을 듣고 그를 보기 위해 나와 있던 군중의 환호를 받으며 크리슈나는 다시 쿠루크셰트라로 돌아갔다.

*   *   *

판다바들이 두리요다나를 떠난 뒤 숨어 있던 세 명의 카우라바가 두리요다나 앞에 모습을 드러냈다. 왕자는 마치 폭풍에 쓰러진 거대한 사라수 같았다. 두리요다나는 피투성이가 된 채 거칠게 숨을 몰아쉬며 고통스러워하고 있었다. 주변에는 마치 왕의 부귀를 빼앗으려는 인간들처럼 두리요다나의 육신을 탐하는 맹수들이 어슬렁거렸다. 분노한 두리요다나의 눈썹은 잔뜩 일그러져 있었고 눈은 충혈되어 있었다.

두리요다나를 보고 세 전사는 전차에서 뛰어내려 달려갔다. 그리고는 왕의 비참한 모습을 보며 대성통곡했다. 두리요다나는 겨우 몸을 일으켜 그들을 맞이했다.

아슈바타마는 눈물범벅이 된 얼굴로 두리요다나 앞에 무릎을 꿇었다. "왕이여, 세상에 영원한 것은 없는 것 같소. 한때 세상 모든 지배자들을 통솔하던 당신이 이리 비참한 모습으로 누워 있다니. 위대한 왕께서 이렇게 되다니 업보의 신 야마라자의 마음은 참으로 알기 어렵소이다."

세 사람은 통곡했다. 전쟁은 너무도 끔찍한 희생을 가져다주었다. 거의 모든 쿠루족과 쿠루를 돕던 영웅들, 그리고 군사들이 죽음을 당했다. 오직 세 사람만이 살아남은 것이다. 그리고 위대한 쿠루의 지도자는 이제 죽음 앞에 서 있다.

아슈바타마가 말을 이었다. "아아, 만왕을 호령하던 위대한 이렇게 누워 있다니. 인드라에 필적하던 왕이 이리 비참해지다니 모든 살아 있는 자들의 부귀영화는 덧없는 것임에 틀림없나 보구려."

두리요다나가 고통 속에 얼굴을 찡그리며 몸을 옆으로 굴렸다. 그리고는 간신히 머리를 들고 목소리를 짜냈다. "천지만물은 모두 죽게 되어 있소. 창조주께서 예정하신 일이오. 이제 그대들이 보는 앞에서 내가 죽음을 맞이하게 되었소. 운명의 도움으로 나는 적과 맞서 달아나지 않고 죽음을 맞이했소. 나는 비마의 술수에 당했지만 그대들은 다행히 목숨을 건졌구려. 나를 위해 슬퍼하지 마시오. 베다의 가르침이 신뢰할 만한 것이라면 나는 이미 축복의 땅으로 간 것이오. 운명은 전지전능하오. 운명에 따라 모든 부귀를 빼앗기고 여기 누워 있는 것이오. 그러니 나를 내버려두시오. 이제 곧 나는 죽음을 끌어안고 천상으로 갈 것이오."

두리요다나는 다시 머리를 떨어뜨리고 깊게 탄식했다. 머릿속에 크리슈나가 떠올랐다. '크리슈나, 대단한 사람임에 틀림없다. 그의 계략과 힘 덕분에 판다바들이 승리할 수 있었다.' 두리요다나는 그가 정말로 그가 절대자가 아닐까 하는 의문이 들었다. 만일 그렇다면 그가 판다바들을 편애하는 것은 이치에 맞지 않는다. 참으로 이해하기 어려웠다.

온몸을 뒤흔드는 고통에 두리요다나는 비명을 질렀다. 그는 몸부림을 치며 눈물을 흘렸다.

아슈바타마는 이를 갈며 먼 산을 바라보고 있었다. 아버지의 전사 소식으로도 모자라 두리요다나마저 비마의 술수에 당했다는 말에 더더욱 분노가 솟았다. 아슈바타마가 거칠게 숨을 몰아쉬며 말했다. "왕이여, 내 말을 들으시오. 진리에 대고 맹세하고 신앙의 이름으로 맹세하겠소. 오늘 크리슈나가 보는 앞에서 판다바들을 죽여버리겠소. 허락해주시오."

고통 속에서도 두리요다나가 미소를 지으며 대답했다. "크리파여, 나에게 물을 한 병을 가져다주소서. 스승이여, 아슈바타마를 우리의 총사령관으로 임명해주소서. 저들을 모조리 처단하게 허락해주소서."

크리파는 "그리하마."라고 허락하고는 호수로 가 물 한 병을 가져왔다. 의식이 끝난 뒤 두리요다나는 아슈바타마를 카우라바의 총사령관으로 임명했다. 아슈바타마는 전차에 올라 포효했다.

크리파와 크리타바르마도 나팔을 불며 전차에 올라탔다. 판다바들을 상대로 승리하리라고는 생각하지 않지만 다른 전사들이 모두 죽은 상황에서 차라리 그들 손에 죽는 것이 더 나았다.

죽어가는 두리요다나를 그대로 남겨두고 세 전사는 어둠을 뚫고 남쪽으로 내려갔다. 가슴은 슬픔으로 찢어지는 듯했다. 그들은 곧 판다바 진영에 접근했다. 그들은 작은 숲으로 들어가 전략을 짰다. 지칠 대로 지친 세 사람은 넓게 펼쳐진 보리수 가지 아래로 몸을 뉘었다. 판다파 군의 축배소리가 들려왔다. 해가 뜰 무렵 공격을 개시하기로 하고 그들은 저녁 기도를 올린 뒤 잠자리에 들었다.

피곤에 지쳐 있던 만큼 크리파와 크리타바르마는 금세 잠들었다. 하지만 아슈바타마는 분노가 가라앉지 않아 차마 잠을 이루지 못했다. 보리수 가지에 걸린 달 그림자를 올려다보았다. 박쥐와 올빼미의 울음소리가 공기에 가득했다. 아슈바타마는 복수심에 불타 몸을 뒤척였다. 곤히 잠든 수백 마리의 까마귀가 눈에 들어왔다. 바로 그때 어디선가 거대한 올빼미 한 마리가 날아와 나뭇가지에 있는 까마귀들을 죽이기 시작했다. 순식간에 올빼미에게 죽음을 당한 까마귀들이 아슈바타마 옆으로 떨어졌다. 겁에 질린 다른 까마귀들이 울부짖으며 달아났다.

그 모습을 보며 아슈바타마는 곰곰이 생각에 빠졌다. '이건 틀림없이 운명의 계시다. 수많은 적을 공격하는 데 있어 적이 깊은 잠에 빠졌을 때만큼 더 좋은 기회가 어디 있겠는가? 아무리 저들이 전쟁에 지쳐 있다 해도 세 명으로는 불가능하다. 잠든 사람을 공격하여 죽이는 것은 죄악이다. 하지만 저들도 속임수와 계략을 썼다. 성공할 가능성이 조금이라도 있다면, 안심한 채 무기를 내려놓고 잠든 적을 공격하는 것밖에는 방법이 없다.'

당장 판다바 진영으로 쳐들어가기로 결심한 아슈바타마는 다른 두 전사들을 깨웠다. 곤한 잠에서 깨어난 그들은 아슈바타마의 말에 귀를 기울였다. 아슈바타마가 말을 마쳤지만 둘 중 누구도 입을 열지 않았다. 자고 있는 적을 공격한다는 비겁한 전략에 차마 동의할 수가 없었던 것이다.

이를 본 아슈바타마가 자신의 전략을 변호하고 나섰다. "망설여서는 안 됩니다. 두리요다나는 부당하게 죽었고, 내 아버지와 비슈마 역시 부당하게 죽었습니다. 저들은 계략과 속임수를 쓰는 데 주저하지 않았습니다. 더 얘기할 필요도 없습니다. 술수를 쓰지 않는다면 우리 또한 동지들을 따라 죽음을 맞이하게 될 것입니다. 승리의 기쁨에 빠져 승전고를 울려대던 저들이 지금 곤히 잠들어 있습니다. 저들을 물리칠 마지막 기회입니다. 어서 말씀해주십시오."

크리파가 천천히 고개를 흔들며 말했다. "사람이 행동하는 데는 두 가지 이유가 있다. 바로 노력과 운명이다. 두 가지 없이는 성공이 불가능하다. 노력하지 않고 운명에만 의지하는 사람은 멸망한다. 하지만 때로는 아무리 노력해도 운명이 좋지 않은 결과를 가져다주는 경우도 있다. 브라만이여, 우리는 최선을 다했지만 승리하지 못했다. 불리한 운명에 놓여 있는 것이 분명하다. 두리요다나는 탐욕에 눈이 멀어 원로들의 충고와 지켜야 할 덕목을 무시했다. 그리하여 오늘의 재앙이 왔고 우리는 이렇게 슬픔에 빠지게 되었다. 우리가 해야 할 일은 저들을 공격할 것이 아니라 저들을 피할 피난처를 찾는 것이다. 자, 하스티나푸라로 가서 드리타라스타르와 비두라를 만나 충고를 구하도록 하자. 그들은 지혜로운 사람들이다."

아슈바타마가 자신의 다리를 치며 땅에 떨어져 있는 까마귀 시체들을 내려다봤다. 분노와 슬픔이 너무나도 큰 나머지 크리파의 말이 귀에 들어오지 않았다.

그는 자리에서 일어나 차가운 목소리로 말했다. "모든 사람은 세상을 다른 눈으로 바라봅니다. 자신의 의견은 모두 옳고 다른 사람의 말은 실수라고 생각하지요. 심지어 상황에 따라 말을 바꾸는 경우도 많습니다. 해야 할 바가 무엇인지를 정확하게 가려내는 일은 쉽지 않습니다. 모름지기 사람은 지혜에 귀를 기울이고 덕망에 따라 행동하며 스스로 결정해야 합니다. 나는 내 전략이 크샤트리야로서의 의무에 합당하다고 믿습니다. 적에게는 자비를 베풀 필요가 없습니다. 수단과 방법을 가리지 말고 저들을 파멸시켜야 합니다."

아슈바타마는 자신의 계획에 동의를 하든 말든 생각을 행동에 옮기겠다고 선언했다. 그러면서 목소리를 높여 말했다. "다나바를 죽이는 인드라처럼 저들 한가운데를 누비고 다닐 것입니다. 저들을 처단하고 내 아버지의 원수를 갚을 것입니다. 오늘 저들은 내 아버지와 우리 영웅들의 뒤를 따르게 될 것입니다. 그렇게 해야만 내 의무를 다했다는 생각이 들 것 같습니다."

아슈바타마의 굳은 의지를 보며 크리파가 말했다. "그대의 결연한 의지가 보이는구나. 그대를 설득하는 건 어려울 듯하다. 그대의 마음이 이리 불타고 있으니 인드라라도 그대를 꺾을 수는 없을 것이다. 좋다, 새벽까지 기다렸다가 전차를 타고 저들을 만나러 가자. 크리타바르마와 내가 그대 뒤를 따르마. 하지만 지금은 갑옷을 벗고 좀 쉬거라. 심신을 회복하고 나면 저들을 정복할 수 있을 것이다. 만인의 비난을 받을 비겁한 전술은 필요 없다."

그러나 아슈바타마는 크리파의 제안을 일축했다. 그의 마음은 이미 정해졌다. 아침까지 기다릴 이유가 없었다. 잠들어 있는 말을 깨우며 그가 말했다. "내 가슴은 욕망으로 가득하고 마음은 복수심에 불타고 있습니다. 그런 내가 어찌 잠을 잘 수 있겠습니까. 아버지의 죽음을 생각하면 평화란 있을 수 없습니다. 저들이 저렇게 멀쩡히 살아 숨을 쉬고 있는데 내가 어찌 살 수 있겠습니까? 비마에 술수에 쓰러진 왕이 고통에 겨워 울고 있는데 어찌 내가 쉴 수 있단 말입니까? 크리슈나가 돕는 한 우리는 저들을 이길 수 없습니다. 그러니 저들이 잠든 틈을 타서 죽여버려야 합니다. 그것이 우리의 목표를 달성할 수 있는 유일한 길입니다."

크리파는 전차에 말을 묶고 있는 아슈바타마를 경멸어린 눈으로 바라보았다. 크리파는 다시 한번 아슈바타마를 설득했다.

"행동하기 전에 다시 한번 잘 생각해 보거라. 오로지 죄인만이 네 계획에 마음이 흔들릴 것이다. 정의를 잊어버렸단 말이냐? 자신의 감정을 통제할 줄 모르는 자는 도덕성에 대해서도 이해할 수 없는 법. 너의 복을 바라는 사람으로서 두고두고 사람들의 비난을 받고 스스로 후회할 행동을 하지 말라고 하고 싶구나. 너는 축복 받은 위대한 전사다. 그러니 그 명예를 헛되이 하지 말라. 죽은 것과 다름없는 잠든 자들을 죽여 끝없는 지옥에 빠져들지 말라. 정당하게 싸워 불멸의 명예를 얻거라. 우리는 반드시 너를 도울 것이다. 그러니 내 말을 듣거라."

아슈바타마는 전차에 올라 크리파를 내려다보며 말했다. "지당한 말씀입니다. 하지만 저들에게 그런 비참한 죽음을 안기려는 내 뜻은 변하지 않습니다. 저들 스스로 악행을 저질렀으니 자비는 이제 필요하지 않습니다. 우리의 왕이 저렇게 고통에 몸부림치며 바닥에 누워 있다는 사실도, 판찰라가 내 아버지를 죽이고 저리 평화롭게 자고 있다는 사실도 견딜 수가 없습니다. 저 비열한 자들을 죽인 뒤에는 다음 생에 지렁이로 태어나든 벌레로 태어나든 상관없습니다. 내 결심을 무너뜨릴 수는 없을 것입니다. 이제 갑니다. 같이 가든 말든 상관없습니다."

크리파와 크리타바르마는 서로를 쳐다보며 고개를 흔들었다. 그를 말릴 수는 없을 것 같았다. 오늘 밤 벌어질 최후의 결전은 운명이 정해놓은 것이다. 그들은 유일하게 생존한 카우라바였고, 아슈바타마는 그들의 사령관이다. 싸워야 한다면 그를 돕는 것이 의무다. 그들은 이미 두리요다나의 명분에 몸을 바쳐 적의 수없이 많은 전사들을 죽이지 않았던가. 카우라바의 마지막 희망이 걸려 있는 마당에 전쟁을 포기할 명분이 없었다. 그들은 모든 걸 포기하고 전차에 말을 은 뒤 아슈바타마를 따랐다. 아슈바타마는 벌써 멀찌감치 달려나가고 있었다.

* * *

판다바 진영의 북문으로 다가서던 아슈바타마는 허리춤을 피로 물들인 호랑이 가죽을 두른 이상한 존재를 발견했다. 자세히 보니 위에는 검은 사슴가죽을 걸치고 어깨에는 힌두교의 신성한 끈을 두른 거대한 뱀이었다. 뱀은 두 마리의 작은 뱀을 보호대를 삼고 손에 무시무시한 무기를 들고 있었다. 입은 불을 뿜는 듯하고 얼굴에는 천 개의 눈이 박혀 있었다.

그 끔찍한 존재를 보고 아슈바타마는 활을 들어 천상의 무기를 날렸다. 하지만 뱀은 화살을 모두 삼켜 버렸다. 아슈바타마는 길다란 강철 표창을 날렸다. 혜성처럼 날아간 표창은 뱀의 몸을 맞고 산산조각났다. 다시 언월도와 철퇴를 집어 던졌지만 역시 어림없었다. 무기가 바닥났건만 뱀은 여전히 그 앞에 우뚝 서 있었다.

그는 문득 그것이 자신이 지금껏 모셔온 시바 신이라는 걸 깨달았다. 오로지 그만이 아슈바타마의 공격을 받아넘길 수 있었다. 아슈바타마는 전차에서 뛰어내려 몸을 떨면서 신 앞에 무릎을 꿇었다. 참으로 그는 크리슈나의 충고를 받아들여야 했었다. 크리슈나의 명을 받들어 판다바들을 수호하는 저 막강한 신이 바야흐로 죄를 단죄하며 아슈바타마를 죽이려는 참이었다.

아슈바타마는 땅에 머리를 박으며 신에게 기도했다. 간절한 기도 끝에 천둥 같은 시바의 목소리가 들려왔다. "아이야, 전쟁 내내 나는 판다바들을 지켜주었다. 크리슈나에 대한 애정으로 언제나 그를 경배하는 판다바들을 아껴온 것이다. 이제 그들은 시간이 정한 운명의 순간을 맞이했다. 그들은 섭리가 정한 욕망과 계획을 수행해 이 세상이 지고 있던 짐을 덜어주었다. 허나 이제 최후의 순간이 임박했다. 아슈바타마, 이제 네가 저들을 파멸로 이끄는 도구가 되어라. 너에게 힘을 주마. 이 칼로 판다바들을 처단하거라."

시바가 거대한 칼을 꺼냈다. 보석으로 치장된 손잡이가 달려 있었다. 아슈바타마에게 칼을 넘겨준 시바는 순식간에 사라졌다.

갑자기 아슈바타마는 온몸에 힘이 넘쳐나는 것을 느꼈다. 몸은 힘으로 불타는 듯하고 눈은 힘으로 번뜩였다. 그가 다시 전차에 올라 판다바들에게 다가가는 사이 크리파와 크리타바르마가 따라붙었다. 아슈바타마는 기쁨을 감출 수 없었다. 마치 꿈과 같았던 시바 신과의 만남에 대해 입을 다문 채 아슈바타마 말했다. "영웅들이여, 전사의 의무를 기억하고 있다니 정말 기쁩니다. 저들을 처단해 이 전쟁을 마무리합시다. 나는 야마라자처럼 저들의 진영을 들쑤시고 다닐 것입니다. 당신들은 입구에서 도주하는 자들을 죽여주십시오."

전략을 세운 아슈바타마는 조용히 진영으로 전차를 몰았다. 그리고는 휘황찬란한 시바의 칼을 쳐들고 전차에서 내려 성벽을 뛰어넘었다. 막사에 걸린 표지를 보며 그는 드리스타디움나의 막사를 찾아갔다. 진영 전체가 고요하게 잠들어 있었다. 지칠 대로 지친 전사들은 단잠에 빠져 있었다.

아슈바타마는 조심스럽게 드리스타디움나의 막사로 들어갔다. 드리스타디움나는 두꺼운 비단 침대에 누워 자고 있었다. 아슈바타마가 드리스타디움나 발로 찼다. 놀란 드리스타디움나가 자리에서 일어나 앉았다.

아슈바타마는 그의 머리채를 휘어잡고 침대에서 끌어내며 머리와 가슴을 마구 발로 찼다.

드리스타디윰나가 저항했지만 어림없었다. 아슈바타마는 그를 땅바닥에 팽개친 뒤에 목을 누르기 시작했다. "그래, 나를 죽이거라. 너로 인해 죽은 자들을 위해 마련된 축복 받은 곳으로 가게 해다오."

아슈바타마가 싸늘하게 웃으며 대답했다. "사악한 자여, 스승을 죽인 자가 어찌 축복을 바라느냐? 전사로서의 죽음도 너에겐 어울리지 않는다. 짐승 같은 네놈을 짐승답게 죽여주마."

아슈바타마는 계속해서 드리스타디윰나의 목을 공격하여 결국 그를 무자비하게 죽여버렸다. 드리스타디윰나의 비명에 놀란 보초병이 달려들어왔다. 그러나 아슈바타마는 잽싸게 천막을 벗어나 판다바들을 찾아나섰다.

드리스타디윰나이 천막을 빠져나온 아슈바타마는 그 옆에 있는 커다란 천막을 향해 가면서 목표를 찾았다고 생각했다. 막사는 수많은 깃발과 화환으로 장식되어 있고, 근처에는 황금 전차들이 위용을 뽐내며 늘어서 있었다. 아슈바타마는 막사 안으로 들어가 안쪽으로 걸어 들어갔다. 다섯 전사가 나란히 누워 잠들어 있었다.

아슈바타마는 몰려오는 기쁨에 몸을 떨었다. 여기 있구나! 그는 칼을 높이 쳐들어 다섯 사내 가운데 첫 번째 사내를 향해 내려쳐 단칼에 숨을 끊었다. 같은 방법으로 그는 차례차례 다섯 사람을 모조리 죽여버렸다.

막사 바깥에서 그를 찾아다니는 전사들의 갑옷소리가 들려왔다. 그는 무시무시한 칼을 높이 쳐들고 성난 사자처럼 밖으로 뛰어나갔다. 피가 뚝뚝 떨어지는 칼을 들고 죽음의 화신처럼 달려드는 아슈바타마를 보고 판다바 전사들은 겁에 질려 뒤로 물러났다. 아슈바타마는 그들에게 돌진해 사슴을 공격하는 사자처럼 그들을 모두 죽여버렸다. 다른 크샤트리야들이 서둘러 갑옷을 입고 나와 아슈바타마를 포위했다. 하지만 시바의 힘을 받은 아슈바타마는 눈 깜짝할 사이에 그들을 모두 처단했다. 그는 다음 천막으로 들어가 소란한 소리를 듣고 막 잠에서 깬 웃타마우야스를 찾아냈다. 아슈바타마는 그를 발로 마구 걷어찬 뒤 드리스타디윰나를 죽인 것과 같은 방법으로 그를 죽여버렸다.

아슈바타마는 이어 유다만유와 마주쳤다. 유다만유가 철퇴를 휘둘러 아슈바타마의 가슴을 내리쳤지만 그는 꿈쩍조차 하지 않았다. 오히려 유다만유를 꽉 붙잡고 땅에 쓰러뜨린 뒤 마구 공격을 가해 그의 숨을 끊어 놓았다.

수많은 판다바 군이 아슈바타마를 공격했지만 모두 잔인하게 죽음을 맞이했다. 잠시도 쉬지 않고 천상의 무기를 휘두르는 아슈바타마는 잠든 전사들은 물론 무기를 들어 자신에게 저항하는 자들을 모두 무자비하게 처치했다. 분노에 사로잡혀 그는 진영을 쑤시고 다니며 마주치는 판다바 전사들은 모조리 죽여 나갔다.

여인들의 애처로운 울음소리가 들려왔다. 아슈바타마는 날랜 동작으로 진영을 헤치고 나아갔다. 그 뒤로 죽음의 흔적이 길게 꼬리를 이었다. 정신을 차리기도 전에 아슈바타마의 공격에 압도된 병사들은 저항 한번 해 보지 못하고 그대로 죽어나갔다. 온몸이 피투성이가 된 채 끔찍한 고함을 질러대는 아슈바타마는 마치 천지만물을 파괴하려고 작정한 야마라자 같았다.

아슈바타마는 살아 있는 모든 전사들을 죽여버렸다. 그에 대항하는 모든 적들을 물리치고 칼을 번뜩이며 진영을 누볐다. 하늘에서는 신선한 피를 내뿜는 시체들을 보고 라크샤사들이 환호했다. 라크샤사들이 토해

내는 끔찍한 소리와 승냥이 떼의 울음소리가 함께 뒤섞였다.

공포에 질린 말과 코끼리들이 사방으로 달아났다. 혼돈에 빠진 전사들은 막사에서 뛰쳐나와 서로에게 무슨 일이 벌어졌는지를 물었다. 피에 젖은 칼을 휘두르는 아슈바타마를 보고서야 상황을 파악하고 말에 올라타 진영 입구로 달려나갔다. 그대로 내빼는 전사들은 크리파와 크리타바르에게 죽음을 당했다. 무방비 상태에 정신조차 제대로 차리지 못한 상태로 비명을 지르며 말 그대로 난도질을 당했다.

크리파와 크리타바르마는 수치심 따위는 잊어버리고 눈에 보이는 것은 모조리 죽여버렸다. 그리고는 막사에 불을 붙였다. 정신을 차리지 못하고 겁에 질려 뛰어나오는 자들은 모두 두 카우라바의 손에 의해 죽음을 맞았다. 애타게 판다바들을 부르며 땅에 쓰러졌다.

여명이 밝아왔다. 완벽하게 임무를 수행했다는 사실에 만족한 아슈바타마는 진영을 뜨기로 결정했다. 피에 흠뻑 젖은 채, 시바 신의 칼을 들고 있는 아슈바타마는 무시무시했다. 이제야 아버지의 죽음에 대한 복수를 했다고 느꼈다.

다시 진영에 침묵이 찾아왔다. 살아남은 몇몇 여인과 시종들은 큰 충격을 받았다. 아슈바타마가 북문 쪽으로 더 가까이 향하는 것을 보고 그들은 몸을 숨겼다. 두 동료가 그를 기다리고 있었다. 단 한 명도 살아 도망치지 못했다는 보고에 아슈바타마는 그들을 칭송했다.

전차에 올라탄 아슈바타마는 어떻게 하면 두리요다나에게 승전보를 가장 잘 전할 수 있을지를 고민했다. 왕자가 죽기 전에 마지막으로 그를 기쁘게 해주고 싶었다. 하지만 판다바들과 그 군사들이 모조리 죽었다는 사실을 두리요다나로 하여금 믿게 하기는 어려운 일이었다. 아슈바타마는 두리요다나에게 판다바들의 머리를 보여주면 된다고 생각했다.

그는 재빨리 전차를 돌렸다. 그리고는 잽싸게 다섯 형제의 시체가 누워 있는 막사로 들어가 칼을 꺼내들었다. 새벽 첫 햇살이 막 천막을 비추고 있었다. 다섯 명의 시체를 보는 순간 아슈바타마는 경악했다. 판다바들이 아니라 드라우파디의 다섯 아들이었다. 단 한 명의 전사도 도망가지 못했다 했으니 판다바들은 처음부터 이곳에 있지 않았던 것이다.

아슈바타마는 그만 칼을 떨어뜨리고 말았다. 절망적이었다. 하지만 잠시 후, 마음을 정한 그는 이들의 머리라도 가져가기로 결정했다. 두리요다나에게 이들이 판다바라고 우기면 될 것이었다. 그러면 적어도 그가 죽기 전에 잠시나마 기쁨을 줄 수 있을 것이다. 그는 다섯 개의 머리를 집어들고 전차에 실은 뒤 두리요다나에게로 향했다. 두리요다나가 있는 곳에 도착한 순간 막 해가 떠올랐다.

두리요다는 맹수들에 에워싸여 있었다. 얼굴은 창백하고, 누가 봐도 죽음이 임박해 있었다. 끊임없이 다가오는 늑대와 하이에나를 겨우겨우 물리치고 있었다. 아슈바타마는 전차에서 뛰어내려 짐승들을 쫓아낸 뒤 두리요다나 앞에 꿇어앉았다. 크리파도 전차에서 내려 두리요다나 앞에 섰다. 크리파가 말했다.

"운명이 이루지 못할 일은 아무것도 없다. 한때 세상을 호령하던 왕이 누워 있는 모습을 보아라. 만왕의 머리 위에 있던 왕이 적의 공격을 받아 피범벅이 된 채 먼지를 뒤집어쓰고 누워 있다. 그렇게도 아꼈던 황금 철퇴는 마치 남편 옆에 누운 아내처럼 이렇게 함께 누워 있구나. 시간이 가져다준 이 대역전극을 보라."

아슈바타마는 마지막 안간힘을 쓰며 고통스러워하는 두리요다나를 향해 조금 빠른 말투로 자신이 판다바들과 그 전사들을 모두 처단했다고 말했다. "다 죽여버렸소. 왕이여, 저 다섯 놈의 목을 보시오."

211

아슈바타마가 목을 가지러 전차에 오르자 두리요다나는 눈을 크게 뜨고 말했다. "드로나의 아들이여, 비슈마도 카르나도 심지어 그대의 아버지도 이루지 못한 일을 그대가 이루었소. 아아, 행복하오. 이제 하늘로 가서 그들을 모두 만날 것이오."

아슈바타마가 다섯 명의 머리채를 움켜쥐고 전차에서 내려왔다. 그리고는 두리요다나 옆에 내려놓고 말했다. "왕이여, 불구대천의 원수들이 여기 있소."

두리요다나가 팔을 뻗어 그것을 만졌다. 그런데 무언가 이상했다. 판다바라고는 믿어지지 않았다. 판다바들처럼 보이긴 했지만 무언가 이상했다. 두리요다나는 그들을 구분하는 방법을 알고 있었다. 그는 있는 힘을 다해 머리통을 꽉 쥐었다. 그러자 머리들이 박살났다. 판다바가 아니라 그들의 아들이었던 것이다.

실망한 두리요다나가 탄식했다. "브라만이여, 이들은 드라우파디의 아들들이오. 다섯 영웅의 머리통은 무쇠보다 더 단단하오. 허나 저들은 이약한 몸으로도 부서뜨릴 수 있소. 그대가 지금 얼마나 끔찍한 짓을 저질렀는지 알겠소? 쿠루족의 미래가 이 아이들에게 달려 있거늘, 모든 것을 잃었다!"

두리요다나는 고통 속에 눈을 감았다. 비록 판다바들을 증오했지만 그 아들들이 저렇게 살해당했다는 사실은 조금도 기쁘지 않았다. 이제 이 가문은 누가 잇는단 말인가? 동생들은 모두 죽어버렸다. 그리고 드라우파디의 아들들을 죽임으로써 아슈바타마는 실질적으로 쿠루 가문의 맥을 끊어버린 것이다.

순간 "아야" 하는 소리와 함께 두리요다나의 숨이 끊어졌다. 마지막 숨과 함께 머리가 옆으로 떨어졌다. 세 카우라바들은 비통해하며 비명을 질렀다. 희망과 기쁨 대신 살을 찢는 듯한 실망 속에 죽어버리자 아슈바타마는 후회에 몸부림쳤다.

눈물 가득한 눈으로 한참 동안 왕을 바라보던 세 사람은 화장용 제단을 쌓기 시작했다. 그리고는 그 위에 두리요다나를 올려놓고 기도를 올린 뒤 갠지즈에서 떠온 성수를 몸에 뿌리며 마지막 의식을 치렀다. 이어 제단에 불을 붙였다. 장작이 활활 타오르자 그들은 소리내어 울었다. 불꽃이 사라지자 크리파가 재를 모아 베다의 주문을 외우며 강물에 뿌렸다. 의식을 마친 뒤 세 전사는 전차에 올라 침묵 속에 하스티나푸라로 향했다.

12

아슈바타마, 처단당하다

　카우라바 진영에서 하룻밤은 보낸 판다바들은 해가 솟기 전에 일어나 기도를 올리고 아침 의식을 치렀다. 유디스티라가 목욕을 마칠 무렵 공포에 질린 드리스타디윰나의 전차몰이꾼이 달려왔다. 그리고는 지난 밤에 벌어진 일을 설명했다.

　"왕이여, 드루파다의 아들들과 드라우파디의 아들들이 모두 살해당했습니다. 아슈바타마와 크리파, 크리타바르마가 천인공노할 죄를 저질렀습니다. 아슈바타마가 침입하여 보이는 족족 칼로 베어버렸습니다. 탈출하려던 자들은 입구를 지키고 있던 다른 두 명의 화살에 모두 쓰러졌습니다. 소인이 유일한 생존자로 생각됩니다. 간신히 진영을 탈출하여 이렇게 왔습니다."

　유디스티라는 땅바닥에 쓰러져 통곡했다. 형의 울음소리를 듣고 다른 판다바들이 달려나왔다. 유디스티라가 드리스타디윰나의 전차몰이꾼에게 들은 소식을 전했다. 모두가 울음을 터트리며 자리에 주저앉았다.

　유디스티라의 목소리가 커졌다. "저들을 무너뜨리고 이제 우리가 무너지는구나. 수많은 혈족들을 희생시키고 얻은 승리가 참으로 쓰디썼다만 지금 이 순간이 더 쓰구나. 우리의 아이들과 친구들이 모두 죽고 없는데 우리가 어찌 승리의 기쁨을 누릴 수 있단 말이냐? 아아, 대양을 무사히 건넜건만 얕은 강에서 좌초하고 말았구나. 드라우파디는 어찌할꼬! 남은 생을 어찌 살아간단 말인고!"

유디스티라는 나쿨라에게 드라우파디를 판다바 진영으로 데려오라고 명했다. 이 끔찍한 소식을 직접 전하려는 것이다. 나쿨라가 드라우파디를 데리러 떠난 뒤 다른 형제들이 유디스티라를 위로했다. 유디스티라는 천막에서 나와 전차에 올랐다. 그리고는 동생들과 사티야키와 함께 자신의 진영으로 향했다.

유디스티라가 진영에 들어섰다. 잘려나간 머리와 전사들의 사지가 뒹굴고 있었다. 무기도 갑옷도 없이 무참하게 살해된 전사들의 모습에 판다바들은 분노를 금치 못했다. 아슈바타마의 흔적조차 찾지 못한 채 그들은 눈물을 흘리며 아이들이 죽어 있는 막사로 갔다. 목이 잘려나간 다섯 시체가 아직도 침대에 그대로 누워 있었다. 그 모습을 본 판다바들은 통곡했다. 모든 것이 자신의 책임이라고 느낀 유디스티라는 바닥에 쓰러져 몸을 떨었다.

형제들이 그를 위로하려는 순간 나쿨라가 드라우파디를 데리고 막사로 들어왔다. 침대를 바라본 순간 그녀는 기절해버렸다. 비마가 재빨리 얼굴에 찬물을 끼얹고 그녀를 일으켜세웠다. 잡티 하나 없이 깨끗하고 섬세하던 그녀의 얼굴은 비구름에 가린 태양처럼 슬픔으로 가득 찼다.

비마의 부축을 받으며 드라우파디가 입을 열었다. "왕이여, 운 좋게도 그대는 저들을 정복하고 세상을 되찾았네요. 허나 아이들은 이렇게 억울하게 죽음을 맞았군요. 나는 절대로 저들을 용서할 수 없습니다. 그자가 이 죄에 대한 대가를 치르지 않는다면 나는 죽어 버릴 것입니다. 죽을 때까지 금식의 요가를 하며 지낼 것입니다."

그리고는 자리에 앉아 가부좌를 틀고 두 팔을 벌려 요가 자세를 취했다. "아슈바타마를 죽이고 머리에 박혀 있는 보석을 가져다주세요. 그때까지 나는 여기서 꼼짝하지 않을 것입니다."

말을 마침과 동시에 드라우파디는 통곡하기 시작했다. 유디스티라가 드라우파디를 달랬다. 한참을 울던 드라우파디가 비마에게 애원했다. "크샤트리야의 의무를 알고 있다면 인드라가 샴바라를 죽인 것처럼 그를 처단해주세요. 당신의 용맹에 버금갈 자는 아무도 없습니다. 그대는 언제나 나의 피난처였습니다. 그자를 죽여버리고 우리에게 행복을 되찾아주세요."

그녀는 눈물로 범벅된 얼굴을 손으로 가린 채 머리를 가슴에 묻고 소리내어 울었다. 아무리 떨쳐 버리려 해도 목이 달아난 다섯 아이의 모습이 지워지지 않았다. 가슴을 주먹으로 치면서 흐느끼는 그녀의 울음소리가 막사를 가득 채웠다.

비마는 아슈바타마가 저지른 만행을 둘러보았다. 분노한 얼굴은 시뻘겋게 타올랐고 흥분한 가슴은 마구 고동쳤다. 그는 두리요다나와 싸울 때 썼던 철퇴를 꺼내들었다. 그리고는 나쿨라를 전차몰이꾼으로 대동하고 막사 밖으로 뛰어나가 전차에 올라탔다. 순식간에 그는 진영 바깥으로 달려나갔다. '놈은 분명 두리요다나에게 갔다가 하스티나푸라로 향할 것이다.' 나쿨라는 하스티나푸라를 향해 바람처럼 전차를 몰았다.

크리슈나도 소름끼치는 광경을 목격하고 경악을 금치 못했다. 비마가 아슈바타마를 쫓아갔다는 말을 듣고 그가 말했다. "유디스티라여, 비마는 그대에게 목숨보다 소중한 동생이다. 그런데 어찌하여 아무것도 하지 않고 가만히 서 있는가? 드로나가 아슈바타마에게 삼계를 멸할 수 있는 천상의 무기 브라흐마슈라Brahmashira를 줬다는 사실을 모르는가? 사람을 상대로는 절대로 그것을 쓰지 말라고 다짐받았겠지만 아슈바타마는 궁지에 몰리면 틀림없이 비마에게 그 무기를 사용할 것이다. 그렇게 되면 비마의 목숨을 장담할 수 없다. 오직 드로나로부터 똑같은 무기를 받은 아르주나만이 그를 막을 수 있다. 지체하지 말고 아르주나에게 비마를 쫓으라고 하라. 나도 곧 뒤따를 것이다."

그러면서 크리슈나는 유디스티라에게 몇 년 전 드와라카에서 일어난 일을 말해줬다. 아슈바타마의 후안무치한 성격을 잘 보여주는 이야기였다. 세상에서 가장 강력한 무기가 크리슈나의 수다르샨차크라라는 사실을 알고 아슈바타마가 크리슈나를 찾아와 브라흐마슈라와 바꾸자고 제안했다는 것이다. 그때 크리슈나는 슬쩍 웃으며 이렇게 말했다. "원반은 내 옆에 있으니 가져가라. 그대의 무기와 맞바꾸는 것은 원치 않는다."

하지만 아슈바타마는 크리슈나의 원반을 움직일 수조차 없었다. 결국 아슈바타마는 원반을 포기했고, 그제야 크리슈나는 원반을 원하는 이유에 대해 물었다. 아슈바타마가 대답했다. "영웅이여, 원반을 손에 넣은 뒤 당신에게 도전하려 했습니다. 당신을 무찌르고 원반을 손에 넣으면 세상에서 가장 힘이 센 자가 될 수 있기 때문입니다."

크리슈나가 명했다. "당장 가서 그를 저지하라. 지금 당장 떠난다."

유디스티라도 동의했다. 크리슈나는 드라우파디에게 위로의 말을 건넨 뒤 유디스티라에게 인사를 하고 막사를 떠났다. 떠나기에 앞서 아르주나가 드라우파디에게 약속했다. "여인이여, 내 반드시 그 브라만의 목을 베어 그대에게 바치겠소. 그대 눈에 흐르는 눈물을 닦고 그대를 위로해주겠소."

아르주나는 일부러 '그 브라만'이라고 했다. 브라만을 죽이는 것은 금지되어 있다. 하지만 아슈바타마는 비열한 행동으로 이미 자신이 브라만이 아니라는 것을 증명했다.

크리슈나의 전차몰이꾼 다루카가 출정 준비를 마치고 대기하고 있었다. 전차에는 네 필의 말이 묶여 있었다. 말들은 크리슈나와 아르주나가 전차에 오를 때까지 꼼짝 않고 서 있었다. 다루카가 명령을 내리자 전차가 움직이기 시작했다. 전차는 빠른 속도로 아슈바타마를 향해 달려갔다.

순식간에 그들은 비마를 따라잡았다. 아슈바타마를 추격하는 비마를 말릴 수 있는 자는 아무도 없었다. 슬픔에 빠진 드라우파디를 생각하며 그는 철퇴를 치켜든 채 달려갔다.

두 전차는 갠지즈를 향해 속도를 높였다. 강둑에 도착하자 아슈바타마와 현자들의 모습이 보였다. 판다바들로부터 몸을 숨기기 위해 브라만들의 안식처로 찾아든 것이었다. 그는 크리슈나와 아르주나를 피할 수 있는 곳은 없다는 것을 잘 알고 있었다. 그래서 일부러 판다바들이 존경하는 브라만의 무리 속으로 들어간 것이다. 그는 몸에 사슴가죽 한 장만을 달랑 걸친 채 브라만들 가운데 앉아 있었다.

비마가 고함을 지르며 전차에서 뛰어내려 아슈바타마를 향해 달려갔다. 아슈바타마가 고개를 들었다. 분노에 가득 차 달려오는 비마 뒤로 아르주나와 크리슈나의 모습이 보였다. 위대한 두 전사와 크리슈나를 보는 순간 아슈바타마는 겁에 질렸다. 판다바 진영에서 나오는 순간 시바 신이 불어넣어 준 무시무시한 힘은 이미 사라졌다. 바로 그때 머릿속에 브라흐마슈라가 떠올랐다. 그것만이 유일한 희망이었다.

신성한 쿠샤 풀을 꺼내들고 아슈바타마는 브라흐마슈라를 부르는 주문을 외웠다. 이를 본 크리슈나가 비마에게 멈추라고 소리쳤다. 크리슈나의 말에 비마가 멈춰섰다.

아슈바타마가 주문을 외워 천상의 무기를 불러내자 사방에 눈부신 빛이 쏟아졌다. 지금껏 한 번도 본 적 없는 브라흐마의 무기가 빛을 발하자 아르주나는 크리슈나에게 기도를 올렸다. "크리슈나여, 그대의 힘은 끝이 없습니다. 오직 당신만이 그대를 따르는 자들의 마음속에서 공포를 없앨 수 있습니다. 이 비천한 세상에서 오직 그대만이 자유를 줄 수 있습니다. 전지전능한 자여, 알려주소서. 만물을 삼킬 듯이 불을 내뿜는 저 빛의 정체가 과연 무엇입니까?"

"저것은 브라흐마슈라라고 하는 전지전능한 무기다. 저 사악한 자가 죽음이 두려워 브라흐마슈라를 쓴 것이다. 허나 저자는 브라흐마슈라를 거두는 방법은 알지 못한다."

크리슈나는 드로나가 자신의 아들에게 무기 쓰는 방법을 완벽하게 가르쳐주지 않았다는 사실을 알고 있었다. 이는 곧 아슈바타마가 브라흐마슈라를 남용할 수도 있다는 것이다. 자포자기한 심정으로 무기를 불러냈지만 아슈바타마 자신을 포함해 이 세상을 멸망시킬 수도 있다는 사실에 대해서는 간과하고 있다는 사실도 크리슈나는 알고 있었다.

크리슈나는 아르주나에게 반격할 것을 지시했다. "네가 가지고 있는 브라흐마의 무기를 이용하거라. 그 무기가 아슈바타마의 무기와 하나가 될 것인즉 그대는 두 가지 무기를 한꺼번에 쓸 수 있을 것이다."

크리슈나의 명에 아르주나는 즉시 주문을 외워 무기를 불러냈다. 그리고는 아슈바타마에게 브라흐마의 무기를 날렸다. 아르주나의 무기와 아슈바타마의 무기가 부딪쳤다. 거대한 불꽃이 원을 그리며 하늘을 채웠다. 눈부신 태양이 하나 더 솟아올라 우주를 태워 버릴 것만 같았다.

비야사데바는 강둑에 있는 현자들 무리 가운데 앉아 있었다. 브라흐마의 무기 두 개가 하나되는 모습을 보고 그는 걱정에 휩싸였다. 그는 아슈바타마에게 달려가 말했다. "도대체 무슨 짓을 한 것이냐? 어찌하여 저 무기를 날렸단 말이냐? 이 세상이 파멸에 이를 것인즉 당장 무기를 거두어라."

아슈바타마가 현자를 바라봤다. 하지만 그는 무기를 거두는 방법까지는 알지 못했다. 다만 무기를 다른 방향으로 틀 수만 있었다. 아슈바타마는 아르주나와 크리슈나를 죽이려는 자신의 의도가 실패했음을 깨달았다. 그는 아르주나의 상대가 되지 못했다.

아슈바타마는 자신의 죽음이 임박했음을 직감했다. '판다바들은 나에게 자비를 베풀지 않을 것이다.' 분노와 절망이 동시에 몰려왔다. 순간 아비만유의 아내 웃타라의 모습이 떠올랐다. 아비만유가 죽기 전, 그녀의 뱃속에는 생명이 자라고 있었다. 쿠루 가문 최후의 후계자였다.

아슈바타마는 마음이 조급해졌다. 그의 아버지를 죽인 것도 저 잘난 쿠루족이요, 자기 자신도 이제 곧 쿠루의 손에 죽을 것이었다. 그는 기왕 죽을 바에는 쿠루 가문의 마지막 희망까지 함께 가져가리라고 마음먹었다. 아슈바타마는 웃타라, 특히 그녀의 뱃속에 있는 생명에 마음을 집중했다. 그리고는 브라흐마슈라의 방향을 바꾸는 주문을 외웠다. 무기는 드라우파디와 웃타라가 있는 판다바 진영을 향해 날아갔다.

아슈바타마의 의도를 모르는 아르주나는 자신의 무기를 거두는 주문을 외웠다. 하늘을 가득 채웠던 눈부신 광채가 서서히 사라지기 시작했다. 위험이 사라진 것을 확인한 뒤에야 비야사데바는 비슈누에게 제사를 지내고 있는 현자들의 무리 속으로 돌아갔다.

한편 웃타라는 갑자기 말로는 표현할 수 공포가 엄습해오는 것을 느꼈다. 원인을 알 수 없는 무언가가 다가오고 있다는 걸 감지한 그녀는 땅바닥에 쓰러졌다. 온몸이 덜덜 떨리고 모든 것이 불안했다. 겁에 질린 공주는 크리슈나에게 기도를 올렸다. 크리슈나만이 유일한 피난처였다. 두 손을 모으고 머리를 조아리며 그녀가 말했다. "주인 중의 주인이시여, 우주의 주인이시여, 이 모순된 세상에서 죽음의 발톱으로부터 저를 구할 자 오직 당신뿐입니다. 저를 보호해주소서."

아르주나와 함께 전차에 타고 있던 크리슈나는 웃타라의 기도를 듣고 아슈바타마의 의도를 알아차렸다. 그는 즉각 웃타라를 보호하기 위해 초능력을 발휘했다. 신비한 형체로 변해 웃타라의 자궁 속으로 들어가 아이를 감싸안았다. 날아온 브라흐마슈라는 크리슈나에 의해 힘을 잃고 허공으로 사라졌다. 웃타라와 다른 판다바 여인들은 하늘로 솟구치는 브라흐마슈라를 보고 놀라움을 금치 못했다. 피할 수 없는 죽음으로부터 그들을 구한 것이다.

천상의 무기를 거둬들인 뒤 아르주나는 아슈바타마를 향해 다른 무기를 날렸다. 무기는 단단한 밧줄로 변해 아슈바타마를 꽁꽁 묶어 버렸다. 아르주나는 전차에서 뛰어내려 아슈바타마를 향해 달려가 머리채를 붙잡고 전차가 있는 곳으로 향했다. 충분히 죽일 수 있었지만 스승의 아들을 죽이고 싶지 않았다.

아슈바타마를 살려주려는 아르주나를 보고 크리슈나가 말했다. "아르주나여, 자비를 베풀지 말라. 그는 더 이상 브라만이 아니다. 그는 잠들어 있는 죄 없는 자들을 죽였다. 신앙의 율법에 어긋나는 행동을 범한 것이다. 그 죄가 너무나도 크다. 그 자신을 위해서라도 그를 죽여야 한다. 아니면 그는 지옥으로 떨어질 것이다. 게다가 너는 드라우파디에게 저자의 목을 가져다주겠다고 약속하지 않았더냐? 주저하지 말라. 네 가족들

을 잔인하게 죽인 만큼 네 손에 죽어 마땅하다. 자시 가문의 이름을 욕되게 했으니 불타 버린 자기 왕조의 폐허에 지나지 않는다. 당장 그를 죽이거라!"

아슈바타마를 내팽개치듯 전차에 놓으며 아르주나가 말했다. "죽일 수 없습니다. 제 어찌 스승의 가슴을 찢어지게 할 악행을 저지를 수 있겠습니까? 허나 당신의 명령이라면 그리하겠습니다. 단, 유디스티라에게 끌고 가 심판받게 할 것입니다. 드라우파디에게 이 못된 놈을 직접 심판하게 할 것입니다."

크리슈나가 고개를 끄덕였다. 다루카가 말을 재촉했다. 금세 그들은 진영에 도착했다. 비마가 뒤를 이어 도착했다.

아르주나는 아슈바타마를 유디스티라와 드라우파디 앞으로 끌고갔다. "여기 우리 아이들을 살해한 자를 데리고 왔소. 어찌하는 것이 좋겠소?"

고개를 떨군 채 앉아 있는 아슈바타마의 모습에 드라우파디는 마음이 흔들렸다. 그녀는 브라만인 아슈바타마에게 합장을 하고 예를 표한 뒤 입을 열었다. "아르주나여, 그를 풀어주소서. 그대의 스승의 아들이 아닌가요. 예부터 아버지와 아들은 한몸이니 드로나가 지금 여기 있는 것이나 다름없습니다. 아들이 있기에 드로나의 부인은 지아비가 누운 장작불에 뛰어들지 않았을 것입니다. 아슈바타마를 죽이게 되면 그녀 또한 비탄에 빠질 것이고, 이는 우리의 종교적 원칙에도 맞지 않습니다. 그녀를 나처럼 울게 하지 마소서. 왕족으로서 브라만을 죽이는 죄를 저지르지 마소서. 죄악으로 인해 우리 가문 전체가 잿더미로 변할 수 있습니다."

유디스티라는 드라우파디의 말에 동의하며 말했다. "훌륭한지고, 훌륭한지고. 아름다운 여인이여, 신성한 베다의 가르침에 맞는 말이다."

아르주나와 쌍둥이들도 동의했다. 하지만 비마는 달랐다. "조금도 동정할 필요가 없소. 사욕을 채우려고 잠든 사람들을 무자비하게 죽인 자요. 죽음만이 그에 합당한 유일한 징벌이오."

그리고는 주먹을 움켜쥐고 아슈바타마에게 다가갔다. 그는 분노한 눈을 부릅뜨고 이를 갈았다. 드라우파디가 재빨리 두 사람 사이에 끼어들었다. 아슈바타마는 여전히 고개를 늘어트린 채 땅만 내려다보고 있었다. 이를 지켜보던 크리슈나가 앞으로 나아가 비마의 어깨에 손을 얹으며 그를 진정시켰다. 그리고는 아르주나를 향해 돌아보며 말했다. "비록 죄를 지었더라도 브라만을 죽여서는 아니 된다. 하지만 그가 침략자라면 죽어 마땅하다. 이 모든 것은 경전에 적혀 있는 진리다. 그러니 그대 또한 정해진 바대로 행동해야 한다. 아내에게 한 약속을 지켜야 하고, 비마와 나 그리고 크리슈나의 마음을 만족시켜야 한다. 우리 두 사람은 그대가 이 죄인을 죽이길 원한다."

아르주나는 크리슈나를 바라봤다. 아르주나는 애매모호한 크리슈나의 말을 제대로 이해했다. 아슈바타마를 죽여야 하지만 동시에 죽여서는 아니 된다. 아르주나는 날카로운 칼을 꺼내 아슈바타마의 머리카락 끝을 쥐고는 보석과 함께 머리카락을 잘라냈다. 그 보석은 아슈바타마의 힘이 모두 들어 있는 용맹의 원천이었다. 머리에서 보석이 잘려나가자 아슈바타마는 온몸이 쭈글쭈글해지더니 땅바닥에 힘없이 주저앉아 버렸다.

보석을 드라우파디에게 건네며 아르주나가 말했다. "아름다운 여인이여, 그대가 원하던 보석이다. 위대한 전사의 머리카락을 자르는 것은 그를 죽이는 것과 같다. 아슈바타마는 이제 죽은 것이나 다름없다. 베다에도 타락한 브라만에 대한 징벌이 똑같이 적혀 있으니, 몸을 죽이라는 말은 어디에도 있지 않다."

비마는 모든 이를 만족시킨 아르주나의 명민한 행동을 찬양했다. 그리고는 드라우파디를 옆에 있는 침대로 데려가 편히 앉혔다.

크리슈나가 아슈바타마에게 말했다. "드로나의 아들아, 이제부터 사람들은 너를 겁쟁이요, 사악한 자라고 믿을 것이다. 네가 저지른 죄의 결과를 감내해야 할 것이다. 앞으로 삼천 년 간 너는 고독하게 이 세상을 방랑해야 한다. 그 누구에게 말을 걸 수도 없다. 더러운 냄새를 풍기며 저 깊은 숲과 황무지를 전전하게 될 것이다. 그 고통의 시간이 끝난 뒤에야 죄를 정화하고 저 높은 세계로 가게 될 것이다. 가거라, 사악한 자여."

크리슈나의 말이 끝나자 아르주나와 비마가 아슈바타마를 일으켜 밧줄을 풀어준 뒤 진영에서 쫓아냈다. 보석을 빼앗기고 크리슈나의 저주까지 받은 그는 모든 힘을 잃은 채 숲으로 들어가 유배 생활을 시작했다.

아슈바타마가 떠난 뒤 유디스티라가 크리슈나에게 지난밤의 일을 물었다. "크리슈나여, 저 죄 많은 아슈바타마가 어떻게 드리스타디움나와 그 많은 전사들을 죽일 수 있었는지 궁금합니다. 도대체 그에게 무슨 힘이 작용한 것입니까?"

크리슈나는 아슈바타마가 시바를 만나 그를 경배했고, 그 덕분에 전사들을 죽일 수 있는 힘을 얻게 되었다고 설명했다. "하지만 내가 말하노니, 전사들에게 때가 이르렀노라. 내 의지를 그들이 수행했으니 그 대가로 그들은 영원한 축복의 영역에 이르렀노라. 그러니 더 이상 슬퍼하지 말라."

크리슈나는 베다의 지혜로 유디스티라를 위로했다. 다른 판다바들과 그의 아내들도 그의 말에 귀를 기울였다.

태양이 중천에 떠올랐다. 유디스티라는 한결 가벼운 마음으로 동생들에게 갠지즈로 가서 죽은 아이들과 혈족들을 위해 마지막 의식을 치르자고 했다. 깔끔한 순면 천에 싸인 시신들이 강둑으로 운구됐다. 그들을 애도하는 판다바 군의 행렬이 뒤를 이었다. 맨 앞에는 여인들이 서고, 그 뒤를 수백 명의 브라만이 베다의 주문을 외우며 따랐다.

강가에 도착한 그들은 장례 의식을 진행했다. 왕성에서 온 수많은 시종들이 강둑에 차려놓은 화장장 위로 수천 명의 시신을 옮겼다. 여인들의 통곡소리가 바람에 날리고, 브라만들이 의식을 집전했다. 장작에 불이 붙자 모든 사람들이 강물로 들어가 떠나가는 영혼들을 위해 기도를 올렸다.

장례식이 끝나고 난 뒤 판다바들과 크리슈나는 천천히 하스티나푸라로 여행을 시작했다.

* * *

드리타라스트라와 간다리는 단 둘이 앉아 있었다. 크리슈나가 떠난 뒤 부부는 또 다시 비탄에 잠겼다. 눈먼 왕은 가슴 깊이 머리를 파묻고 앉아 탄식을 뱉어냈다.

산자야가 방으로 들어왔다. 왕은 고개를 들어 그를 맞이하고는 다시 자리에 주저앉았다. 산자야가 왕을 일으켜 세우며 말했다. "군주여, 어찌하여 비통해하십니까? 열여덟 개의 악샤우히니가 몰살당하고 수백 명의 왕들이 죽었습니다. 수많은 혈족들과 친구들, 대신들은 물론 왕자들도 모두 몰살당했습니다. 이제 그들의 장례를 치러야 합니다. 이렇게 슬퍼하고 있을 일이 아닙니다."

그 말에 드리타라스트라는 더욱 크게 통곡하며 바닥에 쓰러졌다. 산자야가 창을 막고 있는 두꺼운 가림막을 걷어냈다. 방 안으로 햇살이 쏟아져 들어왔다. 왕과 왕비의 머리는 헝클어지고, 몸은 이미 쇠약해질 대로 쇠약해져 있었다. 두 사람은 며칠째 한숨도 자지 못했다.

산자야가 다시 왕을 왕좌로 데려갔다. 왕은 쓰러질 듯 자리에 앉아 말했다. "아이들도 잃고, 친구들도 잃고, 대신들도 잃고, 나는 이제 비참한 몰골로 이 세상을 헤매야 하는구나. 더 이상 살아 무엇하겠느냐. 대신들의 말을 듣지 않은 죄로 이리 되었다. 판다바와 화해하라던 크리슈나의 말이 생각나는구나. 비슈마와 비두라도 그리하라 했거늘 나는 내 아들을 믿었다. 허나 그 아이는 죽고 나는 이렇게 남아 슬픔의 바다와 맞닥뜨렸구나. 전생의 죄가 커서 이렇게 고통받는구나. 이 세상에 나만큼 괴로운 자가 또 어디 있겠는고! 운명이 나에게 견딜 수 없는 일격을 가했구나. 나는 이제 목숨을 끊을 것이다. 판다바들아, 이리 와서 영원한 브라흐마를 향해 마지막 긴 여행을 떠나려는 나를 보아라."

산자야가 머리를 흔들었다. 드리타라스트라의 공허한 울부짖음은 이미 수없이 들었다. 산자야가 왕의 손을 잡고 말했다. "왕이여, 슬픔을 떨쳐내십시오. 왕께서는 피할 수 없는 죽음과 영혼의 불멸에 대한 베다의 가르침에 해박하지 않으십니까. 모든 일은 정해진 대로 되는 법, 모든 사람은 자신의 업보에 대한 대가를 치른다 했습니다. 폐하의 그릇된 선택으로 왕자들이 모두 죽었습니다. 왕께서는 탐욕에 눈이 어두워 아들을 따랐고, 왕자께선 또 사악한 자들의 이끌림을 받았습니다. 그릇된 길을 택한 폐하의 어리석음이 날카로운 칼처럼 폐하를 도려낸 것입니다. 수많은 사람들이 폐하를 옳은 길로 인도하려 했으나 폐하는 경청하지 않았습니다."

지금껏 그러했듯 산자야는 모든 잘못이 왕에게 있다는 사실을 분명히 했다. 이제 왕에게 남은 것은 후회뿐이었다. "불타는 숯을 안고 있으면서 숯에 데였다고 슬퍼하는 자는 어리석습니다. 폐하와 왕자께선 판다바라는 불길을 부여잡고 말과 행동으로 부채질을 했습니다. 그리고 폐하의 아들들은 나방처럼 불길 속으로 뛰어들었습니다. 그런데 어찌하여 이리 통곡하십니까?"

비두라가 순례를 떠나고 없는 상황에서 산자야는 고문으로서의 역할을 잘 수행해내고 있었다. 비두라가 그러했듯 산자야도 아무 두려움 없이 왕에게 직언을 했다. "군주여, 일어나서 의무를 다하소서. 피할 수 없는 일을 앞에 두고 어찌 슬퍼하고만 계십니까? 모든 피조물은 언젠가 파괴되는 법. 높이 있는 것은 언젠가 추락하고 모인 것들은 흩어지게 마련입니다. 또한 삶은 언제나 죽음으로 끝나는 법입니다. 모든 피조물은 같은 나라로 향하는 카라반의 일원인 까닭에 언젠가는 모두 죽음을 맞이하는 법입니다. 아무도 달아날 수는 없습니다. 전쟁터에서 영광스럽게 죽은 폐하의 아들들은 저 높은 곳으로 갔을 것입니다. 경전에 분명히 적혀 있는 사실입니다. 크샤트리야에게 있어 전쟁터에서 죽는 것보다 더한 영광은 없습니다. 그런즉 폐하가 왕자님들 때문에 슬퍼하는 것은 부당하고 의미 없는 일입니다. 슬퍼할수록 더욱 슬플 뿐입니다. 슬퍼하면 할수록 의무를 팽개치고 삶의 목적을 잃어버리는 것과 같습니다."

산자야는 언제나 왕을 향해 진심 어린 말을 하고도 늘 무시당했지만 조언을 그친 적이 없었다. 허나 모든 것을 잃은 만큼 왕은 이제 귀를 기울였다. 산자야는 현자들에게 들은 지혜를 한참 동안 거듭 언급하며 말을 이어갔다. 왕 역시 산자야의 말에 귀를 기울이며 말을 계속하라고 했다. 왕은 산자야의 말에서 위안을 느끼는 듯했다.

"왕이여, 사람은 누구나 자신의 행동에 대한 대가를 치릅니다. 이득을 취하려 하는 자는 이 고통의 바다에 끝없이 다시 태어납니다. 허나 지혜로운 자는 오로지 해탈을 위해 행동합니다. 모든 행동을 절대자에게 의탁하므로 그들은 노동의 굴레에서 자유롭습니다. 비슈누를 즐겁게 하기 위해 모든 것을 희생하는 자는 영원한 행복을 누릴 수 있는 불멸의 영역에 가게 됩니다. 허나 탐욕과 물욕이 마음에 가득한 자는 영원히 고통받게 됩니다."

왕은 산자야가 자신을 질책하고 있음을 알아차렸다. 자신의 어리석음을 후회하면서 그는 또다시 눈물을 흘렸다. 간다리 역시 소리 없이 울고 있었다.

늙은 전차몰이꾼이 드리타라스트라를 위로하는 동안 비야사데바가 방으로 들어왔다. 미끄러지듯 방을 가로질러 왕에게 다가가는 동안 그에게서는 빛이 뿜어져 나왔다.

현자가 왔다는 말에 드리타라스트라가 자리에서 일어나 그를 맞았다. "아아, 나는 파멸하고 말았습니다. 부귀영화를 잃고 사랑하는 자식들을 잃은 제가 어찌 이 고통을 견딜 수 있단 말입니까. 이 재앙은 나의 목숨이 끊어져야 사라질 것입니다. 목숨을 버릴 것입니다."

드리타라스트라가 다시 흐느끼며 바닥에 쓰러졌다. 그 모습을 보며 비야사데바가 말했다. "위대한 군주여, 내 말을 들어라. 그대는 박식하고 명민하다. 모든 것을 알고 있으니 그 지혜에 의탁하라. 세상 만물이 모두 덧없거늘 어찌하여 잃어버린 것을 두고 그리 슬퍼한단 말이냐. 흘러가는 시간이 그대의 아들들을 원인으로 삼아 오늘의 파멸을 가져왔다. 운명을 거역할 수 있는 자는 없다. 천상의 존재들이 만들어놓은 운명의 흐름을 내가 알고 있으니 내 말을 들어 평화를 구하여라."

그러면서 비야사데바는 오래 전 인드라의 궁정에서 열렸던 회의에 참석한 일을 들려줬다. 그곳에서 그는 현자 나라다가 이끄는 수많은 현자들을 비롯하여 대지의 여신을 만났다. 전지전능한 비슈누도 참석했다. 그 자리에서 대지의 여신은 비야사데바에게 이렇게 탄원했다. "주인이시여, 내 짐을 덜어주겠다고 약속하지 않으셨습니까. 부디 약속을 이행해 주소서."

비슈누가 대답했다. "드리타라스트라의 아들 가운데 첫째가 그대의 소원을 이루어 주리라. 그를 통해 그대의 목표를 성취할 수 있을 것이다. 그대가 가진 것을 가져가는 모든 왕들이 그의 명분을 좇아 전쟁을 벌이다 서로를 죽일 것이다. 아름다운 여인아, 돌아가서 모든 피조물을 짊어지거라. 그 짐은 머지않아 전쟁터에서 가벼워질 것이다."

비야사데바는 두리요다나가 앞으로 다가올 분열과 고통의 시대를 주재하는 칼리 신의 화신이라고 설명했다. 즉 두리요다나 때문에 지금의 학살극이 벌어졌다는 것이었다. 드리타라스트라가 판다바들을 비난하는 것은 있을 수 없는 일이었다. 그들은 이미 나라다를 통해 천상의 존재들이 예정해놓은 일에 대해 들었기에 대살육전에 자신들이 끼어 있다는 사실을 너무도 비통해했다. 그래서 그것을 피하려고 했지만 두리요다나가 고집을 꺾지 않았다는 것이다.

비야사데바가 말을 맺었다. "왕이여, 천상의 비밀을 알려주었으니 더이상 슬퍼하지 말라. 죽은 자들은 모두 저 높은 곳에서 행복하게 살고 있다. 대지는 더 이상 그들의 무거운 짐에 시달리지 않는다. 그리고 공명정대한 군주가 유디스티라의 몸으로 이 땅을 지배하게 되었다. 이제 세상은 덕과 선의 길로 인도될 것이다. 슬픔을 떨쳐내라. 저 동정심 많은 유디스티라는 그대의 슬픈 모습을 보면 자신의 목숨을 버릴 것이다. 여생을 금욕과 수행으로 인생의 목표를 찾도록 하여라."

비야사데바의 말에 드리타라스트라가 탄식하며 말했다. "현자의 으뜸이시여, 내 아이들을 생각하면 통탄하기 짝이 없습니다. 허나 당신의 말씀이 나로 하여금 생을 잇게 해주었습니다. 모든 것은 신이 정해놓았다는 사실을 깨달았으니 이제 슬픔을 벗어던지려 노력하겠습니다. 그리하여 이 생을 잇겠습니다."

왕의 다짐을 들은 비야사데바가 눈앞에서 사라졌다. 위안을 받은 드리타라스트라와 간다리는 방으로 들어가 휴식했다. 하지만 슬픔은 여전히 가시지 않았다.

13

유디스티라의 번민

해가 중천에 떠오르기 직전, 드리타라스트라는 시종에게 갠지즈로 가서 세상을 떠난 혈족들의 장례를 치르겠다고 말했다. 그러면서 쿠루의 여인들도 장례식에 참석하라고 명했다.

여인들은 통곡하며 집을 나섰다. 남편과 아들들의 이름을 부르며 여인들은 강으로 향했다. 고통스런 울음소리를 들으며 사람들은 우주의 종말이 다가왔다고 생각했다.

드리타라스트라와 산자야도 시종들과 함께 여인들의 뒤를 따랐다. 삼킬로미터 정도를 걸어갔을 즈음 그들은 크리파와 크리타바르마를 만났다. 크리파와 크리타바르마는 쉰 목소리로 왕에게 두리요다나가 비마에게 죽음을 당한 자초지종을 이야기했다. 이어 그들은 아슈바타마가 심야에 판다바 진영에 침입하여 그들을 공격한 이야기도 전했다.

크리파가 입을 열었다. "우리는 지금 쫓기고 있습니다. 아슈바타마는 생포됐다가 아르주나가 풀어주었으나 삼천 년간 유배 생활을 하라는 크리슈나의 저주를 받아 숲으로 들어갔습니다. 왕이여, 우리가 집으로 돌아갈 수 있도록 허락해주소서."

그 말에 드리타라스트라는 가슴이 더욱더 찢어졌다. 그는 두 사람에게 집으로 돌아가라고 명한 뒤 행진을 계속했다. 일행은 이내 강에 도달했다.

사람들이 갠지즈로 향하고 있다는 소식은 유디스티라에게도 전해졌다. 판다바들과 크리슈나도 강에서 그들을 만나기로 결정했다. 드라우파디와 판찰라의 여인들은 가슴이 무거웠지만 결정을 따르기로 했다.

판다바들이 갠지즈에 다다르니 수많은 쿠루족 여인들이 울고 있었다. 유디스티라가 다가가자 여인들이 고함을 지르며 그를 에워쌌다. 몇몇은 그를 비난하기도 난했다. "왕이여, 정의는 어디에 버리셨나요? 진리와 연민은 어디에 있나요? 형제와 스승, 아들과 친구들을 죽음으로 보내셨군요. 당신의 아들들과 혈족들까지 죽였으니 이제 누구를 통치할 것인가요?"

유디스티라는 아무 말도 하지 않은 채 여인들 틈을 빠져나와 드리타라스트라에게로 가 발아래 절을 올렸다. 형제들도 각각 왕에게 예를 표했다. 드리타라스트라는 유디스티라를 포옹하고 형제들을 축복했다. 비마의 이름이 들리는 순간 그의 가슴은 분노로 타올랐다. 하지만 왕은 감정을 감춘 채 비마를 앞으로 불러냈다.

크리슈나는 드리타라스트라의 의도를 알고 있었다. 그는 비마의 어깨를 잡으며 잠시 기다리라고 일렀다. 그리고는 프랍티 prapti 라는 영력을 써서 하스티나푸라에 있는 두리요다나의 훈련장에 있던 비마의 무쇠 인형을 옮겨와 드리타라스트라의 두 팔에 안겼다. 분노로 활활 타오르던 왕은 비마가 품에 안기자 있는 힘을 다해 인형을 끌어안았다. 인형이 산산이 부서졌다.

인형이 부서지면서 왕의 가슴에도 커다란 상처가 났다. 왕은 피를 토했다. 가진 힘을 다 써버리고 피까지 토한 왕은 천상의 나무인 파리야타처럼 땅에 쓰러졌다. "제발 그만하소서, 폐하!" 산자야가 무릎을 꿇고 왕을 일으켜 세웠다.

왕은 그제서야 양심의 가책을 느꼈다. 자신이 비마를 죽였다고 생각한 것이다. 비마를 죽였다는 생각에 화가 사그라든 왕을 보고 크리슈나가 말했다. "바라타여, 슬퍼하지 마소서. 당신이 분노한 것을 보고 내가 파멸로부터 비마를 구했습니다. 당신이 부순 것은 비마가 아니라 인형입니다. 비마를 죽인들 그대에게 무엇이 이롭겠습니까? 그렇다고 하여 당신의 아이들이 되살아나는 것은 아닙니다. 왕이여, 부디 원망을 버리고 평화를 구하소서."

드리타라스트라는 수치심에 고개를 숙였다. 시종들이 그를 강가로 데려가 옷을 갈아입히고 몸을 씻겼다. 왕이 자리에 돌아오자 크리슈나가 다시 입을 열었다. "당신은 모든 경전에 해박하니 도덕성에 대해서도 잘 알 것입니다. 어찌하여 판다바들에게 분노하시는가요? 이제껏 벌어진 모든 일은 처음부터 끝까지 당신의 잘못으로 인한 것입니다. 내가 직접 나서서 막으려 했으나 무위에 그쳤습니다. 또한 당신은 비두라와 비슈마, 드로나, 산자야의 조언을 무시했습니다. 자신의 어리석음을 깨닫는 자만이 번영을 누릴 수 있다 했습니다. 자신을 사랑하는 사람들의 조언을 무시하고 오직 자기 의견만 고집하는 자는 고통의 바다에 빠지고 마는 법이지요. 비마는 정의를 좇아 사악한 당신의 아들을 처단했습니다. 수많은 사람 앞에서 판찰라의 여인을 모욕한 대가를 치른 것이지요. 판다바들에게 쏴 댔던 적의를 잊지 않고 있다면 어서 분노를 거두소서."

드리타라스트라는 아무 말도 하지 않았다. 그러더니 한참 후에 입을 열었다. "크리슈나여, 모두 맞는 말이오. 아비된 자가 어리석어 덕목에 어두웠소. 더 이상 분노하지 않겠소. 비마와 아르주나를 사랑으로 껴안게 허락해주시오. 내 아이들이 다 죽었으니 이제 나의 행복은 판다바 저 아이들에게 달려 있소. 아아, 내가 기르고 보호해야 할 아이들에게 내가 그토록 모질게 굴었소."

왕은 판다바들을 일일이 끌어안으며 간다리를 만나달라고 부탁했다. 그들이 간다리에게 가기 전, 비야사데바가 먼저 간다리를 만났다. 만물의 속내를 들여다볼 수 있는 능력을 가지고 있는 만큼 그는 그녀가 유디스티라를 저주한다는 사실도 알고 있었다. 그래서 말했다. "간다리여, 판다바들을 해하려 하지 말고 용서하소서. 왕비여, 당신은 언제나 승리는 정의의 편이라며 두리요다나를 축복하지 않았습니까. 판다바들은 모든 덕목을 갖추고 있습니다. 그러니 사악한 욕망을 거두소서."

그 사이, 판다바들이 간다리 앞에 나타나 차례차례 그녀의 발을 만지며 예를 표했다. 간다리는 눈물을 흘리며 비야사데바에게 말했다. "현자여, 저들에게 그 어떤 못된 마음도 가지고 있지 않습니다. 오직 슬플 따름입니다. 제 아이들을 두리요다나의 잘못과 조언자들의 그릇된 충성심으로 인한 자만과 오만으로 인해 멸망했습니다. 저들에게는 털끝만큼의 원망도 없습니다. 허나 제가 받아들일 수 없는 일은 비마의 비겁한 공격입니다. 그 공격은 덕망과는 전혀 관계가 없을 만큼 비겁했습니다."

간다리가 두리요다나에게 엄청난 힘을 불어넣어줬다는 사실을 크리슈나로부터 들어 알고 있는 비마가 대답했다. "제 공격이 옳든 그르든 당신의 아들을 죽일 수 있는 방법은 그것뿐이었습니다. 그는 언제나 우리를 적대했고, 덕목이나 선행 따위는 행하지 않았습니다. 처단했어야 할 자를 처단했을 뿐입니다. 그를 죽이지 않고는 유디스티라 형님께서 정의의 깃발을 세울 수 없었을 것입니다. 그래서 나는 힘을 다하여, 그리고 약속한 대로 그를 처단한 것입니다. 유디스티라 형님께서 말리지 않았다면 이미 오래전에 그리 되었을 일이지요. 드라우파디를 모욕한 바로 그날 말입니다."

게다가 두리요다나의 허리춤 아래를 공격한 것은 크리슈나의 명령에 의한 것이었기에 비마는 그것은 죄가 되지 않는다고 생각했다. 결국 덕목의 근원은 크리슈나이고, 덕목이 존재하는 이유 역시 크리슈나를 기쁘게 하는 것이기 때문이었다. 하지만 크리슈나에 대한 간다리의 믿음이 자신보다 덜하다는 것을 알기에 비마는 이에 대해서는 말하지 않았다. 그랬다가는 크리슈나에 대한 그녀의 존경심이 사라질 것이었다.

간다리의 목소리가 흔들렸다. "비마여, 참으로 잔인하구나. 어찌 두리요다나의 피를 마실 수 있단 말이냐? 그건 라크샤사나 하는 짓이 아니더냐?"

비마는 양심의 가책을 느꼈지만 다시 한번 왕비를 설득했다. "왕비여, 그가 드라우파디를 모욕한 날 나는 맹세했습니다. 맹세를 지키지 않았다면 내 명예는 땅에 떨어졌을 것이고, 내 진심도 가려졌을 것입니다. 그러니 간다리여, 부디 나를 원망하지 마소서. 처음부터 그를 말리지 않은 만큼 죄 없는 우리들을 책망하지 마소서."

간다리는 자신의 아이들을 생각하며 말없이 울었다. 가련한 몸이 들썩이자 하녀들이 와서 그녀를 부축했다. 잠시 후 냉정을 되찾은 그녀가 말했다. "단 한 명이라도 살려주지 그랬느냐. 이제 우리는 누구를 의지하며 살라는 말이냐!"

그러더니 갑자기 그녀의 목소리가 높아졌다. "유디스티라는 어디 있느냐? 유디스티라와 얘기할 것이다."

유디스티라가 합장을 하고 간다리 앞에 나섰다. "여기 있습니다. 이 거대한 파멸을 이끈 자로서 그대의 저주를 받아 마땅합니다. 저를 저주하소서. 왕국도 부귀도, 아니 생명도 중요치 않습니다. 혈족과 친구들을 죽음으로 내몬 것만으로도 나의 부덕과 어리석음이 증명되었습니다."

간다리는 분노를 가라앉히려 애썼다. 마음속에서 저주의 말이 솟아났지만 무능한 남편과 죄 많은 아들, 그리고 비아사데바의 말을 생각하며 그녀는 자신의 감정을 억눌렀다. 유디스티라가 깊은 후회와 고통에 빠진 것은 분명했다. 그렇지만 비마의 행동은 옳지 못했다.

눈을 덮고 있는 안대 뒤로 그녀의 눈이 분노로 번뜩였다. 두리요다나를 축복할 때 이미 많은 영력을 써버렸지만 힘이 다한 것은 아니었다. 그녀는 안대를 살짝 걷어올린 뒤 유디스티라의 발을 내려다보았다. 가지런하게 깎아놓은 유디스티라의 발톱에 그녀의 눈길이 닿자 발톱은 금세 갈색으로 변해버렸다.

놀란 아르주나가 크리슈나 뒤로 숨었다. 하지만 유디스티라는 그 자리에 서서 꼼짝하지 않았다. 간다리는 정신을 차리고 판다바들에게 온화한 목소리로 그들을 목놓아 기다리고 있는 쿤티에게 가라고 말했다.

판다바들은 어머니 앞에 섰다. 십삼 년 만에 아들들을 만난 쿤티는 옷으로 얼굴을 가리며 울음을 터뜨렸다. 한참을 운 그녀는 아들들의 등을 두드리며 안고 또 안았다. 온몸에 나 있는 상처와 흉터를 보고 한참을 또 울었다.

드라우파디가 쿤티의 발아래 쓰러지며 눈물을 흘렸다. "존귀한 여인이여, 그대의 손자들은 모두 어디로 갔습니까. 그대가 이리 슬퍼하시는데 왜 아무도 그대를 위로해주지 않는단 말입니까. 어머니, 저는 이제 어찌 살아야 하며 이 왕국을 위해 무엇을 해야 합니까. 아이들이 모두 죽었습니다."

쿤티는 그녀를 일으켜 세운 뒤 진심으로 위로했다. 그 사이 드리타라
스트라와 간다리가 들어왔다. 간다리가 울고 있는 드라우파디를 향해 말
했다. "사랑하는 여인아, 슬퍼하지 말아라. 모든 일은 거스를 수 없는 시
간이 가져다준 것이다. 모든 것은 비두라와 크리슈나가 예언했던 바, 그
들이 평화를 위해 한 일들은 모두 헛되이 되지 않았느냐."

크리슈나를 떠올리자 간다리는 다시 분노가 솟구쳤다. 비록 평화를 얻
는 데는 실패했지만 크리슈나가 마음만 먹었다면 강제로라도 일을 바른
방향으로 이끄는 데 성공했을 것이다. 그에게는 지상 최강의 전사들이
있지 않은가. 아니, 무엇보다 그는 절대자라고 하지 않았던가. 그런 그가
하지 못할 일이 어디 있겠는가. 결국 간다리는 이 모든 것이 크리슈나의
잘못이라고 생각했다. 현자들도 이 모든 전사들의 죽음이 크리슈나의 신
성한 계획에 포함되어 있었다고 하지 않았던가.

간다리는 크리슈나를 향해 말했다. "그대가 보는 앞에서 판다바들과
쿠루들이 뿌리뽑혔다. 그런데 그대는 어찌 이리 무심하단 말인가? 이 일
을 막을 수 있지 않았는가? 크리슈나여, 그대는 이 우주적인 파멸을 의
도적으로 방치한 대가를 치르고 있는 것이다. 내 남편을 섬겨온 보상을
조금이라도 받는다면 나는 그대를 저주하는 데 쓸 것이다. 판다바와 쿠
루가 혈족간에 전쟁을 벌이도록 놔둔 만큼 그대는 그대의 혈족들을 파괴
한 것이나 다름없다. 크리슈나여, 지금으로부터 삼십육 년 뒤에 그대는
그대의 혈족을 죽이고 부정한 방식으로 그대 또한 죽음을 맞이하게 될
것이다. 그대 가문의 여인들이 지금 저 쿠루의 여인들처럼 통곡을 하게
될 것이다."

크리슈나가 고개를 숙이며 합장했다. "여인이여, 그대의 말은 진실입

니다. 브리슈니족과 야두족을 절멸시킬 존재는 이 세상에 아무도 없습니다. 그대의 저주가 나를 도왔습니다. 나는 이제껏 어떻게 하면 내 혈족을 이 고통스런 현생에서 벗어나게 할 수 있을까 하고 고민해왔습니다. 신도, 간다르바도, 심지어 아수라라 해도 그들을 죽이진 못합니다. 브리슈니와 야두는 서로의 손에 죽게 될 것입니다."

간다리의 저주와 크리슈나의 대답을 들으며 판다바들은 망연자실한 표정을 지었다. 삽십육 년 뒤의 일일지라도 크리슈나가 세상을 떠난다는 사실은 받아들일 수 없었다. 그가 없으면 판다바의 삶은 아무 의미가 없었다. 판다바들은 눈물을 흘리며 크리슈나를 바라보았다.

애정 가득한 눈으로 판다바들을 바라보며 크리슈나가 말했다. "간다리여, 일어나소서. 그리고 슬픔을 떨치소서. 두리요다나는 사악하고 투기심 많고 오만방자했습니다. 모든 것이 그대들의 잘못이거늘 어찌하여 다른 사람을 비난하십니까? 처음부터 그 아이를 살려두는 것이 아니었습니다. 그는 분노의 화신이요, 연장자를 존경할 줄 모르는 무례한 아이였습니다. 분수에 맞게 죽었으니 헛된 슬픔은 벗어던지소서. 슬픔에 빠질수록 그 슬픔은 더욱 커지는 법입니다. 브라만의 여인은 아이를 낳아 금욕 수행을 시키고, 바이샤의 여인은 아이를 낳아 소치는 법을 가르칩니다. 그리고 크샤트리야의 여인은 아이를 낳아 전쟁터에서 죽는 법을 가르칩니다. 다른 삶의 목적은 존재하지 않습니다."

크리슈나의 말이 끝난 뒤에도 간다리는 한참 동안 아무 말도 하지 않았다. 드리타라스트라가 유디스티라에게 전쟁터에서 죽은 전사들은 어디로 갔느냐고 물었다. 유디스티라가 대답했다. "현자 로마샤 덕분에 저는 영웅들의 행방을 볼 줄 아는 능력을 갖게 되었습니다. 그들은 모두 신이 사는 천상의 영역으로 갔습니다. 전투 중에 도망간 자들도 저 높은 영

역으로 갔습니다. 크리슈나 앞에서 죽었으니 의심할 여지없이 모두 높은
영역에 도달했습니다."

유디스티라의 말에 안심한 드리타라스트라는 자신의 아들들과 영웅들
의 장례를 준비하라고 명했다. 수천 명의 브라만이 사마베다와 리그베다
에 나오는 찬가를 읊었다. 강둑을 따라 장작불이 타올랐다. 쿠루족은 물
이 허리춤까지 닿을 정도로 강으로 들어가 성수를 부으며 떠나가는 혈족
들의 넋을 기렸다. 여인들의 울음소리가 브라만의 찬가를 누르며 허공을
뒤덮었다.

판다바들이 성수를 붓기 위해 강으로 들어가려 할 때 쿤티가 다가와
조용히 말했다. "영웅들아, 카르나를 위해 성수를 부어라. 그 빛나던 아
이는 태양신 수리야의 아들이자 내 장남이며, 너희들의 맏형이니라."

갑작스런 쿤티의 고백에 다섯 형제는 충격에 휩싸였다. 유디스티라와
아르주나는 서로를 쳐다보며 아무 말도 하지 못했다. 두 사람은 오래 전
부터 카르나가 고귀한 출신일 거라고 의심해왔다. 비천한 수드라 계급에
서 그런 전사가 태어났다는 것은 불가능했다. 그런 카르나가 어머니의
아들이었다니. 그렇다면 왜 지금껏 그 사실을 몰랐단 말인가. 그리고 어
머니는 어찌하여 그 사실을 숨겼단 말인가.

유디스티라가 큰 소리로 울었다. 언제나 그러하듯 어머니는 진실을 이
야기했다. 유디스티라가 물었다. "존귀한 여인이여, 그대가 진정 카르나
의 어머니란 말인가요? 아르주나를 그토록 저주하던, 오직 아르주나만
이 상대할 수 있었던 카르나의 어머니가 그대였단 말인가요? 어찌하여
지금껏 그 사실을 숨겨오셨단 말입니까? 어떤 연유로 그가 어머니의 아
들이 되었고, 왜 그 사실을 숨겨왔는지 알고 싶습니다. 아비만유가 죽었
다는 소식을 들었을 때보다 더한 슬픔에 파멸할 것 같습니다."

유디스티라는 또 다시 목놓아 울었다. 존경해마지 않는 스승과 조언자들은 물론 자신의 형까지 죽여버린 것이다. 카르나가 형이라는 사실을 알았더라면 전쟁을 피할 수도 있었을 것이다. 그가 없었더라면 두리요다나는 이번 전쟁을 꿈도 꾸지 못했을 것이다.

쿤티가 몸을 떨며 말했다. "아들아, 다른 사람들이 알까 두려워 오랫동안 나 혼자 이 비밀을 지켜왔다. 처녀의 몸으로 그 아이를 잉태했단다. 너에게 몇 번이고 말하려 했지만 그때마다 무언가가 나를 주저하게 만들었다. 이제 카르나와 그 아들들이 죽어 그 아이의 장례를 치러줄 이가 없으니 더 이상 비밀을 감출 수가 없게 되었구나."

쿤티는 수리야가 그녀의 자궁 속에 들어왔던 운명의 그날을 떠올렸다. 그녀는 갠지즈를 바라보았다. 카르나를 담은 바구니를 떠내려보내던 그날처럼 강물은 유유히 흐르고 있었다. 쿤티는 땅에 쓰러져 흐느꼈다.

유디스티라는 어머니를 일으켜 세우며 위로했다. "어머니, 그동안 얼마나 고통스러웠나요? 카르나여, 그대의 동생들을 환영하지 않고 지금 어디 있단 말이오."

유디스티라가 크리슈나를 바라봤다. 크리슈나는 강물에 들어가 떠나간 영혼들을 기리는 의식을 행하고 있었다. 카르나에 대한 진실을 이야기하지 않은 데는 분명 이유가 있을 것이다. 하지만 쿤티만은 다섯 형제를 믿었어야 했다. 그녀가 오래 전에 이 같은 사실을 알려줬다면 오늘 같은 비참한 상황은 벌어지지 않았을 것이다.

먹구름 같은 슬픔을 안고 유디스티라가 다시 입을 열었다. "어머니, 카르나가 어떻게 태어났는지, 왜 그를 떠나보냈는지 말씀해주세요. 어머니를 통해 신들이 행하려 한 무언가가 틀림없이 있을 것입니다."

쿤티는 아들들에게 모든 사실을 털어놓았다. 판다바들은 어머니의 말에 귀를 기울였다. 참으로 믿기 어려운 이야기였다. 판다바의 맏형이자 태양신의 아들이 세상의 빛을 봄과 함께 버려져 형제들의 적으로 나타난 것이다.

크리슈나가 막 강물에서 나오고 있었다. 물방울이 뚝뚝 떨어지는 크리슈나의 모습은 눈부신 오후 햇살에 더욱 빛났다. 그가 가까이 오자 유디스티라는 쿤티의 말을 전했다. 그리고는 합장을 하며 물었다. "크리슈나여, 어찌하여 우리에게 한 마디 말도 해주지 않으셨습니까?"

크리슈나가 대답했다. "그대들의 어머니 쿤티에 대한 사랑 때문이었느니라. 하지만 왕이여, 카르나는 진실을 알고 있었다. 그러나 그는 그 사실을 알고도 두리요다나에 대한 충성을 저버리지 않았다. 이제 그대의 동생들과 함께 가서 그에 걸맞은 의식을 치르거라."

쿤티와 판다바들은 강물로 들어가 카르나를 비롯한 모든 전사자들을 위해 의식을 치렀다. 의식을 마친 유디스티라는 한 달간 강둑에 머물 준비를 시켰다. 경전의 가르침에 따라 유디스티라는 모든 사람들에게 한 달간 강둑에 머물며 죽은 자들을 위해 매일 성수를 바칠 것을 명했다.

해가 지자 판다바들은 크리슈나 곁에 자리를 잡고 앉았다. 나라다가 이끄는 수많은 현자들이 그들을 둘러쌌다. 유디스티라가 나라다에게 카르나에 대해 물었다. 카르나에 대한 모든 것을 알고 싶었다. 나라다는 카르나에 대해 모든 것을 말해주었다. 카르나가 어떻게 하여 아드히라타와 라드하의 손에 길러졌는지도 이야기해주었다.

막강한 힘을 가지고 태어난 덕분에 그는 지상 최고의 무술을 배우러 돌아다니며 자랐다. 드로나가 그를 한낱 전차몰이꾼의 아들로 취급한 순간 그에게는 아르주나에 대한 적의가 생겨났다. 카르나는 드로나를 떠났지만 이내 돌아와 드로나가 아끼는 최고의 제자를 무릎 꿇게 하며 그에게 모욕을 줬다. 그리고는 파라수라마에게 가서 무예를 익혔다. 하지만 훗날 속임수가 발각되어 저주를 받게 되었다. 아르주나를 제외한 그 어떤 판다바도 죽이지 않겠다고 카르나가 쿤티에게 약속했다는 얘기까지 다 듣고 난 유디스티라가 울음을 터뜨렸다.

그는 쿤티를 바라보며 말했다. "카르나가 그 사실을 밝히고 제게 왔더라면 저는 그에게 세상을 주고 이 전쟁을 피했을 겁니다. 그가 판다바의 군주가 되었더라면 그는 아마 지금쯤 천상의 인드라처럼 지상에 빛나고 있을 것입니다."

쿤티는 하얀 사리를 머리 위로 올렸다. 그녀도 유디스티라와 마찬가지로 눈물을 흘리고 있었다. "아들아, 그렇게 생각하지 말아라. 카르나에게 최선의 길이 무엇인지 수없이 말했건만 그 아이는 들으려 하지 않았다. 카르나의 아비인 저 위대한 태양신 수리야도 그 아이의 꿈에 나타나 설득해보았건만 소용없었다. 수리야도, 나도 판다바에 대한 적개심을 없앨 수 없었던 것이 사실이다. 하지만 카르나가 너희들을 해치려는 마음이 확고하다는 것을 알고 나는 그 아이를 떠났단다. 너희들에게 이를 말해줬더라면 운명은 더욱 비극적이었을 것이다."

유디스티라는 얼굴을 두 손으로 감싸고 한탄했다. "말씀해주시지 않은 것을 탓하는 것이 아닙니다. 어머니도 결국엔 위대한 운명의 손아귀에 쥐여 있으니까요. 하지만 적어도 저에게는 말씀해주셨어야 합니다. 이 순간부터 저는 그 어떤 여인에게도 비밀을 말하지 않을 것입니다."

슬퍼하는 유디스티라에게 나라다가 말했다. "왕이여, 너무 슬퍼하지 말라. 그대와 형제들, 그리고 그대를 돕는 군사들의 힘으로 정정당당히 쟁취한 이 세계가 아니더냐. 해야 할 바를 다 했으니 이제 그대는 누구도 도전하지 못할 세상의 지배자가 되었다. 그런데 어찌하여 기뻐하지 않는

단 말이냐? 그대 앞길에 축복만이 있기를. 이제 일어나 합당한 예우를 받거라. 친구들에게 기쁨을 전하고 이 세상을 정의의 길로 이끌거라."

하지만 유디스티라는 조금도 기쁘지 않았다. 카르나의 정체를 알게 되는 순간부터 양심의 가책만 더해졌을 뿐이다.

전사자들을 필시 저 높은 곳으로 갔을 것이다. 하지만 지아비와 아들, 그리고 아버지를 잃은 이 수많은 여인들과 아이들은 어찌할 것인가? 유디스티라는 자애로운 아버지처럼 시민들을 살폈다. 그러던 세상은 이제 슬픔 가득한 여인들과 보호자를 잃은 어린 아이들로 가득하다.

유디스티라가 흐느끼며 말했다. "최고의 현자여, 크리슈나와 브라만들의 은덕, 그리고 형제들의 용맹에 힘입어 이 세상을 정복했습니다. 그럼에도 불구하고 제 가슴은 슬픔으로 젖어 있습니다. 왕국을 욕심낸 탓에 소중한 사람들을 잃었습니다. 수바드라가 사랑하는 아들을 죽이고, 드라우파디의 아들들을 죽였으니 이 승리는 오히려 패배보다 못합니다. 여인들의 통곡소리가 제 심장을 도려내고 있습니다. 나로 인해 저런 여인들이 생겨났으니 이 세상을 얻은들 무엇이 기쁘겠습니까?"

유디스티라는 가슴에 쌓인 고뇌를 터뜨렸다. 용서와 절제심을 찬양하며 그는 크샤트리아의 의무를 비난했다. 전사의 삶은 언제나 난폭하고 분노로 가득 차 있다는 것이다. 비록 그도 크샤트리아로서의 의무를 성실히 수행해왔지만 그는 본성은 전사라기보다는 브라만에 가까웠다. 크리슈나와 형제들이 보는 앞에서 그는 여생을 참회 속에 보내겠다는 뜻을 비쳤다.

"우리는 고기조각을 놓고 다투는 개들처럼 전쟁을 치렀다. 우리가 원한 것은 고깃덩이에 지나지 않는다. 이제 그것을 던져버릴 때가 되었다. 모든 노력은 헛된 것이었다. 우리도, 저들도 목표를 달성하지 못했다. 카우라바들은 드리타라스타라 왕의 유혹에 빠져 파멸을 맞이했고, 우리에겐 불타버린 폐허만이 남았다. 나는 이 세상에 대한 집착을 버리고 숲으로 가겠노라. 참회를 통해 모든 현자들과 고행자들이 원하는 목표를 얻을 것이다. 비마에게 군주의 자리를 넘기마. 아니, 크리슈나와 함께 아르주나 네가 세상을 다스려도 좋다. 나는 더 이상 이 자리에 있고 싶지 않다."

말을 마친 유디스티라는 침묵에 빠졌다. 아르주나는 크리슈나를 바라보다가 다시 유디스티라를 바라보았다. 아르주나가 대답했다. "왕이여, 어찌하여 그런 말을 하시오? 적군을 정복했으니 이제 당신은 세상의 정당한 지배자란 말이오. 당신은 크샤트리아로서 시민들을 보호할 의무가 있소. 가난은 현자들에게나 어울리는 말이오. 왕은 제사를 지내고 필요한 자에게 재화를 나눠줘야 하오. 부귀를 제대로 사용해 덕과 명예를 드높이는 것이 왕의 덕목이오. 그리고 그 역할을 제대로 수행해야 신앙심 깊은 왕이 될 수 있소. 딜리파와 나후샤, 암바리샤를 비롯해 우리 가문의 위대한 왕들이 먼저 간 길을 따르시오. 형님에게 그 외에 다른 길은 없소."

유디스티라는 대답하지 않았다. 확신이 서지 않았다. 마침내 그가 입을 열었다. "부귀와 물질에 대한 애정을 찬양하는 네 말에 동의하지 않는다. 네 안의 자아에 집중해보거라. 그러면 내 말을 이해하게 될 것이다. 명상가들의 뒤를 쫓아 물질계를 버리는 것 외에는 소망이 없다. 이 세상은 어리석은 자들만이 탐내는 환상에 불과하다. 이제부터 나는 금욕과 명상에 필요한 최소한의 것만 소유할 것이다. 상상만으로도 행복해지는구나. 숲으로 가서 절대자의 영원한 거처에 몰두하도록 해다오."

비마가 나섰다. 아르주나처럼 그 또한 각고의 노력 끝에 얻은 왕국을 버리겠다는 유디스티라를 이해하지 못했다. 고요한 밤 하늘에 비마의 목소리가 울려퍼졌다. "좋소. 허나 형님이 운운하는 진리라는 것이 마치 뜻도 모른 채 베다 경전만 잔뜩 읊어대는 어리석은 짓으로 느껴지오. 왕의 의무를 비난하다니 앞으로 게으름뱅이로 살겠단 말이오? 형님의 이러한 뜻을 미리 알았더라면 전쟁은 시작조차 하지 않았을 것이오. 허나 우린 용맹하게 맞서 싸웠소. 그런데 의무를 저버리겠다니요. 두리요다나를 죽인 것이 후회되오."

비마가 계속해서 말을 이었다. "현자들이 말했소. 적들을 죽이고 정의로운 왕실을 세우는 것이 법도라고. 크샤트리야들에게도 용서와 절제가 있는 법이오. 다른 신분이 아닌 전사의 신분으로서 그 덕을 행해야 하는 것이오. 형님이 지금 물러나는 것은 적군을 죽이고 자살하는 것이나 다름없소. 큰 나무에 올라가 꿀을 따기도 전에 떨어지거나 귀한 음식을 구해 놓고 먹기를 거부하는 것과도 다르지 않소."

비마는 여러 가지 예를 들어 유디스티라를 비난했다. 그는 왕의 의무는 절대주가 부여한 것이므로 함부로 포기할 수 없다고 지적했다. 오직 늙거나 패배한 왕만이 포기할 수 있다. 힘과 능력이 있는 한, 선한 크샤트리야라면 백성을 지배하고 보호하는 데 소홀해서는 안 된다는 것이었다.

비마가 말을 맺었다. "왕의 자리를 내놓은 뒤에 모든 걸 이룰 수 있다고 합시다. 그렇게 되면 이 세상에서 가장 완벽한 것은 산과 나무가 되겠군요. 그들은 참으로 절제된 삶을 살고 있소. 그 누구도 해치지 않고 결혼도 하지 않는 생명들이니 말이오. 참된 포기란 절대자가 부여한 의무를 다하는 것을 뜻하오. 신이 내려준 본성에 따라 행동하는 천지만물이 있기에 세상이 움직이는 것이오. 행하지 않는 자는 절대로 성공할 수 없단 말이오."

그러나 유디스티라는 여전히 침묵을 지켰다. 아르주나가 말했다. "왕이여, 베다에 이러한 이야기가 있소. 들어보시오."

그러면서 아르주나는 의무를 포기하고 무소유의 삶을 살기 위해 숲으로 들어간 젊은 브라만들의 이야기를 들려줬다. 인드라가 둔갑해 그들 앞에 나타나 그리 살게 된 연유를 듣고는 인드라가 말했다. "이와 같은 행동은 경전에 적혀 있지 않다. 베다에는 브라만의 의무가 나와 있다. 자신의 의무를 포기하는 자는 비난을 받고 패퇴하게 될 것이다. 반면 의무를 행하고 절대자와 혈족, 조상과 신에게 공양을 하고 제사를 지낸 자는 얻기 힘든 생의 목표를 성취하게 될 것이다. 의무를 행하며 사는 평범한 삶처럼 어려운 것은 없다. 그 평범한 삶이 궁극에 이르러서는 참된 무소유와 무집착으로 이어질 것이다. 정의로운 길로 가는 가장 확실한 방법이니라."

유디스티라는 여전히 말이 없었다. 그러자 이번에는 나쿨라가 나서서 왕으로서의 의무를 받아들이라고 설득했다. 베다의 명령을 읊으며 그는 크샤트리야로서 행해야 할 의무에 대해 이야기했다. 왕은 큰 제사가 있을 때 브라만들과 시민들에게 자비를 베풂으로써 부귀를 포기해야 한다. 모든 것을 포기하고 숲으로 들어가는 것은 베다에 적혀 있는 왕의 길이 아니다. 왕은 시민들을 위해 제사를 치르고 그들의 보호자가 되어주어야 한다. 만일 포기라는 명목으로 그 모든 의무를 포기한다면 그것은 본인 자신은 물론이고 시민들에게 커다란 재앙이 될 것이다. 진정한 포기는 내적인 것이지 외적인 것이 아니다. 무소유와 무집착의 마음으로 의무를 행하는 것이 진정한 무소유이지 의무를 버리는 것은 절대로 무소유가 아니라는 의미였다.

마지막으로 사하데바까지 합세하여 왕을 설득했다. "형님, 해야 할 일을 행하지 않음으로써 물질적인 욕망을 버린다는 것은 참으로 어려운 일이오. 우리의 적들은 일을 포기하는 것을 미덕이라 여기오. 하지만 우리의 친구들은 내적인 집착을 버리고 세상을 통치하는 자와 함께하기를 원하오. '내 것'을 뜻하는 '마마mama'라는 말에는 죽음이라는 뜻도 있다 들었소. 하지만 그 반대말인 '나마nama'는 영원한 브라흐마를 의미한다 하오. 죽음과 브라흐마는 만인의 행동을 결정하는 두 가지 요소라 했소. 자아에 대한 그릇된 생각에서 벗어나 스스로 영원한 존재임을 깨닫는 자야말로 현명하다 할 수 있소. 그런 자는 결과에 연연하지 않는 법이오. 그의 일은 영적인 것이어서 언제나 절대 정신인 브라흐마와 하나가 된다 하오. 자신의 행동에 대한 결과에 집착하는 자는 숲에 들어가 살더라도 죽음에서 벗어나지 못하오. 형님, 진실로 결과를 바라는 무행동은 행동과 다름없소. 부디 마음의 집착을 버리고 의무를 행하여 영원한 덕을 이루시오."

모든 형제들의 설득에도 불구하고 유디스티라는 여전히 침묵을 지켰다. 그는 이미 형제들이 말한 사실을 다 알고 있었고, 자신도 그러한 진리를 부인하지 않았다. 하지만 마음은 세상을 통치하려는 생각에서 이미 멀리 달아나 있었다.

그는 바닥을 바라보며 자리에 앉았다. 화살 침대 위에 누워 있는 비슈마가 떠올랐다. 무참하게 죽어간 드로나가 떠올랐다. 누구인지도 모르고 죽여버린 친형 카르나가 생각났다. 아비만유와 드라우파디의 아들들이 생각났고, 남편과 아버지를 잃고 통곡하는 여인들의 모습과 어린아이들이 떠올랐다. 왕국을 되찾겠다는 욕심만 내지 않았더라면 아무도 죽지 않았을 것이다. 완벽하지는 않았지만 두리요다나는 뛰어난 지도자가 아니었던가? 그런데 어찌하여 그 많은 사람들을 죽여야 했단 말인가.

상심에 젖은 남편을 보고 드라우파디가 위로의 말을 했다. "왕이여, 모두가 이렇게 당신을 위해 애쓰고 있는데 당신은 아무 대답도 하지 않는군요. 주인이시여, 우리가 숲에서 추위와 고통에 몸부림치던 그때, 당신은 형제들에게 두리요다나를 죽이고 왕국을 되찾겠다고 말했습니다. 지금, 세상이 당신 뜻대로 되었는데 어찌하여 우리를 침울하게 만드는지요. 당신의 형제들은 하나같이 천상의 존재와 같은 사람들입니다. 모두가 천지만물과 우주를 다스릴 능력이 있는 분들이지요. 당신은 지금 잘못된 생각에 사로잡혀 있어요. 그렇지 않다면 어떻게 운명이 정해놓은 의무를 포기할 수 있단 말인가요? 어서 제왕의 홀을 쥐고 응징의 지팡이를 드세요. 대지의 여신을 정의로이 통치하고 희생제로 신들을 경배하세요. 자비를 행하고 사악한 자들을 억누르세요. 그리하여 행복을 되찾고 형제들에게 기쁨을 안겨주세요."

드라우파디의 간절한 청에도 유디스티라는 흔들리지 않았다. 판다바들이 침묵하는 동안 숲에서 귀뚜라미 우는 소리가 들려왔다. 제단 쪽에서 브라만들이 베다 경전을 읊고 절대자의 이름을 불렀다. 크리슈나는 아무 말도 하지 않은 채 동정어린 눈으로 유디스티라를 바라보았다. 많은 사람들의 간곡한 청에도 불구하고 흔들리지 않는 유디스티라를 보며 비마가 다시 한번 나섰다.

"형님, 나를 용서하시오. 하지만 약해빠진 형님을 가만히 보고 있을 수는 없소. 형님으로 인해 우리가 이루어놓은 모든 일이 한꺼번에 무너질 참이오. 어찌하여 의무를 행하는 데 주저한단 말이오? 카우라바들이 행한 만행을 잊어버렸소? 이날만을 기다리며 참아내야 했던 시간들을 잊었단 말이오? 전쟁에서 이기고 나니 더 큰 전쟁이 찾아왔군요. 자기와의 전쟁 말이오. 이 싸움에서 이기지 못하면 이길 때까지 다시 태어나 싸워 야 할 것이오."

유디스티라의 표정이 굳어졌다. 자신의 감정조차 다스리지 못한다는 비마의 말이 비수처럼 꽂혔다. 숨을 깊이 들이마시면서 드디어 유디스티 라가 입을 열었다. "비마야, 감정에 넘어간 사람은 내가 아니라 너인 듯 하구나. 세속적인 욕망과 탐욕, 허영심, 무식함이 다 무슨 소용이란 말이 냐. 나더러 무집착을 포기하고 이 세상을 받아들이라고 하지만 그리한다 고 내 영혼, 아니 내 감정을 만족시킬 수 있을 것이라 생각하느냐. 쾌락 에 대한 욕망은 절대 충족될 수 없다. 아니, 오히려 영적인 길에 장애가 될 뿐이다. 그런 탐욕을 버릴 수 있는 자만이 완전한 생을 얻을 수 있다. 욕망에서 자유로운 자는 영원한 축복의 땅으로 갈 수 있지만 세속적 쾌 락을 추구하는 자는 고통 가득한 이 세상을 벗어날 수 없느니라."

그 말에 비마는 아무 말도 하지 못했다. 그러자 아르주나가 일어나 베 다에 적혀 있는, 자나카Janaka 왕에 대한 이야기를 들려줬다. 그 왕 또한 왕국과 부귀를 버리고 숲으로 들어가 고행을 하겠다고 결심했다. 허나 왕비의 강력한 설득으로 다시 돌아와 의무를 행했다. 그녀의 논리는 이 러했다. 집착을 버리기 위해 왕국을 떠난다고 한들 그가 실제로 모든 것 을 버렸다면 왕이든 명상가든 상관이 없다는 것이다. 허나 물질적인 것 을 여전히 탐한다면 명상가가 지니고 있는 물병과 지팡이조차도 탐욕의 대상이 될 것이라는 것이었다.

유디스티라는 아르주나의 말에 귀를 기울였다. 하지만 그 이야기도 유 디스티라의 확고한 결심을 무너뜨리기엔 역부족이었다.

베다에는 여러 가지 상황에 어울리는 다양한 가르침이 존재한다. 지금 자신의 상황을 떠올리며 유디스티라는 세상에 대한 통치권을 포기하는 것만이 유일한 기회라고 확신했다. 그는 애정어린 눈으로 아르주나를 바라보며 말했다. "아우야, 나를 위해 하는 말인 줄 잘 안다. 허나 소용이 없구나. 네가 무예에는 정통한지 몰라도 미묘한 영적인 문제에 대해서는 아직 부족하구나. 스스로 깨닫지 않은 이상 진정한 종교의 길을 이해할 순 없다. 너와 비마는 부귀와 세속적인 것이 고행보다 우월하다고 보고 있구나. 허나 세속적인 의무의 길은 오직 한 차원 높은 포기의 길로 가기 위해 존재할 뿐이다. 우리가 추구해야 할 목표는 물질과 거리가 먼, 나아가 절대 정신이니라. 하여 모든 물질계는 냉정하게 포기해야 하는 것이다."

형제들 사이에 벌어지는 흥미로운 논쟁을 지켜보며 현자들은 고개를 끄덕이며 웃었다. 그들은 크리슈나를 바라봤다. 그 또한 논쟁을 즐기고 있었지만 침묵을 지켰다.

데바스타나Devasthana 현자가 나서 유디스티라에게 고행자의 삶에 대해 말해줬다. 고행자의 삶에도 행동이 전무하지는 않다는 것이었다. 고행자들도 제사를 지내고 신들을 경배하기 위해 열심히 일한다고 했다. 그렇게 일한다고 해서 그들이 해탈을 얻는 것은 아니다. 또 왕이 라자수야를 치르고 세심히 의무를 행한다고 하여 고행을 행하는 브라만보다 덜 종교적인 것도 아니요, 인생의 목표를 완성하지 못하는 것도 아니라는 말도 덧붙였다.

유디스티라는 다시 아무 말도 하지 않았다. 그러자 비야사데바가 나서 크샤트리야의 영광과 의무에 대해 이야기했다. 그는 의무를 이행하지 못한 왕들을 비난하며 왕국과 시민들이 고통받는다면 그 왕은 죄를 저지르는 것이라고 말했다. 왕국 안에서 벌어진 범죄에 대해서도 그 왕은 비난받아야 한다. 그러면서 왕이라면 모름지기 통치자와 보호자로서의 역할을 수행해야 하며, 목숨이 끝나는 순간에야 비로소 모든 것을 포기해야 한다고 역설했다.

유디스티라는 그들의 귀중한 조언을 거역할 마음은 없었다. 하지만 통치자의 역할에 대해서는 마음이 움직이지 않았다. 모든 말을 다 듣고 합장을 하며 유디스티라가 말했다. "주인이시여, 통치에 대한 조언은 저를 기쁘게 하지 않습니다. 남편과 아비를 잃고 통곡하는 저 수많은 여인들과 아이들의 모습을 보면 평화를 얻을 수가 없습니다."

현자가 미소를 지으며 말했다. "행복과 불행은 덧없는 것이니 괘념치 말라. 사람은 누구나 시간의 흐름에 따라 기쁨과 고통을 겪는 법이니라. 기쁨은 불행을 낳고 불행은 다시 기쁨을 낳는다. 이 세상에 영원히 행복한 인간은 오직 완전한 바보, 그리고 마음과 감각을 완벽하게 통제할 수 있는 자 둘뿐이니라. 그렇지 않은 자들은 모두 고통을 겪어야 한다. 지혜로운 자는 집착도 혐오감도 버리고 오직 의무를 이행해 절대자를 기쁘게 한다. 바라타여, 그대의 의무는 이 세상을 지배하는 것이다. 그 의무를 이행함으로써 죽지 않는 명예와 덕망을 얻을 것인즉 그 궁극에서 지고의 영역에 도달할 것이니라."

유디스티라는 도저히 판단할 수가 없었다. 현자의 조언을 거부하는 것은 본성에 어긋나는 짓이다. 하지만 계속해서 생겨나는 의구심은 그것을 거부하고 있었다. 저 많은 파멸을 초래하고 어찌 왕좌에 오를 수 있겠는가. 흘러내리는 눈물을 그대로 둔 채 그가 다시 입을 열었다. "저는 죄인입니다. 무지로 가득 찬 이 마음을 보소서. 다른 사람을 위해 봉사해야 하거늘 수많은 군사들을 죽였습니다. 이 손으로 수많은 소년들과 브라만, 친구, 부모, 스승, 형제들을 모두 죽였습니다. 백만 년을 산다 한들 이 죄를 씻을 수 없을 것입니다. 정의로운 이유로 살인을 저지른 왕은 죄가 없다지만 저는 경우가 다릅니다."

유디스티라도 의무를 행하기 위해 살인을 저지른 왕은 죄가 없다는 것을 알고 있었다. 하지만 그는 전쟁을 치르고 있을 때만 해도 이 세계의 왕이 아니었다. 모든 일은 두리요다나 대신 그를 왕으로 앉히기 위해 저질러진 것이었다. 그런 이기적인 행동은 죄가 분명했다.

"라자수야를 치른다고 해서 그 죄에서 벗어날 수는 없습니다. 진흙으로 구정물을 걸러낼 수 없고 포도주로 그 병을 씻을 수 없듯 짐승을 죽여 제사를 지낸다 해도 살인이라는 죄는 씻어지지 않습니다."

괴로워하는 유디스티라에게 크리슈나가 다가갔다. 그리고는 유디스티라의 손을 잡고 미소를 지으며 말했다. "만인의 으뜸이여, 슬퍼하지 말라. 병이 날까 걱정되는구나. 후회한다고 한들 죽은 사람들이 살아 돌아오는 것은 아니다. 모든 사람은 깨어나면 사라져버리는 꿈속의 존재와 같다. 그들은 모두 정화되어 육신을 버리고 하늘로 갔다. 그러니 슬퍼하지 말라. 여인들 또한 높은 곳으로 간 지아비와 아들들을 위해 기뻐해야 마땅하다. 그리고 이제 그대는 왕으로서 정당한 지위를 되찾거라."

나라다와 비야사데바도 유디스티라에게 슬픔을 떨치고 왕위를 받아들이라고 다시 한번 설득했다. 하지만 두 사람의 말이 끝난 뒤에도 유디스티라는 응하지 않았다. 그러더니 그는 흙을 한줌 집어들었다. 손가락 사이로 흙이 흘러내렸다. 크리슈나와 현자들을 기쁘게 하고 싶었지만 죄책감을 떨쳐버릴 수 없었다. 의무를 수행한다고 자신이 정화되리라고 믿을 수도 없었다.

그는 비야사데바를 올려다보며 말했다. "현자여, 경전의 가르침을 따라 의무를 이행하는 자는 죄가 없음이 틀림없나이다. 하지만 제 마음은 지금껏 저지른 죄악들로 인해 활활 타오르고 있습니다. 어찌하면 이 죄악으로부터 자유로워질 수 있겠습니까? 지은 죄가 너무나도 큰 만큼 지옥행은 불을 보듯 뻔합니다. 먹지도 마시지도 않고 몸이 사그라져 제 생명이 공기 속으로 사라져야만 속죄할 수 있겠습니다."

비야사데바는 모든 크샤트리야의 죽음에는 여러 가지 원인이 있다고 설명했다. 원칙적으로는 죽음에 이르게 한 행동이 가장 큰 원인이지만 절대신의 도움 아래 그들의 죽음을 예정해 놓은 전지전능한 시간 또한 큰 원인이라고 했다. 판다바들은 그 섭리의 도구에 불과했다.

"그대와 같은 자는 지옥에 가지 않는다. 신의 길을 따랐으니 고귀한 곳으로 갈 것이다. 때로는 덕행이 죄악으로, 죄악이 덕행으로 보이는 경우가 있다. 현명한 자만이 그 차이를 안다. 그대는 두려워할 필요가 없다. 전쟁 중에 사소한 것을 어겼다 한들 그 또한 두려워 말라. 일부러 죄를 저지른 자만이 그 대가를 치르느니라. 허나 그대는 그리하지 않았다. 전쟁을 피하려 했을 뿐만 아니라 지금도 이렇게 후회하고 있지 않느냐. 그 후회가 그대를 정화하리라. 원한다면 속죄를 비는 의식을 치러도 좋다. 그대가 죄를 지었다는 생각은 환상에 불과하지만 왕이라면 속죄를 비는 의식을 치러도 된다."

그러면서 현자는 의식을 치르는 방법을 자세히 일러주었다. 유디스티라가 말했다. "현자여, 그대의 가르침에 제 마음이 흡족합니다. 속죄할 방법을 알려주셔서 감사합니다. 허나 왕이 되기에는 아직 마음 한 구석이 불편합니다. 제가 더 이상 죄를 짓지 않는다고 어찌 확신할 수 있겠습니까? 왕의 의무에 대해 자세히 말씀해주소서. 그러한 의무는 언제나 덕목과 함께한다는 사실도 확신시켜주소서. 왕이 행하는 행동은 때로는 악하고 위험하게 보입니다."

몸에서 뿜어져 나오는 광채로 밤을 밝히고 있는 크리슈나를 한번 바라

본 뒤 비야사데바가 대답했다. "왕이여, 도덕과 왕의 의무에 대해 자세히 알고 싶다면 비슈마에게 가거라. 그에 대해서는 비슈마를 능가할 자가 없다. 위대한 현자 치야바나와 바리슈타는 물론 브리하스파티와 파라수나마, 그리고 인드라의 가르침을 받은 자다. 그를 만나면 그대의 의구심이 모두 해소될 것이다. 그가 누워 있는 곳으로 가거라. 아직 그의 죽음이 오지 않았다."

비슈마의 이름을 듣고 유디스티라는 또다시 슬픔에 빠졌다. 눈물이 터져나왔다. "그리 비참하게 공격해놓고 제가 어찌 그에게 갈 수 있단 말입니까?"

크리슈나가 유디스티라의 어깨에 팔을 얹으며 격려했다. "만왕의 으뜸이여, 슬퍼하지 말라. 신성한 현자의 가르침대로 행동하라. 비슈마에게 가서 그대의 의무에 대해 물어라. 저 위대한 자의 가르침을 통해 의구심을 떨쳐버리고 왕위에 올라 브라만과 형제들을 기쁘게 하라."

이야기는 밤새 이어졌다. 여명이 밝아오자 유디스티라는 비야사데바의 조언을 받들어 비슈마를 만나러 가기로 결정했다. 자리에서 일어서며 그가 말했다. "그리하겠습니다. 브라만들의 의식을 받고 위대한 그분을 만나러 가겠습니다."

여전히 내키지 않았지만 그는 크리슈나의 희망을 저버리고 싶지 않았다. 황제로서 대관의 준비는 되어 있었지만 그 전에 비슈마로부터 더 큰 가르침을 받을 필요가 있었다.

그제서야 판다바들은 안도하며 서로를 바라봤다. 그리고는 대관식을 준비하기 위해 하스티나푸라로 돌아갈 준비를 했다. 달이 해와 만나 수많은 별에 에워싸이듯 유디스티라는 크리슈나와 형제들을 대동하고 하스티나푸라로 향했다. 시인과 악사들의 찬양을 받으며 그는 전차에 올랐다. 비마가 고삐를 쥐었고, 아르주나가 그의 머리 위로 커다란 양산을 받쳤다. 양옆에서는 쌍둥이 형제가 부채를 들어 시원한 바람을 부쳐주었다.

행렬 맨앞에는 드리타라스트라가 섰다. 왕은 간다리와 함께 황금 전차에 올랐다. 유디스티라의 바로 뒤에는 눈부신 네 필의 말이 이끄는 크리슈나의 전차가 자리했다. 크리슈나 옆에는 사티야키가 앉아 있었다. 거대한 코끼리와 전차 무리가 그 뒤를 따랐다. 행렬은 도시를 향해 움직였다. 그들이 하스티나푸라에 입성하자 북소리와 나팔소리는 물론 기뻐하는 수천 명의 백성들이 내뿜는 환호가 터져나왔다.

14

비슈마의 가르침

판다바들이 돌아왔다는 소식에 하스티나푸라의 시민들은 온갖 꽃과 화환으로 도시를 장식했다. 이어 거리에 줄지어 서서 행렬을 향해 꽃과 쌀을 던졌다. 형제들을 본 사람들은 너나 할 것 없이 모두 기뻐했다. 눈물을 흘리며 행복에 겨워 소리를 지르는 사람도 있었다.

여인들은 행렬이 지나가는 시간에 맞춰 발코니로 나와 비단옷과 보석을 늘어뜨렸다. 비단 지붕이 그리워진 전차를 타고 드라우파디가 지나가자 여인들이 외쳤다. "축복받은 공주여, 찬양받으소서. 천상의 일곱 현자를 모시는 고타미처럼 영웅들을 모시는 여인이여, 그대의 진실한 행동과 맹세가 열매를 거두었습니다."

유디스티라는 쿠루의 궁전으로 들어갔다. 도시의 대표가 유디스티라를 반기며 찬사를 늘어놓았다. "운명의 도움으로 폐하께서 적을 무찌르고 돌아오셨습니다. 왕 중의 왕이시여, 덕과 용맹으로 왕국을 되찾으셨으니 이제 대대손손 우리를 통치하소서. 인드라가 신들을 돌보듯 우리를 보호하소서."

이어 유디스티라의 전차는 거대한 궁문을 지나 궁내로 들어갔다. 브라만들이 베다를 읊는 동안 유디스티라는 전차에서 내려 사원으로 들어갔다. 그는 보석과 화환, 향수로 신들을 경배했다. 사원에서 나오니 경전을 든 브라만들이 기다리고 있었다. 그들은 축문을 외우며 회당으로 가는 그를 계속해서 경배했다.

그런데 브라만 가운데 모습을 감춘 라크샤사 하나가 숨어 있었다. 그의 이름은 차르바카Charvaka로, 두리요다나의 오랜 친구였다. 브라만의 복장을 한 그는 대놓고 유디스티라에게 욕설을 퍼부었다. "쿤티의 아들아, 이 고행자들이 그대에게 이렇게 말하라고 했다. '사악한 그대가 혈족들을 모두 죽여버렸구나. 차라리 죽는 것이 나았을 것이다.'"

차르바카의 말에 브라만들이 분노했다. 아무도 그의 말에 동의하지 않았다. 그들은 걱정 속에 유디스티라를 바라보았다. 유디스티라가 고개를 숙인 채 말했다. "브라만들이여, 패념치 마소서. 맞는 말입니다. 하지만 욕은 하지 마소서. 내 머지않아 목숨을 내놓을 것입니다."

브라만들이 말했다. "왕이여, 우리의 뜻이 아니니라. 그런 말은 한 적이 없다. 만복을 누리거라."

날카로운 눈으로 차르바카를 유심히 살펴보던 몇몇 현자들은 그의 정체를 당장 알아차렸다. "사악한 자여, 두리요다나의 친구 차르바카가다."

분노한 브라만들은 어깨에 찬 신성한 끈을 쥐고 베다에 나오는 주문을 외웠다. 차르바카는 마치 인드라의 벼락을 맞은 것처럼 그 자리에 쓰러졌다.

유디스티라는 브라만들의 찬양과 위로를 받으며 기쁜 마음으로 회당에 들어가 자리에 앉았다. 맞은편 의자에는 크리슈나와 사티야키가 앉고, 그 옆으로는 비마와 아르주나가 자리했다. 쿤티는 양옆에 쌍둥이 형제를 대동하고 자리를 잡았다. 드리타라스트라와 다른 쿠루의 장로들도 자리에 앉았다.

회당에는 신성한 찬가가 가득 울려퍼졌다. 드디어 대관식이 시작되었다. 유디스티라의 머리에 성수와 우유, 꿀, 요구르트, 버터기름이 부어졌다. 그리고 그는 황제에 임명됐다. 순백색 비단옷을 입고 황금 장신구와 빛나는 화환으로 장식된 유디스티라는 다우미야에 의해 호랑이 가죽이 깔린 근사한 자리로 인도됐다. 드라우파디와 함께 그는 성화에 제물을 바쳤다. 의식이 끝나자 크리슈나가 왕관을 쓴 유디스티라의 머리에 정화수를 부었다.

쿠루의 왕, 유디스티라가 자리에서 일어났다. 수천 개의 북소리가 울려퍼졌다. 회당은 환호로 가득 찼다. 유디스티라는 다우미야에서 의식을 주재한 제사장에 이르기까지 회당에 있는 모든 브라만에게 엄청난 재물을 공양했다. 유디스티라에게 끝없는 축복과 찬사가 쏟아졌다.

공양 의식이 끝난 뒤 유디스티라가 왕좌에 앉아 입을 열었다. "모든 브라만의 찬양과 경배를 받은 자는 위대하다. 하지만 나는 그런 찬사를 받을 자격이 없다. 그대들의 마음은 알겠다. 하지만 우리의 아버지이자 신은 바로 드리타라스트라 왕이다. 나를 기쁘게 하려거든 그를 경배하고 그가 원하는 것을 행하여라. 그는 이 세상의 주인이자 그대들의 주인이며 나의 주인이다. 지금껏 그래왔듯이 그를 왕으로 대하여라."

유디스티라는 행여나 드리타라스트라가 무시당하거나 업신여김을 받을까봐 우려했던 것이다. 대부분의 사람들이 이 모든 파멸의 원인으로 그를 비난하지 않았던가. 눈먼 군주에 대한 무례를 용인하지 않겠다고 선언한 유디스티라는 그의 대신들을 임명했다. 비마는 태자에, 아르주나는 사령관에, 쌍둥이 형제는 사법대신에 임명됐다. 그리고 다우미야는 수석 제사장에, 산자야는 왕실 고문에 임명됐다. 유유추에게는 드리타라스트라를 돌보며 하스티나푸라의 통치자로서 그가 내린 명령을 속국에 전하는 임무를 맡겼다.

유디스티라는 또한 브라만들에게 선조들을 기리는 스랏타[sraddha] 제사를 지내라고 명한 뒤 남편과 자식을 잃은 여인들에게 그에 합당한 물품을 지급하라고 명했다. 식량을 보급할 기관을 만들고 전사자들을 위해 공동 목욕탕과 기념비를 세울 것도 명했다. 죽은 혈족들을 대신해 드리타라스트라가 브라만들에게 재화를 나눠줬다.

비마는 두리요다나가 차지했던 화려한 왕궁을 받고 위풍당당한 모습으로 궁에 들어갔다. 두샤샤나가 살던 화려한 왕궁은 아르주나에게 주어졌다. 모든 의식이 끝난 뒤 아르주나는 크리슈나와 함께 궁으로 휴식을 취하러 갔다. 나쿨라와 사하데바에겐 두라마르샤나와 두르무카가 살던 왕궁이 각각 주어졌다. 새로운 거처로 들어가는 판다바들은 천상의 신들처럼 즐거워했다.

* * *

새로운 날이 밝았다. 유디스티라의 머릿속은 여전히 비슈마로 가득했다. 전쟁터로 돌아갈 시간이 왔다. 유디스티라는 크리슈나를 만나러 갔다. 아르주나의 왕궁에 들어서자 화려한 소파에 앉아 있는 크리슈나의 모습이 보였다. 몸에 비단을 걸치고 천상의 장신구를 두른 검은 피부의 크리슈나는 마치 순금에 박힌 사파이어처럼 환하게 빛났다.

유디스티라가 말했다. "신성한 주인이시여, 편히 쉬셨습니까? 그대의 도움으로 이 세상을 되찾고 우리의 의무를 저버리지 않을 수 있었습니다. 앞으로 제가 해야 할 일을 알려주소서."

크리슈나는 대답이 없었다. 명상에 잠겨 있는 듯했다. 그 모습에 놀란 유디스티라가 말했다. "놀랍습니다. 가늠할 수 없는 능력의 소유자여, 명상에 잠겨 계셨군요. 세상을 벗어나 자아의 네 번째 단계에 몰입하셨으니 그저 놀라울 따름입니다. 바람 없는 곳의 등불처럼 흔들림이 없습니다. 크리슈나여, 감히 제가 그 방법을 알 수 있다면 알려주소서."

무의식에서 돌아온 크리슈나가 대답했다. "화살의 침대에 누워 있는 만인의 으뜸 비슈마는 꺼져 가는 불꽃과 같다. 그는 지금 오로지 그대 생각뿐이다. 내 마음 역시 오직 그에게 집중되어 있다. 인드라도 감내할 수 없는 그의 손바닥과 화살의 떨림에 내 마음이 꽂혀 있다. 이 세상의 왕들을 무찌르고 코살라의 세 공주를 납치해 간 그를 생각하고 있다. 파라수라마와 싸워 마침내 현자로부터 항복을 받아낸 현자의 제자 비슈마를 생각하고 있다. 그런 그가 감정을 억제하고 마음을 나에게 집중해 지금 나로부터 피난처를 구하고 있다. 그러한 연유로 그에게 마음을 집중하고 있었던 것이다."

크리슈나는 유디스티라에게 비슈마가 곧 떠날 때가 되었으니 형제들과 함께 지금 당장 그를 찾아가라고 말했다. "그가 떠나는 순간 도덕과 의무에 관한 모든 지식도 함께 떠나고 만다. 나는 물론이고 그에 필적할 만한 가르침을 줄 이는 이 세상에 없다."

애써 눈물을 감추며 유디스티라가 대답했다. "알겠습니다. 이미 브라만들을 통해 수없이 들어온 바입니다. 언제나 진실만을 말씀하시는 그대도 똑같은 말을 하시니 어찌 진리가 아니겠습니까? 원하건대, 저희를 위해 함께 가주소서. 이제 태양이 북쪽으로 방향을 틀면 비슈마는 스스로의 의지에 의해 천상으로 떠날 것입니다. 브라흐마의 영원한 쉼터요, 만물의 안식처여, 그 전에 그를 마지막으로 볼 수 있게 해주소서."

크리슈나는 옆에 앉아 있는 사티아키를 보며 말했다. "전차에 말을 묶어라. 지금 곧 출발할 것이다."

유디스티라가 크리슈나의 발을 만지며 예를 표했다. 크리슈나는 자리에서 일어나 판다바를 포옹했다. 유디스티라는 왕궁 밖으로 나가 즉시 전쟁터로 갈 채비를 했다. 그리고는 하스티나푸라의 중앙로를 따라 달려 나갔다. 그 뒤로 형제들과 크리슈나가 전차를 타고 뒤따랐다. 일행은 곧 쿠루크셰트라에 도착했다. 열여드레 동안 치러진 전쟁의 흔적이 눈앞에 펼쳐졌다. 들판에는 부서진 무기와 전차들이 즐비하고, 도처에는 새하얀 뼈들이 널려 있었다. 짐승들의 뼈가 산더미를 이루고 있었다.

비슈마는 고행자들에 둘러싸여 있었다. 그의 몸은 여전히 빛나고 있었다. 멀리서 그를 본 판다바들과 크리슈나는 전차에서 내려 그에게 걸어 갔다. 그들은 현자들에게 경배를 하고 축복을 받은 뒤 비슈마를 둘러싸고 자리에 앉았다. 비슈마는 화살 침대 위에 고요히 누워 있었다.

크리슈나가 눈물을 흘리며 말했다. "영웅이여, 그대의 정신과 마음은 지금도 여전히 고요하고 맑은지요? 고통과 슬픔에 사로잡혀 있지는 않은지요? 이 세상에서 그대에 비견할 자는 없으며, 진리와 자비, 그리고 참회와 희생, 덕행에 당신만큼 헌신한 자는 없습니다. 용맹과 베다의 경전, 도덕률에 그대를 따를 자는 없습니다. 위대한 자여, 브라만들은 당신을 바수 신에 비유하지만 그대는 더욱 위대합니다. 참으로 그대는 신들의 왕 바사바Vasava에 버금갑니다."

크리슈나는 판다바들에게 비슈마가 전생에 바수 신의 지도자인 디야우Dyau라는 사실을 말해준 적이 있다. 바수들의 공격을 받은 바시슈타Vasishtha의 저주로 인해 그들은 지상에 태어난 것이었다. 바시슈타 현자는 그들에게 곧 천상으로 복귀하리라고 말했지만 그는 우두머리인 디야우는 한동안 지상에 머물라고 저주를 내렸다. 바수들은 강가 여신의 아들로 태어났지만 아들들이 금방 천상으로 돌아갈 수 있도록 그들을 강물에 던져버렸다. 하지만 비슈마만은 강물에 던지지 않았다. 대신 다른 바수들이 그에게 힘을 불어넣어주어 그는 모든 바수의 힘을 합친 것과 같은 엄청난 힘을 갖게 되었다. 이것이 바로 그가 지상의 천하무적이 된 이유다.

비슈마를 찬양한 크리슈나는 자신의 의무에 대해 유디스티라가 품고 있는 의구심을 거두어달라고 부탁했다. "유디스티라의 슬픔을 거두어주소서. 수많은 영웅들과 친구들의 죽음으로 슬픔에 빠져 고통스러워하고 있습니다. 유디스티라의 의구심을 벗어나게 해줄 자 그대뿐입니다. 그대는 언제나 다른 사람을 이롭게 하였으니 판두의 아들을 위로하여 번민으로부터 가볍게 해주소서."

비슈마가 고개를 살짝 들어 크리슈나를 바라봤다. 절대자를 바라보는 비슈마의 눈빛은 경외와 기쁨으로 가득했다. "성스러운 크리슈나여, 그대를 경배합니다. 만물의 창조자이자 파괴자여, 물질계와 영혼계가 모두 그대에게서 나와 그대에게 안식합니다. 이제 내 눈에는 그대의 신성함을 지닌 우주적인 모습이 보입니다. 이제 그대에게 안식해 자비를 구합니다. 절대자여, 말씀해주소서. 이제 내가 어찌해야 합니까? 그대의 축복의 땅에 가고자 하는 마음뿐입니다."

크리슈나가 부드러운 손길로 비슈마의 머리를 쓸어내리며 대답했다. "만인의 으뜸이여, 나에 대한 당신의 헌신을 잘 알고 있습니다. 오직 나의 헌신적인 종에게만 허용하는 내 우주적인 모습을 그대에게 허락했지요. 그대는 지금껏 단 한 번도 믿음과 사랑을 저버리지 않았습니다. 영영 돌아오지 않을 그 땅으로 가게 될 것입니다. 비슈마여, 이제 그대의 생명이 오십육 일 남았습니다. 그 후 그대는 나에게 올 것입니다. 태양이 북으로 향하면 그대는 육신을 버리고 이 세상을 떠나게 될 것입니다. 우리가 지금 여기 왔으니 그 지식을 설파해 유디스티라의 슬픔을 없애주소서."

비슈마의 머리가 다시 땅에 닿았다. 비슈마는 눈을 감았다. 그의 얼굴은 눈물로 뒤덮여 있었다. 판다바들은 고통스러워하는 그를 보며 슬픔을 감추지 못했다. 그들은 머리를 조아리고 합장한 채 비슈마의 대답에 귀를 기울였다.

"나라야나여, 위대한 이여, 만세의 주인이시여, 그대의 말에 내 가슴은 기쁨으로 가득 찼습니다. 하지만 지식의 호수와도 같은 그대 앞에서 감히 내가 무슨 말을 하겠습니까? 인드라 앞에서 입을 열 수 있는 자만이 그대 앞에서 도덕과 의무에 대해 논할 수 있을 것입니다. 크리슈나여, 고통이 극심합니다. 기력은 쇠하고 말도 제대로 할 수 없습니다. 분별력을 잃어가고 있습니다. 그대의 힘에 목숨을 부지하고 있으니 유디스티라를 위해, 그리고 이 세계를 위해 직접 말씀해주소서. 내 어찌 그대 앞에서 말을 하겠습니까."

가을 햇살은 따스했다. 비슈마는 커다란 양산이 드리워진 그늘에 누워 있었다. 전장을 뒤덮은 독수리와 하이에나의 울음소리가 주문을 외우는 브라만들의 목소리 위로 내려앉았다. 쿠루의 대원로는 크리슈나를 바라보며 그의 신성한 애정에 넋을 잃은 듯했다.

크리슈나가 미소를 지었다. "그대는 참으로 그대다운 말을 하시는군요. 위대한 영혼이여, 쿠루족의 으뜸이여, 그대의 고통이 느껴지니 이제 내 약속을 들으소서. 그대의 숨이 끊길 때까지 그 어떤 고통도 굶주림도

갈증도 없을 것입니다. 지력과 기억력은 또렷해지고 마음은 평화로워질 것입니다. 지식은 고요한 호수의 물고기처럼 투명해질 것입니다. 그러니 이제 유디스티라의 물음에 답할 수 있을 것입니다."

그 순간 하늘에서 꽃비가 쏟아졌다. 현자들은 크리슈나를 찬양하고 신들은 신성한 악기를 연주했다. 서늘하고 향기로운 바람이 불어와 순식간에 모든 것이 평화로워졌다. 짐승과 새들도 숨을 죽였다.

해가 지고 있었다. 크리슈나는 비슈마에게 내일 다시 와 이야기를 듣겠노라고 했다. 대원로에게 절을 올린 뒤 그들은 눈부신 전차에 올라 근처에 천막을 치고 밤을 보냈다.

* * *

다음 날 아침, 약속한 대로 판다바와 크리슈나는 비슈마에게로 가기 위한 준비를 했다. 불꽃처럼 빛나는 전차를 타고 막사에서 나온 유디스티라는 마치 구야카들에게 에워싸인 쿠베라처럼 보였다. 같은 전차에 올라탄 크리슈나와 아르주나 역시 신처럼 빛났다. 세 영웅은 브라만들의 경배를 받으며 길을 떠났다. 드리타라스트라와 간다리가 그 뒤를 따르고, 수천 명의 사람들 또한 마지막으로 비슈마를 보기 위해 길을 나섰다.

비슈마가 있는 곳에 도착한 판다바들은 전차에서 내려 그의 발아래 절을 올렸다. 크리슈나도 고개를 숙여 예를 표했다. 비슈마 주변에 있던 브라만 수백 명이 일어나 유디스티라 일행에게 길을 내주었다. 세상의 모든 현자들이 한자리에 모인 것 같았다. 파르바타, 나라다, 비야사데바, 바라드바야, 파라수라마, 아시타, 고타마, 아트리, 카슈야파, 앙기라샤 등등 모두가 그 자체만으로도 눈부시게 빛나는 현자들이었다.

일일이 인사를 건네며 그들을 맞이하고 경배한 비슈마는 옆에 앉은 크리슈나와 판다바들을 따뜻하게 환영했다. 안부를 묻는 크리슈나의 물음에 고통도 피곤함도 모두 사라졌다고 답했다. "크리슈나여, 당신의 은총으로 완벽하게 고요함과 평온함을 되찾았습니다. 과거와 현재와 미래를 마치 내 손에 든 과일처럼 보게 되었습니다. 이제 곧 세상을 떠날 것인즉 그때에도 그대만을 생각하겠습니다."

판다바들은 죽어가는 할아버지를 보며 아무 말 없이 자리에 앉아 있었다. 이를 본 비슈마의 가슴도 애정으로 벅차 올랐다. 눈물을 흘리며 비슈마가 말했다. "아들아, 유디스티라야, 종교의 화신의 아들인 네가, 선한 영혼의 소유자인 네가 대체 어떤 고통을 겪고 있단 말이냐? 브라만과 종교, 그리고 절대자의 보호가 있기에 네가 지금껏 살아 있는 것이 아니더냐?"

비슈마는 유디스티라를 북돋우기 위해 그가 신성한 자의 보호를 받고 있다고 하며 말을 이어갔다. 모든 것은 절대자의 의지대로 움직이고, 그 누구도 불가피한 일로 인해 슬퍼해서는 안 된다는 것이었다.

"너희의 어머니이자 내 며느리인 쿤티가 겪은 불행들은 참으로 안타깝구나. 위대한 왕 판두가 죽은 뒤 그녀는 너희들과 함께 버려졌다. 그게 불행의 원인이 되었다. 훗날 그녀는 너희들이 당하는 고통으로 인해 더 큰 고통을 겪어야만 했느니라. 이는 모두 피할 수 없는 시간이 가져다준 운명이었느니라. 그렇지 않았다면 다르마의 아들인 유디스티라 너와 천하무적인 비마, 그리고 아르주나가 어찌 그런 고난을 겪었겠느냐. 무엇보다, 절대자의 보호를 받고 있는 네가 어찌 그런 고통을 겪을 수 있었겠느냐."

비슈마는 고개를 살짝 돌려 크리슈나를 바라보며 말을 이어갔다. "여기 만물을 주재하는 신성하고 불가지한 크리슈나가 있다. 시간은 그의 힘이다. 위대한 현자들과 예언자들도 그의 계획은 알 수가 없다. 크리슈나의 행동에 대해 끝없이 연구하고 고민해도 명확히 알 수 없다. 바라타의 으뜸아, 모든 파괴는 절대자의 계획에 들어 있느니라. 가늠할 수 없는 그의 뜻을 받아들이고 그의 의지를 따르거라. 너는 이제 황제가 아니더냐. 저 시민들을 돌봐야 하느니라."

비슈마는 지금 이 순간이 유디스티라를 납득시킬 수 있는 가장 좋은 기회라는 것을 알고 있었다. 판다바들은 모두 크리슈나에게 헌신적이었지만 그를 너무도 존경한 나머지 가끔씩 그가 우주의 지배자라는 사실을 망각하곤 했다. 비슈마는 유디스티라에게 그가 이미 알고 있는 사실을 일깨워줄 뿐이었다. 만일 그가 이 전쟁의 원인과 결과가 철저하게 크리슈나의 계획이었음을 깨닫는다면 왕의 의무를 행하는 데 주저하지 않을 것이다.

크리슈나의 신탁에 힘입어 비슈마의 목소리는 살아 있을 때의 힘을 되찾았다. 크리슈나로부터 눈을 떼지 않고 그가 말을 이어갔다. "크리슈나는 태초의 절대 초월자에 다름 아니니라. 그로 인해 나라야나와 모든 신성이 탄생했다. 그럼에도 불구하고 그는 브리슈나 왕의 후손으로 다시 태어나 우리 가운데서 세상을 돌아다니고 있는 것이다."

비슈마는 다시 유디스티라에게 고개를 돌려 말했다. "유디스티라여, 시바 신과 천상의 현자 나라다, 그리고 몇몇 위대한 인물만이 그의 비밀에 대해 알고 있다. 내 사랑하는 아들 유디스티라야, 그저 혈족으로만 알고 있던 네 다정한 친구이자 조언자요, 너희들의 복을 빌어주는 자가 실제로는 우주의 물질계와 영계를 주재하는 초월자이니라."

비슈마는 계속해서 크리슈나에 대해 설명했다. 그는 초월적 자아로 모두의 마음속에 존재하며, 만인에게 친절하고 차별이 없다고 했다. 피조물을 겉모습으로 판단하지 않고, 그리하여 그가 행하는 모든 일은 물질적인 것과는 무관하다고도 했다.

밀려오는 영적 기쁨에 비슈마는 잠시 말을 멈췄다. 눈물이 멈추지 않고 흘러나왔다. 유디스티라가 부드러운 천을 들어 그의 눈물을 닦아주었다.

비슈마가 말을 맺었다. "만인에게 평등한 크리슈나지만, 그는 곧 이승을 떠날 나에게 크나큰 자애를 베풀었느니라. 나는 그의 흔들리지 않는 종이기 때문이다. 깊은 헌신과 명상에 의해 마음속에 현현하는 절대자는 그 헌신자가 물질계를 떠날 때 업보에 묶인 사슬을 풀어주는 법이니라. 떠오르는 태양처럼 붉은 눈과 연꽃과 같은 신비한 얼굴을 가진 내 주님이 내 생의 마지막 순간에 함께하시길."

비슈마의 목소리는 그곳에 있는 모든 사람들의 마음을 움직였다. 크리슈나는 애정 가득한 눈길로 손을 들어 그를 축복했다. 그리고는 유디스티라를 바라보며 슬며시 고개를 끄덕였다. 질문을 해야 할 순간이라는 뜻이었다.

유디스티라는 다양한 종교적 의무에 대한 원칙을 묻기 시작했다. 비슈마는 천상의 현자들로부터 듣고 스스로 실천한 베다의 지식을 자세하게 알려주었다. 그는 많은 예를 들어가며 고대 역사에서부터 설명하기 시작했다. 사람들은 넋을 잃고 그의 이야기에 귀를 기울였다. 이야기에 몰두하는 동안 하루가 금방 지나갔다.

해가 지기 시작하자 사람들은 다음 날을 기약하며 막사로 돌아갔다. 그들의 대화는 오십 일간 이어졌다. 비슈마는 먼저 개인의 품성에 따른 네 가지 신분의 의무와 유형, 생의 순서를 설명했다. 그리고 그는 행위를 하되, 어떻게 해야 물질적인 욕망에서 벗어날 수 있는지에 대해서도 설명했다. 나아가 그는 왕의 실질적인 의무이자 사람들을 구원으로 이끄는 자비의 행동에 대해서도 말해주었다.

비슈마의 대답은 유디스티라를 완벽하게 만족시켜주었다. 크리슈나가 비슈마에게 허락한 생의 시간이 다해가면서 유디스티라의 마음속에 있던 의문과 불확실함도 사라졌다.

태양이 서서히 북쪽으로 향하고 있었다. 태양이 북반구로 향하면서 해탈을 얻은 고행자들이 세상을 떠날 시간도 다가왔다. 비슈마는 가르침을 그치고 떠날 준비를 했다. 그는 모든 물욕을 거둬들이고 세상 만사로부터 마음을 거둬들인 뒤 크리슈나를 바라보았다. 크리슈나는 네 팔을 활짝 펴고 눈부신 옷을 입은 채 서 있었다. 비슈마는 모든 감각을 정지시키고 천지만물의 지배자에게 기도를 드리기 시작했다.

"수많은 대상에게 향했던 나의 생각과 감각, 의지, 그리고 의무를 전지전능한 크리슈나에게 맡깁니다. 헌신자들의 수장으로서 스스로 창조한 이 물질계로 와 함께 즐기는 분에게 맡기겠습니다. 당신은 검은 타말라 나무처럼 검푸른 초월적인 몸으로 이 땅에 오셨습니다. 그 신성한 몸은 삼계의 모든 만물의 마음을 끌어당깁니다. 연꽃을 닮은 당신의 얼굴에 내 마음이 향하기를 기원합니다. 내 행동으로 물질적인 결과를 원치 않게 해주소서."

비슈마는 지난 열여드레 간의 전쟁에서 크리슈나를 마주했던 기억을 떠올리며 말을 이었다. "지난 열여드레 동안 절친한 친구 아르주나의 전차를 모느라 당신의 머리카락은 잿빛으로 변했습니다. 힘을 소진하여 얼굴은 땀으로 범벅이 되었습니다. 허나 그 모습 또한 나에겐 영광이었고, 내 날카로운 화살이 남긴 상처에도 당신은 빛났습니다. 이제 내 마음을 그 추억에 머물게 하소서."

비슈마는 크리슈나가 전쟁에 개입한 것도 그저 초월적인 즐거움이었다는 사실을 알고 있었다. 크리슈나는 아르주나의 희망에 보답하는 의미에서 그를 도와 아르주나에게 사랑을 보여준 것이다. 또한 그는 분노 가득한 비슈마가 자신에게 달려오는 장면을 보고는 그와 비슷한 방식으로 비슈마의 희망 또한 들어준 것이었다. 비슈마의 깊은 마음을 생각하면서 비슈마는 즐거웠던 순간들을 열거했다.

"당신은 내 욕망을 채워주기 위해 스스로와의 약속을 희생하면서까지 전차에서 내려 나에게 달려들었습니다. 그 모습 또한 잊지 않겠습니다. 눈부신 옷을 땅에 떨어뜨리며 분노 가득한 얼굴로 나를 향해 오던 그 모습을 잊지 않겠습니다. 당신의 갑옷은 비록 내 화살에 산산조각나고 당신의 몸에서는 피가 흘렀지만 그 또한 당신의 마음이었음을 잊지 않겠습니다. 크리슈나여, 나의 마지막 안식처가 되어주소서."

늙은 쿠루의 영웅은 크리슈나에게 향했던 자신의 그릇된 행동을 후회했다. 그리고는 잠시 말을 멈추고 그 순간을 떠올렸다. 크리슈나가 분노에 가득 차 그에게 달려들었을 때 그는 크나큰 희열감을 느꼈다. 크리슈나 또한 전쟁이 만든 상황을 즐기며 쾌락을 느꼈을 것이 분명하다. 비슈마는 문득 자신이 추억에 빠져 있음을 깨달았다. 전쟁터에서 크리슈나와 맞섰다는 것은 그의 생애에서 가장 숭고하고 귀한 순간이었음에 틀림없다. 전쟁 동안 그의 눈앞에는 크리슈나라는 절대자가 서 있었던 것이다.

약속한 시간이 왔다. 비슈마는 떠날 때가 되었음을 깨달았다. 그는 마음을 집중해 오로지 크리슈나만을 생각하며 마음을 비웠다. 크리슈나가 세상에 있는 동안 그가 행했던 신성하고도 즐거웠던 순간들을 생각하며 그는 유언을 하기 시작했다.

"음과 양, 그 이중성을 초월했으니 내 눈앞에 있는 유일한 주 크리슈나에게 모든 정신을 집중해 명상에 잠길 수 있구나. 그는 만인의 가슴에 존재하고 모든 초월자들의 마지막 안식처이니라. 브라흐마를 절대 진리로 받아들이는 자들의 마지막 목적지이기도 하다. 태양은 보는 자의 눈과 위치에 따라 다르게 보이겠지만 태양은 오직 하나다. 이제 전지전능하고 모든 곳에 존재하는 크리슈나에게 모든 것을 의탁하노라. 천지만물이여 복이 있으라."

그리고는 유디스티라와 그 형제들에게 작별 인사를 하고 언제나 브라만들을 경배하라는 마지막 가르침을 내린 뒤 비슈마는 숨을 멈췄다. 순간 왕관에서 생의 빛이 튀어나오더니 하늘로 솟구쳤다. 그곳에 있던 현자들은 그가 육신을 벗어나 크리슈나의 몸속으로 들어가는 장면을 목격했다. 그는 크리슈나를 통해 초월적인 영역으로 가서 크리슈나가 마련한 성스러운 순간들을 누릴 것이다. 현자들은 합장을 하고 크리슈나를 찬양한 뒤 비슈마에 대한 존경을 표했다. 판다바들은 사랑하고 존경하는 할아버지의 죽음에 숨을 죽인 채 눈물을 흘렸다.

잠시 후 신들은 비슈마를 기리는 북을 울렸다. 크샤트리야들도 나팔을 불고 북을 두드렸다. 그곳에 있는 모든 이들이 존경과 영광을 표했다. 하늘에서는 꽃비가 쏟아졌다.

판다바들은 그대로 서서 할아버지를 바라봤다. 마침내 그들은 눈물을 삼키며 직접 장작을 모아 화장장을 만들었다. 비단옷에 싸여 화환과 향수, 자단목으로 장식된 비슈마의 시신이 장작더미 위에 올려졌다. 유유추가 커다란 양산을 들고 비슈마의 머리맡을 지켰다. 비마와 아르주나가 양옆에 서서 그에게 부채질을 해주었다. 유디스티라와 드리타라스트라도 발치에 서서 그에게 부채를 부쳤다.

브라만들이 최후 의식을 치렀다. 브라만들은 비슈마를 대신해 성화에

술을 붓고 사마 베다에 나오는 찬가를 불렀다. 이어 브라만들은 유디스
티라에게 타오르는 횃불을 건넸다. 유디스티라가 장작더미에 불을 붙였
다. 순식간에 불길이 솟아올라 비슈마를 집어삼켰다. 여인들은 비탄에
잠겨 큰 소리로 울었다.

화장이 끝난 뒤 쿠루와 판다바들은 갠지즈로 돌아갔다. 비슈마의 유골
은 신성한 물에 뿌려졌고, 사람들은 강에 제물을 바쳤다. 강가 여신이 나
타나 아들의 죽음에 오열했다.

"아들아, 어디로 갔단 말이냐. 고귀한 성품과 행동으로 너는 언제나 어
른을 섬기고 선을 행했노라. 저 위대한 파라수라마도 너를 이기지 못했
단다. 그런 네가 저 비정한 쉬크한디의 손에 죽고 말았구나."

슬퍼하는 강가를 보며 크리슈나가 그녀를 위로했다. 그는 지고의 영역
으로 갔노라며 안심시켰다. 그의 명성은 영원할 것이고, 이제 그는 돌아
올 수 없는 곳으로 갔노라고 말해주었다.

크리슈나의 위로에 여신도 평온을 되찾고 슬픔에서 벗어났다. 쿠루들
은 그녀를 경배한 뒤 그녀의 허락을 받고 다시 왕성으로 돌아갔다.

15

크리슈나, 드와라카로 돌아가다

유디스티라는 쿠루의 왕이 되어 세상을 통치하기 시작했다. 형제들에게 에워싸인 그는 마치 아마라바티에 앉아 있는 인드라처럼 빛났다. 유디스티라는 드리타라스트라로 하여금 계속해서 하스티나푸라의 수석 행정관으로 일하도록 했다. 눈먼 왕은 산자야와 유유추의 시중을 받으며 자신의 임무에 충실했다. 드라우파디와 수바드라, 그리고 다른 여인들도 드리타라스트라와 간다리를 부모처럼 섬겼다. 쿤티 역시 간다리를 진심으로 모셨다. 도시로 돌아온 크리파는 드리타라스트라가 신임하는 고문이 되었고, 비야사데바와 다른 현자들도 그에게 조언을 아끼지 않았다.

하지만 유디스티라의 마음 깊은 곳에는 여전히 수치심과 죄책감이 자리잡고 있었다. 아비와 남편을 잃은 수많은 여인과 아이들을 보며 그는 슬픔에 빠지곤 했다. 크리슈나는 유디스티라의 청에 의해 한동안 하스티나푸라에 머물고 있었다.

왕의 마음을 알고 있는 크리슈나가 슬픔에 젖은 유디스티라에게 말했다. "만인의 으뜸이여, 통탄해하지 말라. 그대의 시민들에게 슬픔만 더

할 뿐이고, 떠난 혈족들에게 고통만 더해줄 뿐이다. 제사를 지내 백성들에게 기쁨을 주거라. 조상들에게 아낌없이 제물을 바치고 브라만들에게 자비를 베풀거라. 그리하면 모든 죄가 씻겨나갈 것이다. 당장 들판으로 말을 보내 그대의 체제를 공고히하는 아슈바메다Ashvemadha 제사를 지내도록 하거라. 그대가 보낸 말을 보고도 그대에게 복종하지 않는 자들은 파멸할 것이다. 왕이여, 어서 그 슬픔을 벗어던지거라.”

유디스티라가 대답했다. “크리슈나여, 그대가 나를 사랑한다는 것을 잘 압니다. 그대는 언제나 우리 형제들을 위해 헌신하셨습니다. 하지만 지금 내 마음은 매우 무겁습니다. 영원한 영적 진리에 대해 다시 한번 가르침을 주소서. 당신의 말씀을 듣고 나면 평온을 되찾고, 제 의무에 기꺼이 매진할 수 있을 것 같습니다.”

크리슈나는 언제나 유디스티라의 요구를 채워주려 했다. 그는 지금 유디스티라에게 마음이 안식처가 되어줄 자가 없다는 것을 알고 있었다. 그 역시 혈족이 그리워 드와라카로 돌아가려 했지만 줄기찬 유디스티라의 요청에 하스티나푸라에 남기로 한 것이었다. 실의에 빠져 있는 왕을 보고 크리슈나는 다시 한번 그의 슬픔을 달래주기로 마음먹었다.

“바라타 족의 으뜸이여, 이제 가장 강력한 적과 맞설 때가 되었으니 그것은 바로 그대의 마음이니라. 이 전쟁에서 그대가 쓸 수 있는 유일한 무기는 지식이며, 그대를 지원할 군사는 어디에도 없느니라. 왕이여, 천지만물의 실체는 영적인 것이어서 불멸하다. 물질 세계는 순간의 환상에 불과하니 인생의 가장 큰 목적은 영적인 해탈이 되어야 하느니라. 그대가 알고 있는 지식에 의지하거라, 그리하여 의무를 다하거라.”

그러면서 크리슈나는 해탈을 원하는 자는 육신과 육신에 붙여진 모든 허명 같은 물질적 대상에 대해 반감도 집착도 버려야 하는 이유를 설명했다. 유디스티라의 슬픔은 사물의 외형만 보고 있기 때문에 생긴 것이다. 즉 영혼을 보지 못했기에 슬퍼한다는 것이었다.

죽은 사람들은 모두 새로운 몸을 받아 다시 태어난다. 그들을 위해 슬퍼하는 사람들도 언젠가는 죽어서 지금의 슬픔을 잊게 될 것이다. 모든 사람이 깨달아야 할 가장 기초적인 의무는 자신의 참된 모습이 사실은 절대자의 영원한 일부라는 것을 인식하는 데 있다. 그렇게 함으로써 무지에서 비롯된 물질적인 불행으로부터 완벽한 자유를 얻을 수 있게 된다는 것이다.

"왕이여, 절대신을 기쁘게 하기 위하여 그러한 물질적인 의무를 이행할 때 그 깨달음을 얻게 되리라. 그것은 영혼의 차원에서 벌어지는 일이며, 그것은 그대를 영적인 깨달음에 이르게 할 것이니라. 무지를 떨쳐버리고 행해야 할 바를 행하거라. 제사를 준비하라. 신들과 비슈누를 기쁘게 하고 브라만들을 흡족하게 하거라. 그리하여 정의와 동정심으로 이 세상을 통치하거라."

크리슈나에 이어 다우미야 현자와 다른 현자들의 가르침으로 큰 위로를 받은 유디스티라는 마음속 번민이 조금씩 사라지는 것을 느꼈다. 그는 크리슈나에게 감사의 뜻을 표했다. 이에 크리슈나는 아르주나와 함께 인드라프라스타로 돌아가도 되느냐고 허락을 구했다. 두 친구는 그 아름다운 도시, 특히 천상의 마야사바 연회당에서 함께 시간을 보내고 싶어 했다. 유디스티라의 허락이 떨어지자 두 사람은 크리슈나의 전차에 올라 하스티나푸라에서 북쪽으로 이어진 길로 여행을 시작했다.

아르주나와 크리슈나는 인드라프라스타에서 몇 주간을 머물렀다. 두 사람의 도착에 시민들이 나와 열광하며 그들을 맞아주었다. 두 사람은 마야사바에 머물며 휴식을 취하고, 교외의 아름다운 숲으로 나가 함께 시간을 보내기도 하면서 우정을 더욱 돈독히 했다. 그들은 판다바들이 승리를 거둔 수많은 전투를 회상하며 대화를 나눴다. 아들과 친구들을 잃은 부분에서는 서로를 위로하고 격려했다.

몇 주가 지나자 크리슈나의 마음은 드와라카로 향했다. 그는 아르주나에게 부탁해 유디스티라의 허락을 받아달라고 했다. "이제 나는 그대의 형이 싫어하는 일은 절대 할 수 없다. 내 인생과 부귀, 그리고 나를 따르는 이들까지 모두 그의 결정에 따라야 한다. 하지만 이제 나는 나의 아버지 바수데바와 내 가족들이 있는 곳으로 돌아가야 할 것 같구나. 이 모든 세계는 유디스티라의 지배 하에 놓여 있다. 지금껏 나는 지혜와 이성의 언어로 그를 위로해왔다. 이제 그는 자신의 의무를 다할 것이다. 이젠 돌아갈 때가 되었다. 유디스티라에게 함께 가서 허락을 받도록 하자."

크리슈나가 떠난다는 말에 아르주나는 기운이 빠지는 것을 느꼈다. 하지만 그 또한 때가 이르렀음을 직감했다. 전쟁이 시작된 뒤로 크리슈나는 가족과 친지들을 만나지 못했다. 더구나 그들은 아비만유를 떠나보낸 슬픔에 젖어 크리슈나를 더욱 그리워하고 있을 것이다. 내키지는 않았지만 아르주나는 크리슈나의 부탁을 들어주기로 결심했다. 그리고 이튿날 아침, 그들은 하스티나푸라로 향했다.

아르주나가 말했다. "크리슈나여, 전쟁이 시작된 첫날 당신의 심오한 가르침에 나는 당신의 참된 모습을 깨달았습니다. 하지만 송구하게도 그 가르침들이 제대로 기억나지 않습니다. 더구나 그대가 우리를 떠난다는 생각에 혼란하기 그지없습니다. 부디 다시 한번 가르침을 주소서."

그 말에 크리슈나는 애정 어린 웃음을 지으며 말했다. "판두의 아들아, 참으로 변덕스럽구나. 내가 전한 진리는 신들도 모르는 비밀스러운 것이거늘 그대가 그 가르침을 잊어버렸다니 말이다. 허나 그것을 다시 한번 말하는 것은 적절치 않으니 같은 주제를 담고 있는 이야기를 하나 더 들려주마. 정신을 집중해서 잘 듣거라. 이 이야기를 듣고 나면 물질에 대한 집착을 버릴 수 있게 될 것이다."

다루카가 하스티나푸라로 전차를 모는 동안 크리슈나는 아르주나에게 역사를 들려줬다. 크리슈나에 대한 존경으로 가득한 아르주나는 그의 열정적인 이야기에 매료되었다. 전차가 도로 위를 달리는 동안 주변으로 마을과 들판이 스쳐 지나갔다.

여행이 거의 끝날 무렵, 크리슈나가 가르침을 끝맺으며 말했다. "쿠루의 후손아, 나에 대해 일말의 존경이라도 품고 있다면 이 가르침을 따라 삶을 살도록 하거라. 그대의 실체는 육신이 아니라 영혼임을 늘 기억하고 절대자에게 모든 것을 바치도록 하거라. 그리하면 절대로 두 번 다시 환상의 나락에 떨어지는 일은 없을 것이다."

아르주나는 자신이 아는 한 절대 정신은 바로 크리슈나라고 대답했다. 오직 크리슈나를 생각하면 인생을 완성할 수 있다고도 했다. "크리슈나여, 그대의 영광을 확신합니다. 천 개의 입으로 천 년 동안 읊는다 한들 그대의 영광을 다 읊을 수는 없습니다. 수많은 사람들의 눈으로 보았기에 다르게 보였을 뿐 그대는 천지만물의 유일한 주님입니다. 우리 형제들의 승리는 오직 그대의 도움이 있었기에 가능했습니다."

크리슈나는 아르주나를 끌어안았다. 아르주나는 반드시 유디스티라의 허락을 받아내겠노라고 말했다. "그대가 떠난다는 생각에 가슴이 미어지지만 가족을 향한 당신의 마음을 막을 수가 없습니다. 지금까지 우리 형제와 함께해주신 것만으로도 이미 큰 축복을 얻었습니다."

전차가 하스티나푸라에 입성했다. 수많은 시민들이 길가에 달려나와 그들을 환영했다. 아르주나와 크리슈나는 그들에게 미소를 던지며 축복을 내렸다. 두 사람은 곧장 왕궁으로 들어가 유디스티라에게 절을 올렸다. 유디스티라 옆에 앉아 있는 드리타라스트라와 간다리에게도 고개를 숙였다.

입궐 의식이 끝난 뒤 아르주나와 크리슈나는 유디스티라 옆에 앉아 그를 바라보았다. 유디스티라가 아르주나를 향해 말했다. "영웅아, 하고 싶은 말이 있어 보이는구나. 속시원히 털어놓거라. 무엇이든 들어줄 터이니 망설이지 말고 말해보거라."

그런 말을 기다리고 있던 아르주나가 웃으며 대답했다. "왕이여, 브리슈니와 야두족의 수장이신 크리슈나가 드라카에 있는 아버지와 가족들을 보고 싶어합니다. 왕이여, 합당한 청이라 생각하신다면 그를 보내주소서. 자신의 땅으로 갈 수 있도록 허락해주소서."

놀란 유디스티라와 그의 형제들이 크리슈나를 쳐다봤다. 그는 이미 여러 달을 판다바들과 함께했다. 그는 판다바들이 유배에서 풀려났다는 소식을 듣자마자 드와라카를 떠나 판다바들에게로 와 그들이 세상의 지배자가 될 수 있도록 도와주었다. 크리슈나 없이는 이룰 수 없는 일이었다.

이제 그의 일은 끝났다. 두리요다나와 그의 군단은 정복당했다. 판다바들은 이제 그 누구도 도전할 수 없는 군주가 되었고, 그들의 위치는 더욱 공고해졌다. 위대한 도시 하스티나푸라와 인드라프라스타가 그들의 지배 하에 있게 되었다. 하지만 판다바들은 권력이나 부귀 따위는 안중에도 없었다. 그들에게 있어 이 땅을 통치하는 것보다 더 소중한 것은 크리슈나가 곁에 있으며, 그들을 사랑하고 있다는 사실이었다. 유디스티라가 왕위를 받아들인 것도, 아니 카우라바들과 전쟁을 치른 것도 궁극적으로는 그리함으로써 크리슈나를 기쁘게 할 수 있다고 생각했기 때문이다. 그런 그가 이제 드와라카로 돌아가겠다고 한다.

유디스티라가 말했다. "크리슈나여, 허락하겠습니다. 가서 당신의 아버지와 가족, 그리고 혈족들을 만나소서. 그곳을 떠난 지 오래되었습니다. 그리고 그분들과 발라라마께 제 마음속의 깊은 존경을 전해주소서. 허나 우리를 생각하고 원하신다면 아슈바메다 제사를 지낼 때 돌아와주소서. 우리 가진 모든 것은 모두 그대가 준 것입니다."

유디스티라는 즉시 사자를 보내 크리슈나의 귀국이 임박했음을 시민들에게 알리라고 했다. 크리슈나에게 금은보화를 가득 선물하라는 명도 덧붙였다. 고마운 마음으로 선물을 받은 크리슈나가 말했다. "위대한 전사여, 그대는 이 지상의 지배자다. 내가 가진 모든 것은 그대의 것이며, 그대는 그대가 원하는 모든 것을 행할 수 있느니라. 내 지금은 떠나지만 그대의 제사를 보기 위해 반드시 돌아오겠노라."

크리슈나는 다음 날 아침 일찍 드와라카로 떠나기로 결정했다. 그는 자리에서 일어나 아르주나와 사티야키를 양옆에 대동하고 회당을 나섰다. 그리고는 유디스티라와 그의 형제들이 지켜보는 가운데 전차에 올라 두 친구와 함께 아르주나의 왕궁으로 가 그날 밤을 묵었다.

동이 트자 크리슈나는 떠날 채비를 했다. 보석으로 장식된 전차에 오른 그는 유디스티라의 왕궁으로 가 작별 인사를 했다. 그가 떠난다는 말을 듣고 쿤티와 다른 쿠루족 여인들도 그를 배웅하러 나왔다. 왕족 여인들은 화려한 비단옷을 걸치고 눈물을 흘리며 마음속으로 크리슈나의 발치에 수없이 절을 올렸다. 쿤티 역시 지금껏 자신과 자신의 아이들을 구해준 크리슈나를 바라보며 그의 전차 옆에서 합장을 하고 기도를 올렸다.

"크리슈나여, 만물의 근원이자 물질계를 초월한 분이여, 홀로 존재하시며 만물과 함께 존재하시는 분이여, 한낱 인간의 감각으로는 알 수 없는 분이기에 어리석은 자들은 그대가 만물의 근원인 줄을 모릅니다. 탐욕과 허욕에서 벗어난 자만이 그대를 가까이 하며 그대를 알 수 있습니다. 그대는 언제나 스스로의 의지에 의해 가려져 있었습니다. 하지만 그대는 언제나 모든 이들을 축복하고, 그들이 망상에서 벗어날 수 있도록 마음속에서 움직입니다."

쿤티는 한참 동안 크리슈나를 찬양했다. 그녀는 자신과 아이들이 위기에 빠졌을 때마다 자신들을 구원해준 크리슈나를 생각하며 떨리는 목소리로 그를 더욱 찬양했다. "크리슈나여, 그대를 다시 볼 수 있기를 바랍니다. 그대를 보는 것만으로도 이 고된 윤회의 사슬에서 벗어날 수 있습니다."

아이들이 유배 생활을 하는 동안 쿤티는 금식을 하고 고행을 하며 고통의 나날들을 보냈다. 고행 끝에 그녀는 스스로 깨달음을 얻었다. 그것은 이 생의 목적은 다름 아닌 윤회를 벗어나는 것이라는 사실이었다. 숱한 고난의 나날 동안 그녀는 모든 힘을 다하여 크리슈나를 향해 명상을 했고, 그래서 그녀는 그런 고난이 사실을 큰 축복이었음을 깨닫게 되었다. 모든 영적인 수련의 마지막 목표가 크리슈나라는 사실을 깨달은 것이다.

쿤티는 물질적인 집착에서 벗어날 수 있게 해달라는 마음으로 고행을 견뎌왔고, 이제 그녀는 크리슈나를 향해 아이들과 혈족들에 대한 사랑으로 남아 있는 마지막 집착을 버리게 해달라고 기도하고 있었다. 쿤티는 완전한 해탈을 위해서는 자신의 가족은 물론 천지만물을 영원한 영적 존재로 인식해야 한다는 것을 알고 있었다. 진리를 아는 사람은 천지만물이 절대주의 일부임을 알고 있기에 모든 사물을 똑같이 보고 똑같이 사랑한다. 육신에 붙은 것은 일시적이어서 궁극적으로는 덧없고 헛될 뿐이다.

크리슈나를 칭송한 뒤 쿤티는 진심어린 호소로 기도를 마쳤다. "크리
슈나여, 갠지즈가 거침없이 바다로 행하듯 그대를 향한 내 사랑 또한 어
긋남 없이 그대에게 향하게 해다오. 그대는 나와 판다바들의 유일한 피
난처이니라. 우리가 이토록 그대에게 의지하거늘 어찌하여 우리를 두고
떠나려 하는가? 여전히 우리에게 적의를 보이고 있는 자들이 보이지 않
는가?'

모든 적들을 정복했지만, 그들의 후손과 추종자들이 공격해올 것이라
는 걸 쿤티는 알고 있었다. 이번 전쟁에 참여한 왕들은 자신의 아이들과
형제들은 왕국에 남겨두고 작은 부대만 조직하여 쿠루크셰트라에 모여
들었다. 하여 지상에는 막강한 군사를 지휘하며 판다바들에게 반기를 들
왕들이 수없이 많이 남아 있었다.

크리슈나의 얼굴을 응시하며 쿤티가 덧붙였다. "영혼이 떠나면 육신에
붙은 명예와 이름이 모두 사라지듯 그대가 우리를 돌보지 않으면 우리의
명예와 활동도 끝나게 될 것이다. 크리슈나여, 신비한 힘을 가진 이여,
그대는 이 우주의 스승이니라. 전지전능한 이여, 내 경배를 받거라."

크리슈나는 손을 치켜들어 기도를 마친 쿤티와 자신을 바라보고 있는
모든 사람들에게 축복을 내렸다. 그리고는 쿤티가 그를 생각하듯 자신
또한 그녀와 판다바들을 잊지 않겠노라고 말했다.

떠날 순간이 왔다. 사티야키와 유디스티라가 선발한 호위병이 전차에
올라탔다. 유디스티라와 형제들은 크리슈나의 전차에 올라 그를 포옹했
다. 왕궁의 여인들은 발코니에 나와 크리슈나를 찬양하며 꽃잎을 뿌렸
다. 거리에는 크리슈나를 마지막으로 보기 위해 나온 시민들로 북적였
다. 판다바들이 작별 인사를 하고 전차에서 내리자 다루카가 말을 재촉

했다. 전차가 움직이기 시작했다.

　판다바들은 크리슈나를 태운 전차가 멀어질 때까지 그 자리에 서서 지켜보았다. 전차가 눈앞에서 완전히 사라지자 그들은 침묵 속에 천천히 왕궁으로 돌아갔다.

　　　　　　　*　　*　　*

　사람들의 시선에서 벗어나자 다루카는 말을 재촉했다. 전차는 바람의 속도로 달려나갔다. 호수와 강, 숲과 언덕을 지나 마을과 은자의 오두막을 지나 전차는 마침내 드와라카에 도착했다. 도시가 가까워지자 크리슈나는 소라나팔을 꺼내 크게 불었다. 성문을 지키던 위병대가 그 소리를 듣고 기쁨에 넘쳐 성문을 활짝 열었다. 병사들이 크리슈나의 도착 소식을 알리자 시민들이 밖으로 뛰어나왔다. 오랜만에 돌아온 크리슈나를 본 사람들은 마치 긴 잠에서 깨어난 것 같았다. 사람들은 그에게 소와 보석을 바치고 북을 울리며 기뻐했다.

　지붕마다 깃발이 걸리고 땅에는 꽃잎이 뿌려졌다. 크리슈나의 전차가 지나가는 길목마다 시민들이 나와 야자수와 바나나, 망고 나뭇잎을 흔들었다. 집 앞에는 황금 물병과 과일, 사탕수수, 우유를 담은 항아리가 즐비했다. 모든 집에서 향기가 뿜어져 나오고, 수만 개의 촛불이 거리를 밝혔다.

　아버지의 왕궁으로 향하는 크리슈나의 눈에 화려한 도시의 모습이 들어왔다. 과수원과 꽃밭, 그리고 연꽃이 만발한 아름다운 호수가 보였다. 길 곳곳마다 황금 아치가 서 있고, 저택들이 즐비했다.

　수많은 브라만들이 크리슈나에게 경배를 올리기 시작했다. 그가 지나가자 브라만들은 찬송을 부르며 흥분된 목소리로 외쳤다. "위대한 분이여, 만신의 경배를 받으소서. 그대는 모든 초월자들의 궁극적인 삶의 목표입니다. 우리의 수호자요, 주인입니다. 운명의 도움으로 당신을 다시 보게 되었습니다. 그대가 없는 하루하루는 천 년과 같았습니다. 이제 두 번 다시 드와라카를 떠나지 마소서."

크리슈나는 진심에서 우러나오는 그들의 기도와 경배에 애정어린 눈길로 화답했다. 코끼리와 전차, 시민들이 뒤따르는 가운데 크리슈나의 전차는 바수데바의 왕궁에 닿았다. 중정으로 들어가자 화려한 옷을 입은 무용수와 배우들이 그의 빛나는 용맹을 춤과 노래로 꾸며 보여주고 있었다. 악사와 시인들도 악기 연주에 맞춰 그를 찬양했다.

만족한 크리슈나는 전차에서 내려 지도자들과 대면했다. 각각의 신분과 서열에 맞춰 그는 시민들 앞에 고개를 숙이고, 껴안거나 축복을 내리며 그들을 마주했다. 수백 명의 시민들과도 인사를 나누고 악수를 하고 축복을 내렸다. 그리고 아버지의 거처로 들어갔다.

데바키가 먼저 나와 그를 맞아주었다. 크리슈나가 그녀의 발에 머리를 대고 인사를 올리자 그녀는 그를 끌어안고는 머리를 매만지며 축복을 내렸다. 이어 그는 자신보다 나이가 많은 왕실 여인들에게 인사를 올린 뒤 바수데바 앞으로 나아갔다. 아버지의 발을 만지고 포옹한 크리슈나는 아버지 옆에 앉아 하스티나푸라에서의 소식을 전했다. 바수데바는 전쟁에 대한 소식은 거의 들은 바가 없다고 했다. 그러면서 그는 아들을 향해 그가 떠난 뒤 벌어진 일을 소상히 말해달라고 했다. 브리슈니족의 원로들에 에워싸여서, 바수데바는 크리슈나의 말에 귀를 기울였다. 하지만 크리슈나는 아비만유의 죽음에 대해서는 알리지 않았다.

크리슈나의 말이 끝나자 수바드라가 물었다. "크리슈나여, 어찌하여 내 아들의 죽음에 대해서는 말하지 않으시나요?" 이 말과 함께 수바드라는 바닥에 쓰러져버렸다.

　바수데바도 놀라움과 슬픔에 그만 자리에 쓰러지고 말았다. 크리슈나가 재빨리 두 사람을 일으켜 세워 위로했다. "아버지, 그리고 사랑하는 동생아. 슬픔을 다시 상기시켜주고 싶지 않구나. 아비만유가 죽었다는 것은 너도 잘 알고 있지 않느냐? 저 수많은 전사들과 싸우면서도 그 아이는 단 한 번도 등을 보이지 않았다. 거역할 수 없는 시간의 힘에 밀려 전사한 것이다. 아무도 그를 죽일 수 없었다. 이제 그 아이는 불멸불사의 행복이 있는 곳으로 갔다. 그러니 슬픔을 던져버리고 아이에게 마지막 공양을 할 준비를 하거라."

　크리슈나는 발라라마와 함께 왕궁 안에 있는 성지로 가서 브라만들의 도움을 받으며 몸소 아비만유의 장례식을 치렀다. 그리고는 죽은 조카를 대신하여 수많은 브라만들에게 적선을 베풀었다. 각종 보석과 수십만 마리의 소를 그들에게 선물했다. 우그라세나 왕이 이끄는 모든 브리슈니족 지도자와 크리슈나의 아들들, 그리고 혈족들까지 모두 의식에 참석했다. 의식을 마친 크리슈나는 루크미니의 왕궁에 있는 자신의 방으로 가서 휴식을 취했다. 드와라카의 시민들은 슬픔과 기쁨이 교차하는 가운데 집으로 돌아갔다.

16

아슈바메다 제사

판다바들은 하스티나푸라 왕국의 지배자로서의 삶에 안착했다. 유디스티라는 정의와 덕목의 화신이었다. 유디스티라의 보살핌 속에 시민들의 신앙심은 더욱 깊어졌고, 이에 만족한 신들의 도움으로 가뭄이 들거나 홍수가 나는 일 없이 평화로운 날들이 계속되었다. 수확량은 넉넉했고, 소들이 뿌려대는 풍부한 우유 덕분에 대지는 늘 촉촉했다. 시민들의 마음 또한 부족함 없이 평화로웠다. 질병과 고통은 물론 더위와 추위도 없었다.

크리슈나가 떠나고 몇 달 뒤, 쿤티와 드라우파디와 함께 머물고 있던 웃타라가 아들을 낳았다. 그녀는 아이에게 파리크시트^{Pariksit}라는 이름을 붙여주었다. 다우미야가 새 생명의 탄생을 축하하고 이름을 짓는 의식을 집전했다. 유디스티라가 물었다. "브라만들이여, 이 아이가 앞서간 영웅들처럼 그 이름과 영광을 떨칠 위대한 왕이 될 수 있겠습니까?"

다우미야는 아이가 웃타라의 뱃속에 있을 때 크리슈나 덕분에 생명을 구한 일을 상기시켜주면서 이 아이가 장차 위대한 절대주의 헌신자로 이름을 떨칠 것이라고 대답했다. "이 아이는 커서 절대주의 보호를 받는 이, 비슈누라타Vishnurata로 알려질 것이다. 바른 성품을 가지고 태어났으니 시민들을 다스림에 있어 마누Manu의 유명한 아들인 이크스바쿠Iksvaku와 같은 인물이 될 것이다. 종교적 원칙을 따를 뿐만 아니라 진실됨에 있어 다사라트Dasarath 왕의 아들 라마Rama와 같은 인물이 될 것이다. 곤궁한 자들에게 자비를 베풀고 그들을 보호할 것이다. 또한 전사로서, 그는 아르주나에 버금가는 궁술 실력을 갖출 것이니 저 위대한 바다처럼 저항할 수 없는 전사가 될 것이다. 왕이여, 이 아이로 인해 그대의 가문은 더욱 번영하리라."

유디스티라는 기쁨의 눈물을 흘렸다. 쿠루 가문의 진정한 후계자가 태어난 것이다. 아이들을 잃고 슬픔에 빠져 있던 판다바들은 파리크시트의 탄생으로 마음의 위안을 받았다.

아이의 몸에 또렷한 선이 생겨났다. 유디스티라는 큰 자비를 베풀라고 명했다. 탄생 의식을 주재한 현자들에게 막대한 부가 주어졌다. 그러나 그들을 그것을 대부분 다른 사람에게 넘기고 금욕을 실천하기 위해 산으로 들어갔다.

파리크시트가 태어나고 얼마 지나지 않아 유디스티라의 머릿속에 제사에 대한 기억이 떠올랐다. 그는 여전히 쿠루크셰트라에서의 일을 후회하고 있었다. 그런 왕을 보며 현자들은 아슈바메다 제사를 지내라고 조언했다. 라자수야와 마찬가지로 아슈바메다 역시 황제로서 유디스티라의 지위를 더욱 확고히 할 수 있는 기회였다. 그는 사방으로 제사용 말을 한 필씩 보냈다. 그의 말을 보고 통치를 거부하는 자에게 돌아가는 것은 전쟁뿐이었다.

유디스티라는 세계를 통치하려는 야심보다 이 세상이 평화와 종교를 향해 나아가고 있음을 확인하고 싶었다. 전쟁은 두 번 다시 일어나서는 아니 된다. 유디스티라와 그 형제들이 지상의 으뜸가는 지도자로 인정받는 것은 크리슈나의 바람이기도 했다. 유디스티라는 제사를 지내기로 결정했다. 하지만 아슈바메다에는 막대한 비용이 들어간다. 금고는 전쟁으로 인해 거의 바닥난 상태다. 비아사데바에게 고민을 털어놓자 그는 북쪽에 숨겨져 있는 어마어마한 창고에 대해 말해주었다. 그러면서 현자는 막대한 부를 소유하고 있던 옛 황제 마루타^{Marutta}에 대해 털어놓았다. 마루타는 제사를 지내며 시바 신을 즐겁게 한 대가로 황금으로 이루어진 산을 선물받았다고 한다. 그는 그 산을 깎아 순금으로 된 제단과 황금 접시를 비롯한 많은 가구들을 만들었는데, 그것이 지금 히말라야에 있는 한 동굴에 숨겨져 있다고 했다. 비아사데바는 아르주나에게 동굴로 가는 길을 설명했다. 아르주나는 즉각 길을 떠나 한 달이 지날 즈음 막대한 재물을 싣고 돌아왔다.

유디스티라는 지상에 있는 모든 지배자들을 제사에 초대했다. 그는 모든 왕들과 평화를 유지하고 싶었다. 하지만 전쟁이 남긴 상처와 적의는 여전했다. 중립을 지키겠다며 쿠루크셰트라에 오지 않은 왕들도 많았다. 판다바들에 의해 부모 형제가 죽음을 당하거나 판다바에 대한 적개심을 불태우는 왕들도 많았다. 그러한 상황을 모두 알고 있는 유디스티라는 아르주나에게 명하여 말들을 뒤쫓으라고 했다. 그 말들을 보고도 유디스티라에게 복종하지 않는 자는 아르주나와 맞닥뜨려야 할 것이다. 아르주나는 황금 갑옷을 입고 출정 준비를 했다.

아르주나는 브라만들의 축복을 받고 말들을 추격했다. 일군의 전사들이 뒤를 따랐다. 현자들 역시 행운과 성공을 위한 의식을 치르기 위해 그 뒤를 따랐다.

유디스티라는 가능하면 무기를 들거나 사람을 죽이지 말라고 당부했다. 아르주나는 왕의 말을 따라 외교를 통해 평화 관계를 맺으려고 노력했다. 하지만 수월치 않은 경우도 많았다. 그럴 때는 할 수 없이 무기를 들어야만 했다. 평화 제안을 받아들이지 않는 트리가르타족과는 전투를 치르기도 했다. 바가닷타의 아들인 바즈라닷타 왕과도 전투를 치렀다. 무려 사흘 동안 계속된 전쟁에서 아르주나는 바즈라닷타를 물리쳤다. 하지만 왕의 당부를 유념하여 목숨을 빼앗지는 않았다. 유디스티라에게 조공을 바치겠다는 약속을 받아내고야 아르주나는 자리를 떴다.

남쪽으로 내려간 그는 자야드라타의 죽음에 슬퍼하고 있던 신두족과 엄청난 전투를 벌였다. 수만 명에 이르는 군사들이 아르주나에게 달려들었다. 그가 간디바를 들어 무기를 모두 산산조각내자 군사들이 모조리 달아났다.

신두의 수도에는 두리요다나의 여동생인 듀샬라가 살고 있었다. 신두의 군사를 박살내는 아르주나를 보고 그녀는 아기 하나를 끌어안고 들판으로 달려나왔다. 전사들이 무기를 내려놓자 그녀가 아르주나 앞에 쓰러져 말했다. "영웅이여, 멈추소서. 마지막 남은 우리 가문의 아이니 멸하지 마소서. 이 아이를 보소서. 당신의 혈족이자 내 아들의 아들입니다. 이 아이의 아비는 자야드라타의 죽음을 견디지 못하고 스스로 목숨을 끊었습니다. 아르주나여, 이 아이의 할아버지가 지은 죄는 다 잊어버리고 부디 자비를 베푸소서."

동생처럼 생각해온 듀샬라가 우는 모습을 보고 아르주나는 활을 집어던졌다. 그는 크샤트리야의 삶을 저주하며 탄식했다. "아, 사악한 두리요다나. 정녕 네가 친족들의 죽음을 몰고왔구나!"

아르주나는 전차에서 내려 듀샬라를 위로했다. 그녀는 신두의 전사들을 향해 무기를 내려놓고 아르주나와 평화를 맺으라고 명했다. 전사들이 그녀의 말에 복종했다. 아르주나는 그녀를 돌려보내고 여행을 계속했다.

유디스티라가 보낸 말은 마니푸르로도 향했다. 아르주나는 그곳으로 가 치트랑가다 공주가 낳은 바브루바하나Babhruvahana의 환대를 받았다. 아르주나가 동의한 대로, 바브루바하나는 마니푸르에서 왕국을 통치하며 전쟁이 벌어졌을 때 어느 편에도 서지 않았다. 그가 아르주나에게 금은 보화를 바쳤다. 하지만 아르주나는 조금도 기쁘지 않았다. 오히려 그는 역정을 내며 바브루바하나에게 화를 냈다. "너는 어찌하여 적이 쳐들어 왔는데 이리 평화롭게 맞이한단 말이냐? 그것은 크샤트리야로서의 도리가 아니다. 내가 이렇게 무기를 들고 왔거늘 나에게 도전하기는커녕 나를 이리 환대하다니 너의 용맹이 의심스럽구나. 어리석은 자야, 무기를 들어 덤비거라."

아버지의 행동에 깜짝 놀란 바브루바하나가 아르주나를 진정시키려 했다. 하지만 아르주나는 막무가내였다.

바로 그때 울루피가 홀연히 나타났다. 나가족 왕의 딸이자 아르주나의 아내인 울루피가 바브루바하나 앞에 섰다. "왕자여, 내 말을 듣거라. 나는 그대의 또 다른 어머니 울루피다. 그대와 그대 아버지를 돕기 위해 이렇게 왔느니라. 그와 싸우거라. 그리하면 네 아버지가 만족할 것이고, 그대 또한 이득을 얻게 되리라."

아버지의 예상치 못한 제안에 당황해 있던 왕자는 울루피의 말에 용기를 얻었다. 그는 갑옷을 챙겨 입고는 전차에 올라 전투를 준비했다. 제사에 쓰일 말을 보고 그는 부하들에게 명하여 말을 잡아 왕성으로 끌고가라고 했다. 아르주나는 분노하여 아들에게 화살을 퍼부었다.

아들과 아버지 사이에 전투가 벌어졌다. 두 사람은 한 치의 양보도 없이 서로를 향해 화살을 쏴댔다. 일진일퇴의 싸움이 계속되던 순간 아르주나의 어깨에 강철 화살이 들어와 박혔다. 정신을 잃을 만큼 큰 충격이었다. 아르주나는 깃대에 몸을 기대고 섰다. 정신을 되찾은 뒤 그는 아들을 찬양하며 말했다. "잘했다, 치트랑가다의 아들아. 네 용맹과 힘이 마음에 든다. 자, 이제 화살을 퍼부을 테니 두려워하지 말고 맞서거라."

아르주나는 아들을 맞아 치열한 전투를 벌였다. 그가 퍼부은 화살에 전차가 부서지고 말들이 목숨을 잃었다. 왕자도 처음의 마음을 잊고 두려움 없이 아버지와 맞섰다. 순식간에 그는 아버지를 향해 길다란 황금 화살을 날려보냈다. 날아간 화살은 아르주나의 갑옷을 꿰뚫고 가슴에 박혔다. 아르주나는 전차에서 떨어져 땅에 쓰러졌다. 아버지의 죽음을 보며 아들은 슬픔에 사로잡혔다. 고통을 이기지 못하고 그 또한 땅에 쓰러졌다.

남편과 아들이 전투를 벌이다 쓰러졌다는 소식을 듣고 치트랑가다가 단숨에 달려왔다. 들판에 누워 있는 남편과 아이를 보고 그녀는 그만 기절해버리고 말았다. 정신을 차린 그녀 앞에 울루피가 서 있었다. 그녀는 울루피의 말에 아르주나와 바브루바하나가 전투를 하게 되었다는 사실을 알아차렸다. "울루피여, 당신 때문에 영원한 승리자요, 우리의 남편인 아르주나가 저리 죽었다. 어찌하여 그대는 남편에게 헌신하지 않는가? 아르주나가 그대를 욕되게 했더라도 그대는 남편을 용서해야 하거늘. 어찌하여 슬퍼하지도 않는단 말인가? 뱀의 여인아, 당장 저들을 살려내거라."

치트랑가다는 아르주나에게 달려가 땅에 쓰러져 울었다. 상처에서 피가 흘러내리고 있었다. 공주는 아르주나의 발을 자신의 무릎에 올려놓고 통곡했다.

의식을 되찾은 바브루바하나가 아버지에게 달려왔다. 어머니와 함께 큰 소리로 울면서 그는 이 믿을 수 없는 상황을 탄식했다. "아아, 어머니 내가 무슨 짓을 저지른 것인가요? 아버지를 죽인 자가 과연 그 무엇으로 속죄 받겠습니까? 어찌 목숨을 부지할 수 있겠습니까? 이제 온갖 불행으로 고통받을 일만 남았습니다. 아버지 곁에 남아 금식을 행하여 죽음을 기다리겠습니다. 아버지가 간 길을 따르겠습니다."

왕자는 한참을 더 울고 나서야 침묵에 빠졌다. 그리고는 아르주나 옆에 요가 자세를 취하고 앉아 금식으로 죽음을 맞는 프라야Praya 맹세를 지킬 준비를 했다. 치트랑가다와 바브루바하나가 비탄에 잠긴 모습을 보고 울루피도 나타났다. 그녀는 신비한 힘을 발휘하여 죽은 자를 부활시킬 수 있는 천상의 보석을 가져왔다. 백 가지 형형색색의 빛을 내뿜는 눈부신 보석을 꺼내든 그녀는 바브루바하나에게 가서 말했다. "아들아, 일어나거라. 너는 아르주나를 죽인 것이 아니다. 인간은 물론 신이라 해도 그를 죽일 수 없다. 그는 불사의 현자다. 죽은 것처럼 보이는 것은 환상일 뿐이다. 아이야, 이 보석을 그의 가슴에 올려놓거라. 그가 부활할 것이다."

왕자가 울루피의 지시대로 아르주나의 가슴에 보석을 올려놓자 아르주나가 눈을 떴다. 상처는 순식간에 사라져버렸다. 그는 자리에 앉아 주위를 둘러보았다. 바브루바하나는 안도의 한숨을 내쉰 뒤 아버지의 발아래 고개를 숙이고 용서를 빌었다. 하늘에서 북소리가 울려퍼지고 꽃비가 내렸다. 그들을 칭송하는 목소리도 울렸다. "훌륭하도다, 훌륭하도다!"

아르주나는 자리에서 일어나 아들을 끌어안았다. "무슨 일이 벌어진 것이냐. 치트랑가다가 어찌하여 여기에 있단 말이냐. 울루피는 또 무슨 연유로 여기 있는 것이냐?"

바브루바하나는 울루피에게 직접 물어보라고 하며 대답을 피했다. 아르주나가 의문에 찬 눈으로 그녀를 바라보며 물었다. "나가족의 딸아, 어찌하여 그대가 여기에 있는가? 우리를 돕기 위해 온 것인가? 나와 내 아들이 그대에게 해를 끼치지 않았기를 바라노라."

울루피는 미소를 띠며 안전하다는 말로 아르주나를 안심시키고는 자기 자신과 아르주나를 위해 왕자로 하여금 싸움을 붙였다고 고백했다. "영웅이여, 내 말을 들어주세요. 전쟁을 치르는 동안 당신은 쉬크한디를 앞세워 비슈마에게 접근하여 그릇된 방법으로 그를 죽였습니다. 그로 인해 당신은 지옥으로 갈 뻔했으나 바브루바하나 덕분에 그 죄를 사함 받았습니다."

그러면서 울루피는 비슈마가 쓰러지고 얼마 안 있어 바수들이 갠지즈로 오는 것을 보았다고 말했다. 바수들은 쓰러져 있는 비슈마를 보고는 강가 여신을 불러 이렇게 말했다. "아르주나가 부정한 방법으로 그대의 아들을 죽였다. 우리는 그를 저주할 것이다." 강가 여신은 그 말에 동의했다. 울루피는 근심에 휩싸여 아버지에게로 가 자신이 목격한 것을 털어놓았다. 나가족의 왕은 즉시 바수들에게 달려가 사위인 아르주나에게 자비를 베풀어달라고 애원했다. 왕의 간절한 청에 그들은 이렇게 대답했다. "아르주나에게는 마니푸르를 통치하는 바브루바하나라는 아들이 있다. 그 아이가 전투를 하여 아비를 쓰러뜨리면 저주가 풀릴 것이다."

울루피가 말을 이었다. "그리하여 당신께서는 저 아이의 손에 죽은 것입니다. 인드라도 그대를 죽일 수 없거늘, 아들은 또 다른 당신이기 때문이지요. 저 아이가 당신을 죽인 뒤 내가 이 천상의 보석을 가져와 당신을 살려냈습니다."

그러면서 울루피는 보석을 보여줬다. 아르주나가 기쁨에 찬 목소리로 대답했다. "여인아, 그대의 행동으로 내 마음이 기쁘다. 그대는 그 어떤 잘못도 저지르지 않았다."

바브루바하나는 아버지에게 두 어머니와 함께 자신의 왕국에 머물 것을 청했다. 하지만 아르주나는 아슈바메다를 치를 말이 하스티나푸라로 돌아갈 때까지는 걸음을 멈출 수 없다며 아들의 청을 거절했다. 그리고는 두 아내와 아들에게 출발을 허락받고는 다시 길을 떠났다. 바브루바하나는 아슈바메다에 반드시 참석하겠다고 약속했다. 하스티나푸라에서 다시 만나기로 약속하고 그는 다시 길을 떠났다.

말을 달린 아르주나는 라자그리하Rajagriha에 도착했다. 오래 전, 비마와 크리슈나와 함께 자라산다를 죽이기 위해 들렀던 곳이었다. 자라산다의 손자인 메가산디Meghasandhi는 비록 어린 소년이었지만 크샤트리야의 의무를 다하기 위해 왕국 밖으로 나와 아르주나에게 전투를 신청했다. 그러나 그는 쉽게 무너졌다. 아르주나가 말했다. "유디스티라의 명을 받들어 그의 통치를 받아들인다면 그 어떤 왕도 죽이지 않을 것이다."

메가산디는 유디스티라의 아슈바메다에 참석하고 조공을 바치겠다고 약속했다. 아르주나는 여행을 계속했다. 몇 번의 전투가 더 이어졌지만 아르주나는 그들에게 모두 유디스티라를 황제로 받아들이겠다는 약속을 받은 뒤 하스티나푸라로 향하는 말의 뒤를 좇아 왕국으로 돌아갔다.

17

비두라,
드리타라스티라에게 가르침을 주다

하스티나푸라에 있는 유디스티라는 시종들을 통해 아르주나가 돌아오고 있다는 소식을 들었다. 모든 일이 잘되었다는 소식에 기뻐하며 그는 아슈바메다를 지낼 준비를 하라고 명했다. 사제들은 힌두교의 열한 번째 달인 마가의 달 보름 날 제사를 지내기로 하고 준비에 들어갔다. 그들은 도시 바깥에 있는 거대한 평원에 한 지점을 정한 뒤 베다의 의식을 행하여 그곳을 성역화했다. 황금 제단이 놓이고 제사에 참석할 왕들을 위한 집이 지어졌다. 초대장을 든 전령들이 세계 곳곳에 파견됐다.

얼마 안 있어 군주들과 현자들이 도착하기 시작했다. 판다바들은 그들을 따뜻하게 맞이했다. 제삿날이 다가오면서 유디스티라도 도시 밖으로 나가 왕실 숙소에 묵었다. 그가 지나가며 본 제사장은 마치 천상의 인드라 왕국에 지어진 수도처럼 빛났다. 곳곳에 개선문이 세워졌다. 항아리와 주전자, 의자를 비롯한 모든 물품이 제단을 둘러싼 성화단 주변에 가지런히 준비되었다. 제단은 마치 태양처럼 빛났다. 그 무엇 하나 황금으로 만들어지지 않은 것이 없었다.

군주와 현자들은 그 화려함에 입을 다물지 못했다. 그들은 수많은 시종들의 접대를 받으며 원하는 것은 무엇이든 선물받았다. 유디스티라는 브라만들이 식사를 할 때마다 북을 울리고 징을 치라고 명했다. 음악 소리가 하루 종일 끊이지 않았다. 시민들도 형형색색의 비단옷을 입고 몸에 장신구를 두른 채 기쁜 마음으로 제사에 참석했다. 보석과 장신구로 치장한 여인들의 모습은 달빛처럼 환히 빛났다.

제사를 며칠 앞두고 크리슈나가 아들 프라디윰나를 이끌고 도착했다. 사티야키와 발라라마도 함께였다. 그와 함께 온 수많은 야두족과 브리슈니족은 마치 하늘에서 내려온 신처럼 제사장으로 들어왔다. 유디스티라와 그 형제들은 크리슈나와 발라라마에게 경배를 올리고 그들에게 머물 곳을 제공했다. 크리슈나는 아직 원정에서 돌아오지 않은 아르주나의 소식을 전했다. 아르주나는 내일 돌아올 것이라는 말도 덧붙였다.

왕성 밖의 저택에서 하룻밤을 보낸 판다바들과 군주들은 아르주나를 마중하러 나갔다. 드리타라스트라를 선두로 그들은 브라만과 시민들과 함께 행진했다. 이내 그들 눈에 제사를 위해 보냈던 말의 모습이 들어왔다. 마치 천상의 말 우차이스라바Ucchaisrava처럼 아름다웠다. 그 뒤로 눈부신 전차를 탄 아르주나가 모습을 나타냈다.

유디스티라는 동생들과 함께 아르주나를 맞이했다. 그리고는 세상의 왕들을 평정하고 말을 무사히 데려온 그를 칭송했다. 크리슈나도 그를 꼭 끌어안았다. 크리슈나의 거처로 들어간 두 사람은 그동안 나누지 못한 이야기를 나누며 저녁을 함께 보냈다.

드디어 제삿날이 밝았다. 비야사데바가 유디스티라에게 와서 말했다. "제사를 올릴 시간이 왔느니라. 사제들이 그대를 기다리니 율법에 정해진 제물의 세 배를 바쳐야 하느니라. 마지막에는 사제들에게 정해진 자비의 세 배를 베풀거라. 그렇게 함으로써 그대는 아슈바메다를 세 번 지낸 것과 똑같은 덕을 쌓게 되리라. 나아가 그대는 전쟁에서 저지른 죄악으로부터 자유로워질 것이니라."

크리슈나와 만왕이 참석한 가운데 비야사데바와 다우미야의 지침에 따라 제사가 시작되었다. 참석한 자들은 아슈바메다와 라자수야를 비교하며 아슈바메다가 라자수야의 위용에 버금간다고 말했다. 제사가 끝나고 사제들에게 자비를 베풀 시간이 되자 유디스티라는 비야사데바에게 자신이 통치하는 세상을 선물했다. "현자여, 이번 제사에 규정된 정당한 자비입니다. 이 세상을 받으소서. 아르주나가 정복한 이 세상을 현자들께서 나눠 가지소서. 나는 브라만들의 재산을 가질 수 없으니 이제 숲으로 가려 합니다."

예상치 못한 유디스티라의 선언에 모두가 깜짝 놀랐다. 잠시 후 박수가 터져나왔다. 신들도 마찬가지였다. 만족한 비야사데바가 대답했다. "왕이여, 좋다. 세상은 나의 것이다. 이제 세상을 그대에게 돌려주마. 한갓 고행자가 이 세상을 가져서 어디에 쓰겠느냐. 브라만이 어찌 세상을 통치하겠느냐. 세상을 돌려받고 경전에 쓰인 대로 세상을 지배하거라."

유디스티라가 대답했다. "그리하겠습니다."

그리고는 황금으로 만든 기구들과 산더미처럼 쌓인 보석, 수많은 젖소들을 브라만들에게 나눠주라고 지시했다. 하지만 검소한 브라만들은 목숨을 부지하는 데 필요한 만큼의 선물만을 받았다. 유디스티라는 남은 것을 크샤트리야와 바이샤, 수드라에게 모두 나눠줬다. 제사에 참석한 자들은 하나같이 값진 선물을 받고는 유디스티라를 찬양하며 집으로 돌아갔다.

크리슈나와 수행원들은 제사가 끝난 뒤 판다바들과 며칠을 함께 더 머문 뒤 유디스티라의 경배를 받으며 드와라카로 돌아갔다. 유디스티라는 그제서야 죄책감에서 해방되었다. 세상은 신앙심 깊은 왕들에 의해 통치되고 있었다. 이제 그는 형제들과 행복을 누리면 될 것이다.

*　*　*

제사를 지내고 난 뒤 세월은 빠르게 흘러갔다. 크리슈나가 세상을 떠나게 되리라는 간다리의 저주가 늘 머릿속을 괴롭혔지만 판다바들은 드리타라스트라와 간다리를 늘 존경하며 대접했다. 드리타라스트라도 마치 자신이 세상의 주인인 양 생각하며 살고 있었다. 그를 보살피는 시종만 수백 명에 이르렀고, 그는 원하는 것은 무엇이든 얻을 수 있었다. 하스티나푸라에 조공을 바치러 온 왕들은 모두 드리타라스트라를 경배하고 존경을 표하라는 요청을 받았다. 눈먼 군주는 천상의 인드라처럼 대접을 받으며 슬픔을 잊고 행복하게 살았다. 간다리 역시 쿤티와 드라우파디는 물론 울루피와 치트랑가다를 비롯한 판다바 여인들의 존경을 받으며 행복한 날들을 이어갔다.

단 한 명 비마를 제외한 유디스티라와 그 형제들도 드리타라스트라를 마치 스승을 모시듯 대접했다. 그들의 진심어린 행동과 마음을 보고 드리타라스트라도 판다바를 친자식처럼 대했다. 존경심도 없었을 뿐더러 가문을 파멸에 이르게 한 두리요다나를 생각할 때마다 그는 미안하고 부끄러웠다.

하지만 비마는 카우라바들로 인해 당해야 했던 고난을 잊을 수가 없었다. 눈먼 왕을 용서할 수 없었기에 그는 왕에게 존경심을 표하는 것이 선뜻 내키지 않았다. 유디스티라가 그를 왕으로 대접하는 꼴에 속이 뒤집힐 지경이었다. 드리타라스트라 또한 자신의 아이들을 죽인 비마에게만

큼은 큰 애정을 느끼지 못했다. 그는 비마에게도 축복을 내리려고 애썼지만 여전히 그에게는 풀지 못한 무언가가 남아 있었다.

비마는 자신의 시종들을 시켜 드리타라스트라가 싫어하는 일들을 저지르라고 명했다. 늙은 쿠루의 명령이 먹히지 않도록 일을 꾸미고, 그를 고통에 빠트릴 기회만을 찾았다. 화가 솟구치면 그는 드리타라스트라가 들을 수 있을 만큼 큰 소리로 나쁜 말을 내뱉기도 했다. "내 이 철퇴 같은 두 팔로 장님의 아들들을 모조리 죽여버렸다. 놈들은 모두 지옥에 떨어졌다."

비마의 말이 가슴에 화살처럼 날아와 박혔지만 드리타라스트라는 유디스티라에게 한 마디도 전하지 않았다. 그는 판다바의 왕에게 빚을 지고 있다고 생각했다. 간다리 역시 부부의 업보라고 생각하며 비마의 말들을 견뎌냈다.

유디스티라가 세상을 통치한 지 삼십오 년이 흘렀다. 판다바들은 크리슈나에 대한 간다리의 저주가 실현될 날이 가까워지자 근심이 커져갔다. 파리크시트가 강력한 왕자로 자라나 왕으로서의 자질을 보이자 판다바들은 은퇴를 생각하기 시작했다. 크샤트리야가 육신을 포기하는 최고의 방법은 전쟁터에서 싸우다 죽는 것이라고 알고 있었지만 숲 속에서 고행을 하다 죽는 것 또한 영예로운 방법이었다. 신앙심이 깊은 왕들은 지상에서의 마지막 몇 년을 영적 완성을 추구하며 숲에서 보내기도 했다.

어느 날 비두라가 돌아왔다는 소식이 들렸다. 종종 소식은 전해들었지만 그가 떠난 뒤로 그를 본 사람은 아무도 없었다. 판다바들은 가끔씩 그를 생각하곤 했다. 비두라가 돌아왔다는 소식에 형제들은 모든 일을 제쳐두고 그에게 달려갔다. 다섯 형제는 차례차례 그의 발치에 엎드려 그에게 경배했다.

드리타라스트라, 크리파, 산자야, 간다리, 쿤티와 드라우파디 그리고 왕궁에 있는 모든 사람들이 비두라를 만나러 왔다. 오랜 고행으로 몸은 야위었지만 영적인 능력 덕분에 눈과 몸은 반짝반짝 빛났다. 그는 고행하는 동안 상당 부분을 마이트레야 현자에게 영적인 가르침을 받으며 브라만들과 함께 지냈다고 했다. 그리고 죽기 전에 드리타라스트라와 판다바들을 만나기 위해 마지막으로 하스티나푸라에 온 것이라 했다.

판다바들은 그에게 경배를 한 뒤 아르기야와 공물을 바쳤다. 그리고는 과거에 늘상 앉았던 왕실 회당으로 인도했다.

유디스티라는 그의 발치에 자리를 잡고 앉아 어린 시절, 그리고 두리요다나로 인해 고통받던 시절에 비두라에게 받았던 도움을 떠올렸다. "어머니와 우리 형제들을 고난으로부터 보호해줬던 일들을 기억하시나요? 어미새가 새끼를 보호하듯 당신은 우리를 파멸로부터 지켜주셨지요. 긴 여행을 하는 동안 어떻게 지내셨는지요? 어떤 성지들을 순례하셨는지요?"

유디스티라는 영적인 힘을 통해 그가 높은 차원의 영적 깨달음을 얻었음을 느꼈다. 유디스티라와 마찬가지로 비두라도 고행을 하고 현자들의 가르침을 받는 것을 크나큰 기쁨으로 여겼다. 그래서 그는 비두라가 다시 도시를 떠난다는 사실을 슬퍼하지 않았다. 오히려 자신을 삶을 완성하기 위한 섭리로 받아들였다.

영적 완성을 이룬 비두라를 향해 유디스티라가 합장하며 말했다. "당신은 성지의 화신입니다. 당신의 가슴속에 신이 함께하시니 그대가 가는 곳은 성지가 될 것입니다."

그러면서 유디스티라는 비두라에게 오랜 순례 기간 동안 얻은 깨달음에 대해 물었다. 비두라가 입을 열어 천천히 이야기하기 시작했다. 스스로 깨달은 사람이었기에 그는 최고의 행복을 맛보며 언제라도 육신을 버리고 영적인 모습으로 태어날 준비가 되어 있었다. 하지만 형 드리타라스트라에 대한 애정은 그를 아직 형에게서 벗어나지 못하게 했다. 하여 그는 하스티나푸라로 돌아와 잠시 머물기로 결정한 것이었다. 또 한 가지, 영적으로 무지함에도 불구하고 그에게 죽음이 다가오고 있다는 것을 알고는 쾌락에 대한 형의 집착을 끊어주기 위해 마지막으로 가르침을 주고 싶기도 했다.

며칠 뒤, 비두라는 드리타라스트라와 마주앉았다. 모든 판다바 부부가 합석한 가운데 그가 드리타라스트라를 향해 입을 열었다. "왕이여, 당장 이곳을 떠나소서. 지체해서는 아니 됩니다. 당신이 얼마나 두려움에 사로잡혀 있는지를 스스로 보소서."

비두라는 냉소적인 표정으로 드리타라스트라를 왕이라고 불렀다. 하스티나푸라로 돌아오는 순간 그는 모든 상황을 파악했다. 유디스티라가 보여주는 존경과 명예를 만끽하면서 스스로를 왕이라 착각하고 있는 현실 말이다. 그러나 생의 마지막이 다가오면서 그는 갈수록 두려워하고 있었다. 죽음이 그에게서 모든 권력을 빼앗아버리고 나면 그는 어디로 갈 것인가? 세상을 통치하던 시절, 그는 너무도 많은 죄악을 저질렀다.

비두라의 말에는 거침이 없었다. "이 끔찍한 상황은 물질계에 사는 어느 누구도 치유할 수 없습니다. 왕이여, 영원한 시간의 모습으로 변신한 절대신이 우리 곁에 와 있습니다. 시간이라는 절대자의 영향을 받는 존재는 모두 생에 대한 집착을 버려야 합니다. 하물며 부귀영화와 명예, 자손, 영토, 집에 대해서는 말해 무엇하겠습니까? 당신의 아버지와 형제, 그리고 그대의 지지자들과 아들들은 모두 죽었습니다. 당신의 인생에서 가장 중요한 것들을 모두 써버린 것입니다. 몸은 허약하고, 당신이 사는 곳 또한 당신의 집이 아닙니다. 시간이 급속도로 당신을 갉아먹고 있는데, 당신은 여전히 비마를 상대하면서 이 생을 즐기려 하고 있습니다."

비두라는 드리타라스트라와 비마 사이의 긴장 관계를 알고 있었다. 그는 드리타라스트라를 자극하여 지금의 자리를 포기하고 고행을 실천하도록 유도하기 위해 그런 말을 한 것이었다.

비두라는 드리타라스트라가 부끄러움을 느끼게 하기 위해 계속해서 말을 이어갔다. "당신의 인생은 집을 지키는 개의 삶과 별반 다를 것이 없습니다. 당신이 독약과 불길로 죽이려고 한 자들의 자비에 빌붙어 살고 있지 않습니까? 어찌하여 그런 인생을 살려고 하십니까? 당신은 이 아이들의 아내를 모욕하고 이들의 왕국과 부귀를 빼앗았습니다. 그런 당신이 지금은 이 아이들에 의지하여 살고 있습니다. 바라타의 지도자여, 죽기도 싫을 것이고 명예를 잃기도 싫을 것입니다. 목숨을 버리는 것은 더더욱 싫을 것입니다. 하지만 계속해서 이런 삶을 산다면 당신의 가련한 육신은 낡고 지저분한 누더기 꼴이 되고 말 것입니다. 태양 아래 영원한 것은 아무것도 없습니다."

판다바들은 침묵 속에 귀를 기울였다. 비두라의 말은 그 어느 때보다 강하고 날카로웠다. 유디스티라는 그의 심오한 조언을 곰곰이 되새겼다. 드리타라스타라가 오래 전에 그런 말을 들었더라면 세상은 과연 달라졌을까? 이제 드리타라스트라는 비두라의 말을 받아들일 것이다. 그에게는 이제 더 이상 삶의 목표하는 것이 존재하지 않으니 말이다.

"아무도 모르는 외딴 곳으로 가서 모든 구속에서 해방되어 살다가 육신이 필요 없는 순간 육신을 버리는 자를 흔들리지 않는 자라고 합니다. 그는 최고의 인간입니다. 스스로의 힘이든, 남의 힘을 빌린 것이든 그는 깨달음을 얻어 물질 세상의 허위와 불행을 알게 된 사람입니다. 그리하여 그는 자신의 마음속에 있는 절대자에 의지하여 집을 떠납니다. 그러니 왕께서도 부디 북쪽 산중으로 가소서. 곧 파멸의 시대가 다가올 것입니다. 그렇게 되면 세상은 더 이상 영적인 삶을 좇지 못하게 될 것입니다."

비두라의 말은 드리타라스트라의 가슴을 도려냈다. 늙은 왕은 아무 말 없이 그의 가르침을 듣고 있었다. 언제나 그러했듯 그는 이번에도 진실만을 말하고 있었다. '쓸모 없이 산산조각난 이 생을 이어갈 이유가 더 이상 없지 않은가. 비두라의 지적처럼 나는 부끄러움조차 모르는 사람이던가? 죽는 순간까지 말초적인 감각을 즐기려는 사람은 죽어서 좋은 곳으로 갈 수 없다. 그런 짓을 저지르고 어떻게 내가 판다바들에게 의지하여 살 수 있단 말인가. 게다가 비마는 틈만 나면 과거를 상기시켜주고 있지 않은가.'

드리타라스트라는 자신의 집착과 두려움이 또 다른 집착에게 자리를 물려주었다고 생각했다. 그는 숲으로 들어가기로 결심했다. 하지만 유디스티라는 절대로 그를 혼자 거친 들판으로 떠나보내지 않을 것이다. 그러한 사실을 잘 알기에 그는 비두라에게 바로 대답하지 않았다. '그래, 아무도 몰래 떠나는 것이다.' 이렇게 결심한 뒤 그는 합장을 하고 비두라에게 고개를 숙였다. 그리고는 시종을 불러 자신의 방으로 돌아갔다.

드리타라스트라가 자리를 뜨자 비두라도 간다리를 이끌고 그 뒤를 따라 방으로 갔다. 그리고는 두 사람과 다시 대화를 나누며 함께 숲으로 떠날 날을 상의했다. 비두라 역시 남은 생을 여전히 고행을 하며 죽음을 맞이하고 싶어했다. 슬픔의 순간, 그리고 어려운 작별의 순간을 피하기 위해 그들은 다음 보름달이 뜨는 날 밤에 조용히 떠나기로 결정했다.

　　＊　　＊　　＊

　회당에 앉아 있는 유디스티라는 비두라를 생각하고 있었다. 그가 드리타라스트라에게 가르침을 준 지 여러 달이 지났다. 그리고 그날 이후로 그들의 모습은 보이지 않았다. 드리타라스트라는 유디스티라에게 방해받고 싶지 않다는 말을 전해왔을 뿐이었다. 산자야와 다른 몇몇 시종을 빼고는 아무도 들이지 말라고도 했다. 유디스티라는 그것이 드리타라스트라가 비두라에게 더 많은 가르침을 받고 싶어서라고 생각했다. 그런데 이제 와 생각해보니 그것이 아니었다. 그는 어쩌면 그때부터 숲으로 떠날 생각을 하고 있었는지 모른다. 하지만 오늘은 조상에게 제사를 지내는 스랏타의 날이 아닌가. 게다가 오늘의 스랏타는 죽은 드리타라스트라의 아들들을 위한 제삿날이기도 했다. 그도 분명 제사에 참석하고 싶을 것이다.

　유디스티라는 그를 만나기로 마음먹고는 형제들을 데리고 왕궁 정원에 있는 드리타라스트라의 거처로 갔다. 깨끗하게 손질된 잔디밭과 꽃밭 사이를 걷는 동안 따뜻한 바람을 타고 꽃향기가 날아왔다. 온갖 새들이 지저귀는 연못 주변으로는 아름다운 시녀들이 앉아 있었다.

　판다바들은 곧 드리타라스트라의 거처에 도착했다. 어찌된 일인지 산자야만이 왕의 거처를 지키고 있었다. 넋 나간 듯한 그의 표정을 보는 순간 유디스티라는 드리타라스트라가 떠났다는 것을 직감할 수 있었다. "산자야여, 어찌하여 혼자 있는 것이냐? 왕께선 어디 있느냐? 비두라께서는? 내 어머니 간다리는? 어릴 적 아버지를 잃은 우리 형제들을 돌봐주신 분이다. 허나 그 아들을 죽여 은혜를 갚았으니 나는 은혜도 모르는 놈이다. 행여 그 슬픔과 나로 인한 분노로 인해 어머니와 함께 갠지즈에 뛰어든 것은 아니겠지?"

드리타라스트라가 자신에게조차 알리지 않고 떠났다는 사실에 유디스티라는 슬픔에 빠져버렸다. 유디스티라는 모든 것이 자신의 잘못이라고 생각했다. 그는 눈물을 흘리며 산자야를 바라봤다. 산자야는 두 손에 얼굴을 파묻고 아무 말도 하지 않았다. 늙은 전차몰이꾼도 비통에 잠겨 아무 말도 하지 못했다. 드리타라스트라는 심지어 산자야에게도 알리지 않은 채 떠나버린 것이다.

산자야가 서서히 안정을 되찾고 눈물을 닦아낸 뒤 입을 열었다. "친애하는 쿠루 왕조의 후손이여, 당신의 두 삼촌과 간다리의 행방에 대해 아는 바가 없습니다. 왕의 충복이요, 측근인 저에게조차 아무 말 없이 떠나셨습니다."

유디스티라는 드리타라스트라와 간다리가 신들에게 제물을 바치던 제단을 바라봤다. 성화는 사라졌고, 제단 위에 있던 신상들도 없어졌다. 유디스티라는 슬픔을 삼키며 괴로워하는 산자야에게 다가가 그를 위로했다.

그 순간 현자 나라다가 그들 앞에 나타났다. 모든 사람들이 발아래 엎드려 그를 경배했다. 나라다에게 자리를 권한 뒤 유디스티라가 말했다. "신과 같은 분이시여, 여기 있던 제 두 삼촌과 간다리의 행방을 모르겠습니다. 절대자의 계획을 알고 계신 분이여, 우리의 슬픔을 달래주소서."

나라다가 대답했다. "왕이여, 만인은 모두 절대자의 그늘 아래 있으니 그 누구를 위해서도 슬퍼하지 말거라. 천지만물은 모두 그의 보호를 받느니라. 모든 사람들은 그의 법칙에 묶여 있다. 아이가 장난감을 마음대로 부리듯 절대자의 지고한 의지는 사람을 모으기도 하고 헤어지게도 하는 법이다. 왕이여, 영혼이 영원한 근본임을 믿든 믿지 않든, 만물이 보이지 않는 절대적인 법칙에 따라 존재한다는 것을 믿든 믿지 않든, 또 그 만물이 물질과 영혼의 불가지한 결합임을 알든 모르든 상관없다. 그 어떤 상황에서도 헤어짐의 슬픔이란 오로지 집착이 만든 환상일 뿐 그 이상도 이하도 아니니라."

나라다는 연민 가득한 눈으로 판다바들을 바라봤다. 판다바들이 절대자가 예정해놓은 섭리의 중요한 도구임을 알고 있기에 나라다는 종종 그들을 찾아와 가르침을 주곤 했다. 그가 베다에 적혀 있는 영원한 진리에 대해 가르침을 줄 때면 판다바들은 존경 가득한 눈으로 그를 바라보며 귀를 기울였다. 그러면서 그는 판다바들에게 드리타라스트라에 대한 걱정을 떨쳐버리라고 했다. 걱정은 무지에서 비롯된다. 이제 판다바들이 드리타라스트라를 위해 할 수 있는 일은 아무것도 없다. 모든 생명체는 신의 힘에 의해 움직이고, 오로지 그에 의지한다. 궁극적으로 그 어떤 인간도 신의 뜻이 아니면 누군가를 보호할 수도 없고 그에게 피난처를 제공할 수도 없다. 다른 사람에게 피난처를 주려는 사람도 무시무시한 죽음의 입 앞에서는 신의 보호를 받아야 한다. 그러므로 지성인이라면 모두 자신의 안위를 위해 신을 경배해야 한다는 것이었다.

그가 계속해서 말을 이어갔다. "절대자 크리슈나는 모든 것을 먹어치우는 시간이라는 모습으로 신을 믿지 않는 마귀들을 몰아내기 위해 이 세상에 왔다. 이제 그의 일은 거의 끝을 향해 가고 있다. 그는 곧 떠나게 될 것이다. 그가 이 세상에 머무는 동안 그대들은 그저 이곳에서 기다리거라."

나라다는 이어 드리타라스트라는 간다리, 비두라와 함께 아슈람이 모여 있는 히말라야 남쪽의 산중으로 들어갔다고 알려줬다. 그곳에서 드리타라스트라는 요가를 수행하여 마음과 감각을 통제하는 능력을 지니게 되었다고 한다. 이제 그는 절대 정신과 하나가 되는 사마디^{samadhi} 상태에 빠져들어 스스로의 힘으로 불을 일으켜 육신을 태워버리게 될 것이다. 그리고 간다리는 그 불길로 뛰어들어 남편을 따르게 될 것이다. 비두라는 드리타라스트라를 떠나보낸 기쁨과 슬픔을 동시에 끌어안고 그곳을 떠나 다른 곳에서 생을 마칠 것이라 했다.

나라다는 말을 멈췄다. 떠날 때가 되었다는 뜻이다. 판다바들의 경배를 받은 뒤 그는 다시 하늘로 사라졌다. 유디스티라는 그가 한 말들을 되새겨보았다. 드리타라스트라가 삶의 마지막 순간을 그런 식으로 받아들인 것은 참으로 영광스러운 일이니 슬퍼할 이유가 없다. 늙은 왕은 세속적인 욕망을 버리지 않았는가. 그는 판다바들과 관련된 정치적인 이야기나 물질적인 관계에 대해서도 모두 털어버리고 떠났을 것이다. 나라다가 분명히 했듯, 드리타라스트라는 세속적인 집착에서 벗어나 오로지 순수한 영적 자아에 집중해 명상하고 있을 것이다.

왕궁으로 돌아오는 길에 판다바들은 비야사데바를 만났다. 그는 쿤티 또한 드리타라스트라를 따라갔다는 소식을 전했다. 놀라기는 했지만 납득할 수 있는 일이었다. 이미 오래 전부터 그녀는 세상과 절연하고 살아오지 않았던가. 그녀는 크리슈나가 드와라카로 떠나던 날 이후로 지금껏 기도와 명상을 하며 살아왔다.

이제 그녀가 가고 없다. 판다바들은 나라다의 가르침과 현자들에게 얻은 지혜를 다시 한번 떠올리며 감정을 절제했다. '어머니께선 옳은 선택을 하셨다.' 아무에게도 알리지 않고 숲으로 떠나는 것은 늘상 일어나는 일이기도 했다. 어찌됐든 죽음은 자신이 다가가고 있다는 사실을 미리 알리지 않는 법이니까.

18

판다바들, 세상에서 물러나다

유디스티라가 세상을 통치한 지 삼십육 년이 되어갈 즈음 아르주나는 드와라카를 방문했다. 크리슈나가 곧 세상을 떠나리라는 걸 알고 있었기에 마지막으로 그를 보기 위함이었다. 형제들은 아르주나로 하여금 크리슈나를 설득하여 하스티나푸라를 방문해달라고 부탁했다. 어쩌면 간다리의 저주와 맞서도록 크리슈나를 설득할 수 있을지도 몰랐다. 크리슈나의 힘이라면 충분히 가능했다.

아르주나가 떠나고 몇 달이 지나자 불길한 징조들이 나타나기 시작했다. 계절이 뒤죽박죽되는가 하면 사람들은 경전에 적힌 의무를 등한시했다. 사람들 사이에 갈등이 끊이지 않고, 서로가 서로를 속이는 일이 빈번하게 발생했다. 자만과 분노, 그리고 탐욕이 사람들을 휘감고 있는 모습을 보며 유디스티라가 비마에게 말했다.

"아우야, 아르주나가 드와라카로 떠난 지 꽤 오랜 시간이 흘렀구나. 거대한 재앙이 오고 있다는 징조도 나타나고 있구나. 천상의 현자 나라다가 알려준, 크리슈나가 떠날 때가 온 것이 아닌가 싶다. 그것이 아니라면 우리 눈앞에 벌어지는 이러한 징조들은 과연 무엇이란 말이냐. 우리의 행복과 평화는 모두 크리슈나에게서 비롯된 것이다. 그가 없으면 모든 것이 사라지고 말 것이다."

그러면서 유디스티라는 비마에게 자신이 목격한 불길한 징조들을 말해줬다. 솟는 해를 보며 울부짖는 승냥이, 왕을 향해 겁 없이 짖어대는 개, 서러운 눈물을 흘리는 말, 끝없이 울어대는 올빼미와 까마귀는 물론이고 하늘에서는 늘상 벼락이 쳤다. 대지가 요동치고 광풍이 몰아쳐 먼지 구름이 하늘을 가득 채웠다. 사원에 모신 신상들은 비명을 지르며 땀을 흘리는 것처럼 보일 정도였다. 마치 이 세상을 떠나려는 것 같았다.

"이 모든 혼란이 세상의 운이 다했음을 의미하는 듯하구나. 크리슈나의 발자국이 이 세상에 찍혀 있었기에 그동안 우리가 행복을 누릴 수 있었던 것이다. 허나 이런 불길한 징조들은 더 이상 크리슈나의 발자국이 남지 않을 것임을 의미한다."

바로 그때 전령이 들어와 아르주나가 돌아왔다고 일렀다. 유디스티라는 당장 안으로 들이라고 명했다. 아르주나가 들어와 그의 발아래 절을 하고는 그를 끌어안았다. 아르주나의 표정은 밝지 않았다. 아니 그는 낙담해 있었다. 눈에서 눈물이 흐르고 얼굴은 창백했다. 그는 왕의 얼굴을 제대로 바라보지 못했다.

더 큰 불안감에 휩싸인 유디스티라가 물었다. "아우야, 드와라카에 있는 우리의 친구와 혈족들이 행복하게 살고 있는지 궁금하구나. 존경하는 수라세나도 안녕하시더냐? 바수데바께서도 잘 계시느냐? 우그라세나와 그의 동생도 아직 살아 계시겠지? 흐리디카와 그 아들 크리타바르마는 어떻더냐? 아크루라와 자얀타, 가다, 사라나와 사트라지트도 잘 있더냐? 절대자이자 헌신자들의 보호자인 발라라마께서는 어떠하시더냐?"

유디스티라는 드와라카에 있는 친구들의 이름을 일일이 거명하며 차례차례 그들의 안부를 물었다. 판다바들은 이따끔씩 드와라카에 놀러가 그들과 행복한 시간을 보내긴 했지만 그들의 안부가 늘 궁금했다.

크리슈나의 왕국에 사는 이들의 안부를 모두 물은 유디스티라는 마침내 크리슈나에 대해 물었다. "우리의 주인 크리슈나는 친구들과 어울려 경건한 모임을 즐기고 계시더냐? 전지전능한 그분께서는 우주를 보호하고 발전시키는 데 힘쓰며 야두 왕조의 바다에 머물러 계신다. 그의 군대가 보호하는 야두 왕조의 사람들은 영원한 영적 세계의 사람들처럼 생을 즐길 것이다. 크리슈나의 보호 아래 있으니 두려움 따위는 없을 것이다."

침울한 아르주나의 얼굴을 보며 유디스티라는 불안한 마음을 애써 감추며 다시 한번 그의 안부를 물었다. 크리슈나의 가족이 이미 떠났으리라고 짐작하면서도 그는 아르주나를 채근했다. 어쩌면 그가 침울한 데는 다른 이유가 있을지도 모르는 일이었다.

"아르주나야, 행여 몸이 좋지 않은 것이더냐. 얼굴빛이 좋지 않구나. 드와라카에 오래 머문다고 행여나 그들이 너를 불쾌하게 대접한 것이더냐? 아니면 원하는 자들에게 자비를 베풀지 못한 것이더냐, 혹시 약속을 어긴 것이더냐? 그것도 아니라면 너에게 피난처를 구하는 불쌍한 자들을 지켜주지 못했더냐? 출신이 불분명한 여인을 가까이 했더냐. 존귀한 여인에게 무례하게 대했더냐. 너보다 못한 자에게 패배하기로 했단 말이냐. 용서하지 못할 실수나 혐오할 만한 일이라도 저지른 것이더냐?"

유디스티라는 말을 멈췄다. 이보다 더 끔찍한 말은 감히 입 밖에 내고 싶지 않았다. 비마와 쌍둥이 형제도 현실을 짐작하고 눈물을 흘렸다.

침묵을 깨고 유디스티라가 다시 말을 이었다. "아우야, 너의 가장 절친한 친구이자 우리의 보호자인 크리슈나를 잃고 상심하여 그런 것이더냐? 슬퍼하는 너를 보고 있으니 다른 이유는 생각조차 할 수 없구나."

아르주나는 아무 대답도 할 수 없었다. 입술은 말라붙고 몸은 부들부들 떨렸다. 그러더니 그는 두 손으로 얼굴을 감싼 채 소리내어 울기 시작했다. 한참 동안 슬픔의 눈물을 쏟은 아르주나가 겨우 눈물을 거두고 입을 열었다. "형님, 절대자 크리슈나, 나를 친구처럼 대해주던 크리슈나가 나를 두고 떠났소. 그와 함께 모두를 두려움에 떨게 하던 내 힘도 사라졌소. 잠시라도 우주를 벗어나면 온 세상을 불행과 허무에 빠져들게 하던 위대한 존재를 잃어버렸단 말이오."

아르주나는 크리슈나의 은총으로 이룰 수 있었던 일들을 일일이 열거하며 그를 추억했다. 절체절명의 위기에 처했던 순간들을 떠올리며 아르주나가 말을 이어갔다. "카우라바의 병력은 수많은 괴물이 살고 있는 바다와 같았소. 내가 그들을 꺾는다는 것은 불가능했소. 허나 크리슈나와의 우정이 있었기에 나는 그 험난한 바다를 무사히 건널 수 있었소. 비슈마, 드로나, 카르나 같은 위대한 영웅들이 나를 향해 수많은 무기를 겨눴지만 그의 도움으로 나는 머리털 하나 다치지 않았소. 허나 나는 존경심이 부족하여 감히 그를 내 전차몰이꾼으로 부려먹었소. 지상 최고의 존재조차 그에게 구원받기를 원할 정도로 그는 위대한 절대자였소."

아르주나는 계속해서 말을 이어갔다. "왕이여, 우리로 하여금 늘 웃게 하고 진솔하던 그의 말은 언제나 듣기 좋았소. '용감한 무사여', '내 친구여', '쿠루 왕조의 아들이여'라며 나를 부르던 그의 애정 어린 목소리와 다정다감한 모습이 아직도 눈에 선하고 귀에 또렷하오. 나는 그와 함께 자고 함께 대화를 나누며 함께 즐겼소. 서로에게 기사도를 뽐내기도 했소. 자신이 과소 평가를 받을 때도 그는 내 말을 참고 아비가 아들을 용서하고 친구가 친구를 이해하듯 나를 용서하고 이해해주었소."

아르주나는 갑자기 말을 멈췄다. 더 이상 계속할 수가 없었다. 형제들도 아무 말을 하지 못했다. 생각하기 싫었던 일이 마침내 벌어진 것이다. 크리슈나가 떠났다! 정신을 차린 아르주나가 다시 입을 열었다. 아르주나는 크리슈나가 떠난 뒤 크리슈나의 아내들을 보호하려 했으나 소치기들에게 제압당하는 굴욕을 당했다고 고백했다.

아르주나가 두 손을 내려다보며 말했다. "아, 내 힘은 어디로 갔단 말인가. 간디바도 그대로이고, 화살도 그대로이고 전차와 말도 그대로이거늘. 모두가 존경하던 나 아르주나도 그대로이거늘. 크리슈나가 없으니 이 모든 것이 순식간에 무용지물이 되고 말았구나."

유디스티라는 괴로워하는 동생을 끌어안았다. 그리고는 그를 자리에 앉히고 시종으로 하여금 부채질을 하도록 시켰다. 물을 한 모금 마신 뒤 아르주나는 드와라카에서 벌어진 일에 대해 이야기하기 시작했다. "왕이여, 드와라카의 친구들과 우리의 혈족들은 모두 브라만의 저주를 받았다 하오. 서로가 서로에게 무기를 겨누고 싸운 끝에 모두 죽었다 하오."

아르주나는 그 끔찍한 일에 대해 자세히 설명했다. 몇 년 전, 나라다 현자가 다른 현자들을 이끌고 드와라카를 찾았다. 그때 소년 몇몇이 현자들을 농락한 것이다. 소년들은 크리슈나의 아들 삼바에게 여자 옷을 입히고 옷 속에 쇠공을 넣어 마치 임신한 것처럼 보이게 했다. 그리고는 현자들에게 물었다. "이 여인이 아들을 낳을까요, 딸을 낳을까요?"

아이들의 오만한 질문에 분노한 현자들은 결국 저주를 내리고 말았다. "이자가 낳은 쇠공이 너희 왕조를 멸할 것이다. 오직 크리슈나와 발라라마만이 살아남을 것이다."

야두의 왕 우그라세나는 이 소식을 듣고 쇠공을 가루로 갈아 바다에 던져버리라고 명했다. 하지만 훗날 야두족은 무시무시한 징조를 목격할 수밖에 없었다. 시간이 까맣고 끔찍한 형체로 나타나 도시를 뒤덮기 시작한 것이다. 야두와 브리슈니의 궁사들이 그를 향해 화살을 퍼부었지만 아무도 그를 가격하지 못했다. 날마다 거친 바람이 불고 거리는 쥐 떼로 뒤덮였다. 흙으로 만든 항아리에 이유 없이 금이 가고 샘물에서는 물이 솟구쳤다. 사람들은 사시나무 떨듯 몸을 떨었다. 까마귀와 올빼미, 승냥이의 울음소리가 허공을 가득 메웠다. 소가 당나귀를 낳고 코끼리가 노새를 낳는 믿지 못할 일이 일어났다. 멀쩡한 요리가 식탁에 놓이는 순간 지렁이로 변했다. 사람들이 뛰어다니는 소리가 끊임없이 들렸지만 그 어디에도 달리는 사람은 보이지 않았다. 사람들은 죄책감과 부끄러움조차 잊은 채 수많은 죄를 저질렀다. 브라만들을 무시하고 사원의 신상에 경배하는 것을 잊었다. 연장자와 스승에게 욕설을 퍼붓는 일이 계속됐다. 오직 크리슈나와 발라라마만이 그렇게 하지 않았다. 불길한 징조가 끊이지 않고 사람들이 타락해가자 크리슈나와 발라라마는 집회를 소집했다.

모두가 참석한 가운데 크리슈나가 말했다. "야두의 지도자들이여, 죽음의 깃발처럼 드와라카를 휩쓸고 있는 이 끔찍한 징조들을 보라. 더 이상 이곳에 머물 수 없다. 여인들과 어린이들, 그리고 노인들은 당장 도시를 떠나 산코다라 Sankhoddara로 가거라. 우리는 사라스바티 Sarasvati 강이 서쪽으로 흐르는 프라바사 Prabhasa로 갈 것이다. 그곳으로 가 강물에 몸을 정화하고 마음을 모아 명상에 들어갈 것이다. 그리고 신들에게 경배를 하고 많은 제물을 바칠 것이다. 브라만들을 경배하고 그들에게도 자비를 베풀 것이다. 그리해야만 이 불길한 징조들이 가져올 고통과 재난에 맞설 수 있을 것이다."

그의 의견에 자리에 모인 모든 사람들이 동의했다. 야두의 전사들은 전차에 올라 프라바사로 향했다. 여인들은 그들 중간에 자리를 잡고 길

을 떠났다. 드와라카와 프라바사 한가운데 있는 산코다라에 이르자 여인
들은 그곳에 남고 남자들은 행군을 계속했다. 웅장한 나팔소리, 트럼펫
소리와 함께 야두족은 프라바사에 도착했다. 그들은 집과 왕궁에 거처를
정하고 제사를 지내며 신들을 경배했다.

그러나 프라바사에서의 두 번째 날이 지날 무렵, 그들은 운명의 힘에
이끌려 제사를 위해 준비한 술을 마시고 말았다. 술에 취한 그들은 횡설
수설하면서 농담을 하기 시작했다.

사티야키가 크리타바르마에게 욕설을 퍼붓기 시작했다. 사티야키는
아슈바타마가 잠든 판다바 군을 학살할 때 도움을 준 크리타바르마를 용
서하지 않았다. 사티야키가 조롱하는 듯한 목소리로 말했다. "그 어떤 크
샤트리야가 잠들어 있는 사람들을 죽인단 말인가? 흐리디카의 아들아,
네 행동은 죽어도 용서할 수 없다."

크리타바르마는 화가 머리끝까지 치솟았다. 누군가를 경멸할 때나 쓰
는 왼손으로 사티야키를 가리키며 그가 계속 말을 이어갔다. "자기 스스
로 영웅이라는 자가 어찌 팔이 잘린 채 무기를 내려놓고 명상에 잠긴 부
리스라바를 잔인하게 죽일 수 있단 말이냐?"

그 말에 크리슈나가 분노한 얼굴로 크리타바르마를 노려봤다. 사티냐
키가 벌떡 일어나 칼을 꺼내며 소리쳤다. "맹세컨대, 크리타바르마를 드
리스타디윰나와 쉬크한디가 간 길로 보내버리겠다. 너의 목숨과 명예는
이제 끝이다."

사티야키가 크리타바르마를 향해 달려갔다. 술에 취해 행동이 재빠르
지 못한 크리타바르마의 목이 단숨에 날아갔다. 분노한 크리타바르마의
친구들이 사티야키에게 달려들었다. 프라디윰나가 달려왔고, 그들은 등
을 맞댄 채 전사들에게 포위되어 전투를 벌였다. 용감하게 맞섰지만 둘

은 결국 상대방에게 압도당해 죽음을 맞이하고 말았다.

아들 프라디윰나의 죽음에 크리슈나가 분노했다. 그는 주변에 자라고 있는 갈대를 한 움큼 뽑아들었다. 우그라세나의 명령으로 강에 뿌려진 쇳가루에서 싹을 틔운 갈대였다. 크리슈나는 갈대를 살인 무기처럼 휘두르기 시작했다. 프라디윰나를 죽인 자들은 순식간에 죽음을 당했다.

다른 야두와 브리슈니들도 무기를 들고 싸움에 끼어들었다. 격렬한 전투가 벌어졌다. 무기가 부서지자 그들도 갈대를 집어들었다. 술에 취한 데다 간다리와 브라만들의 저주까지 겹치며 그들은 양심의 가책 따위는 느끼지조차 못한 채 서로를 죽이고 또 죽였다. 아비가 아들을 죽이고, 아들이 아비를 죽이고, 형제가 형제를 죽였다. 불에 뛰어드는 불나방처럼 그들은 서로를 멸망시켰다. 한 시간도 지나지 않아 수많은 사람들이 죽었다. 오직 크리슈나와 발라라마, 그리고 다루카만이 살아남았다. 다루카는 이 슬픈 소식을 갖고 드와라카로 돌아갔다.

아르주나가 잠시 말을 멈췄다. 이야기를 전하는 동안 그의 마음은 다시 엉망이 되어버렸다. 그는 이 모든 것이 크리슈나의 의지였음을 알고 있었다. 그는 자신의 가족과 친구들이 이 세상을 떠나길 원했던 것이다. 파멸의 시대, 즉 칼리 유가가 시작되면 그들은 반종교적인 마귀들보다 더 끔찍한 불행을 일으킬지 몰랐다. 어찌됐건 그들은 마귀보다 더 강력한 존재들이 아닌가. 그 누구도 그들을 막을 수 없을 것이니 서로를 죽이는 것 외에는 다른 방법이 없을 것이라 생각했던 것이다.

숨을 깊게 들이쉰 뒤 아르주나가 이야기를 계속했다. 크리슈나에 관한 것이었다. 모든 사람들이 죽고 난 뒤 크리슈나에 눈에 들어온 것은 해변에 앉아 명상에 잠긴 발라라마였다. 발라라마가 황홀경에 빠지자 그의 입에서 수백 개의 머리가 달린 신성한 뱀 아난타세샤가 기어나왔다. 아난타세샤는 바루나를 비롯한 신들의 경배를 받으며 바다로 사라졌다.

발라라마가 떠나는 것을 보고 크리슈나는 근처의 숲으로 들어갔다. 그리고는 보리수 한 그루 아래에 앉아 명상에 들어갔다. 그 사이, 천상 최고의 신들이 모습을 감추고 내려와 그에게 다가갔다. 신들은 지상에서의 마지막 모습을 보려 했다.

한편 크리슈나와 조금 떨어진 곳에 사냥꾼 한 명이 있었다. 이 사내가 바다에서 물고기 한 마리를 낚았는데 배를 갈라보니 쇳덩이 하나가 들어 있었다. 바다에 던져진 쇠공의 마지막 부스러기였다. 사냥꾼은 그 쇠로 화살촉을 만들었다. 그리고는 그 화살을 들고 사냥을 하다가 명상에 잠긴 크리슈나를 보게 된 것이다. 크리슈나는 신비한 힘을 발휘하여 자신을 마치 덤불에 숨어 있는 짐승처럼 보이게 만들었다. 짐승을 본 사냥꾼은 화살을 날려 크리슈나를 맞췄다. 그 순간 크리슈나는 브라흐마를 수장으로 하는 신들의 경배를 받으며 이 세상을 떠났다.

이어 아르주나는 다루카가 드와라카로 돌아오게 된 경위에 대해 설명하기 시작했다. 그는 크리슈나로부터 드와라카로 돌아가면 아르주나를 만나게 될 것이라는 말을 들었다. 그를 만나 여인들을 인드라프라스타로 데려가달라는 지시를 받았다고 했다. 도시로 돌아온 다루카는 크리슈나의 아버지 바수데바의 집으로 가 그에게 크리슈나의 소식을 전했다. 바수데바와 데바키는 그만 기절해버리고 말았다. 크리슈나가 죽었다는 슬픔을 견디지 못하고 그들도 결국 죽고 말았다.

그 무렵 드와라카에 도착한 아르주나도 모든 이야기를 듣고 크나큰 슬픔에 빠졌다. 하지만 크리슈나의 마지막 지시를 따르기 정신을 가다듬을 수밖에 없었다. 하지만 바수데바와 데바키의 장례를 치르는 것이 먼저였다. 장작불이 활활 타오르는 순간, 크리슈나와 바수데바를 잃은 슬픔에 넋이 나간 바수데바의 다른 아내들이 불길 속으로 뛰어들었다.

아르주나는 이어 죽은 자들을 위한 최후의 의식을 치르기 위해 프라바사로 떠났다. 죽은 자의 수가 워낙 많았기 때문에 아르주나는 몇 주 동안 장례를 치러야 했다. 산코다라에 있던 여인들이 프라바사로 왔다. 화장이 진행되는 동안 남편을 잃은 수많은 여인들이 불구덩이에 뛰어들어 남편을 끌어안고 죽었다. 그들은 남편들과 같은 곳으로 갔다.

크리슈나와 발라라마의 시체를 찾아낸 아르주나는 놀라운 광경을 목격했다. 마치 살아 있을 때처럼 눈부시게 빛나고 있었던 것이다. 아르주나는 그들이 죽는다는 것은 불가능하다는 다시 한번 사실을 깨달았다. 죽은 것처럼 보이는 것은 단지 크리슈나의 힘에 의한 것이다. 크리슈나와 발라라마는 초월적 절대자가 현신한 존재이지 않은가. 아르주나는 그들이 남긴 육신이야말로 신앙이 없는 자들을 깨우쳐주기 위한 것이라고 결론지었다. 그는 신을 믿지 않으려는 사람들에게까지 은총을 베푼 것이다. 아르주나는 최고의 사제들을 불러 두 주인의 화장을 준비하라고 시켰다. 루크미니와 크리슈나의 다른 아내들이 장작더미에 몸을 던져 남편과 함께 생을 마쳤다.

장례가 모두 끝난 뒤 아르주나는 드와라카로 갔다. 그리고는 남아 있는 여인들과 아이들, 브라만, 바이샤, 수드라들을 전차에 태워 인드라프라스타로 향했다. 크리슈나는 다루카에게 드와라카가 곧 바다에 잠길 것이라고 말했다. 모든 사람들을 도시에서 끌어내야 했다. 슬픈 마음으로 드와라카를 떠나는 사람들은 통곡하며 크리슈나의 이름을 부르고 또 불렀다. 도시를 채 떠나기도 전에 바닷물이 밀려들어오기 시작했다. 뒤돌아보니 거대한 파도가 들어와 거리와 집을 삼키고 있었다.

영웅을 잃은 사람들의 행렬은 느리게 인드라프라스타로 향했다. 며칠 뒤, 그들은 판찰라의 땅에 도달했다. 아르주나는 그곳에서 며칠간 천막을 치고 머물기로 했다. 그 땅에는 강도가 들끓고 있었다. 화려한 보석과 장식을 한 수천 명의 여인들을 본 강도들은 여인들을 약탈하기 시작했다. 소치기로 변장해 떼를 지어 야영지로 달려들거나 무기와 활을 들고 여인들을 덮쳐 그녀들을 납치하는 등 눈에 보이는 모든 것을 약탈했다.

아르주나는 전차에 올라 그들을 향해 멈추라며 고함을 질렀다. "당장 멈추거라. 목숨이 중요하다면 어서 달아나거라. 조금이라도 지체하면 네 놈들 목을 쳐주리라."

하지만 운명은 냉정했다. 강도들은 아르주나를 무시하고 노략질을 계속했다. 아르주나는 간다바를 꺼내들었다. 하지만 활시위를 당길 수가 없었다. 힘이 달아난 것 같았다. 어렵사리 활시위를 당겨 화살을 날렸지만 몇 발짝 앞에 떨어지고 말았다. 천상의 무기를 불러일으키려 했지만 마음대로 되지 않았다. 당황한 아르주나는 강도들에게 달려들었다. 하지만 아무리 애를 써도 여인들을 납치해가는 그들을 막을 수는 없었다.

순간 아르주나는 이 모든 것이 크리슈나가 예정해놓은 일이라는 것을 깨달았다. 크리슈나가 떠났으니 그의 힘도 사라진 것이다. 낙담한 아르주나는 남은 사람들을 이끌고 인드라프라스타로 향했다. 도시에 도착한 아르주나는 크리슈나의 아들인 아니루다Aniruddha의 아들 바즈라Vajra를 왕으로 임명했다. 아직 어린 바즈라는 다른 크샤트리야들과 함께 프라바사로 가지 않고 남아 있었다. 가족과 친구들을 모두 잃은 바즈라는 슬픔이 컸지만 브라만들의 조언을 받아 인드라프라스타를 통치하기 시작했다.

모든 것이 제자리를 잡았음을 확인한 아르주나는 하스티나푸라로 돌아가기로 결정했다. 인드라프라스타를 막 떠날 무렵, 왕국 근처에 있는 아슈람에 비야사데바가 와 있다는 소식을 들었다. 아슈람으로 간 그는 비야사데바를 보는 순간 자리에 엎드려 울고 말았다.

슬퍼하는 아르주나를 일으켜 세우며 비야사데바가 말했다. "아이야, 왜 슬퍼하는 것이냐. 실수로 브라만을 죽이기라도 했더냐, 전투에서 패배했더냐. 아니면 만져서는 아니 될 여인을 건드리기라도 했느냐, 신앙의 길에서 벗어나기라도 했느냐? 그 무엇도 저지를 네가 아니다. 말해보거라, 어찌하여 이리 괴로워하는 것이냐?"

마음을 가다듬은 아르주나가 현자 앞에 무릎을 꿇고 말했다. "위대한 분이시여, 연꽃을 닮은 눈을 가진 분이 또다른 주인과 함께 세상을 떠났습니다. 브라만들의 저주가 만든 쇠공으로 인해 모든 브리슈나 영웅들이 죽었습니다. 위대한 영웅들이 분노에 휩싸여 서로를 죽이고 죽였습니다."

아르주나는 크리슈나와 친구들을 생각하며 땅에 엎드려 통곡했다. 프라바사의 학살극은 아슈바타마가 잠든 판다바 군사들을 학살하던 쿠루크셰트라의 기억을 떠올리게 했다. 그로 인해 아르주나는 수많은 가족과 친구들을 잃었다. 그런데 이제 남은 친구들마저 죽어버린 것이다. 살아가야 할 이유가 사라진 것이다.

"브라만이여, 시간이란 어쩜 이리도 심술을 부리는지요. 그들을 생각하면 도저히 마음의 평화를 찾을 수가 없습니다. 저 위대한 크리슈나가 죽는다는 것은 바닷물을 마르게 하는 것처럼 불가능한 일입니다. 하늘이 무너지고 눈의 신 히마바트 산이 조각나는 것처럼 있을 수 없는 일입니다. 그가 없다면 나 또한 살아갈 이유가 없습니다."

그러면서 아르주나는 강도들로부터 야두의 여인들을 지켜내지 못한 일에 대해 고백했다. "바로 내 눈앞에서 아비라 족속들이 여인들을 끌고 갔습니다. 하지만 저는 무기력했습니다. 이 또한 크리슈나가 없기 때문입니다. 이 쓸모 없는 몸을 그 없이 어찌 부지하겠습니까? 무적의 전차를 몰고 빛을 발휘하며 힘을 발휘하던 크리슈나를 더 이상 볼 수 없다니요. 제 마음은 지금 절망으로 가득합니다. 크리슈나 없이 살아갈 엄두가 나지 않습니다. 그가 죽었다는 소식에 눈이 어두워져 아무것도 볼 수가 없습니다. 만인의 으뜸이시여, 길을 일러주소서. 친지와 친구들을 잃고 텅빈 가슴만 남은 이 불쌍한 방랑자에게 길을 일러주소서."

비야사데바가 대답했다. "슬퍼하지 말아라. 모든 것은 그의 뜻이다. 크리슈나는 이 모든 고통과 재난을 막을 수 있었음에도 불구하고 그대로 놔두었다. 그는 우주의 움직임도 바꿀 수 있는 존재니라. 그것은 그의 뜻이었노라. 대지의 짐을 덜어주기 위해 그는 인간의 모습을 그친 것이다. 그는 너와 네 형제들을 통해 신들의 임무를 완수했다. 너는 그런 크리슈나를 흡족하게 했으니 승리의 왕관을 받아 마땅하다. 이제 그대 스스로 떠날 준비를 해야 한다. 고난의 시간이 오면 모든 것을 잃게 될 것이다. 용맹도 지혜도 통찰력도 모두 사라질 것이다. 시간의 힘에는 그 누구도 저항할 수 없다. 영웅이여, 슬퍼하지 말라. 판다바들이 저 높은 곳으로 가야 할 시간이 왔다. 그대들에게 있어 최고의 순간이 될 것이다."

비야사데바의 말에 위안을 받은 아르주나는 허락을 받고 하스티나푸라로 떠났다.

* * *

아르주나의 말이 끝남과 동시에 형제들은 충격에 휩싸였다. 그들에겐 오직 크리슈나 생각뿐이었다. 크리슈나 없는 삶은 생각할 수 없었다. 그들의 얼굴에서 눈물이 흘러내렸다. 유디스티라가 말했다. "만인의 으뜸아, 시간이 커다란 솥에 만물을 집어넣고 끓이고 있구나. 저 천하무적의 브리슈니들도 뿌리뽑히지 않았느냐. 크리슈나까지 세상을 떠났다. 이제 비야사데바의 가르침대로 행동해야 할 때가 왔다. 이곳에 남아 있을 이유가 전혀 없다. 칼리의 시대가 이미 열리고 있다. 죄악으로 물들어가고 있는 사람들을 보아라. 서둘러 떠나야겠다. 신들께서 언제나 파리크시트를 보살펴주시니 그 아이는 이 세상을 충분히 잘 통치할 것이다."

유디스티라의 말에 형제들이 모두 동의했다. 그들은 자신들이 세상에서 물러날 때가 왔음을 직감했다. 파리크시트라면 그들을 대신할 수 있을 것이다. 유디스티라는 브라만들과 의논하여 숲으로 떠날 날을 정했다. 판다바들이 떠난다는 소식을 들은 시민들은 슬픔을 안고 그들의 마음을 돌리려고 찾아왔다. 하지만 유디스티라의 마음은 확고했다. 정해놓은 날이 되자 유디스티라는 파리크시트를 왕으로 책봉하고 크리파를 수석 고문관에 임명했다.

다섯 형제는 브라만들에게 재물을 나눠주고 크리슈나를 기리는 의식을 치른 뒤 그의 이름으로 금은보화를 나눠줬다.

모든 의식이 끝나자 유디스티라는 마침내 황제의 옷을 벗고 장신구를 떼어낸 뒤 나무껍질로 만든 옷으로 갈아입었다. 형제들도 그를 따라했다. 왕궁을 나온 다섯 형제는 마치 고행자처럼 보였다. 슬프게 울던 시민들은 그들이 유배를 떠나고 없던 끔찍했던 시절을 떠올렸다. 그때는 돌아올 기약이 있었지만 오늘은 다르다. 형제들은 돌아오지 않을 것이다.

시민들의 통곡을 뒤로하고 유디스티라는 북문을 향해 걸어갔다. 형제들이 그 뒤를 따랐다. 드라우파디가 서둘러 그 뒤를 쫓았다. 형제들이 숲으로 쫓겨갔을 때도 그녀는 그 고통의 시간을 함께했다. 홀로 남겨졌다면 그녀는 슬픔을 이기지 못하고 죽어버렸을지도 모른다. 끊임없는 고행과 기도에 몸을 바친 수바드라와 다른 판다바 여인들과 작별 인사를 나는 그녀는 금욕을 결심했다. 남편들처럼 최후의 여행을 위해 왕국을 떠나는 그녀의 마음에도 기쁨이 가득했다.

하루 한 끼 식사와 물만으로 버티며 판다바들과 드라우파디는 히말라야를 향해 꾸준히 걸어갔다. 그들은 아무 말 없이 마음속으로 오직 크리슈나만을 생각했다. 오랜 나날을 걸어 그들은 산 아래에 있는 커다란 호수에 도착했다. 호수로 다가가는 그들 앞에 불의 신 아그니가 나타났다.

아그니가 어마어마하게 큰 목소리로 말했다. "쿠루의 아들들아, 내 말을 듣거라. 나는 불의 신 아그니니라. 칸다바에서의 일을 기억하느냐. 아르주나가 날 기쁘게 해준 것에 대한 대가로 나는 그대에게 간디바를 선물했느니라. 이제 그 간디바를 돌려다오. 무한의 화살통과 간디바를 호수로 던지도록 하거라. 바루나가 그것을 돌려받을 것이다."

아르주나는 아그니에게 절을 올린 뒤 어깨에서 활과 화살통을 내려놓았다. 한 번도 활을 놓을 수 없었던 아르주나지만 아그니의 명에 따라 그는 그것을 호수로 집어던졌다.

아그니가 사라지고, 형제들은 여행을 계속했다. 멀리 구름에 덮인 히마바트Himavat 산이 보였다. 히마바트를 넘고 사막을 건너 마침내 그들은 신들의 거처가 있는 메루 산에 도착했다. 산기슭을 지날 무렵 개 한 마리가 다가와 밤낮을 그들과 함께했다. 이내 그들은 유배 시절 많은 시간을 보낸 간다마다나Gandhamadana 산 아래에 도착했다. 그들은 신성한 산에 절을 올리고 기도를 한 뒤 산을 오르기 시작했다.

몇 개월간을 쉬지 않고 걸어온 터라 몸은 야위고 수척해졌다. 약해진 그들은 산을 오르기가 무척 어려웠다. 한참 산을 오르던 중 갑자기 드라우파디가 땅에 쓰러지더니 죽고 말았다. 유디스티라 뒤에서 걷고 있던 비마가 말했다. "그 어떤 죄악도 저지른 적이 없는 저 아름다운 공주가

땅에 쓰러졌소. 어찌하여 그녀가 여기에 쓰러져야 하는지 설명해주오."

유디스티라는 걸음을 멈추지도, 뒤를 돌아보지도 않은 채 대답했다. "우리 모두와 결혼했지만, 늘 아르주나를 더 사랑했기 때문이다."

조금 더 높이 올라갔을 때 사하데바가 쓰러져 죽었다. 다시 비마가 유디스티라에게 물었다. "어찌하여 저 덕망 높은 자가 쓰러진 것이오?" 유디스티라가 대답했다. "지식을 타고났지만 그는 언제나 지혜에 있어서는 자신을 능가할 자가 없다고 생각했기 때문이다."

쓰러진 사하데바를 뒤로하고 형제들을 계속해서 산을 올랐다. 개는 여전히 판다바들을 따라오고 있었다. 이어 드라우파디와 사하데바의 죽음을 슬퍼하던 나쿨라가 죽었다. 다시 한번 비마가 유디스티라에게 이유를 물었다. "이 아이는 영민함에 있어서는 만인의 으뜸이었으나 자신의 아름다움을 능가할 자는 없다고 생각해왔다. 그것이 이유이니라."

동생들과 드라우파디의 죽음에 충격을 받은 아르주나에게도 죽음이 찾아왔다. 슬픔에 빠진 비마가 늘 진실하던 아르주나가 어찌하여 죽음을 맞았느냐고 물었다. "아르주나는 전쟁이 시작되기 전에 하루 동안 카우라바들을 다 죽여버리겠노라고 약속했다. 허나 자만심에서 나온 약속을 지키지 못했기에 이렇게 쓰러지고 만 것이다."

남은 두 형제는 개와 함께 계속해서 산을 올랐다. 꼭대기에 닿기 전에 비마가 쓰러졌다. 비마가 생을 마치며 자신이 죽어야 하는 이유에 대해 물었다. 유디스티라가 대답했다. "비마야, 너는 지나친 식탐으로 인해 먹는 동안에는 다른 사람을 배려하지 않았다. 그것이 이유이니라."

모든 마음을 요가 명상에 집중한 채 유디스티라는 혼자서 길을 걸었다. 정상에 닿을 무렵 하늘에서 큰 소리가 들렸다. 고개를 들어 하늘을 보니 인드라의 전차가 그를 향해 내려오고 있었다. "바라타여, 전차에 오르거라. 그대를 천상으로 데려갈 것이다."

유디스티라는 신에게 고개를 숙였다. "인드라여. 천국에 대한 욕심이 없습니다. 내 형제들과 드라우파디를 두고 갈 수 없습니다. 그들은 모두 이 산을 오르다 죽어버렸습니다."

"그대의 아내와 형제들을 그 모습 그대로 만나게 될 것이다."

하지만 유디스티라는 내키지 않았다. "이 개를 보소서."

그는 발아래로 따라온 짐승을 가리키며 말했다. "나에게서 피난처를 찾고 있는 이 개를 두고 떠날 수 없습니다. 신이여, 이 개와 함께하게 해준다면 당신을 따르겠습니다."

인드라는 천상에는 개를 위한 자리는 없다고 하며 개를 남겨둔다고 해서 죄가 되는지는 않는다고 말했다. 하지만 유디스티라는 받아들이지 않았다. "두려움에 떨며 나에게 피난처를 찾는 존재는 절대로 포기하지 않겠다고 맹세했습니다. 나에게 헌신하고 번민하고 연약한 자는 절대 포기하지 않겠다고 맹세했습니다. 나에게 목숨을 구하려는 자에게도 마찬가집니다. 이 피조물을 두고 갈 수 없습니다."

인드라의 거듭된 간청에도 불구하고 유디스티라는 개를 포기하지 않았다. 그 순간 유디스티라의 눈앞에 있던 개가 정의의 신 다르마라자Dhamaraja로 변했다. 자신의 아버지를 본 유디스티라는 땅에 엎드려 존경을 표했다.

다르마라자가 그를 일으켜 세우며 말했다. "만왕의 왕이여, 너처럼 덕망을 쌓은 이가 지상에 또 있으랴. 이 모든 것이 너를 시험한 것이니, 내 오늘 네가 최고의 도덕을 지녔음을 다시 한번 확인했느니라. 천상에서도 너를 따를 자가 없으니 지상에서는 말해 무엇하겠느냐. 아들아, 천상의 축복을 받은 영원한 땅이 너를 기다리고 있느니라. 어서 인드라의 전차에 오르거라."

유디스티라는 인드라의 전차에 올랐다. 유디스티라가 올라타자마자 전차는 하늘로 솟구쳤다. 천상의 존재들이 에워싸고 유디스티라와 인드라를 찬양하기 시작했다. 천상의 현자 나라다가 허공을 날고 있었다.

현자가 말했다. "고귀한 현자 유디스티라는 천상의 모든 왕들을 초월하였다. 세상을 그의 명예와 광채로 뒤덮고, 그는 이제 인간의 몸으로 지고의 영역에 올랐도다."

전차는 천상의 별들 틈으로 들어갔다. 눈부신 저택으로 전차가 내려가는 순간 유디스티라는 황금의자에 앉아 있는 두리요다나를 보았다. 깜짝 놀라는 그의 모습에 나라다가 말했다. "저자는 크샤트리야의 의무를 다하였기에 천상에 도달한 것이다. 그는 두려움 없이 싸웠고 전쟁터에서 목숨을 잃었다. 그리하여 여기로 와 한동안 머무는 것이다."

유디스티라는 형제들의 행방을 물었다. 천상의 즐거움은 안중에 없었다. 지상에 있을 때도 그는 오로지 크리슈나에 대한 초월적인 헌신만 생각했을 뿐이다. 감각적인 즐거움이나 물질적인 집착은 포기한 지 오래였다. 그러한 헌신은 그에게 물질적인 기쁨보다 훨씬 더 즐거운 기쁨을 안겨주었다.

유디스티라는 두리요다나가 즐기고 있는 천상에서의 기쁨을 경멸하는 듯한 눈빛으로 바라보았다. 그의 유일한 바람은 크리슈나와 연을 끊지 않고 형제들, 그리고 드라우파디와 함께하는 것이었다. 그들도 크리슈나에 대한 깊은 애정을 가지고 있었기 때문이다. 크리슈나와 형제들이 없다면 천상이라 해도 지옥이나 마찬가지였다.

인드라는 천상의 존재들에게 일러 유디스티라를 형제들과 드라우파디에게 인도하라고 명령했다. 인드라의 명을 받은 존재들은 유디스티라를 천국에서 벗어난 길로 이끌었다. 갑자기 어둠이 그들을 휘감았다. 어둠 속에서 시체들이 썩고 있는 습지가 보였다. 악취가 가득하고, 사방에는 날파리와 벌 떼가 날아다녔다. 번쩍이는 불이 너울거리고, 까마귀가 가득했다. 울부짖는 사람들이 가득한 펄펄 끓는 강물과 배설물로 가득한 강이 눈에 들어왔다. 날카로운 잎을 가진 나무들이 길을 가득 채우고 있었다. 유디스티라가 걸어가는 동안 길은 뜨거운 열기로 끓어올랐다. 주위를 둘러보니 많은 사람들이 고문을 당하고 있었다.

눈앞에서 벌어지고 있는 모습에 놀란 유디스티라가 안내자에게 물었다. "여기가 어디인가? 어찌하여 나를 지옥으로 데려왔단 말인가? 나는 내 형제들과 드라우파디를 보고 싶다."

전령이 대답했다. "바라타여, 우리는 인드라의 명을 받들어 그대를 이리 데려왔을 뿐이다. 이것은 그대가 원한 것이었다. 돌아가고 싶다면 당장 돌아가거라."

돌아가자는 유디스티라의 청에 그들은 발길을 돌렸다. 바로 그때, 사방에서 목소리가 들려왔다. "왕이여, 우리를 버리지 마소서. 당신이 있기에 우리의 고통이 사라집니다. 당신을 보니 서늘한 바람이 불고 마음이 평화로워지고 있습니다."

유디스티라가 외쳤다. "그대들은 누구이며 어찌하여 여기에 있는가?"

"나는 비마요!"

"나는 아르주나요!"

"나는 나쿨라요!"

"나는 사하데바요!"

그와 함께 드라우파디의 이름이 들렸다. 드리스타디윰나를 비롯한 다른 덕망 높은 왕들과 공주들의 이름도 들렸다. 새파랗게 질린 유디스티라가 전령에게 말했다. "이리도 덕망 높은 이들이 지옥에 있다니 이 무슨 운명의 장난이란 말인가? 도저히 믿을 수 없다. 이것은 환영임에 분명하다. 내가 깨어 있는가, 잠을 자고 있는 것인가? 미친 것인가, 꿈을 꾸는 것인가? 전령들이여, 형제들과 친구들의 목소리를 듣고 도저히 이곳을 떠날 수가 없다. 저들이 나에게 여기 머물며 안식을 취하게 해달라고 애원하지 않는가. 그대들은 돌아가라. 나는 여기 남을 것이다."

유디스티라의 말에 천상의 존재들은 자취를 감췄다. 어찌하여 자신의 형제들이 지옥에 있는지 이해되지 않았다. 망연자실한 채 서 있는 유디스티라에게 인드라와 신들이 다시 나타났다. 신들이 뿜어내는 빛에 사방이 환해졌다. 섬뜩한 지옥의 모습이 천상의 풍경으로 바뀌었다. 유디스티라는 천상의 꽃들이 피어 있는 정원 한가운데에 서 있었다. 시원한 산들바람이 향기를 몰고 왔다.

인드라가 유디스티라에게 말했다. "만인의 으뜸이여, 안심하거라. 그대도, 그대의 형제들도 지옥에 있는 것이 아니니라. 환영에 의해 지옥을 보았을 뿐이다. 인간 세상의 모든 왕과 모든 존재는 지옥을 보게 될 것이다. 옳고 바른 일만 행하는 자는 아무도 없기 때문이다. 신앙심이 깊은 사람도 죄의 대가를 먼저 맛본 뒤에야 커다란 행복을 누릴 수 있느니라. 드로나를 죽이기 위해 거짓말을 한 네 죄는 참으로 미미했도다. 그 죄로 인해 너도 네 형제와 친구들처럼 지옥의 모습을 본 것이다. 이제 영원한 행복이 그대를 기다리고 있느니라."

그러면서 인드라는 유디스티라가 라자수야 제사를 지낸 덕에 인드라와 동등한 자격을 누리고 있는 태초의 왕 하리스찬드라Harischandra에 버금가는 자리를 받게 되었다고 전했다. 인드라는 유디스티라를 전차에 태우고는 그의 회당으로 데려갔다. 그곳에서 그는 천상의 존재 마루트와 바수, 아슈비니, 루드라에 둘러싸여 있는 형제들을 그 모습 그대로 만났다. 라크슈미 여신처럼 빛나는 드라우파디도 함께 있었다. 유디스티라는 또한 전쟁에서 전사한 모든 군사들이 천상에 오른 모습도 보았다. 카르나는 아버지 수리야와 함께 행복을 누리고 있었으며, 카우라바들도 종교적인 의무를 다한 덕에 기쁨을 누리고 있었다. 인드라는 유디스티라를 맑은 강물이 흐르는 곳으로 안내했다. "대지의 여신 갠지즈가 여기 이렇게 흐르고 있다. 하늘에서는 만다키니^{Mandakini}라고 부르느니라. 왕이여, 이 물로 몸을 씻거라. 그리하면 천상의 몸을 얻게 되리라."

유디스티라는 인드라의 명을 받들어 강물로 들어갔다. 몸을 씻은 유디스티라는 눈부신 천상의 형체로 솟아올랐다. 모든 슬픔과 번민이 사라졌다. 물에서 나오는 그를 보며 싯다와 차라나들이 그를 경배했다. 크리슈나가 그를 보며 미소를 짓고 손을 들어 축복을 내렸다.

유디스티라는 나라다에게 다가가 자신의 형제들이 얼마나 오랫동안 천상에 머물게 되는지를 물었다. 현자는 영원히 머물 것이라고 대답해주었다. "하지만 그대의 형제들은 크리슈나와 영원히 함께하는 존재들인 까닭에 그가 가는 곳은 어디든지 함께 갈 것이다. 그는 만물을 이롭게 하기 위해 영원토록 세상을 옮겨다니며 인간의 모습으로 환생하여 임무를 행할 것이다. 그대들이 크리슈나와 떨어져 살 수 없듯 크리슈나 또한 그대들을 늘 곁에 두고 싶어하느니라. 그러니 그대들도 이곳에 오래 머물지는 않으리라. 그대들을 이곳으로 데려온 것은 그대들이 알고 있던 사람들이 어디로 갔는지 알려주기 위함이었느니라. 그대들처럼 맑은 영혼은 영원히 절대자와 함께하게 될 것이다. 오로지 그의 신비한 능력에 의해서만 그렇지 않게 보일 때가 있을 뿐이다. 그는 물질 세계를 창조하고, 그 세계에 잠시 머물다가 처음으로 시간을 돌리는 것이다."

그러면서 나라다는 크리슈나의 유일한 일은 고통받는 모든 영혼들에게 영원한 그의 종이라는 지위를 되찾아주는 것이라고 했다. 지상에서 벌어지는 모든 일에 개입하는 것처럼 보이면서도 실제로는 그들로부터 항상 떨어져 있다고도 했다.

사람들은 환상에 사로잡혀 넋을 잃고 세속적인 욕망에 몰두하고 스스로를 신과 무관한 독립된 존재로 생각한다. 하지만 모든 인간은 절대자의 일부이며, 모든 것을 그에게 의존한다. 참된 행복은 욕망을 포기하고 모든 것을 크리슈나에게 맡길 때 얻을 수 있다. 하지만 크리슈나는 절대로 자기 자신의 환상에 사로잡히지 않는다. 그가 세상에 나타나는 것은 사람들을 그릇된 생각에서 구원하여 자신에게 되돌리기 위해서이다.

나라다가 결론을 내렸다. "지나치게 물질에 집착하는 사람은 이 진리를 이해할 수 없다. 그런 자는 유한한 세상을 살다가 때로는 지옥으로 또 때로는 천국으로 갈 것이다. 본래의 자아와 순결한 의식을 일깨우고 영적 본성을 깨닫지 못하면 생과 사의 굴레를 벗어날 수 없느니라. 그대들은 크리슈나에게 헌신한 덕분에 해탈을 얻었다. 크리슈나는 그대들을 물질 세상으로 내려보내 자신의 뜻을 펴기 위한 도구로 사용하였다. 이는 오로지 환상에서 벗어난 사람만이 이해할 수 있느니라."

유디스티라는 기뻐하며 크리슈나를 바라보았다. 천상에서도 그를 볼 수 있는 것만큼 큰 행복은 없었다. 종으로서, 친구로서, 나아가 혈족으로서 그를 도왔으니 이보다 더한 기쁨이 어디 있겠는가? 크나큰 행복에 빠져 유디스티라는 크리슈나에게서 눈길을 돌릴 수가 없었다. 이제 어떤 세계가 그를 기다릴 것인가. 그 무엇도 상관없다. 크리슈나가 있는 한 그는 어디든지 갈 준비가 되어 있었다.

끝

카르나의 탄생

한번은 위대한 현자 두르바사가 쿤티보야 왕을 찾아왔다. 그는 며칠 동안 왕의 궁전에 묵으며 어린 쿤티 공주의 시중을 받았다. 겸손하고 착한 공주가 마음에 든 현자는, 언제든 신을 불러 소원을 말하면 들어준다는 주문을 가르쳐줬다.

현자가 돌아간 뒤 쿤티는 자신의 방에 혼자 앉아 있었다. 창 밖을 보니 마침 해가 떠오르고 있었다. 순간 그녀에게 천리안이 생겨 태양이 아닌 태양의 현신이 보였다. 찬란하고 아름다운 신의 존재에게 그녀는 마음을 빼앗겨 버렸다. 쿤티는 두르사바가 가르쳐준 주문이 궁금했다. '정말로 주문이 이루어질까? 내가 태양신을 불러낼 수 있을까?' 공주는 태양신 수리야를 떠올리며 주문을 외웠다. 그러자 놀랍게도 방 한가운데에 태양신이 나타나 사방을 빛으로 가득 채웠다. 깜짝 놀라 말을 잇지 못하는 공주에게 황금색 피부에 빛나는 팔찌를 찬 신이 미소를 지으며 말했다. "무엇을 원하느냐?"

쿤티는 신 앞에 엎드려 수줍은 목소리로 말했다. "신이여, 오신 곳으로 돌아가소서. 치졸한 호기심에 당신을 불렀나이다. 제 장난을 용서하소서."

"오, 아름다운 여인아, 내 바로 돌아갈 것이나 너를 위해 무언가를 하지 않으면 안 된다. 나의 방문이 헛된 일이 되어서는 안 되느니라. 신의 행동에는 반드시 결과가 있어야 하는 법. 네가 나를 욕망하였으니 너에게 찬란한 아이를 안겨주마. 그 아이는 갑옷을 입고 천상의 귀걸이를 찬 천하무적으로 태어날 것이다."

두려움에 질린 쿤티의 입이 벌어졌다. 신이 말을 이었다. "여인아, 내 너와 즐거움을 나누고 돌아갈 것이다. 내 말을 듣지 않고 내 쾌락을 채워주지 않으면 내 너와 네 아비를 모르고 어리석게 주문을 알려준 브라만을 저주할 것이니라."

수리야는 다른 모든 신들이 자신의 꼴을 보면서 비웃고 있다고 말했다. 공주가 원하는 것을 품고 자신을 불러놓고는 정작 지금은 자신을 거부하고 있다는 것이었다. 그러니 아들을 주지 않고는 절대로 떠날 수 없다고 했다.

쿤티가 애원했다. "위대한 신이여, 본래 거처로 돌아가소서. 격노한 당신의 모습은 어울리지 않습니다. 나는 처녀이니 남편을 만나기 전까진 내 몸을 허락할 수 없습니다. 아버지와 어머니, 그리고 어른들께서 정해주신 남자에게 저를 줘야 할 것입니다. 도덕을 버릴 수는 없습니다. 이 세상에서 몸을 순결하게 하는 것은 여인의 지고한 의무입니다."

쿤티는 거듭해서 주문을 외운 것은 유치함과 순진함에서 비롯된 실수라고 설명했다. 그녀는 신에게 부디 자신의 잘못을 용서하고 떠나달라고 빌었다.

그러나 수리야는 꿈쩍 하지 않았다. "내가 이렇게 자비를 베푸는 것은 네가 유일하다. 나를 모욕한 자들은 모조리 벌을 받았거늘. 내가 지금 너에게 나만큼이나 천하무적인 아들을 주겠다고 하지 않았느냐. 내 너를 즐기지 않고 떠난다면 천상에 가서 갖은 수모를 당하고 말 것이다. 그러니 나에게 의탁하거라. 온세상이 칭송하는 아들을 잉태하게 되리라."

죄를 저지를까 두려워 쿤티는 거듭거듭 신의 욕망을 거두게 하려 했지만 헛수고였다. 그는 꿈쩍도 하지 않았다. 마침내 그녀가 말했다. "세상의 주인이여, 어찌하면 내가 죄악에서 벗어나 세상의 손가락질을 피할 수 있겠습니까? 내 가문의 명성을 어찌하면 더럽히지 않을 수 있겠습니까? 당신께 제 몸을 허락하는 것은 경전이 금지한 행동입니다. 정결함을 잃지 않고 그대에게 몸을 줄 수 있는 방법을 알려주십시오. 도덕과 명성, 그리고 만물의 목숨이 그대에게 달려 있습니다. 그대의 제안과 도덕이 함께할 수 있는 방법을 알려주십시오."

그 말에 수리야는 쿤티가 자신과 하룻밤을 보내더라도 그것은 죄가 되지 않는다며 안심시켰다. "만물의 안위를 바라는 내가 어찌 너에게 죄악을 저지르라 할 수 있겠느냐. 죄악은 오직 고통으로 이어질 뿐. 두려워 말라. 나와 하나가 된 뒤에도 너는 처녀로 남게 될 것이다. 아름다운 여인아, 의심치 말거라."

한편으로는 안심이 되고 한편으로는 걱정이 되었지만 달리 방도가 없다는 것을 깨달은 쿤티는 신의 말에 동의했다. 공주의 동의를 얻은 신은 즉각 요가의 힘을 빌려 쿤티 속으로 들어갔다. 그의 힘에 압도된 쿤티는 그만 정신을 잃고 침대에 쓰러졌다. 그리고 신은 떠나갔다. 열 달이 지나 쿤티는 천상의 존재처럼 아름다운 아들을 낳았다. 가장 믿고 있는 하녀 한두 명만이 그녀가 임신과 출산을 했다는 사실을 알고 있었다.

쿤티의 몸에서 태어난 아이는 눈부신 귀걸이를 차고 마치 피부 같은 갑옷을 입고 있었다. 눈은 사자를 닮았고 어깨는 넓었다. 쿤티는 어린 아이를 두고 유모와 상의했다. 가슴이 찢어질 것만 같았다. 자신의 몸에서 태어난 첫 아이이자 막강한 태양신의 아들이지만 그를 어찌 기를 수 있겠는가? 또 신은 그녀가 여전히 처녀로 남을 것이라 했지만 그것을 누가 믿을 것인가. 처녀가 아이를 낳다니. 아이를 낳은 여자에게 누가 남편이 되어줄 것이란 말인가.

쿤티는 결국 아이를 버리기로 마음먹었다. 위대한 수리야의 아들인 만큼 수리야가 아이를 보호해줄 것이다. 쿤티는 또한 비슈누에게도 아이의 안위를 빌었다. 그녀는 아이를 나무로 된 바구니에 담아 유모와 함께 갠지즈 강변으로 갔다. 강둑에 앉은 그녀는 한참 동안 아이를 바라보았다. 주체할 수 없이 눈물이 흘러내렸다. 아이를 버려야 한다는 생각에 한참을 슬프게 울었다. 고통에 가득 찬 목소리가 수면 위로 흘렀다.

"아이야, 천상과 대지와 물속에 살고 있는 천지만물이 너를 지켜주기를. 물의 신 바루나와 바람의 신 파바나가 너를 안전하게 떠나보내기를. 너의 위대한 아버지, 태양의 신이 너를 굽어살피기를."

쿤티는 숱한 신들에게 아이를 보살펴달라고 기도하고, 좋은 부모를 만나게 해달라고 기도했다. "너를 아들로 맞게 될 여인은 분명 좋은 꿈을 꾸었을 것이다." 쿤티가 울었다.

"너를 보게 될 여인은 축복받은 사람이구나. 먼지에 가렸으되 빛나는 네 얼굴과 비죽비죽 자란 이 곱슬머리를 보게 될 그 여인은. 네 옹알이를 듣고, 히말라야 숲의 사자처럼 자랄 너를 보게 될 그들은 참으로 큰 복을 받았구나."

오랫동안 슬프게 울던 쿤티는 마침내 바구니를 닫은 뒤 강물로 그것을 밀어 넣었다. 바구니는 강물 위로 하염없이 떠내려갔고, 그녀는 유모의 부축을 받으며 궁으로 돌아왔다.

바구니는 참파 마을 근처에 있는 물가에 닿았다. 마침 수타 부족의 대장인 아드히라타와 그의 아내 라드하가 강변에 와 있었다. 바구니를 본 라드하가 그것을 강변으로 끌어올렸다. 바구니를 연 부부는 그 안에 아이가 들어 있는 것을 보고 깜짝 놀랐다. 라드하는 곧바로 아기를 자신의 무릎에 올려놓은 뒤 남편에게 집으로 데려가자고 말했다. 오랫동안 아들을 달라고 신들에게 기도해온 그녀는 이 아이야말로 신들이 주신 선물이라고 생각했다. 그녀는 아이를 데려가 친아들처럼 키웠다. 부부는 그에게 바수세나라는 이름을 붙여주었다. 훗날 그는 카르나와 라드헤야로 불리게 되었다.

저주받은 카르나

성인이 된 뒤 카르나는 브라흐마의 무기 브라흐마스트라를 배우기 위해 드로나를 찾아갔다. 하지만 드로나는 그가 원하는 기술은 오직 맹세를 실천하는 브라만이나 고행을 거친 숙련된 크샤트리아에게만 허용된다고 말했다. "라드헤야여, 너는 그 둘 중 어느 것에도 속하지 않는구나. 너는 비천한 수드라 계급의 전차몰이꾼 수타 출신이 아니더냐. 그러니 너에게는 기술을 가르쳐줄 수가 없다."

분노에 찬 카르나는 드로나에게 고개를 숙이고는 돌아나와 마헨드라 산으로 향했다. 산에 가면 파라수라마를 만날 수 있다는 것을 알고 있었다. 현자를 발견한 카르나는 그의 발아래 엎드려 절을 올렸다. "나는 브리구 족속 출신의 브라만입니다. 저에게 무기를 가르쳐주십시오. 브라흐마스트라를 알고 싶습니다."

파라수라마는 그를 친절하게 받아들여 가르쳤다. 카르나는 현자의 은신처에 묵으며 그에게 전쟁술과 무기 다루는 법을 배웠다. 거룩한 산에 머무는 동안 그는 그곳에 있던 많은 싯다와 간다르바들에게 총애를 받았다. 그는 활과 창을 들고 숲으로 가 사냥을 하곤 했다.

그러던 어느 날, 사냥을 하다가 한 브라만의 소를 죽이고 말았다. 그는 미칠 것 같은 마음으로 브라만에게 가 사실을 고했다. 현자 앞에 사지를 벌리고 엎드린 채 그는 슬픔 가득한 목소리로 말했다. "만인의 으뜸이여, 본의 아니게 당신의 소를 죽였습니다. 용서하소서. 부디 제가 이 죄를 갚을 수 있게 해주소서!"

아끼던 소가 죽어 있는 모습을 본 브라만의 분노는 가라앉지 않았다. 시뻘겋게 달아오른 얼굴로 그는 브라만들이 어깨에 차는 성스러운 실을 집어들고 카르나에게 저주를 내렸다. "사악하도다. 이 죄만으로도 죽어 마땅하다. 죽기 전까지 네 어리석음의 대가를 치를 것이다. 전쟁터에서 네 적을 만나는 날 대지가 네 전차를 집어삼키리라. 내 소를 죽였으니 네 적이 네 목을 잘라버릴 것이다. 천한 놈아, 썩 꺼져버려라!"

카르나가 애원했지만 그는 요지부동이었다. "내 말은 단 한 번도 틀린 적이 없었다." 결국 카르나는 고개를 숙인 채 그 자리를 떴다.

그 후로도 계속 카르나는 파라수라마의 은신처에 머물며 배움에 정진하고 겸손한 태도로 그를 섬겼다. 그를 좋게 본 파라수라마는 브라흐마의 무기술을 모두 가르쳐주었다. 현자 바르가바의 무기 아스트라 같은 강력한 무기를 다루는 방법도 가르쳤다.

어느 날, 카르나는 파라수라마와 함께 숲 속을 산책하던 중 피곤한 몸을 풀기 위해 초원이 펼쳐진 언덕에서 휴식을 취하게 되었다. 파라수마마는 카르나의 무릎을 베고 누웠다. 현자가 잠이 든 순간 커다란 벌레 하나가 카르나의 다리를 기어올라오더니 그의 살을 파고들기 시작했다. 그러더니 주둥이를 깊이 꽂고는 카르나의 피를 빨아 먹기 시작했다. 하지만 스승이 단잠에서 깰까 우려한 카르나는 꼼짝하지 않은 채 조금도 아픈 기색 없이 그대로 앉아 있었다.

잠시 후 카르나의 뜨거운 피가 파라수라마의 얼굴 위로 흘러내렸다. 파라수라마가 잠에서 깨어났다. 벌레를 본 그는 날카로운 눈빛으로 벌레를 녹여버렸다. 그 순간 라크샤사 하나가 하늘로 치솟더니 파라수라마에게 합장을 하며 말했다. "은자 중의 은자여, 그대가 나를 지옥과 같은 형상에서 구해주었나이다. 과거에 나는 저 높은 곳에 살았으나 브리구의 아내를 모욕한 죄로 벌레가 되었습니다. 자비를 빌었으나 그는 비슈누의 화신인 현자 자마다그니의 아들 라마를 만난 뒤에야 이 저주가 풀릴 것이라 했습니다. 그대가 나를 구원했습니다. 현자여, 감사합니다. 이제 떠날 시간입니다."

그리고는 눈 깜짝할 사이에 모습을 감췄다. 라크샤사가 사라지자 현자가 카르나를 쳐다보며 말했다. "간악한 놈, 네가 어찌 브라만일 수 있느냐? 그런 고통을 견딜 자는 절대로 브라만이 될 수 없다. 오직 크샤트리야만이 그런 인내를 가지고 있다. 사실대로 말하거라. 너는 누구냐?"

카르나가 오들오들 떨면서 대답했다. "주님이시여, 제 이름은 카르나, 수타 족으로 태어났나이다. 브라만과 크샤트리야 계급이 뒤섞인 몸입니다. 브리구 가문의 후손이시여, 당신을 스승으로 섬기려 이곳에 왔으니 당신은 제 아버지입니다. 하여 저는 저를 브리구 가문의 일원이라고 생각했습니다. 용서하소서, 저는 당신의 비천한 종이옵니다."

화가 났지만, 파라수라마는 웃음을 띠었다. 그리고는 합장을 한 채 땅바닥에 엎드려 있는 카르나를 보며 말했다. "무기가 탐이 나서 거짓말을 했구나. 내 말을 듣거라. 지상 최고의 적을 만나 가장 위대한 천상의 무기가 절실한 순간이 왔을 때 너는 주문을 기억해내지 못하게 될 것이다. 허나 다른 무기에 관한 한 너는 천하무적이 될 것이다. 어서 떠나거라. 이곳은 거짓을 행한 자에게 어울리는 곳이 아니다."

카르나는 수치심 가득한 얼굴로 산을 떠났다. 훗날 그는 하스티나푸라에서 두리요다나의 편에 합류했다.

비슈마의 탄생

아득한 옛날, 마하비샤라는 왕이 살았다. 왕은 거대한 제사를 올렸고, 그 결과 생이 끝날 무렵 인드라의 거처로 승천했다. 한 번은 브라흐마의 주재 아래 만신들이 모였는데, 마하비샤 눈에 신성하리만치 아름다운 대지의 여신 강가가 눈에 들어왔다. 그녀를 바라보고 있는데 한줄기 바람이 갑자기 불어와 그녀의 옷을 뒤집어버렸다. 다른 모든 천상의 존재들은 눈길을 돌렸지만 그녀의 미모에 취해 있던 마하비샤만은 계속해서 그녀를 뚫어지게 쳐다보았다. 마하비샤의 무례한 행동에 브라흐마가 저주를 내렸다. "너는 다시 지상에 태어나 살다가 천상으로 되돌아오게 될 것이다."

그 말에 마하비샤는 지상에 있는 군주들을 떠올렸다. 그중 프라티파라는 군주가 가장 신앙이 깊었다. 그는 브라흐마에게 프라티파의 아들로 태어나게 해달라고 했고, 브라흐마도 동의했다.

한편 마하비샤의 눈길을 본 강가는 자리를 뜨면서도 그에 대한 생각이 지워지지 않았다.

돌아가는 길에 그녀는 낙담하고 있는 바수 무리들을 만났다. 이유를 묻자 그들이 대답했다. "저 전지전능한 현자 바시슈타로부터 저주를 받아 조만간 지상에 사람으로 환생해야 합니다. 하여 슬픕니다."

여덟 바수들은 강가에게 자신들이 바시슈타의 소인 난디니를 훔치려 했다고 고백했다. 대장인 디야우는 아내의 유혹에 빠져 소를 훔치려 했다고 했다. 그 소만 있으면 원하는 것을 모두 가질 수 있다는 아내의 말에 빠져 결국 동생들과 함께 소를 훔친 것이다. 물론 바시슈타는 불같이 화를 냈다. 천리안을 통해 소를 훔쳐간 것이 바수들인 것을 안 그는 형제들에게 저주를 퍼부었다.

자신들이 저주를 받았다는 사실을 알게 된 바수들은 현자 앞에 나아가 소를 돌려주고 스스로를 책망하며 용서를 빌었다. 그러나 현자는 자기의 말은 절대 거짓됨이 있을 수 없다며 이렇게 말했다. "너희 여덟 바수들은 다시 지상에 태어날 것이다. 하지만 저주는 곧 풀릴 것이다. 하지만 그대, 디야우만은 죽을 때까지 지상에 머물러야 할 것이다. 덕망 있고 강력하며 베다에 능통하지만 후손은 없을 것이다. 또한 여인에게 받을 쾌락은 절대로 추구해선 안 된다."

바수들은 강가에게 자신들은 인간의 자궁으로 들어가고 싶지 않으니 여인의 몸으로 지상에 내려가 자신들의 어머니가 되어달라고 부탁했다. 그런 그들에게 강가가 물었다. 아버지는 누구면 좋겠냐고. "곧 샨타누라는 아들을 낳게 될 프라티파라는 왕이 있습니다. 그가 바로 우리의 아버지가 될 운명입니다."

강가는 기분이 좋았다. 샨타누는 바로 마하비샤Mahavisha의 환생이 아니던가. 그녀가 웃으며 말했다. "그래, 내 너희들의 어머니가 되어주마. 이제 가거라. 곧 다시 만나게 되리라."

정해진 대로 바수들은 천상에서 추방되었고, 강가는 지상으로 내려왔다. 머지않아 갠지즈 강변을 거닐던 샨타누는 여신과 마주쳤다. 그는 그녀의 미모에 깜짝 놀랐다. 잡티 하나 없이 깨끗한 피부와 연꽃처럼 아름다운 비단 옷을 걸친 여인이 눈앞에 서 있었다. 그는 아름다운 여인의 모습에 넋을 잃고 바라보았다.

강가 역시 잘생긴 군주에게 마음이 빼앗겼다. 그녀의 검은 눈동자와 샨타누의 눈이 마주쳤다. 샨타누는 온몸에 전율을 느꼈다. 샨타누는 그녀에게 다가가 말했다. "아름다운 여인이여, 그대가 여신이건 요정이건 다나바건 아수라건 아프사라건 상관없다. 내 아내가 되어다오. 보아하니 그대를 지켜줄 남자가 없는 듯하니 내가 그대의 피난처가 되어줄 것이다."

그의 말에 강가는 눈을 내리깔며 말했다. "왕이시여, 당신의 아내가 되어 당신께 복종하겠습니다. 그런데 조건이 있습니다. 좋건 싫건 절대로 제 행동을 간섭하지 마소서. 또한 저에게 거친 말을 하지 마소서. 그리하면 당신과 함께 머물 것이요, 그렇지 않으면 아니면 그 순간 떠나버릴 것입니다."

이것저것 생각할 겨를이 없었다. "그리하마."

그리고는 강가를 하스티나푸라로 데려가 그날로 결혼식을 올렸다.

강가의 미모에 빠져버린 샨타누는 시간이 흐르는 줄도 몰랐다. 마치 일 년이 하루처럼 흘러갔다. 강가는 아들을 낳았다. 하지만 며칠 뒤 강가는 아기를 갠지스에 던져버렸다. 강물이 아기를 집어삼켰다. 공포에 질렸지만 샨타누는 강가가 내건 조건을 떠올리며 침묵을 지켰다. 그녀를 잃기 싫었다.

그 후로 칠 년간 매년 아들이 태어났지만 그때마다 강가는 아기를 강에 던져버렸다. 왕은 억지로 참았다. 그녀가 여덟 번째 아기를 던지려 하는 순간 샨타누의 분노가 폭발했다. 왕은 그녀에게 달려가 고함을 질렀다. "그쳐라, 잔인한 여인아. 어찌하여 자기의 아이를 죽이려 하는 것이냐? 그대는 너무나도 큰 죄를 저질렀구나!"

강가는 강둑에 멈춰 서서 샨타누를 바라보며 말했다. "왕께서 아이를 원하니 이 아이는 죽이지 않겠습니다. 왕이여, 아이를 거두어 키우십시오. 가문에 영광을 가져다줄 아이입니다. 하지만 이제 왕과 저는 이별입니다."

강가는 어리둥절해하는 왕 앞에 정체를 드러내고는 왕에게 바시슈타의 저주를 들려주었다. "그리하여 나는 바수들을 현자의 저주에서 해방시켜 준 것이다. 여덟 번째 아들이 바로 디야우다. 이제 그 아이는 평생 지상에 남게 되었다."

자초지종을 들은 왕은 그제서야 모든 것이 운명으로 예정되어 있다는 것을 깨달았다. 강가의 마음을 돌리려 했지만 그녀는 완강했다. 왕은 그녀에게 아이를 천상으로 데려가라고 부탁했다. 아이가 어른이 되면 다시 지상으로 돌아오면 된다고 했다. 강가가 동의했다. 강가는 아기를 가슴에 안고 강물 속으로 사라졌다.

샨타누는 슬픔에 빠져 하스티나푸라로 돌아와 백성을 덕망으로 통치했다. 모두가 그를 존경하고 흠모했고, 그는 정의와 애정으로 그들을 다스렸다. 그가 손만 얹어도 즉각 세속의 고통과 고민으로부터 해방되었을 정도다.

강가가 떠나고 몇 년이 지난 어느 날, 샨타뉴 왕이 갠지즈 강변에서 사냥을 하고 있었다. 강둑을 따라 사슴을 좇고 있는데, 거칠게 흐르던 깊은 강물이 실개울로 변하는 것이었다. 의구심이 든 왕은 상류로 거슬러올라갔다. 거기에는 인드라를 닮은, 신처럼 생긴 소년이 서 있었다. 사랑스런 용모의 그 소년은 커다란 활을 들고 있었다. 그가 화살을 퍼부어 댐을 만들고 강물을 막아버린 것이 분명했다. 왕은 그 기술에 놀라 소년을 뚫어지게 쳐다봤다. 그 아이의 정체가 궁금했다. 그러나 소년은 순식간에 사라져버렸다. 왕은 그 아이가 자신의 아들이 틀림없다고 생각하고는 강을 향해 말을 걸었다. "강가여, 내 아이를 보여주소서."

그가 말을 꺼내기 무섭게 여신이 남자 아이의 손을 잡고 물 위로 솟아올랐다. 강가가 왕에게 다가가 말했다. "여기 우리의 여덟 번째 아들이 있다. 위대한 왕이여, 이제 이 아이를 그대에게 돌려줄 것이다. 나는 이 아이를 사랑으로 길렀다. 바시슈타, 슈크라, 파라수라마 같은 위대한 현자들의 가르침을 받았으니 이 아이는 베다 경전의 지식에 능통하고 무기와 전술에도 능하다."

강가는 샨타누에게 아이를 주고는 금세 사라졌다. 왕은 아이를 데리고 왕성으로 돌아갔다. 그가 바로 비슈마다.

마하바라타와의 인연

　전생에 삼천 번을 만나야 현생에서 옷깃 한 번 스칠 수 있게 된다고 불교에서는 말했다. 전생이 있고, 현생이 있다면 나는 마하바라타와 억겁이 넘는 세월 동안 겁에 겁을 거듭하며 인연을 맺어온 게 틀림없다. 2004년, 그러니까 출판사로부터 번역 의뢰를 받고서 만 4년이 더 지난 다음에야 이 책이 세상 사람들 앞에 나오게 되었으니, 현생에서 역자가 보낸 게으른 세월과 그 억겁 전생이 누적되며 만든 인연이 그리 오랜 번역 기간을 만들게 되었다. 물론 현생의 게으름이 누적된 인연보다 훨씬 큰 것은 말할 나위가 없다.

　어찌어찌하여 전생에 쌓은 업보 덕분에 나는 젊은 날의 많은 부분을 세상을 돌아다니며 보내게 되었다. 여행을 하면서 잃은 것도 많지만 찌운 속살이 훨씬 더 두텁기에 그 상실이 조금도 아깝지가 않다.

　이 지구상에 어둠속 촛불처럼 맑은 영혼들이 숨어 있음을 깨닫게 된게 가장 큰 이룸이었다. 갠지즈에서 만난 어린 노점상 라주도 그중 하나다. 라주는 목걸이 하나와 갠지즈 강물을 길어 만든 차 한 잔과 눈 시린 푸른 하늘을 내 마음에 선물했다. 생로병사를 가득 안고 흐르는 갠지즈를 감상하고 있는데, 라주는 문득 내 등 뒤로 다가와 "친구!" 하며 손을 내밀었다. 1999년이었으니, 그때 라주 나이는 열일곱 살이었고, 역자의 나이는 서른 셋이었다. 세기가 바뀌었고, 나는 열일곱 먹은 성자 라주를 잊지 못하고 있다.

2004년 1월이었다. 철없는 달 하나가 하늘에 솟아서 천지를 유혹하던 묘한 날이었다. 사내 하나가 유혹에 걸려 노를 저어 카약을 타고 바다로 갔다. 파도에 휩쓸려 몇 번을 뒷걸음치던 사내는 마침내 멀리 섬을 향해 사라졌다. 나는 사내의 등에 새겨진 문신의 의미를 생각하다가 잠이 들었다.

2004년 1월 1일이라는 시간, 그리고 웬만한 사람은 이름도 모르는 남반구 뉴질랜드 북섬 비밀의 해변 오마하라는 공간에서 맞은 묘한 날이었다. 물은 여느 열대 산호해변처럼 맑고 고왔다. 청량한 바람이 하얀 모래밭 위로 물결을 그렸다. 와이키키 혹은 팔라완쯤에서나 기대했던 그런 맑디맑은 바다였다. 오마하를 찾아낸, 극소수의 축복 받은 사람들은 그 청량함 속에서 매우 게으른 새해를 맞이했다.

눈을 떴을 때 사내가 섬에서 돌아와 있었다. 낯선 달의 유혹이 얼마나 황홀했으면, 저 먼바다에 떠 있는 섬까지 노를 젓고 돌아온 그의 얼굴은 희열이 가득했다. 아무도 그더러 노를 저으라 강요하지 않았다. 그 역시 섬으로 가야 할 그 어떤 이유도 없을 것이다. 하지만 벌겋게 익은 살갗엔 맹목적인 행동이 안겨준 희열이 가득했다. 사내는 몸을 백사장에 던지고 꿈속으로 떠났다. 그의 몸에서 환희의 냄새가 풍겼다.

그리고 햇살처럼 밝은 여인들이 내 곁을 스치고 바다로 갔다. 그녀들은 에메랄드빛 물속으로 서로를 집어던지고, 물속에 박아 넣고, 공중으로 들어올렸다가 함께 자맥질을 하며 정신 없이 논다. 잠 덜 깬 눈으로 그들을 응시하다가 사진을 찍어댔다.

정신을 차려보니 그녀 가운데 하나가 뒤에 서 있다. 파파라치처럼 몰래 사진 찍었다고 따귀 맞을 준비를 하고 있는데, 그녀는 "그 사진, 꼭 메일로 보내주셔야 돼요. 알겠죠?" 하고 까르륵 웃으며 등을 돌린다. 나는 환호작약하는 그녀들을 관찰했고, 그녀들은 자신을 관찰하는 나를 관찰하며 환호작약한 것이었다. 그게 2004년 첫날 풍경이었다. 해변에 서성대는 모든 이들은 마음 독하게 먹고 게으르기로 작정하고 있었다. 아주 유치한 유혹에도 다 패배해주기로 작정한 듯했고, 부는 바람 따라, 물결 빛깔에 맞추어 환희와 희열에 몸을 맡기기로 결심한 듯했다. 그런 묘한 날이었다. 웃지 않는 자 하나 없었고 게으르지 않은 자 하나 없었다. 나태함을 경멸하고 대신 근면성실을 덕목으로 삼는 사람들에겐 전혀 어울리지 않는 날이었다. 황홀한 춘몽이었다.

그즈음에 마하바라타가 나에게 다가왔다. 저자가 서문에서 밝혔듯, 그리고 이미 이 책을 조금이라도 읽으신 독자 제현께서 알아차리셨듯, 이 책은 보통 책이 아니다. 이 책에 없는 것은 이 세상에 존재하지 않고, 세상에 있는 것들은 이 책에 다 있는, 그런 책이다. 한 마디의 교훈을 던지기 위해 이 신화의 집단 필자들은 수많은 설화와 캐릭터를 등장시켜 신화를 완성했다. 지구상에 많은 버전이 나와 있겠지만, 이 책처럼 숨막히는 문체와 흐름으로 버무린 버전은 없다고 확신한다.

당시에 나는 뉴질랜드에서 사진을 공부하고 있었다. 남들은 그 좋다는 뉴질랜드를 관광하며 돌아다니고 있는데, 나는 암실에 틀어박혀 화공약품 속에서 나타나는 흑백의 삼라만상을 감상하며 하루하루를 보내고 있었다. 그 이전, 신문사에서 여행기자질을 하며 눈과 귀로 보고 들었던 실제적인 생활상은 까맣게 망각하고, 나는 나 혼자의 독자적인 세계에 침잠해 있었다. 그런데 어느 날 이메일 한 통이 지구를 반 바퀴 돌아 오클랜드에 도착했다. 마하바라타라는 인도 신화를 번역했으면 하는 내용이다. 마하바라타라고?

1999년 어느 한 달 동안 나는 인도 대륙을 여행한 적이 있다. 그 알량한 한 달 여행 경험으로 나는 이듬해에 인도 기행문을 신문에 연재하고, 마침내 '나마스떼(Namaste : 일상적인 인사말로 쓰이는 힌두어다. 실제 의미는 '그대 안의 신에게 경배'라는 뜻이다)'라는 단행본을 내는 못된 짓을 감행하게 되었다. 마하바라타와의 인연은 거기에서 시작했다. 인도를 안다고 잘난 척하는 신문기자임이 폭로되었고, 이후 학술적이라기보다는 대중적 버전인 이 책의 역자를 출판사에서 물색하다가 지구 반대편에 사는 역자에게까지 연락이 닿게 된 것이다.

당장 의뢰를 받아들였다. 인도라는 인연이 너무도 반가웠기에, 그리고 인터넷을 통해 확인한 '이 책에 없는 것은 이 세상에 없다'는 카피가 너무도 매혹적이었기에. 무엇보다 오마하 해변의 은밀스러운 일상의 비밀을 풀고 싶었기에.

그리고 2005년 한국으로 돌아왔는데, 그때 새삼 느낀 것이 나의 나태함과 게으름과 무지(無知)였다. 이 어마어마한 책을 번역하기에는 나의 지식이 도저히 일천하기 짝이 없었음을 알았고, 웬만한 번역자들의 성실함으로도 힘들 컨텐츠에 게으름쟁이가 덤벼들어, 한 해가 가고 또 한 해가 가고 그렇게 4년이 가 버렸다.

역자가 아닌 첫 번째 독자로서, 마하바라타는 참으로 진귀한 필독서다. 다 읽고, 천박하기 짝이 없는 일천한 한국어로 번역을 마쳐 보니, 과연 이 세상에 하나밖에 없는 마하바라타였음을 스스로 알겠다. 하지만 그러한 대작(大作)이 독자들에게 대작에 걸맞은 어법과 스타일, 그리고 원의에 맞는 내용으로 제대로 버무려졌는지는 큰 의구심이 든다. 이 책을 건드리지 않았어야 함이 지혜로움임을 처음부터 지금까지 깊이 깨닫고 있다.

부디 독자 제현께서는 심오하되 흥미롭고, 대중적이되 철학적인 이 책을 재미나게 읽어주시기 바란다. 훗날 다시 인연이 생기면 마하바라타를 한 번 더 보듬으며 나를 반성하는 기회로 삼고 싶다. 나태한 번역자로 인해 수백 번 속을 썩였을 나들목의 양동현 대표와 신영선 부장, 기타 출판사 스태프들에게 용서를 구한다.

나마스떼, 그대 안의 신에게 경배!

2008년 가을, 박종인